講談社文庫

首無《くびなし》の如き祟るもの

三津田信三

講談社

亡き父、三津田八幡男に本書を捧ぐ――

編者の記

以下は、媛之森妙元《ひめのもりみょうげん》氏が曾《かつ》て『迷宮草子《めいきゅうぞうし》』に発表された『媛首《ひめくび》山の惨劇』の原稿を基《もと》に、その後に加筆された遺稿などを編者が整理し、再構成したものである。よって本稿が立派に一冊の書籍として成立した手柄は、言うまでもなく作者に帰せられるべきものであり——その一部は作中の江川蘭子《えがわらんこ》氏にも与えられるが——編者は何一つとして貢献していないことを明記しておきたい。

とある昭和の年の睦月《むつき》に

東城雅哉《とうじょうまさや》こと刀城言耶《とうじょうげんや》記す

首無《くびなし》の如き祟るもの

目次

目次デザイン　坂野公一（welle design）

媛首村略図（媛之森妙元の遺稿のスケッチより）

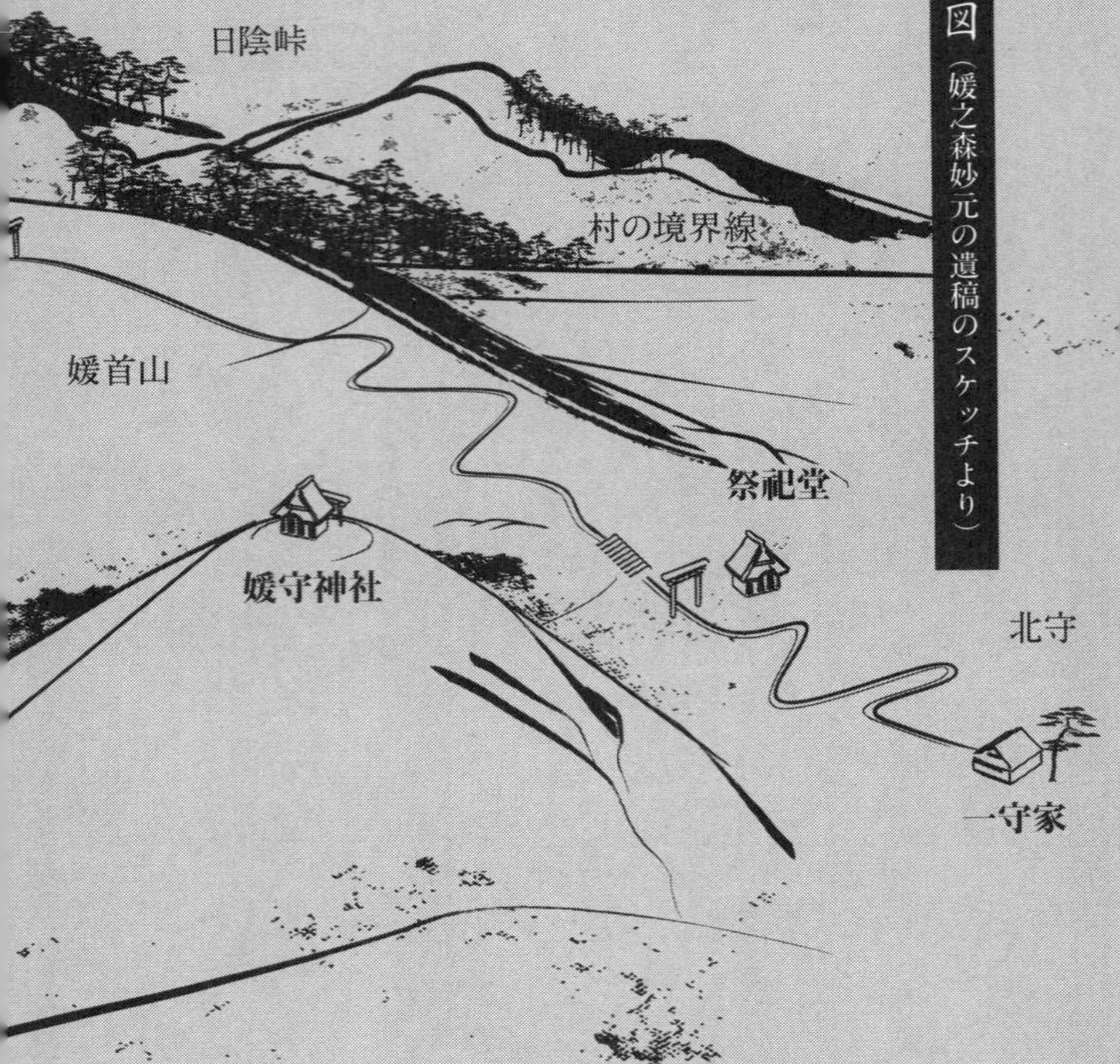

媛神
境内
南守
三守家
二守家
東守

主な登場人物

秘《ひ》守《がみ》家の人々

一《いち》守《がみ》家

富《ふ》堂《どう》　（秘守一族を束ねる長《おさ》）
兵《ひょう》堂《どう》　（一守家の当主、富堂の二男）
富《ふ》貴《き》　（兵堂の妻）
長《ちょう》寿《じゅ》郎《ろう》　（長男、双児の兄）
妃《ひ》女《め》子《こ》　（長女、双児の妹）
蔵《くら》田《た》カネ　（双児の乳母）
僉《みな》鳥《とり》郁《いく》子《こ》　（双児の家庭教師）
幾《いく》多《た》斧《よき》高《たか》　（一守家の使用人）
鈴《すず》江《え》　（同右）

二《ふた》守《がみ》家

一《かず》枝《え》　（二守の婆様。富堂の姉）
紘《こう》達《たつ》　（二守家の当主、一枝の長男）
笛《ふえ》子《こ》　（紘達の妻）
紘《こう》弌《いち》　（長男）
紘《こう》弐《じ》　（次男）
竹《たけ》子《こ》　（長女。長寿郎の見合い相手）

三《み》守《かみ》家

二《ふた》枝《え》　（富堂の一番目の妹）
克《かつ》棋《き》　（三守家の当主、二枝の長男）
綾《あや》子《こ》　（克棋の妻）
華《はな》子《こ》　（次女。長寿郎の見合い相手）

秘守家の遠縁の人々

古里《こり》家

三枝《みつえ》（富堂の二番目の妹）

毬子《まりこ》（三枝の孫娘。長寿郎の見合い相手）

駐在所の人々

高屋敷《たかやしき》元《はじめ》（北守《きたもり》駐在所の巡査）

妙子《たえこ》（元の妻）

二見《ふたみ》（東守《ひがしもり》駐在所の巡査部長）

佐伯《さえき》（南守《みなみもり》駐在所の巡査）

その他の人々

江川蘭子《えがわらんこ》（推理作家）

糸波小陸《いとなみこりく》（同人誌系の耽美《たんび》作家）

大江田真八《おおえだしんや》（終下市《つかいし》警察署の警部補）

岩槻《いわつき》（同刑事）

刀城言耶《とうじょうげんや》（怪奇幻想作家、筆名は東城雅哉《とうじょうまさや》）

阿武隈川烏《あぶくまがわからす》（民間の民俗学者）

歴史上の人々（？）

淡媛《あおひめ》（豊臣兵に斬首された姫）

お淡《えん》（当主に斬首された妻）

首無《くびなし》（正体不明の化物）

勝って嬉しい花いちもんめ
負けて悔しい花いちもんめ
秘守の跡取りちょいと来ておくれ
身体が弱くて行かれない
秘守の嫁さんちょいと来ておくれ
お首が怖くて行かれない
それはよかよかどの子が欲しい
男の子が欲しい
それはすぐ逝く　女の子でどうじゃ
女は丈夫　けど一守は続かない
それはよかよかどの子が欲しい
男の子が欲しい
それはすぐ死ぬ　女の子でどうじゃ
女は長生き　けど一守は残らない
それはよかよかどの子が欲しい
相談しよう　お首に聞こう　そうしよう

閇《へ》美《み》山《やま》犹稔《なおなり》『童唄が秘める隠された伝承』（知層舎）より

はじめに

真っ白な原稿用紙を前にして、私《わたくし》は今、予想もしていなかった戸惑《とまど》いを覚えております。これは作家の媛之森妙元《ひめのもりみょうげん》としてではなく、本名の高屋敷妙子《たかやしきたえこ》として本稿を起こそうとしているからなのでしょうか。

いいえ、決してそうではありますまい。既に私は、本稿を一篇の小説として記す心積もりをしております。つまり飽《あ》くまでも作家の視点から、戦中と戦後に起きたあ、、、る二つの事件の解明に取り組もうと考えているわけです。にも拘《かかわ》らず、そもそも一体何から、または何処《どこ》からお話をはじめれば良いのか、全くのこと途方に暮れるばかりなのです。

これほどの戸惑いを覚えましたのは、戦後に誕生した探偵小説の専門雑誌『宝石』の公募のために執筆した処女作「お首が怖くて行かれない」の書き出しに散々《さんざん》悩んだ三十年近くも前の、あのとき以来のように思われます。

そう、ここはまず私が、なぜ本稿を起こそうと考えたのか——その理由から申し上げるのが筋なのかもしれません。

切《き》っ掛《か》けの一つは、ふと自分の年齢を振り返ったことにあります。昭和の御代《みよ》もあと数年で五十年を越えようというとき、私は自分が今年で六十歳を迎えるという今更《いまさら》ながらの事実に思い当たり、お恥ずかしい限りですが愕然《がくぜん》と致しました。昔で申しますと人生五十年——その年月を疾《と》うに十年近くも越えようとしているからです。もちろん昨今は六十代になりましても、まだ老いたりという感覚には程遠く、第二の人生を楽しもうとされる方が多いことでしょう。

ただ、この時期に私が媛首《ひめかみ》村の北守《きたもり》の外《はず》れに終《つい》の住処《すみか》を秘《ひそ》かに求め、ここで選《よ》りに選《よ》って本稿を記す決意をしたのには、やはり心の何処かで自分が老い先の短い身であることを認めていたからに違いありません。今、書いておかないと、この先そんな機会は二度と巡《めぐ》って来ないのではないか、という居《い》た堪《たま》れない焦渇《しょうかつ》の念に苛《さいな》まれたのは確かですから。

そして、そんな風に向後《こうご》の人生を慮《おもんぱか》っただけでなく、今から考えますとそこに幾《いく》つもの偶然が重なった結果が、この起稿に繋《つな》がったのではないかと思っております。

まず、自身の年齢を鑑《かんが》みたところで突如として都会での暮らしに疲れを覚え、余生《よせい》を田舎で送りたいと感じたこと。次いで、数多《あまた》の本格推理の名作を上梓《じょうし》されている江川蘭子《がわらんこ》さんが、お目出度《めでた》くも六十冊目の著作である随筆集『昔日幻想逍遥《せきじつげんそうしょうよう》』を上梓され、その中で二十年前のあの事件に言及されていたこと。また、その御本にも出て参りますが関西で発行されている月刊の同人誌『迷宮草子《めいきゆうぞうし》』から、できるだけ毛色の変わった内容で何か連載小説を執筆して欲しいという依頼を頂いたこと。そして何よりも、長年の作家活動で溜《た》まった資料や手紙類の整理をしていた際に、北守駐在所の巡査であった亡き夫・高屋敷元《はじめ》が、一守《いちがみ》家に纏《まつ》わる怪事件に関する捜査状況を記していたノートが出てきたこと――などが渾然一体《こんぜんいったい》となって、私を本稿へと向かわせたような気が致します。

ちなみに『迷宮草子』とは、下手な文芸誌よりも部数を誇る怪奇幻想系の同人誌の名門で、いずれ本稿でも触れます忘れられた耽美《たんび》作家である糸波小陸《いとなみこりく》さんの特集から、江戸川乱歩先生と横溝正史先生の秘められた往復書簡の発掘まで、非常に魅力的な企画を立てられる、文壇にも隠れた愛読者がいらっしゃる雑誌です。

それでも一番の動機付けとなりましたのは、曾《かつ》て夫と暮らしていた媛首村に帰って来て、再びこの地の雰囲気を肌で感じたことでしょうか。

〈媛の首の村〉と記して「ひめかみむら」と読むこの地方は、関東の奥多摩《おくたま》の奥深くに開けた古くは〈媛神郷〉と呼ばれていた地域で、文化（一八〇四～一八）から文政（一八一八～三〇）年間の頃に編まれた『新編武蔵風土記稿《しんぺんむさしふどきこう》』には〈媛神村〉と記されておりました。それが明治になって〈媛上村〉に改められ、韮山《にらやま》県に編入されます。その後は五年に神奈川県の、二十六年に東京府の管轄地となり現在に至っております。とは言うものの村の境界線は江戸時代から少しの移動も見せていないため、先祖代々に亘《わた》って住んでいる人々にとっては、その都度《つど》に村が変わったという意識は少しもなかったかもしれません。

ただし、その過程で〈媛上〉が〈媛首〉へと変じたらしいのですが、この改称の詳細については不思議なことに全く何の資料も——伝承さえも——残されていないのです。村の古文献から推移した大凡《おおよそ》の年代を推定することは可能ですが、誰が何のためにという大きな謎《なぞ》にぶつかるわけです。尤《もっと》も〈上〉と〈首〉の異同は、この村の人々にとっては極めて受け入れ易い変化だったと思われます。なぜなら——

いえ、その説明は本文で述べるべきでしょう。何と申しましても首という文字こそ、この地とこの村を、秘守《ひがみ》家と一守家を、戦中と戦後の奇《き》っ怪《かい》な事件を、その各々《おのおの》を繋ぐ重要な要素になるのですから……。

ここでは先に、土地の歴史と地理をご案内しておきましょう。

媛神の祖先は、藤原《ふじわら》氏または橘《たちばな》氏と言われていますが、もちろんそれらは飽くまでも伝承にしか過ぎません。

和銅元年（七〇八）に県犬養宿禰三千代《あがたいぬかいのすくねみちよ》が橘の姓を与えられますと、この才色兼備だった女傑はたちまち皇室と藤原氏との結び付きを強めます。やがて三千代の子である葛城王《かつらぎ》は長じて橘《たちばな》諸兄《もろえ》を名乗り、橘氏は勢力を拡大してゆきます。しかし、藤原氏の盛り返しによって諸兄は失脚、諸兄の子の奈良麻呂《ならまろ》は藤原氏の打倒を図りますが、逆に捕えられ幽閉の憂《う》き目に遭います。それでも橘氏の勢力が完全に衰えていたわけではありませんでしたので、奈良麻呂も命だけは助かりました。ただ、諸兄が没しますと、すぐに奈良麻呂は処刑されたと言われております。二人の没年が同じことから、そう考えられたのでしょう。

　このような権謀術策《けんぼうじゅつさく》の世界に身を置いていた少将 橘《たちばな》高清《たかきよ》が、我が身も巻き込まれる前にと逃げ出す決意をし、東国の深山幽谷《しんざんゆうこく》へと落ち延び、そこで媛神城を築き、吉野山から安閑《あんかん》天皇の霊を勧請《かんじょう》して媛守《ひめがみ》神社を開いた――という縁起《えんぎ》が当の神社には伝わっています。ただし、ここで重要なのは橘家の本筋の家系には高清という名は存在していない、という事実です。つまり飽くまでも神社の縁起であり、村の伝承に過ぎないわけです。

　媛首村は東西十七・五キロ、南北十一・三キロの楕円形《だえんけい》をしております。総面積は百五十五平方キロに及び、その南北のほぼ中心には〈媛首山《ひめくび》〉が東西に広がっています。山とは呼ばれているものの、実質は円墳のように盛り上がった広大な森で、上から見ると村と同じく楕円を描いていることが分かるはずです。この媛首山の北側が北守、東側が東守《ひがしもり》、南側が南守《みなみもり》と呼称される地であり、この三つの地域によって村は成り立っています。なお、山の西側は日陰峠《ひかげとうげ》と呼ばれ、ちょうど村境と重なっているため、西守という土地は存在していません。

少しお話は逸《そ》れますが、〈媛首村〉の場合は〈首《かみ》〉であり、〈媛首山〉の際には〈首《くび》〉となる、この〈首〉という文字の読み方の違いが、何やらこの御山の存在の恐ろしさを暗示しているような気が、昔から私にはしてならないのですが……。

いいえ、ここで脱線せずに、村の話に戻しましょう。

村人たちの曾ての生業は養蚕《ようさん》と炭焼が主で、他に農業と林業と狩猟が少し加わる程度でした。養蚕に関しては、いつの時代、どういう経路で村に入って来たのかは不明です。少なくとも二百年は前のものだという蚕の神様である馬鳴菩薩《めみょう》が、村への主たる出入り口となる東守の大門の側に祀《まつ》られているため、かなり昔から行なわれていたことは確かです。その養蚕が最も活気付いたのが、大正の終わりから昭和のはじめに掛けてでした。やがて徐々に中央の大資本に圧され、生糸景気も翳《かげ》りを見せはじめたときでも、近隣の村のように廃《すた》れなかったのは、秘守家のお蔭だったと後々まで言われていたのを、私も知っております。

その秘守家は、代々に亘ってこの地を治めてきた村の筆頭地主の家系です。秘守を名乗る家は村内に三軒ありますが、いわゆる本家に当たる筋を一守家と呼び、それに二守家《ふたがみ》、次いで三守家《みかみ》と続きます。ちなみに一守家と二守家は〈守《がみ》〉と濁《にご》りますが、三守家だけは〈守《かみ》〉と澄《す》む読み方をします。この呼び名は村内だけで用いられる屋号であり、実際の名字ではありません。そして一守家が北守を、二守家が東守を、三守家が南守を統治してきたという、三つの秘守家が村を守り育《はぐく》んできた歴史があります。元々は〈媛神〉という姓だったのが、いつしか〈秘守〉になったのだという言い伝えも、村を〈秘かに守る〉と姓を読み解けば頷《うなず》ける伝承かもしれません。

ところが、皮肉なことにこの秘守家にこそ誰かの、いえ間違いなく神仏のご加護が必要だったのです。なぜなら淡首《あおくび》様という恐るべき存在が、何百年という年月を経ながらも、秘守家に祟《たた》りを齎《もたら》し続けていたからです。その中でも特に一守家の跡取りとなる、延《ひ》いては秘守一族の長《おさ》となる男子に対して……。

こう書きますと、媛之森妙元の専門が怪奇的な推理小説とはいえ、少なくとも合理的な解決を求める作品を執筆している癖《くせ》に、真面目に祟りなどという前近代的な代物《しろもの》を信じているのか、と読者の皆様からお叱《しか》りを受けることと思います。

ただ、この媛首村で起こった諸々《もろもろ》の事件を鑑みますと、そういった何か決して理屈だけでは割り切れないものが、要所々々でひょいと顔を覗《のぞ》かせているような、そんな薄気味の悪い感覚に囚《とら》われてしまうのです。莫迦《ばか》々々しい、有り得ないとは思いながらも、得体の知れぬ何かが関与しているような気が、ふとするのです。

本稿を小説として執筆しようと決めたにも拘らず、なぜか私が書き出しに迷ったのは、この不安な思いを完全には払拭《ふっしょく》できなかったからかもしれません。

かといって、このままだらだらと文章を書き綴《つづ》っていても埒《らち》があきませんため、前置きはこのあたりで留《とど》め、後は本稿の全体構成の説明のみ簡単に記しておきたいと思います。

物語は〈私＝高屋敷妙子〉の一人称ではありません。当初はその叙述方法も考えましたが、すぐに断念しました。駐在巡査の妻とはいえ、当然のこと私自身は全く事件に関わっていないからです。高屋敷妙子の視点では、とても戦中と戦後の二つの事件を描き切れません。

ならば、北守駐在所を預かっていた高屋敷元巡査の立場から取り組もうかと考えました。警察官であった夫の視点に立てば、とても自然に事件の記述ができます。それに警察官としての一生涯を媛首村の駐在巡査で終えた夫にとりまして、戦時中の怪事は正《まさ》しく〈高屋敷元巡査最初の事件〉であり、戦後の出来事は〈高屋敷元巡査最後の事件〉とも言えます。

ところが、この叙述方法も書きはじめてみますと、大きな欠点があることに気付きました。駐在所の巡査という位置にはいましたが、飽くまでも夫は余所《よそ》者でした。つまり、どう記述をしようと事件を外側から眺《なが》めるばかりで、一向に内側へと踏み込めないのです。仮にこのまま書き綴ったとしても、小説としては面白味に欠ける展開になると、さすがに予想ができます。

そこで三たび考えました結果、高屋敷元巡査の視点に加え、一守家の内部をよく知る人物を採用することにより、事件に於《お》ける外と内の二方向から叙述を進める――そんな構成を思い付きました。もちろん、それには幾多斧高《いくたよきたか》という打ってつけの人間がいたからです。戦時中の怪事が起きる一年ほど前、一守家に五歳で貰《もら》われて来た男の子で、問題の出来事の重要な目撃者でもある子供です。余所者でありながら一守家の一員とも言える彼の微妙な立場は、高屋敷元に対するもう一方の視点人物としては相応《ふさわ》しく思えました。

それによく考えますと、二人と私の関係が非常に似ていたのです。まず夫ですが、自分の頭を整理するために、妻を話し相手に事件について語る癖があったので、自然と私は様々な情報を得ておりました。一方の斧高は、駐在所での事情聴取が数度に及ぶに当たり、いつしか私たち夫婦に打ち解け懐《なつ》くようになり、それ以降は頻繁《ひんぱん》に遊びにやって来ました。その際に私は、彼の口から一守家の内情を漏れ聞く機会に恵まれたのです。よってこの二人から、本稿を起こすための充分な知識と情報を、私は知らぬ間に受けていたと言えます。高屋敷元と幾多斧高の視点から二つの事件を描くのは、そう考えると正に必然だったのかもしれません。

ただし、一つだけ懸念がありました。それは斧高が恐らく持っていたと思われる、ある性癖についてです。生まれながらにそうだったのか、一守家で長寿郎《ちょうじゅろう》さんと出会うことによって芽生えたのか、それは私にも分かりません。ただ、彼が普通の男の子とは違うらしいと、追々《おいおい》ではありましたが感じるようになったのは確かです。さすがに戦時中は全く気付きませんでしたが、戦後になって彼が成長するに及んで、また彼の口から長寿郎さんの話を聞くにつけ、徐々に私は斧高の特異な嗜好《しこう》を悟るようになっていったわけですが、それを果たして本稿に記して良いものかどうか、散々に迷いました。

しかし、もうその頃には斧高の視点というものが、この小説を成立させるためには不可欠であると確信しておりました。今更それを諦《あきら》め、他の記述方法を取ることなど考えられませんでした。単にお前の都合だろうと言われれば返す言葉もありませんが、私は彼の性向が飽くまでも精神的恋愛《プラトニック》であった事実を鑑み、隠さずに描く決心を致しました。そうしなければ、彼の言動――特に長寿郎さんに対するもの――が不自然になるからです。

今は、この判断が間違っていなかったことを、ひたすら祈るばかりです。

さて、本稿は今回の「はじめに」を連載の第一回とし、二回目は幾多斧高の視点で描く「第一章」と高屋敷元の視点となる「第二章」を合わせて、三回目も二人の章を一つずつ……という具合に二章分を連載の一回分として発表してゆき、後は必要に応じて「幕間」だけの回を設ける構成を取りたいと考えております。執筆してから読者の皆様の目に触れるまで、ほぼ二ヵ月という間が開きますが、本稿の場合はその時間差がとても好ましいように思われます。

なぜなら、この『媛首山の惨劇』を記す目的が、一守家に降り掛かった戦中と戦後の怪事件の真相を解明することにあるからです。小説の形式で事件を再構成するとはいえ、飽くまでも現実に起こった未解決事件に取り組むわけですから、結末に於いて必ずしも読者の皆様に満足して頂ける真相をご提示できるかどうか、情けない話ですが今のところ何とも申し上げられません。最悪の場合、事件を記録に留めたという事実だけが残る可能性もあります。

そこで読者の皆様にも、是非《ぜひ》この謎解きにご参加を賜《たまわ》りたく存じます。先述のように執筆から雑誌掲載まで間がありますため、連載中お考えになる時間は充分《じゅうぶん》にございます。また適当な時期に、その旨をお伝え致しますので、どうぞご承知おき下さいますよう、予《あらかじ》めお願い申し上げます。

それと些末《さまつ》なことかもしれませんが、方言の扱いについてお断りしておきます。当初は各人の話し言葉をそのまま再現するつもりでしたが、やはりそれでは意味の通じ難い部分が多々出て参りますため、基本的には標準語に改めました。ただ、全ての会話をそうしてしまいますと、個々の人物の個性まで均一化される恐れがあります。そこで私の独断ですが、それぞれの人物像に合った喋《しゃべ》り方を用いました。それらが飽くまでも私の個人的な印象であることを、どうかお含みおき下さい。

なお現在、事件関係者の多くは他界していらっしゃるか、あるいは余所へと移られたかしておられるようです。それでも私は、曾て北守駐在所の巡査だった高屋敷元の妻が、今一度この地に戻って来ている事実を村の人々には伏《ふ》せております。貸家を探すに当たっては都会の不動産屋に仲介を頼み、なるべく村外れの物件をと注文を出しておきました。その甲斐《かい》あって私の正体を少しも知られずに、独り暮らしには適当な裏庭付きの家に引っ越すことができました。有らぬ詮索《せんさく》を受けるのを避けるため、移って来たのは厭人癖《えんじんへき》のある偏屈な物書きらしいという噂《うわさ》も、不動産屋には事前に流して貰っています。そのための演出と執筆の気分転換、それに少しでも自給ができるように、裏庭を耕《たがや》して畑でも作ろうかと考えております。

このようなご説明を致しますと、ちょっと待て、こんな連載をはじめてしまっては、そういった苦労も水の泡ではないのか——と、読者の皆様は仰《おっしゃ》るかもしれません。けれども、恐らくは大丈夫なのです。曾て媛之森妙元の筆名を用いたとはいえ、私が媛首村に伝わる数多の伝承を題材に創作活動をしていたにも拘らず、そのことに村の誰一人として気付かなかったのですから。後は読者の皆々様に、この連載が終了するまでの間、どうか騒がれずに静かに見守って頂きますよう、伏してお願いをするばかりです。

余りにも前置きが長くなってしまいました。

それでは媛首村を舞台に、まず一守家の十三夜参りに於いて四重の密室が形成されていたと思われる媛首山の中で起きた奇っ怪な戦時中の事件と、次いで二十三夜参りの三日後に起こった不可解な首無し殺人事件に端を発した恐るべき戦後の事件の世界へ――

いえ、その前に、〈探偵小説の鬼〉と呼ばれる一部の読者の皆様に対して、一言だけ申し上げておきたいと思います。

本稿が〈私＝高屋敷妙子〉の一人称を取らなかったことを鑑み、そこから実は一連の事件の真犯人が私自身ではないのかと疑われるのは、完全な徒労であり間違いでありますと、老婆心ながら最初にお知らせしておきます。

では、悍《おぞ》ましくも私にとっては何処か懐かしい、物語の世界へどうぞ……。

とある昭和の年の霜月に　　媛之森妙元こと高屋敷妙子記す
（敬愛する東城雅哉氏の記述に倣《なら》って）

第一章　十三夜参り

媛首《ひめかみ》村に於ける斧高《よきたか》の記憶は、六歳になって間もない仲秋の、十三夜参りと呼ばれる秘守《ひがみ》家の奇妙な儀礼からはじまっている。

当時、日本は大東亜戦争（第二次世界大戦）の渦中にあり、戦局は日増しに悪くなる一方だった。しかし幸いにも、学徒出陣と呼ばれる在学徴集延期臨時特例の公布も、学童疎開を実施するための学童疎開促進要綱と帝都学童集団疎開実施要領の閣議決定も未《いま》だ行なわれておらず、況《ま》して本土への空襲など一般人の誰もが夢想だにできないでいた。

そのため村を治める秘守一族の長《おさ》である一守《いちがみ》家の富堂翁《ふどうおう》が、この非常時にも拘らず十三夜参りを執り行なうことを決心したのも、それなりに頷ける。村が関東の奥多摩の、深山幽谷の直中《ただなか》にあるという立地を鑑みれば尚更《なおさら》である。都市部に比べると日々の生活で覚える戦時色が、どうしても薄くなりがちだったからだ。

尤《もっと》も戦時中という時節だけが問題になったわけではない。明治維新後、政府が祭政一致の国家神道を成立させたことにより、神社の祀神は『古事記』や『日本書紀』などの皇統譜に繋《つな》がる神に取って代わられた。よって各地方の氏神信仰や民間信仰などは軒並み禁止されてしまったため、本来なら媛神堂に詣《もう》でることは極めて困難なはずであった。

媛首村は当時、まだ迫り来る戦争の影には完全に覆われていなかったとはいえ、時代は神国と呼ばれる日本が大東亜共栄圏を築かんとしている真っ最中である。また身近に目を向ければ、村からも少なからぬ数の男たちが出征している。

そんな状況の中で十三夜参りを執り行なうことができたのは、偏《ひとえ》に秘守家の三々夜《さんさんよ》参《まい》りと呼ばれる儀礼が、一族の子供の成長に合わせて、一人に付き十年ごとにしか巡って来ないという、その特殊性にあったからと思われる。もしこれが毎年の、また毎月の、そして日々の信仰に対する儀式であったとすれば、恐らく儀礼の実施は不可能だったことだろう。

ただし、結局そういった諸々の外的な状況など、富堂翁には何ら関係なかったとも考えられる。翁にとっては、秘守一族の中で自らの家系が一守家として存続すること、それだけが何よりも優先すべき大事だったに違いないからだ。

「儂《わし》らは一守家の名誉を、代々に亘って子孫に伝えてゆく義務がある」

酒に酔うと富堂翁が必ず口にする、決まり文句である。

その秘守の一守家へ斧高が八王子の幾多《いくた》家から貰われて来たのは、ちょうど一年ほど前、五歳になった後だった。思えばこのとき、彼の人生に大きな転機が訪れたことになる。

それは、突然やって来た。

斧高が五回目の誕生日を迎えたその夜、日中は晴天で崩れる気配など微塵《みじん》もなかったのが、急に夕方から降り出した雨の中、珍しく来客があった。相手は雨が降っているのに傘も差さずにずぶ濡れらしく、母親が驚いたような声を上げた。しかしながら妙なことに、そんな状態だというのに、なぜか母親は玄関先で応対している。そのため斧高には客の姿は見えなかったが、微《かす》かに漏れ聞こえた声から、どうやら女性のようだと見当を付けた。

客が帰ってから、「誰が来たの？」と長兄が尋ねた。だが母親は首を傾《かし》げ、「それが、よく分からないの」と呟《つぶや》くばかりで全く要領を得ない。斧高が兄に「女の人だったよ」と言うと、「いや、ちらっと窓から見たけど、あれは男じゃないか。ぞっとするほど綺麗《きれい》な、まるでお小姓《こしょう》のような……」という意外な言葉を返された。

結局、訪ねて来たのが何者なのか、誰にも分からなかった。

皆が就寝してしばらく経《た》った頃、斧高が異様な気配に目を覚ますと、横で寝ていた母親が蒲団《ふとん》の上に起き上がって部屋の隅を凝視している。不審に思った彼は目を凝《こ》らしてみたが、何も見えない。なのに母親は、その暗がりを凝《じ》っと見詰《みつ》め続けている。

「お母さん、どうしたの？」

ただならぬ様子に怯《おび》えながらも、彼はそう問い掛けた。すると、

「お父さんが、帰って来た……」

南方へ従軍しているはずの父親が、こんな夜中にも拘らず帰宅した、と母親が言い出した。それから態度が突然おかしくなった。

やがて、隣室で寝ていた二人の兄と姉が起きて来た。長兄が母親に、次兄と姉が斧高に、それぞれ何があったのかと尋ねる。しかし、母親は同じように「お父さんが、帰って来た」と繰り返し、斧高は身体を震わせながら首を振るばかりで、少しも要領を得ない。三人は途方に暮れたに違いない。

二人の兄と姉は仕方なく、母親が凝視する部屋の隅を何度も見詰め直していた。だが斧高と同様、やはり父親の姿など何処にも見えないのだろう。お互い顔を見合わせては、薄気味悪そうな表情を浮かべている。

ところが、母親は部屋の暗がりを指差しながら、

「見えないの……。ほら、あそこにお父さんがいるでしょ。こっちを見ている、首の無いお父さんが……」

そう言って微笑んだ。それは斧高がはじめて目にする、何とも居《い》た堪《たま》れない気持ち

にさせられる母親の笑みだった。

　数日後、父親が戦死したという報《しら》せが入った。既に覚悟があったのか——と言うよりも何も感じていないように斧高には見えたのだが——母親は全く動じなかった。その態度が出征した兵士の妻として立派だと、近所でも評判になったほどだ。だが彼は、そんな母親に妙な違和感を覚えていた。確かに母親の姿をしているのに、中身は別人であるかのような……。

　翌日、母親と三人の子供の遺体を隣家の主婦が発見する。四人とも喉首《のど》を鎌《かま》で掻《か》き斬《き》られており、母親が無理心中を図ったと見られた。動機は夫の戦死以外には考えられなかったが、母親をよく知る近所の人々は腑《ふ》に落ちない様子だった。しかし、すぐに非国民的な行為と見做《みな》され、民衆に与える影響を慮《おもんぱか》った当局によって、ただちに事件は闇に葬られた。母親を讃《たた》えた町内の住民も、掌《てのひら》を返したように侮蔑《ぶべつ》の目を幾多家に向けるようになった。

　この無気味な無理心中事件で謎だったのは、なぜか末っ子の斧高だけ無傷で発見されたことだ。母親と二人の兄と姉が、血塗《ちまみ》れの状態で蒲団に横たわっている部屋の隅で、彼は両膝《りょうひざ》を抱えて蹲《うずくま》っていたという。何が起こったのか誰が訊《き》いても、頑《かたくな》に口を噤《つぐ》んで一言も喋らなかったらしい。

　余りの衝撃から自らの殻に閉じ籠《こも》ってしまったのだ、と大人たちは解釈したようだ

が、このとき彼の頭の中を占めていたのは、

（あの夜、訪ねて来たのは何だったんだろう……）

という疑問――それだけがぐるぐると渦を巻いていたのである。それが全ての元凶であり、はじまりのような気がしていた。「誰か」ではなく「何か」がやって来たことで、幾多家は悲劇に見舞われたのだと。

謎の訪問客があったことは、到頭《とうとう》誰にも喋らなかった。話してしまうと、その禍《わざわ》いが今度は情け容赦なく自分に降り掛かりそうに思えてならなかったからだ。そう考えた途端、背筋がぞっと粟立《あわだ》ったことを彼は今でも覚えている。

事件の後、大人たちの間でどういう話し合いが行なわれたのか、彼自身は一向に知らない。父方か母方の親戚《しんせき》に預けられることもなく、孤児院に連れて行かれるわけでもなく、気が付けば汽車と木炭バスを乗り継いで、いつしか馬車に揺られている自分がいた。着いた先が媛首村の秘守家である。しかも、同家では筆頭地主を誇る一守家だった。

斧高を監督する役目の蔵田《くらた》カネ――通称カネ婆――によると、一守家と幾多家は主従の関係にあったため、その縁で引き取られたということらしい。

そんな経緯で彼が村に来てから、ほぼ一年が過ぎようとしていた。

もちろん秘守の一守家で過ごしたこの一年ほどの生活を、斧高が全く覚えていない

わけではない。ただ五歳から六歳という年齢の所為《せい》と、八王子の幾多家から媛首村の一守家に移った環境の変化、そして父親の戦死と母親と二人の兄と姉の奇っ怪な死の影響もあるのか、それらの思い出は薄い皮膜に覆《おお》われたように霞《かす》んでいた。むしろ八王子での物心が付くか付かないかくらいの、もっと幼い頃の記憶の方が、より明確ではないかと思える。

それほど日々の記憶など、斧高にとって淡く幽《かそ》けきものでしかなかったのが、十三夜参りの出来事だけは、物凄《ものすご》く鮮明な映像となって脳裏に焼き付いている。まるで彼の自我が、あの夜、ようやく覚醒《かくせい》したかのように――。

その夜は仲秋の名月を拝む時期にしては、珍しく月明かりの全くない闇夜だった。これがカネ婆にとっては今から執り行なわれる儀礼の、まるで良くない前兆のように感じられたのか、

「何とも厭な曇空やなぁ。このままでは今夜は、闇夜になりそうな……。お月さん、ほんの少しでも顔を出してくれんやろか」

儀礼の準備をする手をしばし止めては、恨めし気に空を仰ぎながら何度もぼそりと呟いた。

彼女の怯えは、たちまち幼かった斧高にも影響を与えた。何か良くない出来事が起こるのではないか、儀礼が無事に済まないのではないか、一守家の跡取りである長寿《ちょうじゅ》

郎《ろう》の身に、言い伝え通り禍いが降り掛かるのではないか――と、次々と不安に駆られてしまった。

そこには昨日、急に暇を取って出て行った女中の鈴江《すずえ》から聞かされた、何とも不可解な彼女のある記憶も含まれていた。意味や訳など全く分からなかったが、そのとき感じたのは、まるで有り難い神様と思って熱心に拝んでいた対象が、実は忌《い》まわしい魔物だったと教えられたような、そんな悍《おぞ》ましい何かだった。

だからこそ長寿郎を見守りたいと思った。自分に何ができるわけでもないが、役に立ちたいと念じた。この家の中で自分に対して優しいのは、彼だけである。それに長寿郎は時間を見付けては、色々と面白い話を斧高に聞かせてくれる。その中でも特に少年探偵団の活躍には、とても胸を躍《おど》らせていた。明智小五郎という名探偵も出てくるが、斧高にとっての英雄は、少年探偵団の小林芳雄団長だった。もしかすると彼の中では、林檎《りんご》のような赤い頰《ほお》をした小林少年と長寿郎とが、いつしか重なっていたのかもしれない。実際には団員と団長という関係ではなく、彼の主人の一人が長寿郎であるという主従の間柄だったわけだが……。

長寿郎と妃女子《ひめこ》――この見た目も性格も全く異なった男女の二卵性双生児が、幼い斧高にとっての主人だった。端《はた》から見れば二人の主人も、まだ充分に幼いと言える。それでも斧高からすると、立派なお兄さんでありお姉さんである。それに一守家に於いてこの兄妹が——いや、兄の長寿郎が——どれほど大切な存在であるかをカネ婆から教え込まれていたので、とても子供という認識は持てなかった。

六歳の頃から一守家で働いている鈴江によると、双生児が生まれる前の家内には、何とも言えぬ緊張感が充ち満ちていたという。

ちなみに鈴江は、一守家に来る前は八王子を拠点とする天昇《てんしょう》雑技団の一員で、拾われた子供だったらしい。幼い時分から綱渡りや人間大砲などの演技を仕込まれたものの、団長である養父に才能がないと見切りを付けられ、早々と奉公に出されたという。そのことを恥じているのか、彼女は余り実家の話をしたがらない。斧高も年輩の女中頭から聞かされ、はじめて天昇雑技団のことを知ったほどである。

斧高に自分の出自がばれているとは思いもしない鈴江は、

「当時、二守《ふたがみ》の家には、既に二人も跡継ぎとなる男児がいたの。紘弌《こういち》様と紘弐《こうじ》っていう、七歳と五歳の兄弟がね」

先輩の女中から聞いたと思われる話を、少し得意そうに話し出した。

「それに比べて一守家には、まだ一人も子供がいなかったのよ」

よって富堂翁は息子の兵堂《ひょうどう》の嫁である富貴《ふき》が、ようやく二度目の妊娠をしたと知り、とても喜んだらしい。

「でも、生まれて来るのが、男の子とは限らないでしょ。それに一度目のように、せつかく男の子を生みながら、死なせてしまう場合もある。あっ、富貴奥様は十九歳で嫁いで来て、すぐ男の赤ん坊を生んでるんだけど、一歳にもならないうちに亡くしてるの。もう二守家ではご長男が生まれていたので、そりゃ一守家では大喜びしたというのに……」

ここで彼女は些《いささ》か慌《あわ》てぎみの口調で、兵堂や富貴の前では決して口を滑らさないように、と斧高に念を押した。

「そこで大旦那《おおだんな》様がね、ご自分の三人の息子を取り上げた産婆であり、その後は旦那様を立派に育て上げた乳母《うば》のカネ婆を、わざわざ関西から呼び戻したわけ」

富堂翁にとって蔵田カネという人物は、それほど信頼ができたのだろう。また兵堂にとっても曾《かつ》ての自分の乳母が、妻の出産に立ち会うのだから心強かったに違いない。

「関西でも産婆をしていたカネ婆は、すぐ飛んで来たそうよ」

復帰したカネ婆が如何に張り切ったか、という話は何度も鈴江から聞いていたが、そのたびに斧高は夢中になって耳を傾けた。不思議な出来事が起こるお伽噺《とぎばなし》や昔話に近い面白さがあったからだ。

一守家に戻って来たカネ婆は、離れの中から特に小さくて粗末《そまつ》な一室を産屋に定めると、まず出産のために必要とされる様々な禁厭《きんえん》――呪《まじな》い――を施《ほどこ》した。それがどんな仕掛けであったかは、機嫌の良いときに本人の口から、斧高も聞いたことがある。代々に亘って秘守家に齎《もたら》される災禍《さいか》を、如何にして自分は見事に祓《はら》ったか――それを語るカネ婆の口調には、普段にはない熱が籠る。鈴江から話を聞くのとは、また別の楽しさがそこにはあった。とにかくカネ婆は万全の態勢を整えたうえで、富貴の出産に臨んだのである。

「離れの中には、カネ婆しか入れなかったわ。さすがに大旦那様は、座敷の方でどっしりと座ってらしたけど、旦那様は離れの前の廊下を行ったり来たりと、まぁ落ち着きがなかった。でも、それを言うと家の中の雰囲気が、そもそも普段とは違ってたと思う」

まだ幼かった鈴江にも、家中の空気がぴんと張り詰めているのが、如実に感じられたらしい。

「奥様が双児を妊娠なさってることは、カネ婆の見立てで分かってた。だから、ひょっとすると一度に二人の男の子を授かるかもしれない。そうなれば二守家の兄弟にも対抗できる。もちろん二人とも女の子という場合もある。きっと大旦那様も旦那様も、気が気でなかったでしょうね」

鈴江自身は見付からないように、母家から離れを覗いていた。尤も彼女だけでなく、使用人たちの多くが離れの様子を窺《うかが》っていたという。

「やがて、陣痛のはじまる気配が伝わってきた。それからしばらくして、『女の子です！』というカネ婆の叫び声が、離れの中から聞こえて――」

ここで鈴江は、決まって溜息《ためいき》を吐《つ》いた。

「子供心にも、あぁ女の子なんだ、って残念がったのを覚えてる。だって双児って、同じ性別の場合の方が多いでしょ。それで私も、きっと二人目も女の子に違いない。これで御家の安泰も、また遠退《とおの》いたって早とちりしたわけ。でもね、さすがにカネ婆さんね。それから少しして、『二人目は、男の子です』っていう落ち着いた、全く取り乱してない声がしたのよ」

つまり長寿郎の誕生は、正に生まれて来るその寸前まで、一守家の人々の気を揉《も》ませ続けたことになる。

「男の子は産湯を使うと、すぐに母家に用意された特別な子供部屋に運ばれたわ。女の子は、そのまま離れに残されて……ね」

そして双児が生まれた場合の慣例として、後から生まれた男児は兄となり、長寿郎と名付けられた。名の由来は言うまでもなく、とにかく無事に成長して一守家の跡を継いで欲しいという願いからである。先に生まれた女児は妹となり、妃女子と名付けられた。

母家の特別に誂《あつら》えられた子供部屋と小さくて粗末な離れという、それぞれの赤ん坊にあてがわれた部屋を見ても、誕生から間もない時点で既に、兄妹の間に歴然たる差が存在していたのが分かる。

（ひょっとすると、二人の性格が驚くほど違うのは、一守家の大人たちが小さい頃《ころ》から、ずっと分け隔《へだ》てをしてきたからじゃないのかな）

一守家に来た斧高が最初に奇異に思ったのが、この双児の日常生活の違いだった。兄の長寿郎が母家で何不自由なく暮らしているのに、妹の妃女子は小さな離れで肩身も狭く住んでいたからだ。確かに彼女は病弱だった。しかし家族と別棟に住む必要があるほど、何か特別な病気を患《わずら》っていたわけではない。単に身体が余り丈夫ではなかっただけだ。だが、それは長寿郎にも言えた。むしろ男であるだけに、その線の細さは妃女子より目立っていたかもしれない。

（ほとんど同時に生まれたのに……）

媛首山《ひめくびやま》の北の鳥居口の側にある祭祀堂《さいしどう》での準備が終わったところで、斧高は二人に目をやりながら改めてそんなことを思っていた。

「ここはもうええから、先に戻っとりなさい」

すると、カネ婆にそう言われた。

後には一守家の当主である兵堂、乳母のカネ婆、双児のために雇われた家庭教師の僉鳥郁子《みなとりいくこ》、そして儀礼の主役である長寿郎と妃女子の五人が残ることになる。ちなみにわざわざ自前の教育者を抱えているのは、村の子供が行くような学校に一守家の跡取りを通わせる必要はない、と富堂翁が通学を認めなかったからだ。

「はい。それでは下がらせて頂きます」

正座のまま畳に額を付けるほど、まず兵堂に深々と頭を下げ、次いで双児にも一礼する。幾多家から引き取られた当初は慣れずに戸惑いもしたが、この一年間で自然に挨拶《あいさつ》ができるようになった。

「ええか、ヨキよ。働かざる者、食うべからずじゃ」

最初は泣くばかりで、言い付けられた用事を満足にこなせない彼に対して、カネ婆が何度も口にした言葉である。口だけでなく実際に食事を与えられなかったことも数知れず、嫌でも仕事を覚えるようになった。そのとき同時に彼女から厳しく徹底的に仕込まれたのが、秘守一族に接するときの行儀作法だった。

「ご苦労様でした。助かったよ」

ただし、そんな斧高を労《ねぎら》ってくれたのは長寿郎だけで、兵堂も妃女子も最初からそっぽを向いている。所詮《しょせん》は使用人として置いてやっている子供という認識しかないのだ。

一守家の当主である兵堂の態度は、彼の父親で秘守一族の長である富堂翁とそっくりだった。尤も富堂翁は病気がちながらも、少なくとも立場に相応しい貫禄《かんろく》が備わっていた。だが、当主には生憎《あいにく》それがない。必死に父親の猿真似をしているだけである。父と同じく病弱であるだけに、その空威張りは見ていて痛々しい。しかも心の中では、いつまでも自分の頭を押さえ付けている父親に対して、沸々《ふつふつ》と反抗の念だけは滾《たぎ》らせている。それが斧高にさえ分かってしまう。富堂翁になくて兵堂にあるのは、精々《せいぜい》女癖の悪さくらいかもしれない。だから腹も立たない。

ところが、まだ子供と言える妃女子にそういう態度を取られると、淋《さび》しいような悔しいような何とも言えぬ気持ちになる。如何に自分の主人だとしても……。

ただ、斧高が妃女子に感じるこういった思いは、彼の長寿郎に対する想いの裏返しとも考えられた。確かに小さな主人は使用人である彼にも優しく接してくれるが、それ以上に双児の妹には気遣いを見せる。余りにも二人の間に待遇の差が有り過ぎるため、彼女に負い目を感じているからだろうか。そんな兄に対する妹の反応は極めて冷淡だった。それがまた斧高の心を乱した。

(妃女子様がいなければ、長寿郎様はもっと自分の方を向いてくれるのでは……)

折に触れ斧高は、ふと大胆な考えを持つことがあった。

そもそも男女の二卵性双生児のためか、二人はほとんど似ていない。長寿郎の方が色白で、容貌《ようぼう》に洗練された美しさが感じられ、声音にも優し気な涼やかさがある。正に美少年という表現が相応しい容姿だった。かといって妃女子が不器量だったわけではない。長く垂らした黒髪は女らしく、また兄とは違う整った顔立ちも、普通なら充分に美人と誉《ほ》め讃《たた》えられたはずである。にも拘らず横に長寿郎が並ぶと、どうしても全てに於いて分が悪くなってしまう。この対比は彼女にとって、不幸と言わざるを得なかった。

二人の違いは外見だけでなく、性格にも現れていた。控え目で物静かな長寿郎に対し、押しが強く騒々しいのが妃女子だった。共に線が細いだけに、前者からは正に見た目通りの好ましさを感じ、後者からは神経質で癇癪《かんしゃく》持ちの印象を受けることになる。

「兄と妹じゃなく姉と弟だったら、まだ少しは良かったのに」

使用人たちが、そして村人の多くが、よく囁《ささや》いている陰口である。

しかし、この男児が弱々しく女児が猛々《たけだけ》しいという性質の差こそ、代々の秘守家に於いて、その中でも特に一守家に見られる、言わば呪われた特徴だったのである。故に男子は長寿郎と名付けられ、その禍いを祓おうとした。そして女子を妃女子と呼んだ命名の裏には、恐らく淡首《あおくび》様の祟りを一身に集める狙《ねら》いがあったに違いない。〈妃女〉が〈媛〉を表していると見做せば、強《あなが》ち穿《うが》った解釈でもないだろう。

つまり跡取りである兄が健やか且《か》つ無事に育つことを願う余り、本来なら彼に目を向け災禍を齎すはずの淡首様の関心を、できるだけ妹に引き付けるよう考えられたのが、この〈妃女子〉という命名に込められた真の意味ではなかったのか、と村人たちも薄々ながら勘付いていたのである。

実際に妃女子が病弱なのは、この命名の仕掛けの所為だと見られていた。なぜなら一守家の男児が弱々しく女児が猛々しいという性格の差は、そのまま肉体の差にも繋がっていたからだ。なのに彼女が健康体でないのは、本来なら長寿郎が負うべき疾病や怪我の多くを、彼女が身代わりとなって引き受けているからである。要は〈妃女子〉という名が呪術的な装置として立派に稼動していることの、これは証左と言える。そんな考えや思いが、二人が成長するにつれ自然と村には広まり出し、今日に至っていた。

「さぁ、辺りが暗うならんうちに、早う帰るんや」

長寿郎が優しく微笑んでくれるのを飽きずにぼうっと見蕩《みと》れていると、カネ婆に急《せ》かされた。愚図々々していると、拳骨《げんこつ》の一つも見舞われてしまう。

慌てた斧高はぺこりと長寿郎にだけもう一度お辞儀をすると、祭祀堂から外へと出た。だが言われた通り戻ることはせず、北の鳥居の左側に建つ大きな石碑の後ろに身を潜《ひそ》め、そこから凝っと祭祀堂を見張りはじめた。

カネ婆の言う通り今夜が闇夜であれば、長寿郎の後を尾《つ》けるのも、きっと暗闇に紛れて容易《たやす》いはずだ。

そこへ北守《きたもり》駐在所の高屋敷《たかやしき》巡査が現れた。今夜が大切な十三夜参りであると知っているため、どうやら様子を見に来たらしい。しかし、巡査が祭祀堂にいたのは僅《わず》かな時間だった。すぐに出て来ると、鳥居の周りをうろつき出した。

（お巡りさん、早く帰らないかな）

石碑の裏に隠れていた斧高は、今にも見付かるのではないかと気が気でない。ただでさえ当時の子供にとって、警察官は物凄く怖い存在である。況《ま》して今、秘守の一守家で最も大事とされる儀礼がはじまろうという際に、不審者として見付かる愚など絶対に避けたい。カネ婆のお仕置きを考えると尚更だ。

（まさか、このまま居座るつもりじゃ……）

冗談ではない。それでは長寿郎の後を尾けることができなくなってしまう。

だが幸い、この心配も杞憂《きゆう》に終わった。一通り周囲を見回ると、高屋敷は足早に立ち去った。このとき石碑の裏も覗かれたが、巡査が近付いて来るのを察し、相手とは逆に碑の周りを移動してやり過ごした。

良かったと思わず安堵《あんど》したところで、辺りが急速に薄暗くなっていることに気付いた。瞬《またた》く間に微かな残照も重く垂れ込めた曇空から完全に消え去り、村に烏羽玉《うばたま》の如き漆黒《しっこく》の闇が降りた。

（それにしても長寿郎様は遅いな）

恐らく祭祀堂を出ようとする彼に対して、カネ婆が念には念をと呪言を唱えているに違いない。とにかくカネ婆という人は長寿郎の人生の節目ごとに、その都度その状況に合った特別な唱え言をする。そうやって更《さら》に守りを強固にしなければ気が済まないのである。

（今夜は十三夜参りだから、特に長いんだろうなぁ）

少し斧高が気を抜いたそのときだった。

祭祀堂の玄関から、人影が姿を現した。白衣を着て茶袴《ばかま》を穿《は》き、手には明かりの点《とも》った提灯《ちょうちん》をぶら下げている。

（長寿郎様だ）

十三夜参りで男女が重なったとき、まず優先されるのは男だった。仮に一守家の儀礼者が女で二守家が男という場合でも、これは守られた。つまり三々夜参りに限っては一守家、二守家、三守《みかみ》家の格式の差よりも、まず参る者が男であることが物を言った。よって最も重きを置かれる儀礼者とは、当然だが一守家の嫡子《ちゃくし》となる。将来の秘守一族の長だからだ。そして今回、その立場にあるのが長寿郎だった。

北の鳥居の前で一礼して、石段を上りはじめた長寿郎の提灯の明かりを目で追いながら、斧高は思案していた。

（すぐに後を尾けた方がいいか。それとも、もう少し待つべきか……）

問題は、媛首山の中心に祀られた媛神堂へ向かう彼の後を、妃女子がどれくらいの距離を開けて続くのか、それが分からないことである。

もちろん彼としては、すぐ長寿郎の後に続きたかった。石段を上って参道を辿《たど》り、やがて行き着いた井戸で浄《きよ》めの儀式をし、媛神堂で儀礼を執り行ない、栄螺《さざえ》塔から婚《こん》舎《しゃ》へと入るまで、十三夜参りの一部始終を見守りたかった。

斧高は十三夜参りの準備を手伝いながら、頃合《ころあい》を見計らってカネ婆に、儀礼について知りたい事柄を質問していた。しかし、余りに微に入り細を穿つ問い掛けをしたために、

「そんな細かいことまで、お前が知る必要などないわ！」

カネ婆に怒られ、もう質問などできない雰囲気になってしまったのだ。

（どうしよう……）

どんどん石段を上って行く提灯の明かりを眺めながら、斧高は逡巡《しゅんじゅん》した。このまま後を尾けるべきか、それとも妃女子が出て来るのを待って、彼女の後に続くべきか。

（けど、それじゃ長寿郎様を見守れない……）

そう思ったところで彼は、覚束《おぼつか》ない足取りながら石段を辿っていた。途中で何度も後ろを振り返り、祭祀堂から妃女子が姿を現さないか、と注意を払いながら。

斧高が石段を上り切ると、ゆらゆらと揺れつつ遠離《とおざか》る提灯の朧《おぼろ》な明かりが、前方の闇の中で瞬いているのが見えた。それは恰《あたか》も暗闇に舞う人魂《ひとだま》のように映った。時折ふっと消えるのは、石畳の参道が木立の間を縫って蛇行しているため、両側に林立する樹木が提灯を遮《さえぎ》るからだろう。

その頼りない灯火を別にすれば、辺りには真の闇が充ち満ちている。石段を上る前には、鳥居の両脇に据えられた石灯籠《いしどうろう》の仄《ほの》かな輝きや、祭祀堂から漏れる温かそうな光が、辛《かろ》うじて周囲を照らしていた。

ところが、媛首山に足を踏み入れた途端、そこには下界の光など全く寄せ付けない、禍々《まがまが》しいばかりに黒々とした闇の世界が広がっているではないか。

(こ、こんなに暗いんだ……)

行く手に、まるで墨汁のように濃厚な暗闇が沈んでいるのを目の当《ま》たりにして、さすがに斧高の足が止まった。だが、そうしている間にも、どんどん提灯は遠離って行く。長寿郎との距離が開くばかりである。

前を行く小さな明かりだけを頼りに、闇夜の媛首山に侵入する――。

そう考えただけで普段の斧高なら、きっと回れ右をして踵《きびす》を返していたに違いない。けれど、このときの彼は、少しでも長寿郎の役に立ちたいと願っていた。その想いだけで彼は、この恐ろしい暗夜行路に挑む決心をした。

非業《ひごう》の死を遂げた二人の女が祀られ、今尚《いまなお》その祟りがあると畏怖《いふ》される、忌まわしき媛首山の直中へと踏み入る悲壮な覚悟を、彼はしたのである。

第二章　高屋敷巡査

北守駐在所の高屋敷《たかやしき》元《はじめ》巡査が、北の鳥居口の前に建つ祭祀堂を訪ねたのは、十三夜参りが執り行なわれる日の午後六時五十分だった。その日の午後七時より儀礼がはじまることは前々から分かっていたので、何か異状がないか様子を窺《うかが》うためである。彼なりのある考えによって、今夜は警戒が必要だと判断していたからだ。

だが、生憎そう感じたのは彼だけらしく、祭祀堂では余り歓迎されていない印象を受けた。肝心の双児には着替えの最中で会えず、一守《いちがみ》家の当主の兵堂《ひょうどう》には、あからさまに部外者の介入を厭《いと》う態度を示される始末である。普段は愛想の良い蔵田《くらた》カネも、双児の世話で忙しいのか顔さえ見せない。家庭教師の僉鳥郁子《みなとりいくこ》はその美しい顔に、相変わらず冷たいばかりの無表情という仮面を張り付け、取り敢えず兵堂が高屋敷の相手をしていても、我関せずとばかりに二人を無視した態度である。一守家に善かれと思って顔を出したにも拘らず、それが彼の受けた応対だった。

それでも高屋敷は祭祀堂と鳥居の間を重点的に調べると、少し急いで東守《ひがしもり》の駐在所へと自転車を飛ばした。

（二見《ふたみ》巡査部長が、ちゃんと巡回をしてれば良いけど……）

　本当なら彼は、自分が北の鳥居口の前から離れるべきではないと思っていた。ただ、東の鳥居口を任せた二見が、果たしてこちらの願いを素直に聞いてくれたかどうか、それが物凄く不安だった。幸い祭祀堂には兵堂と蔵田カネと僉鳥郁子がいる。双児を送り出しさえすれば、三人の注意も外に向くだろう。そう考えて、一先《ひとま》ず自分は東守駐在所の様子を見に行くことに決めた。

　媛首《ひめかみ》村の地形は東西に長い楕円を描いており、その南北のほぼ中心に媛首山《ひめくび》を有している。山の最西端に当たる日陰峠が、そのまま村境に接することから、村の土地は山の北側、東側、南側の大きく三つに分かれる。各地域は順に北守、東守、南守《みなみもり》と呼ばれており、それぞれを村の代々の地主である秘守《ひがみ》一族が、北は一守家、東は二守《ふたがみ》家、南は三守《みかみ》家と治めている。

　この村の区分に合わせて、駐在所も各々に一箇所ずつあった。北守駐在所には高屋敷が、東守駐在所には二見巡査部長が、南守駐在所には佐伯《さえき》巡査が勤務していた。ちなみに警視庁終下市《ついかいち》警察署に属する駐在所としての位置付けでは、三つは同格である。なのに、しばしば問題となるのが、三人の階級の違いだった。

（俺の頼み事となると、二見さんも素直じゃないからなぁ）

時間を気にしながら、高屋敷は必死に自転車を走らせた。

確かに相手は巡査部長である。だが、それは手柄らしい手柄を立てないまでも、愚直なまでに駐在巡査の職務を長年に亘って務め続けている、その勤続に応えるための昇進に過ぎない。それは誰が見ても明らかだった。年齢から考えても、これが最初で最後の昇進となるだろう。

（いや、別にそれはいいんだけど……）

二見さえ、三つの駐在所には警察組織内の上下関係が全くないことを、ちゃんと認識してくれれば良いのだ。しかし彼は自分が巡査部長であり、高屋敷と佐伯が巡査である事実に拘《こだわ》った。村の大工に特注して作らせた警棒――普通のものよりも随分と太い――を腰に下げているのも、どうにかして二人と差別化を図りたいという、我《わ》が儘《まま》な子供のような願望の表れなのだろう。そんな自前の警棒など警察官の服務規程に反するのだが、高屋敷と佐伯もわざわざ報告して事を荒立てる気は毛頭ない。

（受け持ちの地域を治めているのが、秘守一族では二番手の二守家になるのも、きっと気に入らないんだろうな）

つまり巡査部長である自分が、一守家の地所である北守地域を担当するべきではないか、そう思っているのだ。一年ほど前に赴任した高屋敷のような、まだまだ余所者と言ってもよい平《ヒラ》の巡査に任せるのではなくて。

（そのうえで村内にある三つの駐在所を、巡査部長である自分が束ねる――そんな夢を、いや意味のない野望を持ってるんだ）

高屋敷元巡査が前もって各駐在所に通達して頼んだのは、受け持ち地域に於ける媛首山への出入り口である鳥居の周辺を、十三夜参りがはじまる本日午後七時前から充分に警戒して欲しい、というものだった。

彼が心配したのは、もちろん淡首《あおくび》様の祟りなどではない。もっと現実的な脅威――即ち一守家の長寿郎《ちょうじゅろう》が何者かに狙われるのではないか、という極めて生々しい危惧《きぐ》だった。三々夜参りとは、表向きは秘守家の子供の健《すこ》やかな生育を願う儀礼である。だが実際は、跡取りを守護して無事に一族の長へと就かせるための装置なのだ。つまり神事めいた儀式も、全ては旧家の跡目《あとめ》争いの一環に過ぎない。

（一守家にとっては、長寿郎君の成長を願う儀礼になる。けど、二守家と三守家の立場で見ると、何か手違いでも起きてくれれば……という気になるやも知れず）

二見には考え過ぎだと笑われた。しかし、そんな心配を高屋敷がするのも、それほど的外れではなかった。

実は明治のはじめに、十三夜参りの最中に一守家の跡取りの男子が井戸に落ち、首の骨を折って死亡するという事故が起きている。尤《もっと》も当時の村人たちは淡首様の祟りだと信じ、今の時点で高屋敷は二守家か三守家の誰かが行なった殺人ではなかったかと睨《にら》んでいた。ただ結局、死亡した男子の腹違いの弟が跡を継いだため、一守家の安泰が揺らぐことはなかった。要は祟りであろうが殺人であろうが、全く何の変化も起こせなかったのである。

(でも、腹違いの弟に関わる一守家内部の誰か——が犯人だったという可能性も考えられるから、そうなると意味はあったわけだ)

仮に真相を突き止めたところで何の手柄にもならないのに、昔の事件を調べるのが好きな彼は、いつしかそんな考えに夢中になっていた。犯人が当の一守家にいるのではないかという探偵小説的な発想が、堪《たま》らなく面白く感じられたのだ。

(あっ、いかん！　今は過去の事件に関わってる場合じゃない)

知らぬ間に速度の落ちていた自転車を、高屋敷は慌てて勢い良く漕《こ》ぎ出した。気を取り直し、東守へと急行する。

そこは媛首村の中心地であり、村内では一番発展している場所になる。とはいえ村で唯一の繁華街と呼べる通りには、村役場、消防団詰所、駐在所、郵便局、日用の雑貨を扱う商店、旅館、食堂などが単に集合しているだけで、その風景は見ようによっては何とも物寂しいかもしれない。

意外にも二見は留守だった。夫人によれば七時過ぎ、媛首山の東の鳥居口へ向かったという話である。駐在所を出る時刻が少し遅いものの、一応は高屋敷の依頼をちゃんと受けたわけだ。

（俺の誤解だったか……）

心の中で反省しつつ東の鳥居口への村道を辿っていると、前方に揺らめく懐中電灯の明かりが目に付いた。近くまで行くと、当の二見が二守家の紘弌《こういち》と立ち話をしている。

「ふ、二見さん、どうしたんですか、こんなところで？」

「おおっ、高屋敷巡査か。いやなに東の鳥居口へ行こうとしたら、そっちから紘弌君が来たのでな。それで何か異状がなかったかどうか、ちょうど訊いてたんだ」

そんな説明をしたが、時刻は既に七時二十分である。駐在所を出たのが七時過ぎだとすると、少なくとも十分近くは立ち話を続けているのではないか。

「それで何か、向こうで気付いたことでもありましたか」

二見に苦言を呈したいのを我慢して、高屋敷は紘弌に尋ねた。相手が秘守家の者ともなれば、丁寧な口調にならざるを得ない。それに紘弌は、長寿郎と同じくらい秘守一族の男性では珍しく礼儀正しい青年だったため、彼も好感を持っていた。

「いえ、特に変わったところは……なかったと思いますけど」

今年になって成人式を迎えた二守家の長男は、少し考える仕草を見せた後、屈託のない落ち着いた口調で答えた。

「そうですか。それじゃ自分は、これから東の鳥居口へ向かいますので」

努めて冷静な態度で二見に形ばかりの敬礼をすると、高屋敷は急いで自転車に跨《また》がった。

「よし、ご苦労――。儂《わし》もすぐ行く！」

透《す》かさず後ろから、尊大な二見の声が飛んで来た。だが、もちろん高屋敷は振り返ることはせず、そのまま走り去る。

（くそっ、やっぱり最初から東の鳥居口を見回る気なんか、少しもなかったんだ）

一時でも二見に悪いと思った自分にまで、腹が立って仕方がない。

やがて前方の闇の中に、ぼうっと東の鳥居の輪郭が浮かび上がったところで、石段の下に佇《たたず》む人影を高屋敷は認めた。

「誰だっ！　そこにいるのは！」

すぐさま自転車で近付くと手前でぱっと飛び下り、相手の逃亡を防ぐように立ちはだかる格好で、懐中電灯を突き付けた。

「うん？　紘弍《こうじ》君じゃないか」

明かりの中で眩《まぶ》しそうに目を細めているのは、先程の紘弌の二歳下の弟である、二守家の次男の紘弍だった。

「何をしてるんだ？　こんなところで」

「散歩……」

兄とは違って、ぶっきらぼうな口調である。

「こんな時間にか。しかも随分と妙な場所にいるじゃないか」

「まだ明るいうちに、家を出たんだよ。ちょうど帰るところで――」

「何処まで行ってたんだ？」

「……み、南守の、馬呑池《うまのみいけ》の辺りだよ」

「なら家に戻るのに、ここは通る道じゃないだろ」

「そ、それは……。べ、別にいいじゃないか、寄り道したって。それに俺だけじゃない。兄貴だってさっきまで、この辺をうろうろしてたんだからな」

そこへ思いのほか早く二見が現れた。

「どうした？　おっ、なんだ紘弐君じゃないか」

二見は紘弐が家に戻るところだと聞くと、有ろうことか高屋敷には何の断わりもなく、さっさと彼に帰る許可を与えてしまった。

「どうも……。へっ」

紘弐は頷《うなず》く程度の礼を二見にし、次いで莫迦にしたような笑みを高屋敷に向けながら、すぐに歩き去った。

「二見さん！」

紘弐を睨み付けていた高屋敷は、相手が背中を向けた途端、抗議の声を上げた。

「何だ？」

しかしながら二見は一向に悪怯《わるび》れた様子もなく、逆に激昂《げっこう》する高屋敷に冷ややかな眼差《まなざ》しを向けている。

「なぜ不審者を、そのまま帰したんですか」

「不審者だって？　おいおい、今夜、一守家の双児が十三夜参りを執り行なうのは、村中の者が知ってるんだぞ。散歩のついでに、ちょっと鳥居の側を通るくらい、誰でもしそうなもんだろう。それが二守家の兄弟であれば、尚更じゃないか」

「その兄の方に事情を訊《き》こうとしたのなら、弟の方にも確かめるべきじゃないですか」

紘弐とは単に立ち話をしていただけと分かっていたが、敢えてそう訊く。

「紘弐君が、何の異状もなかったと話してるんだ。それでいいだろ」

「今夜の十三夜参りは、毎年のように村で行なう祭事なんかとは違うんですよ」

「だから何だ？　そもそも二守家の兄弟なら、立派に儀礼の関係者とも言える」

「ええ。だからこそ余計に、警戒が必要だと申し上げたんです。二見さんも今夜の儀礼が、秘守家の跡取り問題にとって非常に重要であると、よくご存じでしょう」

「ああ、そんなことは分かっとる。すると何か、二守家の兄弟が一守家の長寿郎を亡き者にしようとして、東の鳥居口の近辺をうろついてたとでも言いたいのか」

「いえ……そこまで断定的なことを、本官も言うつもりはありません。ただ、跡目争いから何らかの事件に至る可能性があると――」

「それは、そう言うとるのも同じだろ。貴様、二守家の跡取りに対して、そんな根拠のない容疑を掛けて、ただで済むと思うのか！」

「ならば、一守家の跡取りの身柄の安全に対して何ら頓着《とんちゃく》しないのも、ただでは済まないのではないでしょうか」

高屋敷が思わず詰め寄ると、徐《おもむろ》に二見は厭な笑みを浮かべながら、

「ところで貴官は、今夜の警戒態勢を敷くに当たり、当然それ相応の許可を、然《しか》るべき筋から得ておるんだろうな。ええっ？」

「そ、それは……」

痛いところを突かれ、高屋敷は急に口籠《くちごも》ってしまった。

世間から見れば十三夜参りという儀礼は、間違いなく俗信と見做される。しかも、それをこの非常時に執り行なうなど言語道断であり、非国民と誹《そし》られたうえ、きつい処罰を受けても文句は言えない。そして、そのような儀式の警備を、事も有ろうに現職の警察官が行なったとなると、もちろん大問題である。それは高屋敷も充分に理解していた。

ただ、町の派出所に勤務するのと違って、駐在所に家族と共に移り住む彼らのような存在は、警察官であると同時にその土地の人間になる必要があった。いや、むしろ先に土地の者と化さなければならない。町では着任して、すぐ勤務に励めば済むかもしれない。だが、ここ媛首村では、まず自分自身が村民になる努力を強いられる。そうでないと駐在所の巡査など、然《そ》う然《そ》う務まるものではなかった。

つまり村の問題は、自分たちの重大事でもある。そのことは誰よりも、当の二見が身をもって知っているに違いない。もし一守家に跡取りとなる男子がおらず二守家にはいて、その十三夜参りが今夜だった場合、きっと二見は高屋敷と同じような依頼を――彼のことだから命令だろうが――他の二人にしたと思われる。

しかし、ここで仮定の話をしても仕方がない。否定されればお終いのうえ、二見の言っていることは飽くまでも正論なのだから。

「まっ、いいだろう。若いうちは、勇み足もあるものだ」

黙ってしまった高屋敷に、二見は寛大さを装《よそお》った口調で声を掛けた。若いと言っても三十一歳にもなり、当然それなりの経験もある警察官に対して、それは口にするような台詞《せりふ》ではなかった。

しかも、すぐ学生に教訓を垂《た》れる教師の如き態度で、

「とは言うものの、若気故に到らぬところはだな、経験豊かな年長者に助言を仰ぎ、

速やかに改善を施さなければならん！　そういう切磋琢磨《せっさたくま》をしない限り、いいか、いつまで経っても警察官としての成長も望めんのだ。今回の件は、まぁ儂の胸の内だけに留めておこう。ただし、今後は精々その言動には気を付けるように」

尊大に言いたいことだけ口にすると、

「どれ、何も知らずに働いておる、実直な佐伯巡査でも見舞うか」

そんな捨て台詞を吐いて、南の鳥居口の方向へと自転車に乗って消えて行った。

「ふうっ……」

堪《こら》えていたものを吐き出すように、思わず高屋敷の口から溜息《ためいき》が出る。

（それにしても村での秘守家の、特に一守家の勢力がどれほど強いものか、あの人も十二分に知ってる癖に、なぜ素直に協力してくれないんだろう）

その根底にあるのが、佐伯に比べると高屋敷が必要以上の敬意を二見に払わないという、恐らく何とも詰まらぬ理由だとは分かっていた。今回の件も依頼の通達を出す前に相談をし、嘘《うそ》でも彼の許可を得たように振る舞っておけば、きっと絡《から》んで来ることもなかったはずだ。巡査部長としての顔さえ立てれば。

（それは分かるけど……。いや、あの人の考えとしては、そうだと分かるけど——）

ただ、如何に二見自身が二守家派とはいえ——同家から盆や暮れや何かに於いて、付け届けを受けている身であることを高屋敷は知っている——秘守一族全体にとって重要な儀礼である十三夜参りを蔑《ないがし》ろにするような態度が、どうにも彼には解《げ》せなかった。

尤《もっと》も彼に嫌味を言うだけで引き上げたのは、二見としても自分が十三夜参りの警邏《けいら》の邪魔をしたなどと、万に一つも富堂《ふどう》翁の耳に入ることを恐れたからに他ならない。

(つまり一守家には、充分に一目は置いている。しかし、十三夜参りに関しては余り興味がない。もしくは関わらないよう、意図的に避けてるのか……)

そのとき高屋敷の脳裏に途轍《とてつ》も無く恐ろしい考えが、ふと浮かんだ。

(いや、待てよ。ひょっとすると二見さんは、十三夜参りで何か変事が起こることを、実は秘かに期待してるんじゃ……)

もちろん最大の変事とは、過去にも例のある跡取りの変死だろう。もし仮に、そんな禍いが長寿郎の身に降り掛かれば――

(二守家の紘弌君が秘守家の跡継ぎになり、自動的に二守の家は一守家へと昇格する。そして二見さんは、村の最高権力者が治める地の駐在となる)

余りにも恐ろしい発想に、高屋敷は慌てて自らの首を振った。

(い、いや……幾ら何でも有り得ない。仮にも警察官が、そんな莫迦なこと考えるわけがない。二見さんも、そこまでは……)

否定しながらも、いつしか真っ黒な不安が、高屋敷の胸中には広がりはじめていた。

ある意味、その心配は当たっていた。ただし、それは彼が考えていた出来事とは全く違った別の驚くべき変事として、やがて起こることになるのである。

第三章　媛首山

媛首山《ひめくび》は山とは呼ばれながらも、実際には巨大な丘のような存在だった。こんもりと盛り上がった亀の甲羅を左右――東西――に延ばした楕円形の姿といい、全体を鬱《うっ》蒼《そう》たる樹木に覆われた見た目といい、むしろ広大な森林地帯と言うべきかもしれない。それが村の真ん中で隆起したように、でんと居座っているのである。

御山のほぼ中央に祀られた媛神堂に至る道筋は、三通りあった。一つ目は一守家《いちがみ》が面する山の北側で、神事を執り行なう際に使用される祭祀堂を有し、北の鳥居口と呼ばれている。二つ目は二守家《ふたがみ》から望める東側にあり、東の鳥居口と言われる。そして三つ目が三守家《みかみ》と対峙《たいじ》する南側に位置し、南の鳥居口とされる。

いずれの鳥居を潜《くぐ》っても、最初は石段を上らなければならない。次いで蛇行する石畳の参道をひたすら辿ることになる。すると、やがて井戸が見えてくる。ただこの井戸に出会《でくわ》すのは、北の参道を進んだときだけである。東と南の場合には、よく神社で見掛ける手水舎《ちょうずや》が設けられている。井戸と手水舎の側には、それぞれ祓戸《はらえど》神を祀《まつ》った

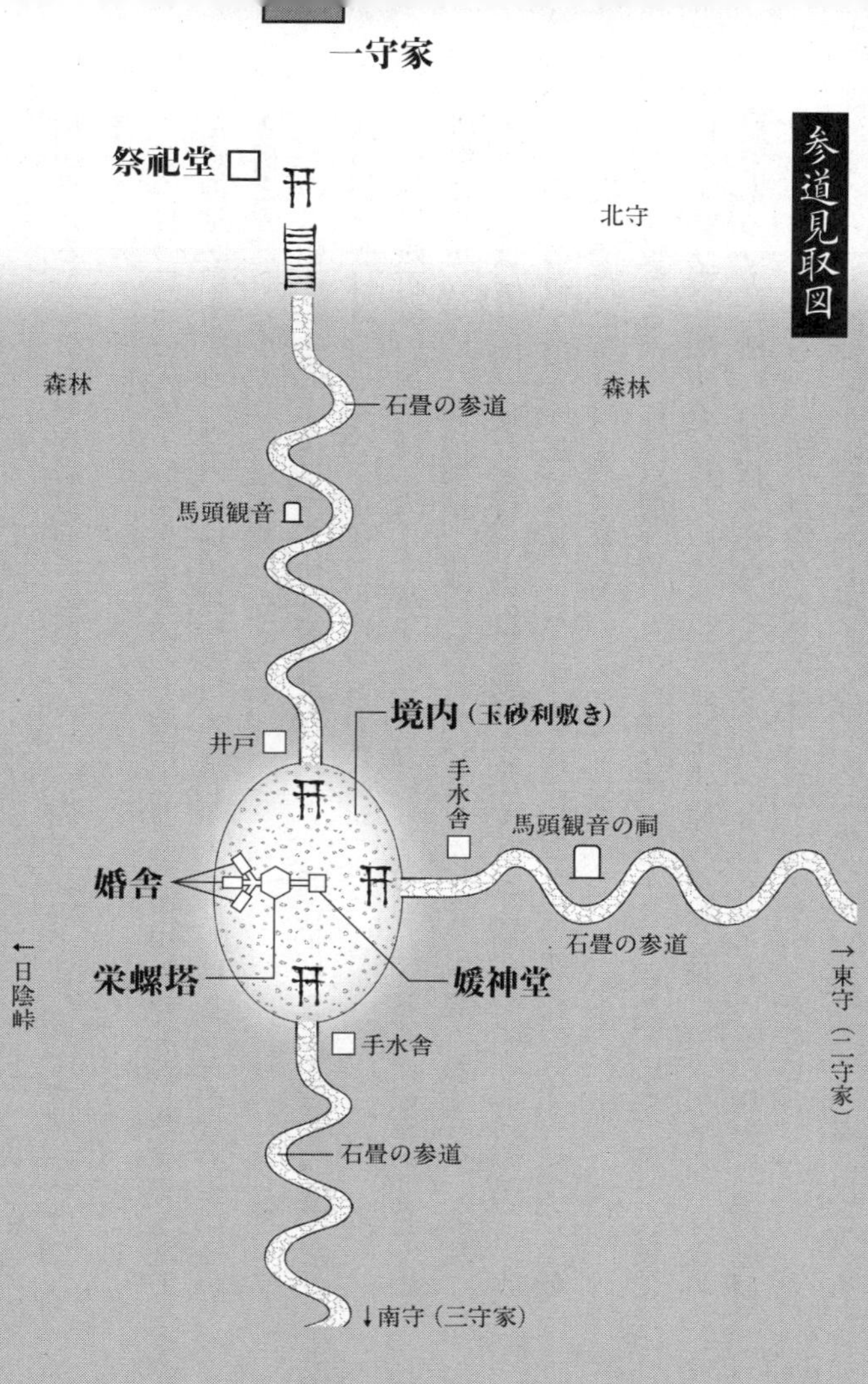
参道見取図
一守家
祭祀堂
北守
森林
森林
石畳の参道
馬頭観音
境内（玉砂利敷き）
井戸
手水舎
馬頭観音の祠
婚舎
栄螺塔
媛神堂
石畳の参道
←日陰峠
→東守（二守家）
手水舎
石畳の参道
↓南守（三守家）

る。祠《ほこら》が見える。ここで参拝者は穢《けが》れを落とし、その先に建つ小さな鳥居を潜るわけである。

二つ目の鳥居の先は玉砂利を敷き詰めた境内となり、中央には北側に格子戸《こうしど》を配した媛神堂が鎮座する。堂内には媛首塚《ひめくび》と伝えられる大きな石碑と、その後方に御淡供《おえん》養碑と呼ばれる小さな石塔が祀られている。

この二祀神こそ代々に亘って秘守《ひがみ》家を護りながら、また同時に祟り続けてもいる、淡首《あおくび》様と呼ばれる恐るべき存在の正体であった。

最初の媛首塚の伝承は、天正十八年（一五九〇）にまで遡《さかのぼ》る。その年の七月、媛神郷に築かれていた媛神城は、豊臣氏の攻撃を受けた。その結果、城主氏秀《うじひで》は自刃、子息氏定《うじさだ》は媛鞍山《ひめくら》を通り抜け、西の日陰峠から辛うじて隣国へと落ち延びる。しかし、氏定の後を追って逃げた淡媛《あおひめ》は、山中で豊臣勢の追っ手の弓矢を首に受けて転倒、次いで首を斬られて殺されたという。

この淡媛なる人物には以前から、とかく妙な噂が囁《ささや》かれていた。曰《いわ》く、気分次第で侍女を嬲《なぶ》り殺しにする。鳥獣の肉を生で食らう。怪し気な秘術に凝っている。男なら誰であろうと寝所に引き摺り込む——等々。よって村人たちも氏定が無事に逃げ延びたことは喜んでも、淡媛の無惨な死を悼む者は誰一人いなかったらしい。

ところが、媛神城が陥落してしばらく経つと、恐ろしい体験をする者が出はじめた。

ある炭焼人が窯場で媛鞍山の原木を使っていたのだが、どうも窯の様子がおかしい。不審に思って覗き窓から目を凝らすと、原木が人間の骨のように見える。おまけに、人肉の焼けるような厭な臭いまで辺りに漂い出した。

腰を抜かさんばかりに炭焼人が驚いていると、急に小雨が降り出し、途轍《とてつ》も無い悪寒《おかん》に襲われた。恐る恐る後ろを振り返った彼の目の前に、朽《く》ちた鎧《よろい》を纏《まと》った血塗れの落武者が立っていた。しかも落武者は、もう一度よく窯を見ろとばかりに顎《あご》をしゃくっている。恐ろしさに震えながらも再び窯の中を覗いた炭焼人は、燃え盛る炎に巻かれた女の生首が、にやにやとした無気味な笑みを浮かべながら、じりじりと音を立てつつ焼け爛《ただ》れてゆく壮絶な光景を目の当《ま》たりにした。

絶叫した炭焼人が窯から顔を背けると、後ろにいたはずの落武者の姿は消えていて、上半身を血に染めた首の無い女が、自分に襲い掛かって来るところだった。彼は命辛々《からがら》どうにか村へと逃げ帰ったが、すぐに高熱を出して寝込み、数日後には死んでしまったという。

また、ある村人が霧のような細かい雨の降る中、媛鞍山を北から南へ抜けようとしたときのこと。いつの間にか自分の前に、おかしな格好をした見知らぬ女が歩いているのに気付いた。ぞろりと着物を肩に掛けているだけで、それが風もないのにふわふわと膨らんでいる。

こんな山の中で妙だなと思った途端、村人は怖くなった。引き返そうかと後ろを向くと、そこにも変な格好をした女がいた。頭には菅笠《すげがさ》と頭巾《ずきん》を被っているのに、その下には薄い長襦袢《ながじゅばん》しか着ていない。どう見ても尋常ではない。

慌てて村人が前を向くと、前方の女の着物がふわっと浮くところが見えた……が、その下には何もない。ただ生首だけが中空に浮いている。と、その首が、ゆっくりと振り返り出した。村人が逃げようと後ろを向くと、後方の女の菅笠と頭巾が、するっと外れるところだった……が、その下にも何もない。首無しの身体だけが歩いている。前からは生首が、後ろからは首無しの肉体が、自分に近付いて来る。

咄嗟《とっさ》の判断で、村人は自分に向かって飛んで来る女の首へ、まっしぐらに突っ込んだ。そうして首とぶつかる寸前、その真下を潜って走り抜けると、そのまま一目散に山の南側まで逃げ、何とか助かったという。ただそれ以来、夜毎に山から生首がやって来ると譫言《うわごと》を繰り返すようになり、一月ばかり経った頃に、ふっと行方不明になってしまった。

そういう奇っ怪な体験をする者が、村で続出したのだという。そこで遅蒔《おそま》きながら村人たちが、淡媛の亡骸《なきがら》を探し出して葬ろうとしたところ、身体は獣に喰《く》われたうえ腐敗していたにも拘らず、その首だけは無傷で綺麗なままだった——しっかり両目を開けたままだった――と伝えられている。

今更ながらに恐れ慄《おのの》いた村人たちは、媛の亡骸を丁重に葬ったうえ石碑を建て、媛神様として祀ることにした。そして、いつしか媛鞍山は媛首山と呼ばれるようになり、そのうち媛神様も自然に媛首《ひめかみ》様と記されるようになったのだという。

さて、もう一つの御淡供養碑の話は、淡媛の伝承から二百年ほど下ることになる。

宝暦年間（一七五一～六三）の頃、秘守家の当主徳之真《とくのしん》が所用で家を空けた際、後妻に入って半年しか経っていないお淡《えん》が、使用人の男と駆け落ちをした。そのときの逃避行が、約二百年ほど前に淡媛が辿ろうとして果たせなかった、東西に媛鞍山を通り抜けて西の日陰峠へと向かう道筋だったという偶然は、何とも薄気味の悪い暗合である。

尤《もっと》もお淡の場合は、その峠越えに成功している。愛人の男と手に手を取って、媛首《ひめかみ》村から、秘守家から、そして夫からも逃げ果《おお》せたわけだ。もちろん帰宅して妻と使用人の不義を知った徳之真は、それこそ烈火の如く怒った。金に糸目を付けず八方に人を遣わし、二人の行方を捜させ続けた。その甲斐あって、数ヵ月後に居場所が判明した。しかし、時間が経つうちに心境の変化があったのか、徳之真は二人を強引に連れ戻そうとはしなかった。逆に全てを水に流して許すので、ともかく帰って来なさい、という不義を不問に付すような言付《ことづ》けを伝えた。

この徳之真の言葉を聞いて、二人は驚いた。そして相談した結果、結局お淡だけが戻ることになった。使用人の男は、さすがに主人を裏切って奥様を寝盗った手前、今更どの面を下げても帰れないと思ったからだろう。

数週間後、お淡の乗った駕籠《かご》が秘守家へと到着した。駕籠が家の正面に着いて、その中からお淡が降りようとした、そのときだった。それまで身を隠していた徳之真が、透かさず日本刀で斬り掛かった。彼女が駕籠から頭を出した瞬間、正にその首を刎《は》ねようとしたのだ。

ところが、徳之真の振り降ろした刀はお淡の髪飾りに当たってしまい、一刀両断に首を落とすことができなかった。刀が中途半端に首へと食い込む格好となり、彼女は絶命するまでの間、その場をのたうち回る羽目になった。

お淡は七転八倒しながら、狂ったように叫び続けたと言われる。

「きっと……きっと孫子の代まで……、七代末まで……祟ってやる……」

苦しみ抜いて絶命したお淡は徳之真の命令で、何の供養もせず村の無縁墓地へと葬られた。埋葬に立ち会ったのは、無量寺《むりようじ》の僧侶《そうりよ》と小坊主の二人だけだったという。

それからしばらくして、徳之真と先妻の子である長男の徳太郎が、栃餅《とちもち》を喉に詰まらせて窒息死する。続いて次男の徳次郎が、首筋を雀蜂《すずめばち》に刺されて急死する。そして徳之真が改めて貰った後妻は、二人続けて脳味噌《のうみそ》のない子供を出産し、やがて彼女は発狂し自害する。その他にも常に家内から、首あるいは手首や足首の不調を訴える者が続出した。

すっかり怯えきった徳之真は、村の無縁墓地からお淡の遺体を掘り返すと、秘守家代々の墓所へ丁重に埋葬し直した。それでも怪異は鎮《しず》まらなかったため、遂に徳之真は媛神堂の内部にお淡の供養碑を建てた。だが、「淡」という漢字をはじめとして、淡媛との間に浅からぬ因縁めいたものを、彼なりに感じたからかもしれない。やがて秘守家を襲っていた恐怖は、徐々に沈静化していったと伝わっている。

当初、淡媛が媛首様《ひめかみ》と呼ばれているのを受けて、お淡は淡首様《えんかみ》とされたが語呂《ごろ》が悪いこともあり、また身分の違いはあるが祀ってしまえば同じ神様だという意識からか、村人たちは自然に二人をまとめて淡首様《あおくび》と称するようになる。淡媛にもお淡にも共通する「淡」の字を採用したのだろう。それを「あお」と読ませたのは、「えん」では読み難いという理由の他に、結局は身分の差を鑑みた所為《せい》なのかもしれない。

ただし、祭り上げたとはいえ淡首様は秘守家に、その中でも特に一守家には障りを齎《もたら》し続けている、という思いが今でも村人たちにはある。淡媛が首を射られ斬られてから約三百五十年、お淡が首を断たれてから約二百年もの歳月が既に過ぎているにも拘らず、淡首様に纏《まつ》わる祟りや障りの話はなくなることがない。

媛首村に古くから伝わる子供の遊び唄で、

「勝って嬉しい花いちもんめ
負けて悔しい花いちもんめ
秘守の跡取りちょいと来ておくれ
身体が疲れて行かれない
秘守の嫁さんちょいと来ておくれ
お首が痛くて行かれない
それはよかよかどの子が欲しい
男の子が欲しい
それはすぐ行く　女の子でどうじゃ
女は丈夫　けど一守は続かない
それはよかよかどの子が欲しい
男の子が欲しい
それはすぐ来ぬ　女の子でどうじゃ
女は長生き　けど一守は残らない
それはよかよかどの子が欲しい
相談しよう　あの子に聞こう　そうしよう」

という奇妙な童唄《わらべうた》が残っている。これを歌いながら子供たちは、花いちもんめに似たような遊びをする。「男の子」と「女の子」の箇所には一緒に遊んでいる子供の名前を入れて歌い、二組の間で子供のやり取りをするわけだ。

歌詞を眺めてみると、秘守家では男子より女子の方が丈夫で長生きすることが読み取れる。ただ、男の子が「すぐ行く」とか「すぐ来ぬ」という言葉の意味が、今一つ分からずに戸惑いを覚える。これは、実は本来の歌詞が書き換えられているからだという。元々「すぐ行く」は「すぐ逝く」であり、「すぐ来ぬ」は「すぐ死ぬ」だったと。また「身体が疲れて行かれない」も「身体が弱くて行かれない」と、「お首が痛くて行かれない」も「お首が怖くて行かれない」と言い、「あの子に聞こう」は「お首に聞こう」と元の歌詞ではなっていたらしい。もちろんこの場合の「お首」とは、どちらも淡首様を示している。しかし、さすがにそれでは差し障りがあるため、自然に現在の歌詞へと変化したのだという解釈がある。

そういった媛首村の人々の思い――いや、恐れと言うべきか――も、決して根拠がないわけではなかった。代々の秘守家に於いて、男児が無事に育たない傾向にあることは、村の誰もが知る紛《まが》う方なき事実だったからだ。それ故に、いつしか自然と子供たちの口から、何とも無気味な童唄が歌われるようになったのだろう。

秘守家では長年に亘り、その代の当主の嫡子である長男が家督を相続し、家を存続させてきた歴史がある。後に分家を持ち、一守家、二守家、三守家という屋号を用いて一族が大きく三つに分かれてからも、その決まりは守られ続けた。即ち一守家の長男が秘守一族の長になる——秘守家に伝わる不文律である。

ところが、その肝心の一守家に於いて、なかなか男児が生育しない。ほとんどが幼児の頃に死亡してしまう。仮に少年期または青年期まで育っても、常に病弱だったり、怪我が絶えなかったりする。稀《まれ》に健康なまま成長することがあっても、やはり線の細い印象は拭《ぬぐ》えない。逆に女児の方は、放っておいても無事に育つとされる。よって長寿郎《ちょうじゅろう》と妃女子《ひめこ》に対して囁かれる使用人の陰口も、村人たちの妃女子命名に纏わる解釈も、決して単なる揶揄《やゆ》や戯《ざ》れ言や放言ではないことが分かる。

一守家に跡取りの男子が育たなかった場合、秘守一族の長は二守家と三守家の長男から選ばれる。もし、その権力を二守家が持つと、一守家との立場が逆転する。つまり、これまでの二守家が一守の屋号を名乗ることになり、一守家は二守へと格下げされるのだ。これは三守家が一族の長になった場合でも同様である。

ただし秘守一族の長い歴史の中で、この劇的な権力の座の交代劇が行なわれたことは、実は一度もない。次の代こそ本当に跡継ぎがいない、という危うい状況を何度も迎えながら、いつも辛うじて一守の座に着き続けているのである。病気がちながらも健在である富堂《ふどう》翁の姿が、その何よりの証拠かもしれない。もちろん兵堂《ひょうどう》も同様である。

秘守一族に於ける一守の立場を、代々に亘り無事に嫡子へと相続させる――そのための装置として機能するのが、三々夜参りと呼ばれる一連の儀礼だった。

これは子供の出生時、次いで三歳と十三歳、そして成人してからは二十三歳と三十三歳になる年の仲秋に、媛神堂に参拝して生育の無事を祈願するという秘守家特有の儀式である。その対象に男女の差はなく、また二守家と三守家の子供も同様に執り行なうため、そういう意味では一族全体の儀礼と言える。ただ、その恩恵を最も受ける――もしくは必要としている――のが一守家の嫡子であることは間違いない。女性の場合は大抵《たいてい》が三夜参りと十三夜参りのみで、二守家と三守家の長男でも二十三夜参りで終えるのに対し、一守家の跡継ぎだけが三十三夜参りまで完全に済ませる事実を見ても、それがよく分かる。

しかし、そこまで淡首様に礼を尽くしても、ある日ぽっくりと急に逝ってしまうのが、一守家の男子だった。二十三夜参りを執り行なった時点で、家督の相続は自動的に約されるにも拘らず、なぜ三十三夜参りという儀礼があるのか。それを考えると、如何に突然の理不尽な死に対して、代々の跡取りたちが現実的な恐れを抱いていたか、その慄きが犇々《ひしひし》と伝わってくるではないか。

この三々夜参りの中でも特に重要視されているのが、少年期から青年期への移行と見做される十三夜参りであり、長寿郎のそれが今夜なのだった。

(長寿郎様は、怖くないのかな……)

ともすれば自分が恐怖の余り、真っ暗な参道の途中で立ち竦《すく》みそうになるのを必死に堪えながら、斧高《よきたか》は己の怯えを長寿郎の気持ちに置き換えていた。そうでもしないと今にも泣き出し、石畳の上に座り込んでしまいそうだったからだ。

夜の媛首山が想像以上に恐ろしいことを、彼は今、身を以《もっ》て感じていた。日中になら何度も来た経験がある。それに北の鳥居から媛神堂までの道程も、所詮は一本道に過ぎない。目を瞑《つぶ》っていても辿り着けると思っていた。だから闇夜など、恐れるに足りないと見くびっていたのだ。

しかしながら日の暮れた媛首山は、余りにも雰囲気が違っていた。最早《もはや》ここは別の場所だと考え、それなりの覚悟を持って臨むべき地だった。少なくとも幼い子供が、のこのこと独りで入り込む空間ではなかった。

そればかりではない。夜の媛首山は森閑としているため、どうしても足音が石畳に響く。よって気付かれないよう、ある程度の距離を開けなければならない。なのに長寿郎は十三夜参りという特別な儀礼に興奮しているのか、どうも普段より歩くのが速い。石段を上るのも参道を辿るのも、平素のおっとりとした歩調とはまるで違っている。ただでさえ霞《かす》むばかりに見える提灯の明かりが、うかうかしていると益々《ますます》ずっと先へと遠離《とおざか》り、下手をすれば真っ暗闇の中に置いてきぼりにされる……という恐れにも斧高は囚われていた。

ところが、そんな風に焦《あせ》る癖に、彼は歩調を速めようとはしなかった。辛うじて提灯を見失わない程度に、後を追い掛けるばかりで——。最初はもっと長寿郎に近付きたい、せめてその後ろ姿が見える位置まで距離を縮めたい、そう願っていたにも拘らず——。

なぜなら、墨汁が満ちたような闇の中を、行く手にぼうっと浮かぶ明かりだけを見詰めて進んでいるうちに、あれは本当に提灯の明かりなんだろうか……という思いが、ふと頭を過《よぎ》ったからだ。それにしては少し丸いのではないか。朧《おぼろ》げ過ぎるのではないか……と続けて考えはじめると、もういけなかった。前方の闇の中で揺れるものが、今にも急に動きをぴたっと止めて、こちらに向かって来るような気がして仕方がない。

（ひょっとしてあれは首無《くびなし》なんじゃ……）

媛首村で最も畏怖されるのは、何と言っても淡首様である。ただし、曾《かつ》て媛神郷と呼ばれたこの地には位牌山《いへーやま》や山魔《やまんま》をはじめ、村人が忌むものは他にも昔から多く存在していた。そして、その中でも里の者が一番に厭《いと》ったのが、首無と呼ばれる得体の知れぬ化物だった。

（はっは……まさか……）

斧高は無理に笑おうとしたが、口元が強張っていて笑みも浮かべられない。

淡首様の場合は充分に礼を尽くしていれば、自分たち村の者にまで障りは出ない、という共通認識があった。だが、首無は違う。遭ってしまえば、憑《つ》かれてしまえば、もうどうにも逃げようがない。正に圧倒的な恐怖感があるばかりなのだ。

そもそも首無とは何か、どんな姿形をしているのか、なぜこの地に現れるのか、実は何も分かっていない。それほど恐れられる存在ながら、肝心の正体については誰も満足に説明ができない。

〈首が無い〉と記される点から、淡媛やお淡に纏わる怪異と結び付ける者もいた。主人と同じように斬首され殺された淡媛お付きの小姓こそ、実は首無の正体であり、今でも媛の側にいるのだという言い伝えも残っている。また年寄りの多くには、首無と淡首様を同一視する傾向さえあった。とはいえ、一切が謎に包まれていることに変わりはない。昔からその存在が伝わっている、怪異譚《たん》が幾つも残っている、爺《じい》さんの知り合いで見た者がいる――というように媛首村の一部として、完全に村人たちの生活の中に溶け込んでいるのが首無だった。

その証拠に今でも、何か説明の付かない薄気味の悪い出来事があると、

「そりゃ、きっと首無の仕業に違いないぞ」

と、しばしば噂される。さすがに何処そこで見た、擦れ違った、憑かれたという話はもう余り聞かれなくなっていたが、それも全く消えたわけではない。つまり大人でさえそうなのだから、真っ暗闇の中で疑心暗鬼に陥《おちい》った子供が怯《おび》えるのも無理はなかった。

しかも、その問題の丸くてぼうっとしたものが急に止まり、左右にゆらゆらと揺れ出したのだから、たちまち斧高の背中は粟立った。

今にも前方のそれが、こっちへと飛んで来るのではないかと思った途端、彼は回れ右をして逃げ出しそうになった。そこで持てる勇気の全てを振り絞り、何とか留まる。しばらく凝っとしていると、止まって揺れていたものが、すうっと右手に移動するのが見えた。

（そうか、井戸に着いたんだ）

丸くてぼうっとしたものが間違いなく提灯であり、その明かりが妙な動きをしたのは、長寿郎が辺りの様子を確かめていたからだと分かった。

思わず安堵の溜息を吐いた斧高は、そろそろと今まで以上に足音を忍ばせ、慎重に残りの参道を進んだ。記憶では井戸の少し手前に当たる石畳の左手に、身を隠せるほどの大きな石碑があったはずだ。やがて見当を付けていた碑を見付け、隠れる前に何気なく井戸を窺《うかが》ったところで、彼は愕然とした。長寿郎の全裸の後ろ姿が、いきなり瞳《ひとみ》に飛び込んできたからだ。

井戸の横に置かれた提灯の明かりによって、仄《ほの》かに浮かび上がる一糸も纏わぬ裸体が……。

(ど、ど、どうして?)

儀礼に対する余りの緊張から、主人の頭がおかしくなったのかと案じた。しかし、すぐに身体を浄めるため水垢離《みずごり》をするのだと察した。単に参拝するのであれば手を洗うだけで済むが、十三夜参りともなるとやはり違うのだろう。

そう悟りながらも斧高は、長寿郎の裸体を目にして覚えた衝撃から、なかなか立ち直れないでいた。裸を見て動揺したわけではない。その裸体が意外にも逞《たくま》しく感じられたことが、彼を打ちのめしたのである。

普段から家の手伝いをしている村の子供に比べると、やはり長寿郎の身体は貧相と言えた。ただ、これまで彼に対して抱いていた印象――それは男という性ではなく、かといって当たり前だが女という性でもない、言うなれば中性的な魅力――が、突如として崩れ去ってしまうほどには、充分に男という性を意識させられる眺めだった。

(でも、十三夜参りなんだから、当たり前か……)

少年から青年になるという儀式の意味を斧高は今、はっきりと目の前に示されている気がした。これが秘守の一守家の跡取りにとって大切な通過儀礼であることは、彼も充分に理解している。だが、このまま長寿郎がただの大人に、それも父親の兵堂のような詰まらない男になるのかもしれないと思うと、どうにもやり切れない。何とも言えぬ淋《さび》しさを覚える。

斧高にとって長寿郎は、とても不思議な存在だった。世間から見ると長寿郎は主人であり、斧高は彼に仕える使用人になる。そのことは充分に理解しており、またその役目を疎《おろそ》かにするつもりもなかった。それは長寿郎だけでなく、妃女子に対しても同じである。自分が一守家で御飯を食べ、寝る場所を与えて貰っていることの、それは代価なのだから。そういった道理は一守家に来た当初に、カネ婆から嫌というほど叩き込まれている。

ただ、やるべきことさえ実行できていれば、個人に対してどういう気持ちを抱こうとも本人の自由ではないか、と幼いながらに斧高は感じていた。恐らく彼の特殊な境遇が、そういった考えを生んだのだろう。

使用人という立場を離れた斧高にとって、長寿郎は一守家で唯一、いや媛首村の中でただ一人、彼が懐いている人物だった。かといって年の離れた兄とも、もちろん父とも見做しているわけではない。当然だが母や姉でもない。友達とも違う。強いて言葉にすれば、それら全てを混ぜたような相手だろうか……？　でも、それではとても説明したことにはならない。

斧高は長じるに従い、この幼い頃に抱いた長寿郎に対する想いを持て余すようになる。あのときの気持ちは、まるで初恋に近い感覚ではなかったのか——そう振り返ることによって、思春期の彼は悩むのである。もちろん六歳の彼に、今の己の複雑な感情が分かろうはずもなかった。自分にとって長寿郎は非常に大事な人である。確かなのはそれだけだった。

だからこそ、ここまで独りで来られたのだ。それ故に、自分の大好きな長寿郎が変わってしまうことが、その片鱗《へんりん》を目の当たりにするのが、斧高には物凄く辛かった。

(長寿郎様が大人になる……)

再び彼の父である兵堂の横柄な姿が、そして祖父である富堂翁の尊大な様子が脳裏に浮かび、二人が長寿郎と重なって見える。

(ち、違う！　長寿郎様に限って、絶対あんな風にはならない)

そんな想像は彼を冒瀆《ぼうとく》するだけだと、すぐに否定した。しかし、彼の裸体を目にすることには、もう耐えられそうにもない。

(僕が見守る必要なんて、全然なかったのかもしれない……)

心の中で呟《つぶや》きながら、それでも斧高が石碑の裏に隠れようとしたときだった。参道の上に散らばっていたらしい玉砂利を、迂闊《うかつ》にも蹴《け》ってしまったのは。

立ち所に石畳を転がる丸石の乾いた音が、辺りに響き渡った。

「誰だぁ！」

透かさず長寿郎の誰何《すいか》する声が境内に轟《とどろ》いたかと思うと、たちまちこちらへ近付いてくる足音が聞こえてきた。

力強い声も足音も、斧高がよく知る長寿郎のものでは最早ないように感じられた。もう立派な一人前の、一守家の跡継ぎであることを自覚した、やがては秘守一族の長となる男のもののように思えた。

その途端、自分が非常に重要な儀礼の邪魔をしているのだと悟った。そして今の長寿郎であれば、こんな行為を決して許さないであろうことも……。

（ど、どうしよう……）

頭の中が真っ白になった斧高は、咄嗟に近くにあった樹木の裏側へと回り込んだ。最初に隠れるつもりだった石碑には、とても隠れる余裕がない。

だが、それが幸いした。提灯を持って辺りを探っていた長寿郎が、急に石碑へと向かったのだ。考えてみれば参道の終わる周辺で、真っ先に誰かが潜んでいそうに見えるのが、その石碑である。

（よ、良かった……。あそこに隠れなくて）

ほっと一息を吐き掛けたが、そうなると自分がいるこの樹木も怪しまれるのではないか、とすぐに気付いた。

ところが、長寿郎は石碑の裏を調べて満足したのか、しばらく提灯の明かりで周囲を見回しただけで、井戸へと戻ってしまった。鳥居口での高屋敷《たかやしき》と同様、さすがに六歳の子供が身を潜めているとは思わなかったに違いない。だから、とても大人が隠れられそうにもない樹木の裏側など、わざわざ検《あらた》めなかったのだろう。

なぜ長寿郎がこの木の裏を調べないのか、もちろん斧高に分かるはずもない。ただ見付からずに済んだことを単純に喜んだだけである。

樹木の側を通って井戸に戻る長寿郎を見送ろうと、少しだけ顔を出して凍り付いた。申し訳程度に手拭《てぬぐ》いを腰に巻き付けた長寿郎の下腹部を、いきなり目の当たりにしたからだ。

その眺めは、後ろ姿の裸体を見たとき以上の衝撃を彼に齎した。再び男性としての長寿郎を嫌でも意識させられた。脳裏に浮かぶのは、成長した彼が秘守の一守家の跡取りとなり、やがては父親の兵堂のように、そして祖父の富堂翁のように、傲慢《ごうまん》で尊大で好色で……という醜い大人と化した姿ばかりである。

（嫌だ……そんなのは嫌だ……）

そのうち、ざあっ、ざあっ、という井戸の水を浴びている音が聞こえてきた。

両手で耳を塞《ふさ》ぎながら、同時に目も閉じて蹲《うずくま》る。そんな物音を耳にしなければ、長寿郎がいつまでも今のままでいられると、まるで信じているかのように。

（十三夜参りなんか、もう止めればいいんだ）

当初の儀礼を見守るんだという気持ちは、綺麗に消え去っていた。

しばらくすると微かに玉砂利を踏む音が聞こえ、長寿郎が媛神堂へ向かったのだと察した。その瞬間——

（あっ、御堂の中まで見守らないと……）

咄嗟にそう思った自分に対し、斧高は驚いた。どう外見が変わろうと、やっぱり自分は長寿郎が大好きなのだ。それは認めざるを得ない。

だが皮肉なことに、せっかく考えを改めたところで、そこから先は進めそうもなかった。塞いでいた両手を下ろした彼の耳に、ざくざくっ、じゃりじゃり、という大きな足音が今やはっきりと響いている。

媛神堂に行くためには、境内に敷き詰められた玉砂利を踏まなければならない。物音を立てずに境内を歩くことは、まず不可能だろう。御堂に近付くだけで、たちまち長寿郎に気付かれてしまう。

（ここまでかぁ……）

何か喪失感に近い気持ちを覚えながら、斧高は樹木の裏で腰を落とした。そのまま何事もなければ、彼は翌朝までそこにいたかもしれない。

ところが――

何か聞こえたような気がした。長寿郎が媛神堂から出て来たのかと思ったが、その物音は反対の方向から近付いて来る。

（あっ、妃女子様だ！）

長寿郎のことを考える余り、斧高は彼女の存在をすっかり失念していた。

（見付かったら、とんでもない目に……）

ただでは済まないと震えた。とにかく彼女が、少しでも早く媛神堂に入ってくれるよう願うばかりである。

やがて右手の参道の方から、提灯のぼうっとした明かりが現れた。見付かっては大変だと思う反面、覗いてみたいという気持ちもある。斧高は地面に這《は》い蹲《つくば》るような姿勢を取ると、相手が通り過ぎる寸前、樹木の裏から顔を出してみた。

ちょうど目の前を、妃女子の赤袴が通り過ぎるところだった。急いで頭を引っ込める。

（み、見られたかな？）

心臓が物凄い速さで動いているのが分かる。しばらく凝っとしていたが、まともに彼女の姿を見てみたいという好奇心に駆られて、今度は樹木の左側から覗く。

（あっ……）

彼の目に飛び込んできたのは、妃女子の裸体だった。井戸での禊《みそぎ》を考えれば、それは充分に予想できたはずの光景である。にも拘らず斧高は度肝を抜かれた。しかも、長寿郎のときより更に大きな驚きに彼は見舞われていた。

なぜなら——

（き、綺麗だ……）

長寿郎の裸に思いもよらぬ男という性を感じて目を瞠《みは》ったように、妃女子には終《つい》ぞ覚えたこともない女という性を目の当たりにして、斧高は仰天したのである。

井戸の側に置かれた提灯の朧な明かりによって、ぼうっと浮かび上がった妃女子の裸体は、何とも幻想的な美しさを放っていた。

まだまだ未発達ながら、微かに張りの感じられる腰と僅《わず》かに盛り上がった乳房と、そして何より耽美的なまでに妖《あや》しく繊細な肌……。斧高が思わず綺麗だと感じ、これまでの妃女子に対する認識を改め、しばし見蕩れてしまったのも頷ける眺めが、そこにはあった。

ただし彼が目にしたのは、実は彼女の全てではなかった。そのことに気付いた瞬間、

「ああっ……」

その口からは押し殺した悲鳴が迸《ほとばし》っていた。

仄かな灯火によって照らされた意外にも白い素足、幼いながらも既に艶《なまめ》かしい腰と胸、それを隠そうともしない両腕、そして闇夜の如く真っ暗で何もない首の上……

そう、彼女には首がなかったのである。

第四章　東の鳥居口

二見《ふたみ》の真意が那辺《なへん》にあるのかと考え込んでいた高屋敷《たかやしき》は、自分が何のために東の鳥居口まで赴《おもむ》いたのかを思い出し、慌てて周囲の見回りをはじめた。

（南の鳥居口は、佐伯《さえき》巡査に任せて大丈夫だろう）

北の鳥居口には一守家《いちがみ》の三人がいる。当事者の身内なのだから注意を怠ることはないはずだ。

（やっぱり問題は、ここだな）

二見が役に立たないうえ、何と言っても二守家《ふたがみ》に面している。南の鳥居口は佐伯の存在もあるが、三守家《みかみ》には現在、肝心の跡取りとなる男子がいない。跡目争いに参加したくても、できない状況なのだ。つまり三つの出入り口の中で最も警戒しなければならないのは、東の鳥居口だと言える。

実際に二守家の兄弟が、二人とも鳥居の近辺をうろついていたという不審な動きもある。紘弌《こういち》に限っては滅多《めった》なこともないだろうが、紘弍《こうじ》の方は油断できない。その証拠に兄は鳥居の側にいた事実を素直に認めたのに、その場で問い詰めた弟はしらばくれようとしたではないか。

（なのに二見さんは――）

またしても巡査部長の言動を批判しそうになり、高屋敷は急いで頭を振る仕草をした。

（いかんいかん。まずは石碑の裏からでも調べるか）

懐中電灯の明かりによって何枚もの石の板が、鳥居の左右に浮かび上がっている。媛首《ひめかみ》村を巡っていて最も目に付くのが、様々な石碑と馬頭観音の像だった。その石碑の中でも多いのが板碑である。いわゆる供養塔で、平らな板状の石の表面に阿弥陀《あみだ》如来《にょらい》などの仏の名が梵字《ぼんじ》で彫られ、後は戒名や没年、それに故人の事績などが刻まれている。

村に残る板碑のほとんどは、関東武士のものと見做されていた。それも身分のある武士ではなく、農兵や郷兵など供養塔でも残さなければ、自らの存在が歴史の闇へと消え去るような者たちばかりで、そこに何とも言えぬ悲哀が感じられる。

尤《もっと》も今の高屋敷には無縁の感情で、こんなところに隠れている暇があれば、さっさと媛神堂に向かっているだろうか――と考えながらも、石碑の裏を調べることに余念がない。自分の自転車の明かりを目にして、咄嗟に不審者が身を潜めたかもしれず、とんでもない伏兵が前もって潜んでいる可能性も充分にあったからだ。

鳥居の周囲の確認を終えると石段を上り、段上に着いたところで高屋敷は振り返った。

「本当に今夜は、気味が悪いくらいに真っ暗な……」

そんな呟きが漏れるほど、東守《ひがしもり》の村は濃い闇の中に沈んでいる。ただし今、彼が見詰めているのは村の風景ではなく、どれほどの暗闇が垂れ込めようとも圧倒的な存在感を誇る、二守家の壮大な屋敷の構えだった。

（一枝刀自《かずえとじ》にしてみれば、ゆくゆくは孫の紘弍君に、何とか秘守家の長を継いで欲しいに違いない。そのためには少々の手荒なことくらい、あの人なら本当にやりかねないからな）

今では二守の婆様と呼ばれる一枝刀自は、富堂《ふどう》翁のたった一人の姉である。しかも富堂翁が村内で唯一苦手とする相手が、この実の姉なのだ。そのうえ当の一枝刀自は弟に対して、延《ひ》いては一守家そのものに、凄《すさ》まじいばかりの憎悪を持ち続けている、という背景が存在している。

（憎しみの対象であるはずの一守家の屋号を、自分の可愛い孫に名乗らせたいと考えてるんだから……因果な話だ）

そもそもの起こりは、一守家の仕来《しきた》りにあった。跡取りになる男子は徹底的に優遇され、女子は全く顧みられない、正に現在の長寿郎《ちょうじゅろう》と妃女子《ひめこ》まで連綿と続く男尊女卑の風習である。

一枝は一守家で育った年月の間に、いつしか男だというだけで何でも許される弟に対して、強い嫉妬《しっと》と深い憎悪を覚えはじめる。それに拍車を掛けたのが己の恵まれた境遇に邁進《まいしん》する余り、年上である姉にも傍若無人に振る舞った富堂の言動だった。やがて二守家に嫁いだ一枝は、いずれ婚家に一守家の屋号を名乗らせてみせる――そう豪語して憚《はばか》らなくなる。実際、それだけを生き甲斐《がい》に今日まで来た、と本人も公然と口にするほどなのだから凄《すご》い。

(実の姉弟だというのに……)

二人の凄まじい間柄を知ったとき、高屋敷は旧家ならではの複雑な人間関係に度肝を抜かれた。

富堂翁には三人の息子がいた。長男の国堂《こくどう》、次男の強堂《しどう》、そして三男の兵堂《ひょうどう》である。自分の名前から続けると「富国強兵」となるように、翁が考えた命名だった。それは当時の日本の世相を反映していたとも言えるが、息子たちが丈夫に育つようにという富堂翁の願いでもあった。しかし、まず国堂が七歳で病死する。次いで強堂が五歳で、またもや病で逝ってしまう。

このときばかりは村人たちも、淡首《あおくび》様の祟りだと口にする前に、一枝刀自の一念ではないかと畏怖したという。媛神堂へ熱心に詣でる彼女の姿を、多くの村人たちが目撃していたからだ。果たして何を祈願していたのやら……と。

姉の不穏な動きを知った富堂翁は、乳母の蔵田《くらた》カネに、何としても兵堂だけは死なせてはならんと厳命した。彼女も自分の命を賭《と》して、坊ちゃんを守り育て上げると誓った。当時を知る古老によると両者の間には、ほとんど呪術合戦のような激しいやり取りが、冗談ではなく行なわれていたらしい……。そういう意味では、カネの守りの威力が勝《まさ》ったと見做すべきなのだろう。

兵堂は代々の跡取りと同様、次々と疾病や怪我には見舞われたものの命まで落とすことはなく、無事に成長すると十三夜参りと二十三夜参りを執り行ない、一守家を継ぐことができた。そればかりか九年前には三十三夜参りも滞《とどこお》りなく終え、一守家の男としては富堂翁に次いで、ようやく一安心といった境地にまで達している。

（一枝刀自は、きっと面白くなかっただろうな）

実際に彼女が三人兄弟の死を媛神堂に祈願したかどうかは別にしても、国堂と強堂の二人が逝ったときに、兵堂の死までも念じたのは間違いないだろう。

（いや、恐らく最初から三人兄弟の死を、あの人のことだから願掛けしたんだ……）

そう思った途端、高屋敷はぞくっとした。淡首様の祟りに対抗できるのは、実は一枝刀自ではないかとさえ感じた。蔵田カネの力は、飽くまでも守りのためのものだと聞いた覚えがある。しかし、一枝刀自が持っているのは攻めの力ではないのか。仮にそうなら、秘守一族が団結して力を合わせれば、代々に亘って続く祟りの連鎖を断ち切ることができるかもしれない。

（まっ、無理だな）

今になって、あの二人が仲良くするとは考えられない。村人の全員が間違いなくそう言うだろう。

（それに、そもそも祟りなどあるわけがないじゃないか）

とは思うのだが、媛首山《ひめくび》の東の鳥居口へと足を踏み入れ、そこから闇夜に沈む二守家を眺めているうちに、この媛首村でなら何でも有り得そうな気がしてきた。

（莫迦な……）

高屋敷は心の中で否定しつつ二守家に背を向けると、参道を辿りはじめた。

ちなみに富堂翁には姉の他に、二人の妹がいる。もちろん男の兄弟もいたのだが、断わるまでもなく全員が子供の頃に死亡して残っていない。

妹のうち次女の二枝《ふたえ》は三守家へ、三女の三枝《みつえ》は秘守家の遠戚《えんせき》に当たる古里《こり》家へ、それぞれが嫁いでいる。二枝は妹という立場もあってか――また三守家に跡取りの男子がいない所為もあるのか――一枝刀自ほど富堂翁にも一守家に対しても、特別な感情は抱いてないように見受けられる。ただし、そんな妹を不甲斐《ふがい》無く感じるのか、一枝刀自が陰で二枝を焚《た》き付けている、という噂もちらほらと聞こえてくる。

（全ての家督を仲良く三家で分ける――わけには、今更いかないんだろうな）

石畳の参道を歩きながら高屋敷は、秘守のような旧家に生まれなくて良かったと心底から思った。ささやかながら北守駐在所という家を持てただけで、自分には充分だと感じていた。

やがて、右手に馬頭観音の大きな祠が見えてきた。参道を約三分の二ほど来た勘定になる。念のためにと、その周囲と内部を検《あらた》める。

村の内外に馬頭観音が多いのは、この地で人間が移動するために、また数多の品物を流通させる手段として、馬がなくてはならない存在だったからだ。実際、人間よりも馬の方が大事にされてきた歴史がある。それほど大切な馬が遭難によって図らずも死んでしまった場所に、馬頭観音は祀られた。また通行の難所にも建立して、人と馬の安全を祈った。媛首山の山中に見られるものは、恐らく両方の意味合いが含まれているのだろう。

（さて、どの辺りまで調べるべきか）

馬頭観音の祠を過ぎた高屋敷は、このままでは媛神堂まで行く羽目になると、さすがに躊躇《ためら》った。

（下手に顔を出して、儀礼の邪魔になってもいけないしな）

十三夜参りが具体的にどんな儀式であるのか、彼には全く知識がない。媛神堂の側には寄らずに第二の鳥居から眺めることも考えたが、その行為が儀式に対して礼を失する可能性もある。迂闊な行動は取れない。

(東の鳥居口から不審者が入り込まないように気を付ける。それが俺の役目だ)

参道の前方に黒々と蹲《うずくま》っている媛神堂らしき影を認めた地点から、彼は大人しく引き返すことにした。もちろん、それまで通り周囲に目を光らせながら。

そのときだった。ふと人の声が聞こえた気がした。

立ち止まって耳を澄ます。しかし、何も聞こえない。再び歩き出す。すると、やはり誰かが喋っている感じがする。

(境内の方か――)

そうと分かると気になったが、すぐに長寿郎か妃女子が儀礼のための祝詞《のりと》でも唱えているのだろうと思った。が、妙な胸騒ぎも覚える。境内で何か異変が起こっているような……。

だが、万に一つも十三夜参りの邪魔をしては……と考えると、このまま境内に駆け付けるわけにもいかない。しかも、儀礼の特殊性だけが問題ではないことが厄介だった。今夜の警邏は職務を離れた自分個人の判断で行なっており、剰《あまつさ》え一守家の人々が歓迎していない様子だった事実が、何よりも彼の足を鈍らせた。

（やはり参道の警邏だけに留めておこう）

このときの判断を後々まで高屋敷は悔やむことになる。あのとき自分が現場に駆け付けてさえいれば、と……。

第五章　媛神堂

（く、首無《くびなし》だ……い、いや、淡首様《あおくび》だ……）

再び樹木の裏に蹲み込むと、斧高《よきたか》は頭を抱えたまま震え出した。

（違う……あ、あれは……首無……いや、そ、それとも……）

彼の頭の中では、たった今、自分が目にしたのが果たして淡首様なのか、それとも首無なのか、という自問がぐるぐると渦を巻き続けている。

（淡首様か……首無か……淡首……首無……首無……首無……）

ところが、そのうち首無という二文字しか浮かばなくなってしまった。と同時に、
ひたひたひたっ……

それが井戸の側からこちらへと、自分の方へと向かって来る気配を感じ、背筋にぞっ、とする震えが走った。

（ああっ……い、厭だ……来るな！　あっち行け！　来るなぁ……）

大声で叫び出しそうになるのを、何とか必死に堪える。この木の裏に隠れているこ

とを、まださそれには気付かれていないかもしれない。なら、わざわざ自分から知らせる必要はない。そんな冷静な判断をする一方で――

　ひたひたひたひたひたっ……

　更に近付いて来るそれの気配に慄《おのの》いた彼は、一切の物音を閉め出そうと再び両耳を両手で塞《ふさ》ぐと、益々その場で我が身を小さく竦《すく》めた。

　背筋を走った悪寒は、今や全身に広がり粟立っていた。このぞっとする感覚がいつまでも続くと、そのうちぶつぶつに覆われた全身の皮膚が、ずるずるっと剝《む》けてしまいそうな、そんな恐怖さえ覚える。そのうえ両耳を塞いでいるため、一切の物音は遮断されているはずなのに、
　ひたひたひた……ひたっ。

　それが樹木の向こう側に辿り着き、木の反対側から凝っとこちらの様子を窺っているのが、なぜか分かった。

（あっち行け！　来るな！　あっち行け……来るなぁ……）

　心の中で呪文《じゅもん》のように同じ言葉を唱え続けていると、にゅうと何かが、木の裏側を覗き込む気配がした。顔の無い、首の無い、何も無いそれが……。

（わあああぁぁあっっ……）

　声にならない絶叫を上げることで、斧高は禍々《まがまが》しきもの全てを祓おうとした。少な

くともすぐ後ろに、背中越しに感じる忌まわしい気配を、身の毛のよだつ視線を消し去ろうとした。そのために頭の中を己の叫び声で満たしたのだ。

それでも背中に感じる、それの存在感は消えない……。

どれほどの時が経っただろうか。いつしか声を殺して泣きじゃくっていた斧高は、何処かで聞き慣れた物音がしたように、ふと感じた。恐る恐る両耳から両手を離す。

（えっ……）

その途端、すぐ背後に迫っていたそれの悍《おぞ》ましい気配が、綺麗に消えていることに気付いた。

（た、助かった……？）

安堵して良いものか彼が戸惑っていると、はっきりと人の咳《せ》き込みが聞こえた。しかも、その人物は参道の鳥居口の方からやって来る。

（だ、誰？）

圧倒的なまでに自分を支配していた恐怖心を押し退け、好奇心が顔を出す。誰か分からない者が樹木の側を通り過ぎる寸前まで待ってから、そっと参道を覗いた。

その瞬間、たちまち彼は強烈な既視感を覚えた。前に見たことがある。いや、ほんのつい先程、これと同じ光景を自分は目にしている。そう感じながらも、それが余りにも有り得ない出来事であるため、彼の頭は物凄く混乱した。

なぜなら目の前を提灯の明かりと共に、赤袴が流れたからだ。

（そんな莫迦な……）

思わず身体を反転させ、木の反対側から盗み見た。

そこには白衣を着て赤袴を穿いた妃女子《ひめこ》が、提灯を差し上げて辺りの様子を窺っている後ろ姿があった。頭に手拭《てぬぐ》いを巻いているのは、井戸での禊の際に長い黒髪を濡《ぬ》らさないためだろうか。

すぐに目的の井戸を認めたらしく、ゆっくりと彼女が参道から離れた。

（妃女子様が来たのは、い、今？　じゃあ、さっ、きのは……）

しばらく痴呆《ちほう》のように立ち尽くした後、へなへなと斧高はその場に座り込んでしまった。そこからは目の前の闇の中で、井戸の側に置かれた提灯の明かりにより仄かに浮かび上がる妃女子の所作を、ただひたすら見詰め続けるばかりだった。

ただし彼女が装束を解き、井戸の水を汲《く》み上げ身体に掛ける音が辺りに響き、いざ禊がはじまっても、彼の眼《まなこ》に映っていたのは、実は別のものだった。それは美しくも妖《あや》しく、神々しくも悍《おぞ》ましいあの裸体である。

（違う！　あれは妃女子様じゃなかった……）

そう否定するのだが、首のない少女の裸体は子供とは思えない艶かしさを、彼の瞳の中で益々濃くしてゆく。恐怖を感じるべき首が無いという歪《いびつ》な様相にさえ、気が付けば何か非常に耽美的な思いを抱いている。最早あれが妃女子であったかどうかなど、全く関係なくなっていた。いや、それどころかあれと目の前の彼女とがいつしか重なり合って、もう区別などする必要がないとまで思える始末だった。

そんな有り様の斧高とは裏腹に、禊を終えた妃女子は非常にてきぱきとした動作で手早く身体を拭くと、素早く白衣と赤袴を身に着け、立ち所に身支度を整えた。

すぐに玉砂利を踏む音が、境内に響き出す。ここで、ようやく斧高も我に返った。恐怖と混乱、興奮と虚脱——今夜、自分を見舞った様々なものを振り払うかのように、どうにか立ち上がる。これが十三夜参りを見守る最後だという思いで、斧高は彼女を見送ろうと考えた。長寿郎《ちょうじゅろう》を想って御山に入ったのは間違いないが、今では二人が無事に儀礼を済ませられるよう本当に心から祈っていた。

そうっと樹木の裏から出る。媛神堂へと境内を歩く妃女子の姿が、提灯のぼうっとした明かりによって暗闇の中に浮かんでいる。闇夜に半ば溶け込むように映る白衣と赤袴、それと提灯の位置関係から、彼女が灯火を右手に持っているのが分かる。

(何だろう……あれ？)

ところが、彼女はその左手にも何かをぶら下げていた。ほとんど闇に紛れて見えないが、それは黒くて丸いもののように映った。そう、まるで——

(な、生首……)

──を手摑《てづか》みにして、ぶら下げながら歩いているように。

（そ、そ、そんなこと……）

有り得ないと思ったが、自分は彼女を見詰め続けながらも、実際は漠然としか目にしていなかったのではないか。つまり井戸の裏にでも生首が隠してあって、それを彼女が持ったまま歩き出したのだとしても、自分の目には留まらなかったに違いない。何しろ明かりと言えば、ぼうっとした光を発する提灯しかないのだから。

（いや……でも、誰の首を持って？）

と考えた途端、先程の首無がまた現れたのかもしれない……ふとそう思い、斧高は腰を抜かさんばかりに怯えた。

（あ、あれが淡首様か首無なら、ぶら下げてるのは、じ、自分の首……）

咄嗟に参道を走って逃げ帰りそうになった。が、よく目を凝らすと遠離《とおざか》る人影は、白い手拭いを頭に巻いているように見える。暗過ぎて余りよく分からないが、少なくとも頭部はあるようだ。

（あ、頭が、く、く、首から上が……ある）

ちょうどそのとき、人影が媛神堂へと辿り着いた。次いで両開きの格子戸を開けて中に入ったらしく、ちらちらと明かりが瞬いている。格子越しに提灯が動いているからだろう。

どうにか斧高が勇気を振り絞りその場に留まっていると、すぐに夜風に乗って微かに何かが聞こえてきた。凝っと耳を澄ませているうちに、それが唱え言の調べだと分かった。彼女が祭壇に向かっているに違いない。

(やっぱり妃女子様だったんだ……)

なのに全然ほっとしない。ひょっとすると何処かで、禊の儀礼の途中で、妃女子と首無が入れ替わったのではないか、という恐ろしい想像が頭に浮かぶ。人間同士であればこ絶対に不可能だが、相手が魔物なら何ら難しくないだろう。

いずれにしろ御堂の中に入ったのだから、もう自分はここにいる必要はない。そう思うのだが足が全く動かない。そのうち身体が小刻みに震え出した。

一方、媛神堂の中では、提灯の明かりが移動をはじめた。堂の右手へ、西の方向へと動いている。そこには栄螺塔《さざえ》と呼ばれる何とも奇っ怪な建物があった。その更に西側に設けられた三つの建物が婚舎で、北から南に前婚舎、中婚舎、奥婚舎と並んでいる。そのうちの前婚舎で長寿郎が、中婚舎で妃女子が、今夜一晩を過ごすことになっていた。

これらの奇妙な建物の中に、斧高は一度だけ入ったことがある。「誰にも内緒だよ」と微笑みながら、今年の春頃に長寿郎が案内してくれたのだ。

北の両開きの格子戸から媛神堂に入ると正面に祭壇があり、その向こうに媛首塚《ひめくび》が

媛神堂・栄螺塔・婚舎見取図

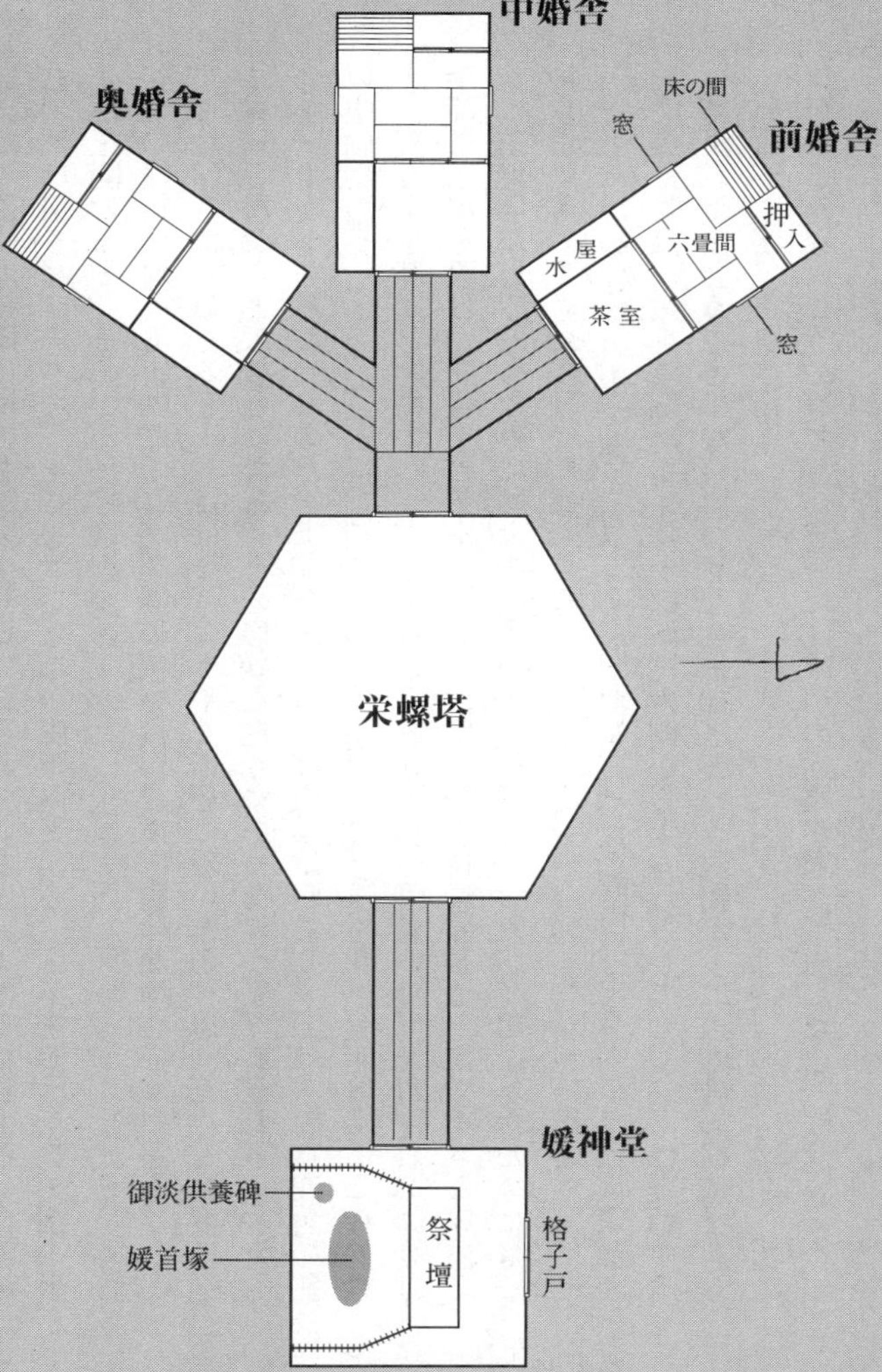

見える。御淡《おえん》供養碑は塚の右手の少し奥に祀られている。様々な奉納物が並ぶ祭壇の右手には引き戸があって、そこを潜ると短い廊下へと出る。廊下を渡った先の別の引き戸を開けると、その中が栄螺塔となる。

この建物が何とも奇妙なのは、間隔の狭い桟《さん》が並ぶ板敷の曲線を描く斜路を、ひたすら右回りにぐるぐると上り続けて、ようやく天辺《てっぺん》に着いたかと思ったら、今度は逆に旋回しながら下ることになる、その珍妙な造りにあった。つまりわざわざ上ったものを、また下りるだけなのだ。下りたところには引き戸があり、開けると真四角の狭い空間に出て、その先に今度は短い廊下が三方に延びている。右手を辿ると前婚舎へ、真ん中を選ぶと中婚舎へ、左手を進むと奥婚舎へと到着する。それぞれの婚舎は手前に水屋を設けた四畳半の茶室と、奥に六畳の間を持つ同じ造りで、小さな家屋といった趣きがある。ちなみに厠《かわや》は中婚舎の裏に位置していたが、用を足すためには媛神堂まで戻って外に出なければならない。

この一群の建物の中で何と言っても面白いのは、栄螺塔の上りと下りの構造だった。仮に斧高が媛神堂側から、長寿郎が婚舎側から上ったとしても、二人は登頂するまで決して出会うことはない。なぜなら栄螺塔という建物が、二重螺《ら》旋《せん》の構造を有しているからだ。

「分かるかな。こうやって互い違いに、二つの通路が通ってるんだよ」

栄螺塔構造図
婚舎
→
媛神堂
←

目を丸くして驚く斧高を楽しそうに見詰めながら、長寿郎はとても丁寧に説明してくれた。

「でも、どうしてこんな変なものを作ったんでしょうか」

二人だけのときには改まった喋り方はしなくていい、と長寿郎には言われていた。だが、上手く使い分けることができない斧高は、つい丁寧な口調になってしまう。

「それはね、この渦巻きの中を辿ることが、魔除けになるからなんだ」

やや堅苦しく他人行儀な斧高の言葉遣いに苦笑しつつも、長寿郎は建物の驚くべき機能について教えてくれた。

淡首様は秘守《ひがみ》家の男子に、それも特に一守《いちがみ》家の跡取りに祟るとされてきた。では、女には全く障りがないのかと言えば、そうではない。一守家に生まれる女子の中に、稀《まれ》に気の触れた狂《くる》い女《め》が出る。日常の生活は普通に送れるのに、その言動に時折ふと狂気が兆《きざ》す。それが奇行の多かったと伝えられる淡媛《あおひめ》と重なり、いつしか淡首様の障りだと考えられるようになった。妃女子が使用人をはじめ村人から奇異の目で見られているのは、本人の粗野な言動の所為《せい》もあったが、この代々に亘って出現する狂女《きょうじょ》の存在に負うところが大きい。彼女の気が触れているとは誰も思わなかったものの、いつ何時そうなるか分からないという恐怖心は、皆が常に持っている。

狂い女が一守家の内の障りだとすると、その外の障りを受け易いのが花嫁だった。

もちろん、これは跡取りの男子に嫁ぐ女《ひと》のことを指している。跡継ぎに祟るという負の感情を裏返して考えると、そこに極めて歪な愛情が含まれているとも見做せる。つまり取り殺すべき相手の心を他の女が奪ってしまう結婚という儀礼が、淡首様の怒りを買うという見方だ。そういう解釈が完全に受け入れられる元となった話が、一守家に伝わっている。

寛政年間（一七八九～一八〇〇）の頃、他の地域から嫁いで来た一守家の跡取りの花嫁が、媛神堂への参拝を疎《おろそ》かにした。従来であれば結婚の儀の前に、顔を煤《すす》で汚すなり頭巾を被るなり、また粗末な装束を身に着けるなどして、飽くまでも正体を隠したうえで一先ず詣でておき、全ての儀礼が終わった後で一守家の正式な若奥様として、改めて華々しく参るのが一つの手順だった。これは式から初夜へと至る間、要は花嫁が余所者から秘守家の人間になるまでの間が、最も淡首様の障りを受け易いと考えられていたからである。それを、その新婦は蔑《ないがし》ろにしてしまった。

一守家の離れでの初夜が明けて、新郎は寝床に新婦がいないことに気付いた。驚いて家中を捜してみると、なぜか納戸の板戸の真ん中を打ち破って頭を突っ込んだ状態で、絶命している花嫁の変わり果てた姿を見付けた。

以来、花嫁が媛神堂に参拝しても怪異が続いたため、後の一守家の当主が幾人もの宗教者に相談した結果、媛神堂に隣接して栄螺塔と婚舎を建てた。それから秘守一族の男子が嫁を貰う場合、初夜には必ず婚舎が使われるようになった。その風習が、いつしか三々夜参りにも取り入れられたのだという。ちなみに婚舎が三つあるのも、淡首様を欺き惑わすための仕掛けらしい。

この婚舎は用途からも明らかなように、秘守一族の婿方婚舎と言えた。ただし、その存在と威力はある筋では夙《つと》に有名で、どうしても憑き物筋の家系から嫁を貰いたいとき、媛首《ひめくび》山の媛神堂で初夜を過ごせば、如何なる憑き物であれ祓うことができるという噂が幾つかの地方では流れており、一守家には内々の問い合わせが偶《たま》に入る。そういう場合、相手の素性さえはっきりすれば、ほぼ婚舎は提供された。同じように厄介な障りに悩まされる当事者意識が、一守家にあるためだろう。

（あっ、一番上に着いたんだ）

長寿郎との思い出に斧高が浸っている間に、提灯の明かりは栄螺塔をぐるぐると上って、その天辺まで達していた。

ところが——

（えっ……）

そこでなぜか、ふっと消えてしまった。

上りと下りが二重螺旋という構造のため、妃女子が天辺から下りの斜路に入り込んでも、明かりは同じように見える。斧高から見て裏になる南面を通っているときは別にしても、必ず北側にも出て来るからだ。なのに壁に設けられた格子窓から、一向に灯火が漏れてこないのは、堂の天辺で提灯が消えたとしか思えない。

（でも、どうして？）

それほど風のある夜ではない。しかも彼女は建物の中にいるのだ。

（自分で消すはずはないし……）

板敷の斜路は上りよりも明らかに下りの方が難儀である。わざわざ明かりなしで下りるとは、まず考えられない。

斧高が首を捻《ひね》りながらも、何とも言えぬ胸騒ぎを覚えていると、

（あっ！）

前婚舎の四畳半に明かりが点った。次いで提灯のように映る灯火が、婚舎から栄螺塔に向かって短い廊下を移動したかと思うと、消えては現われる現象を繰り返した後、今度は塔の斜路を上りはじめた。

（あれは、長寿郎様？）

一足先に前婚舎へと入っていた彼が、なぜか出て来て中婚舎と奥婚舎を覗き、そして栄螺塔に上り出したようにしか見えない。一体どういうことだろうと戸惑っていると、その明かりが栄螺塔の天辺に着いたところで、右に左にと揺らめき出した。まるで何かを捜してでもいるかのように……。

やがて、灯火は栄螺塔の斜路を下りはじめた。そして媛神堂へと続く短い廊下を辿ると、そのまま御堂の中へと入り、しばらく堂内を右往左往する光景が見られた。

（ま、まさか……出て来るつもりじゃ……。こ、このままじゃ見付かる……）

そう焦るのだが、相変わらず足が動かない。両足の裏から参道の石と石との隙間《すきま》へと根が張ったかのようで、その場から逃げ出すことができない。そうこうするうちに明かりが格子戸へと近付き、遂に正面の扉が開いて、人影が外に出て来た。

その人物は少し辺りを見回す仕草をしていたが、やがて真っ直ぐ参道へと足を向けはじめた。

（長寿郎様……だよね）

間違いないとは思うのだが、一抹の不安に包まれる。必死に目を凝らすものの、提灯は腰から下の足元を照らすばかりで肝心の顔が見えない。

（でも、首は……ある？）

闇夜にぼんやりと丸い頭が窺《うかが》える……ようには映る。それが徐々に近付いて来る。こちらへと次第にやって来る。と、その途中で提灯だけが急に前へ、ぐっと突き出された。何をしているのか咄嗟には分からなかった。だが、どうやら向こうも自分の存在に気付いたらしいと悟った。

相手は一瞬、ぎょっとしたように立ち止まった。が、すぐに玉砂利を踏み締める足音が急に速くなったかと思うと、一気に人影が迫って来た。

斧高はひたすら、その真っ黒な顔の部分だけを見詰めていた。その正体が誰であるのか、もちろん一刻も早く確かめるために。

「ヨキ坊……」

暗闇から現れたのは、驚いたように目を瞠った長寿郎の顔だった。ほっと安堵したのも束の間、すぐに物凄く怒られるのではないかと畏縮《いしゅく》した。

ちなみに「ヨキ坊」という呼び方は、カネ婆が「斧高」を縮めて「ヨキ」としたことを受けて、長寿郎が彼なりに考えた名だった。尤《もっと》も側に家の者がいた場合、使用人の名に「坊」を付けてと咎《とが》められるため、彼も二人だけのときにしか口にしない。

「どうして、こんなところに……」

驚きの中に不審そうな表情も覗かせながら、長寿郎は繁々《しげしげ》と斧高の顔を眺めている。しかし、彼が何も答えられず、ただただ身体を小刻みに震わせるばかりなのを目にして、たちまち長寿郎の表情が曇った。

「大丈夫かい？　僕のこと分かるよね？　何も怖いことなんかない。心配しなくていいから、ね」

その優し気な言葉を耳にして、辛うじて斧高はこくんと頷いた。

「そうか。隠れながら尾けて来たんだな」

そこでもう一度こっくりと頷く。てっきり怒られるものと構えていたが、今や長寿郎は苦笑さえ浮かべている。そんな表情を目にして、つい斧高も安心してしまい、

「やっぱりあのときは、気付かれなかったんですね」

そう訊いてから後悔した。長寿郎の裸体を見たことを、わざわざ教えたようなものだったからだ。

（しまった……）

自分が病弱で、男の癖に貧弱な身体しか持っていないことを、何よりも長寿郎は気にしていた。案の定、はっと彼は狼狽《ろうばい》めいた表情を浮かべた。

「あっ、で、でも……ぼ、僕、見てません。すぐ目を逸らしましたから……」

慌てふためいて斧高が否定していると、長寿郎の顔が少しだけ綻《ほころ》び、

「いや、いいんだよ。さすがに誰かが潜んでいたなんて、しかも君がいたなんて、ちょっと思いもしなかったから驚いただけで――」

「本当にすみませんでした」

斧高が深々と頭を下げて謝ると、長寿郎はやや焦った口調で、

「それより妃女子を見掛けなかった？　ここに来たはずなんだけど」

「はい。長寿郎様の後から来られました」

「そうだよね。で、井戸で禊をしてから、媛神堂に入った？」

「じ、じーっと見てたわけじゃ……ないです」

思わず俯《うつむ》く。自分が長寿郎と妃女子の禊を、つまりは二人の裸体を盗み見ていたのだと当の長寿郎に思われるのが、とても耐えられなかったからだ。

「うん、それは分かってる。僕たちのことを心配して、付いて来てくれたんだろ」

二人ともではなく長寿郎だけだと言いたかったが、ここは素直に頷いた。

「それで、妃女子はちゃんと媛神堂に入ったんだね」

「そうです。け、けど……」

「けど？」

「く、く、首無が……出たんです！」

「えっ……」

しどろもどろになりながらも斧高は、最初の妃女子が首無と化してしまった話を、興奮した口調で喋りはじめた。

「ちょ、ちょっと待ってくれ。よく話が分からない。もう少し落ち着いて、ちゃんと順序立てて話さないと――うーん、どうしよう。それじゃあね、君が祭祀堂を出たところから、どういう動きをして、そのとき何を見たのかを、ゆっくり思い出しながら、慌てなくていいから話してくれるかな」

長寿郎に噛《か》んで含めるように言われ、斧高は北の鳥居の側の石碑に隠れたところから順々に、己の行動と目撃した光景を語り出した。長寿郎の禊の場面になると口籠りそうになったが、何度も励まされ、また話を促すような質問をされることにより、どうにか乗り切った。

「なるほど。その木の裏にいたのか」

決して咎める口調ではなく、幼い弟の悪戯《いたずら》を認めたように長寿郎は苦笑いを浮かべた。だが、そこから話が一人目の妃女子、即ち首無の目撃談になると、途端に険しい顔付きになった。

「うーん……その木の裏で、つい眠ってしまったってことは？」

「あ、ありません！」

暗に夢を見て寝惚《ねぼ》けたのではないかと仄《ほの》めかされ、斧高は即座に否定した。

「はっきりと……い、いえ、ぼやっとだったかもしれないけど、確かに首無を……そのう一、首のない女の人を、み、見たんです」

「しかも、その人は裸だった？」

「は、はい……」

しばらく考え込むような仕草をしていた長寿郎は、

「取り敢えず一人目の妃女子のことは、ちょっと置いておこう」

そう言って、二人目の話を斧高に促した。

（信じて貰えない……）

愕然とすると同時に、途轍も無い寂寥《せきりょう》感を彼は覚えた。しかし、とにかく今は媛神堂に入った妃女子について話すのが先だと考えた。両者を比べた場合、やはり二人目の方が本物の彼女だろうと、彼なりに認めていたからだ。

「つまりヨキ坊は、提灯を持った妃女子が、確かに媛神堂に入るところを見ていたわけだ」

一通り斧高が話を終えると、長寿郎は自分に言い聞かすように呟いた。

「あれが首無……いえ、淡首様じゃなければ……」

二人目が妃女子だと思いながらも、微かに残るその恐ろしい疑いを、斧高は口にせずにはいられなかった。

ところが、彼の話を検討しているのか難しい顔付きをしていた長寿郎が、そこで再び苦笑いを浮かべると、

「それはないと思う」

「どうしてですか」

「淡首様だったとすれば、媛神堂に入った後は、きっと媛首塚にお戻りになるんじゃないかな」

「あっ、そうか……。で、でも、首無だったら？」

「そっちもない。淡首様にしろ首無にしろ、ほら、あの栄螺塔には入れないからね」

つい先程、あの建物が魔除けの装置であると、当の長寿郎から説明して貰ったことを思い出したばかりである。それを斧高は、うっかり失念していた。

しかし、否定しながらも長寿郎は、ぼそっとした口調で、

「それとも栄螺塔は上れるのかな……。ただし婚舎側に下りることはできない。だから災厄を退けられる。そう考えると、提灯が塔の天辺で消えたのも……」

自問自答するような口調で、問題の栄螺塔の方に目を向けている。

「長寿郎様……」

「ああ、ごめん。この件については、やっぱり置いておこう。カネ婆に相談した方がいい。それに今の話を聞く限り、君は参道をやって来た妃女子に気付いてから、井戸での禊を経て媛神堂に向かうまで、ずっと彼女から目を離していないと分かる。いや、確かにぼうっとした状態にはあったのかもしれないけど、仮にその途中で妃女子と――それが淡首様か首無かどうかは別としても――誰かが入れ替わったとしたら、幾ら何でも気付いただろ」

「それは……はい、そうですね」

淡首様や首無なら目の前で、自分に気付かれず彼女と入れ替われたかも……とは思ったが、黙っていた。

「つまり媛神堂に入って栄螺塔を上ったのは、やっぱり妃女子だと見做して間違いないと思う」

「あのうー、長寿郎様はどうして……」

「うん？　あっ、出て来たのかって？　僕は前婚舎の奥の部屋に――」

喋りながら振り返った彼は、明かりの点る前婚舎を指差しつつ、

「ここからだと、あの大きな木の陰になってしまうけど、奥の六畳間で妃女子を待ってたんだ。彼女が泊まるのは中婚舎だけど、寝るには早いから話でもしようと思って。すると玉砂利を踏む足音が聞こえた。ほら、夜の境内って余りにも静かだろ。はっきりした音じゃないけど、その気配は充分に伝わってくる」

やはり御堂を覗きに行かなくて良かったと、斧高は胸を撫で下ろした。

「しばらく耳を澄ませていると、やがて栄螺塔の方から物音が聞こえた。それで妃女子が来たんだと思った。ところが、どうも妙なんだ……」

「上ってる気配はあったのに、いつまで経っても下る音がしなかったから……ではないですか」

「そう、そうなんだ。それで、どうしたんだろうって、栄螺塔まで行って上に声を掛けた。けど、何の返事もない。変だなと思って天辺まで上ると、誰もいない……。明かりの消えた提灯だけが、ぽつんと床の上に落ちているだけで……ね」

最後の「ね」という声音を耳にしたところで、なぜか斧高はぞっとした。

「忘れ物でもして、媛神堂に戻ったのかと思ったけど、それなら反対側に下りる気配を感じたはずだろ。でも、僕は上ったときの物音しか聞いていない。それに提灯を捨てて行くのは、絶対におかしいよ。燐寸《マッチ》は持ってるはずだから、仮に火が消えたとしても点すことはできたはずだし」

「そうですね」

「それでも念のために、媛神堂まで行ってみた。だけど、やっぱり誰もいない。こうなったら境内を捜すしかないかと考えて、まず井戸へ向かおうとしたら、参道に人影が見えたんで驚いたよ」

そこで長寿郎は繁々と斧高を見詰めながら、

「まさかヨキ坊とは思いもしなかったから、正直なところ怖かった。どう見ても影は小さいだろ。だから淡媛付きの小姓だった子供で、媛と同じように首を斬られて殺されたという……ほら、首無の正体じゃないかって一部では言われてる、それが出たんじゃないかって……」

「ご、ごめんなさい」

「いや、いいんだ。何だか訳の分からない状況になってるけど、君がいてくれるお陰《かげ》で、僕も心強いから」

六歳の子供の存在が、実際どれほどの慰《なぐさ》めになっているかは疑問だったが、そう言われて斧高は舞い上がった。怖い思いをしながらでもここまで来て、しかも逃げずに留まっておいて、つくづく良かったと本当に嬉しくなった。

そう感じると、更に長寿郎の役に立ちたいという気持ちが高まる。

「妃女子様は、何処かの窓から出たんじゃありませんか」

「窓？　栄螺塔や媛神堂の？」

「はい」

なかなか良い思い付きだと心の中で自賛したのも束の間、

「うーん、それはないよ」

あっさりと長寿郎に否定された。

「栄螺塔の天辺から下り、渡り廊下を通って媛神堂まで、何処にも人間の出入りできる窓はないからね。全てに格子が付いてるんだ。それは栄螺塔を婚舎側へと向かっても同じで。つまり媛神堂から婚舎まで、あの建物全体で出入り口はたったの一箇所だけ。媛神堂正面の、あの両開きの格子戸しかないんだよ」

「…………」

「妃女子が媛神堂に入ってから僕が出て来るまで、君は御堂の正面から目を離さなかった？」

「は、はい。それは間違いありません」

「となると妃女子は、あの建物の中で消えてしまったことになる。より正確に言うと、栄螺塔の天辺で──だけど」

「その栄螺塔の天辺なんですが、あそこの窓には格子がなかったような……」

この斧高の指摘に、思わずといった様子で長寿郎が塔を振り仰いだ。しかし、すぐ彼の方に向き直ると、

「うん、北側と南側に窓があって、確かに両方とも格子はなかったな。でも、あの高さで外へ出たとして、そこからどうするか」

栄螺塔の外周には内部の斜路に合わせ、まるで蛇が巻き付くように、斜めに傾いた屋根がぐるぐると回っていた。そのため斜路の天辺部分の窓から外へ出て、屋根を伝って地面に下りることが一見できそうには映る。ただし、屋根の幅が大してないうえ、外側に向けられた傾斜もきつく、その上を人間が下りるのは並大抵ではないと分かる。

そんな説明を斧高にも理解できるように長寿郎はすると、

「それにだ。仮に妃女子が君の存在に気付いて、北側の窓から出たら見付かるからと、もし南側の窓から出たところで、肝心の屋根は塔の外をぐるぐると回ってるんだから、北側に姿を晒《さら》さず下りることなど絶対にできない。幾ら闇夜だからって、栄螺

塔の屋根の上を人間が移動していたら、ここに立っていて媛神堂の方を向いていた君が、まず見逃すはずないだろ」

「残りの婚舎は、どうでしょう。栄螺塔の天辺から足音を立てないように静かに下りて、中婚舎か奥婚舎に妃女子様が隠れたとしたら」

「念のため二つとも覗いて見たけど、どちらにもいなかった」

「でも、例えば妃女子様が奥婚舎にいたとして、長寿郎様が中婚舎に入っている隙に、前婚舎へと移動すれば、やり過ごせます。中婚舎の後に奥婚舎を調べた長寿郎様が、そのまま栄螺塔に上るだろうと、妃女子様にも分かるでしょうし」

「ヨキ坊、君は本当に賢いね。僕が君くらいの年齢のとき、そんな考え方などできなかったよ」

「い、いえ……そんな……」

途端に照れる斧高に、長寿郎は微笑みながらも、

「しかしね、もし仮に御堂の中で僕をやり過ごしても、また御堂から抜け出る方法があったとしても、この玉砂利の上を、全く音を立てずに歩くことは無理じゃないかな」

「あっ……」

「僕が出て来る前に、そんな足音が――」

斧高は力強く首を振りながら、

「最初に長寿郎様が媛神堂に向かわれたときと、次に妃女子様が同じように向かわれたとき、この二回しか足音は聞こえてません」

「つまり妃女子が、あの建物から外へと出るためには、ヨキ坊の視線と玉砂利という二重の壁を突破しなくてはならなかったわけだ」

そんな駄目押しをした。ただ、すぐに続けてぼそりと、

「まぁ、それで境内を捜すというのも、妙な話なんだけど……」

そう口にしたのは有り得ないとは考えながらも、彼女が建物の外へ出たと見做さない限り、どうしようもなかったからだろう。

そこで斧高は、長寿郎が割り切れない気持ちでいることを忖度《そんたく》して、

「どうされます？　媛神堂から栄螺塔をもう一度、今度は二人で捜してみましょうか。二人でなら、三つの婚舎も調べられます」

透かさず水を向けた。

何とも奇っ怪で無気味な状況の直中に自分はいて、得体の知れぬ恐怖を感じているのは事実だった。だが、長寿郎と二人っきりで御堂の中に入ることを考えると、途端に胸がどきどきと高鳴りはじめた。

「いや、やっぱり先に境内を調べよう。見落としがあるかもしれないけど、御堂と塔

は一応は見たわけだし、正面の格子戸には外から錠前を掛けてきたから、誰も出入りはできない。後からでも充分に捜せるから」

しかし、長寿郎に却下され斧高はがっかりした。不謹慎だとは自分でも思ったが、己の心に嘘は吐けない。

「それじゃ、何処から捜しましょう？」

でも、すぐに気持ちを切り替えた。十三夜参りに於ける長寿郎の立場を鑑みれば、一刻も早く妃女子を見付けなければならない。

「まずは井戸だな。まさかとは思うけど、昔の事故の例もあるし」

そう言うと長寿郎は、明治のはじめ頃、十三夜参りの最中に跡取りの男子が井戸に落ち、首の骨を折って死んだという話を斧高にした。

「もちろん妃女子は禊の後で、そのまま媛神堂へと向かってるから、まぁ有り得ないんだけど」

微かに首を振りながら、それでも井戸の方へ歩き出した長寿郎に、慌てて斧高も続いた。

「そっちは濡れてるから、こっち側から――」

二人が水を浴びた井戸の北側を避け、東の方向から近付いた長寿郎が、提灯を深い穴の中へと差し掛けたときだった。

「見るんじゃない！」

彼は即座に明かりを引っ込め、そう叫んだ。

が、すぐ側にいて一緒に井戸を覗き込んでいた斧高は、ほんの一瞬ではあったが、それを目にしていた。

長細く真っ暗な穴の下に溜まった井戸水の中から、こちらに向かってにょっきりと突き出ている白い二本の脚を……。

第六章　十三夜参りに於ける関係者の動き

一守家《いちがみ》の妃女子《ひめこ》が十三夜参りの最中、井戸に落ちて事故死した——という驚くべき知らせを高屋敷《たかやしき》が受けたのは、儀礼の翌日の昼過ぎだった。

即座に彼は、物凄い後悔の念に襲われた。昨夜、東の鳥居口から辿った参道の途中で胸騒ぎを覚えたときに、やはり境内まで様子を見に行くべきだったのだ。

ところが、自分を責めながら一守家に駆け付けた高屋敷を待っていたのは、そんな警察官としての慚愧《ざんき》を立ち所に忘れ去るほどの、何とも仰天する光景だった。信じられないことに、死亡したばかりの妃女子の葬儀が、もう執り行なわれていたからである。

訊《き》けば、昨夜のうちに仮通夜を済ませて、今日は本葬だという。真夏に死亡した場合でも、普通ここまで早く弔うことはしない。況《ま》して今は仲秋であり、ここ数日の気候から考えても一日や二日くらいで遺体が傷むとは思えない。いや、それよりも問題なのは、明らかに妃女子が不審死を遂げている点だった。

「ちょ、ちょっと待って下さい。御葬儀を出す前に、まず死因を調べる必要がありま
す」

座桶の安置された座敷に通された高屋敷は、その余りにも異様な眺めにしばし呆然《ぼうぜん》
と立ち尽くしたが、すぐ我に返ると葬儀の中止を求めた。

が――、

「何を調べることがある？　妃女子は井戸に落ちて死んだ。つまり事故死じゃ」

それも富堂《ふどう》翁の一喝で、簡単に退けられてしまった。もちろん高屋敷は、それを検
死によって確かめなければならないこと、その手続きを踏まずに勝手に葬式は出せな
いことを訴えたが、翁は全く聞く耳を持たない。

「あんたは、何の心配もしなくて宜《よろ》しい。終下市《ついかいち》の警察署の方には、儂からちゃんと
説明しておく。それで問題ないじゃろ」

尚も高屋敷が食い下がると、富堂翁は如何にも煩《うるさ》そうに、纏《まと》い付く蠅《はえ》を手で払うか
のような仕草を見せた。

「しかし、そう言われましても……」

そんな無理も秘守の一守家であれば通るだろう、とは思った。だが、自分は媛首村《ひめかみ》
の北守を担当する駐在所の巡査である。この地で発生した事件については全てを把握
する責任がある以上、おいそれと引き下がるわけにはいかない。

彼は言葉を選びつつも、なぜ検死が必要であるかの説明をはじめた。その途端、咳《せ》き込みながらも迫力のある富堂翁の怒声が座敷に轟《とどろ》いた。

「お、お、お前のような平巡査の、さ、指図は、う、受けんわっ！　も、も、文句があるなら、しょ、署長を呼んで来いぃ！」

静まり返った部屋の中を見渡した高屋敷は、そこに一守家の主な人々しかいない事実に、遅蒔きながら気付いた。妃女子の葬儀という有り得ない光景に驚く余り、周りの顔触れにまで注意が向かなかったのだ。

（二守《ふたがみ》家も三守《みかみ》家も、両家とも一人として来ていない。恐らくわざと知らせてないんだ。こ、これは異常過ぎる……）

彼が呆然と一守家の人々を見詰めていると、蔵田《くらた》カネが涙声ながらに、

「駐在さん、妃女子お嬢様が不慮《ふりよ》の死を遂げられ、そりゃ大旦那様はお嘆きなすったんです。もちろん旦那様も奥様もそうですわ。しかも、ただでさえ悲しゅうて辛いことやのに、それが十三夜参りの最中に起こったんですからなぁ」

「はい、それは何ともお悔やみの申し上げようもない、本当に痛ましい出来事なんですが……。ただ、不慮の死ということからも――」

こうなれば富堂翁にも影響力のあるカネ婆を、高屋敷は説得しようとした。しかし、彼の言葉が耳に入っているのかいないのか、

「ええええ、そうですわ。有ろうことか十三夜参りに、そげな不幸が起こったわけですから、一刻も早う妃女子お嬢様を弔って上げたいいう大旦那様のお気持ち、また旦那様と奥様のお心は、お優しい高屋敷さんにならよう分かって頂けるのやないか思います」

「もちろん、それは理解できますが――」

「おおきに、ありがとうございます。大旦那様、やっぱり北守の地を護って下さってる駐在さんですわ。ほんに一守家のことを、よう考えて下さってます」

「いえ、自分は――」

後は蔵田カネの滔々《とうとう》たる語りと、泣き落としのような対応によって、高屋敷の口は完全に封じられてしまった。そのうえ無量寺の住職の読経《どきよう》が終わるや否や出棺という慌《あわ》ただしさで、その日の夕方までには荼毘《だび》に付され、骨壺が戻って来るという手際の良さである。

（幾ら何でも変だぞ、これは……）

最初は一守家の態度に憤っていた高屋敷も、そのうち次第に薄気味が悪くなってきた。

確かに十三夜参りの最中、その当事者が井戸に落ちて死んだとなれば大変な騒ぎになることは間違いない。特に二守家や三守家からは、ここぞとばかりに様々な皮肉や当《あ》て擦《こす》りを言われるだろう。だから密葬に近い形を取ったことは、一守家の立場とすれば当然と言える。それは高屋敷にも充分に理解はできた。

(ただ、そうは言っても……)

余りにも異様ではないか。まるで遺体を少しでも早く家から出したい、一刻も早く火葬にしたいと考えているように映る。

(そうだ。なぜ火葬にした？)

この辺りでは、基本的に土葬である。茶毘に付すのは、伝染性の病によって死亡した者の遺体くらいではないだろうか。いや、もう一例あった。憑き物や祟りや呪詛《じゅそ》などの所為で死んだと見做され、そのままにしておくと障りが遺族にまで及ぶと考えられる死者も……。

(ま、まさか……)

一守家の人々が恐れているものの正体を鑑み、高屋敷は何とも厭な気分に囚われた。

(でも、そんな理由で……)

咄嗟に否定しそうになったが、十三夜参りのそもそもの意味を思い出して止めた。第一それに肝心の遺体が焼かれてしまっては、今更どうこう言っても仕方がない。

(今の自分にできるのは、儀礼中に何があったのか、はっきりさせることだ)

葬儀の翌日、一守家に向かった高屋敷の胸の中にあったのは、その決意だけだった。このまま何もなかったように、見て見ぬ振りをすることは到底できない。それを認めてしまうと、北守駐在所の存在そのものを否定する羽目になる。

ただし、相手が富堂翁であるだけに、高屋敷の胸中も穏やかではなかった。翁の一声で、彼の首など簡単に飛んでしまうからだ。だが、彼は飽くまでも己の職務に忠実であろうとした。そのため一守家へは、かなり悲壮な決意で赴いたのである。

ところが、高屋敷と対峙した富堂翁は、

「ああ、それは別に構わん。納得のゆくまで存分に調べろ。皆にも協力するよう、儂から言っておいてやろう」

あっさりと彼の言うことを聞いてくれた。恫喝《どうかつ》されると身構えていた高屋敷は拍子抜けすると同時に、このときも何とも言えぬ薄気味の悪さを覚えてしまった。

「あ、ありがとう、ございます」

それでも丁重に礼を述べると、兵堂《ひょうどう》をはじめ、長寿郎《ちょうじゆろう》、蔵田カネ、僉鳥郁子《みなとりいくこ》、そして現場の近くに潜んでいた斧高《よきたか》という思わぬ目撃者、更に妃女子の遺体を井戸から引き上げた使用人たちからも、十三夜参りの夜のことを聞き出した。そのうえで高屋敷は、南守駐在所の佐伯《さえき》巡査の証言と、自分が東守で遭遇した二見《ふたみ》巡査部長と二守家の兄弟とのやり取りも、そこに加えた。

その結果、十三夜参りに於いて主な関係者がどのような動きをしたのか、それを次のようにまとめることができた。

〈十三夜参りに於ける関係者の動き〉

六時半　北の鳥居口の側にある祭祀堂に、一守家の兵堂、長寿郎、妃女子、蔵田カネ、僉鳥郁子、斧高が入る。

六時　五十分　高屋敷が祭祀堂を訪ねる。

六時五十五分　佐伯が南守駐在所から南の鳥居口に向かう。

七時　高屋敷が北の鳥居口の周辺を調べる。

七時から九時　高屋敷が東守駐在所に向かう。

佐伯が南の鳥居口から媛首山《ひめくび》に入り、参道の途中まで見回っては石段まで戻るという警邏を繰り返す。

七時過ぎ　長寿郎が祭祀堂から出て、媛首山へと入る。

斧高が長寿郎の後を追って、媛首山へと入る。

二見が東守駐在所から東の鳥居口に向かう。

七時　十分　高屋敷が東守駐在所に着き、二見の不在を確認して、東の鳥居口に向かう。

七時　十五分　長寿郎が井戸に着き、禊を行なう。
斧高が境内の手前の樹木の裏に隠れる。
妃女子が祭祀堂から出て、媛首山へと入る。
僉鳥郁子が祭祀堂の窓から、北の鳥居口を見張りはじめる。

七時　二十分　長寿郎が媛神堂に入る。
高屋敷が東の鳥居口に向かう途中で、二見と二守家の紘弌《こういち》とに出会う。

七時　三十分　高屋敷が東の鳥居口で、二守家の紘弍《こうじ》と出会う。すぐに二見が合流する。
妃女子（一人目）が井戸に着くも、しばらくして消える。

七時三十五分　妃女子（二人目）が井戸に着き、禊を行なう。

七時　四十分　高屋敷が東の鳥居口から媛首山に入る。
妃女子が媛神堂に入る。

七時四十五分　婚舎にいた長寿郎が、栄螺塔を誰かが上っている気配を察する。

七時　五十分　長寿郎が栄螺塔の天辺に着く。

七時五十五分　長寿郎が栄螺塔から媛神堂に入る。

八時前　長寿郎が媛神堂を調べ終える。

八時過ぎ　　　長寿郎が媛神堂の外へ出て、斧高と出会う。
八時十分過ぎ　高屋敷が境内で人の声らしきものを聞く。
八時　二十分　長寿郎と斧高が、井戸に落ちている妃女子を発見する。
八時四十五分　斧高が祭祀堂に戻り、妃女子の事故を伝える。
　　　　　　　井戸に、兵堂、長寿郎、蔵田カネ、僉鳥郁子、一守家の使用人の溜吉《ためきち》と宅造《たくぞう》が着く。
九時過ぎ　　　妃女子の遺体を引き上げる。

全員が常に時計を見ていたわけではないため、時刻は大凡《おおよそ》である。よって少しでも分かり易くするため五分刻みで表示したところ、思いのほか上手くまとめることができたので、高屋敷は満足していた。尤《もっと》も自分で作成した時間表を見れば見るほど、一体どう考えれば良いのか、何が媛首山で起こったのか、と彼は頭を抱えることになるのだが……。

葬儀から三日目の夕方、日課である巡回を終えて駐在所へと戻った高屋敷は、まず日誌の記入を済ませた。それから時間を掛けて新聞に目を通すと、妻の妙子《たえこ》と夕飯を摂った。そこまでは、いつも通りの日常の営《いとな》みだった。違っていたのは、彼が卓袱台《ちゃぶだい》の上に〈十三夜参りに於ける関係者の動き〉の時間表を広げると、一心不乱に考え込み出したことだ。

そんな夫の様子を目に留めた妙子が、卓袱台に湯呑《ゆの》みを置きながら、

「まだ村の人たちも、一向に落ち着かないようですね」

それとなく村の雰囲気を伝えてくれた。ちなみに十三夜参りの事故については、高屋敷の方から一通り話してある。

妻とはいえ家族には仕事の話は一切しない、という二見のような駐在巡査もいたが、高屋敷は逆だった。もちろん何でも喋るわけではないが、差し支えのない範囲でなら、むしろ積極的に話した。なぜなら自分よりも妙子の方が、村に溶け込んでいると思われたからだ。つまり妻から齎《もたら》される村の情報が決して莫迦にできないことを、この一年ほどの経験から彼は学んでいたのである。

「村人にとっては、十三夜参りの最中に起きただけでも恐ろしいのに、そのうえ妃女子の葬儀があれだったんだから無理もない」

「やっぱり亡くなったのは、妃女子さんなんでしょうか」

妙子が少し遠慮がちに、卓袱台の側に腰を下ろす。

高屋敷が仕事の話をするとはいえ、彼女の方から積極的にそれを求めることはない。飽くまでも夫が口を開いたときにだけ、耳を傾ける姿勢を取っていた。駐在巡査の妻という立場を、恐らく彼女なりに考えているからだろう。

「それは間違いないと思う」

珍しく妻が質問をしたため高屋敷も驚いた。ただ、今の彼は事件について誰かと話をしたかった。そうすることにより、この不可解な出来事の真相に迫る糸口でも発見できれば、という気持ちが強かった。

「妃女子が死んだというだけでなく、同時に長寿郎君の姿が見えなくなったのなら、富堂翁をはじめとする兵堂さんたちの証言も、俄《にわか》には信用できなかったと思う」

「それは……本当は長寿郎さんが亡くなったのに、その事実を隠すために死んだのは妃女子さんの方だと言って、村の人たちを、特に二守家と三守家の人々を、一守家が騙《だま》している可能性が考えられるからですか」

「うん。何と言っても秘守家の跡継ぎ問題は、一守家にとっては代々に亘る最重要事項だからな。何とか時間稼ぎをして、対策を講じようとするだろう」

「そうですね。ただ二人は双児とはいえ余り似てませんから、妃女子さんが長寿郎さんに化けることは、ちょっと無理でしょうし――」

「そのうえ長寿郎君は、ちゃんと最初から姿を見せている。いなくなったのは妃女子だけだ」

「やっぱり亡くなったのは妃女子さん――」

「ということになるんだが……」

「腑に落ちないんですか」

「一守家の者だけ――というよりも、実際には兵堂さんとカネさん、この二人しか遺体を目にしていない。それが引っ掛かるんだ」

そう言う高屋敷に、妙子は怪訝《けげん》な表情を浮かべながら、

「井戸から遺体を引き上げたお二人は、全く見てないという話ですが――」

「井戸に下りたのは溜吉だけど、あいつは仏さんの両足首に縄を結び付けただけで、その顔までは目にしていない。まぁ膝《ひざ》から下が突き出ていたという状態だから、井戸の中で身元を確認するのは、土台無理な話だな」

「でも引き上げたときに、嫌でも目に入りますよね」

「宅造と溜吉の二人が、井戸の釣瓶《つるべ》を利用して縄を引いたんだが、兵堂さんに娘の裸を見るなと怒られたらしい。で、その間ずっと目を閉じていた。開けてもよいと言われたときには、もう遺体は筵《むしろ》に包まれていたそうだ」

「兵堂さんのお気持ちは、よく分かります」

「その部分では……な。しかし警察に届けることなく、急いで葬儀を出した件がある以上、どうしても疑いは残る」

「なぜ御遺体を誰にも見せなかったのか……ですね？」

そこで高屋敷は両腕を組むと天井を仰ぎながら、

「考えられるのは、妃女子の死は事故ではなく殺人だったので、遺体を目にされると殺されたことが分かってしまうから、という理由だな。ただ、それを被害者側の一守家が隠そうとするのは変だろ。新たな謎が出てくる」

「それに長寿郎さんなら分かりますけど、妃女子さんが殺される動機など、私には何処にもないように思えるんですけど」

「当日は闇夜だったので、二人を間違ったのかとも考えたが、やはりそれは有り得ない。十三夜参りの詳細は知らなくても、先に男子が儀礼を執り行なうことは、村の者なら誰でもが知っている。つまり長寿郎君を狙ったのなら待ち伏せていて、最初に来た人物を襲えばいい」

「二人を取り違えることは、まず考えられない？」

「ああ……。しかも、被害者は全裸だったんだから、明らかに妃女子と分かっていて殺したわけだ」

「やっぱり殺人でしょうか」

妙子の問い掛けに、頭《こうべ》を上げていた高屋敷は視線を卓袱台へ戻すと、

「ただなぁ……少なくとも秘守家の人々には、全員に現場不在証明《アリバイ》が成立するんだ」

「えっ……」

「容疑者がいないうえに、なぜ妃女子が殺されなければならなかったのか、その動機

が全く見えない。かといって事故とするには不審な点が多過ぎる」

高屋敷は途方に暮れた表情を妙子に向けながら、

「しかも現場は、お前が好きな探偵小説にあるような、一種の密室状態だったんだから……」

第七章　井戸の中から……

斧高《よきたか》が祭祀堂に長寿郎《ちようじゆろう》の言付けを持って駆け込んだ瞬間、兵堂《ひようどう》とカネ婆は呆気《あつけ》に取られた表情で彼を繁々と見詰めるばかりで、なかなか言葉が出てこないようだった。いつも冷静で物事に動じない劔鳥郁子《みなとりいくこ》でさえも、さすがに少しは驚いたのか目を瞠っている。

それでも逸早《いちはや》く立ち直ったのは、やっぱりカネ婆で、

「まぁこの子は一体、何を戻って来とるんか」

咎める眼差しで彼を睨んだ。ただし、すぐ何か異変を感じ取ったのか、普通なら怒鳴り付けて一守《いちがみ》家に帰るよう命じるはずが、彼の様子を凝っと窺っている。

「あのうー、これ……長寿郎様から……」

斧高も怒られ追い払われる前にと、長寿郎に渡された紙切れをカネ婆に差し出した。それは文学好きな彼が常に持っている帳面に、やはり身に付けている万年筆によって書かれた、父親と乳母に対する伝言だった。

「長寿郎様が――」

カネ婆は帳面の切れ端を斧高から慌てて引ったくると、それを兵堂にも見えるように広げた。郁子は二人の後ろから、透かさず紙切れを覗いている。

〈妃女子《ひめこ》が井戸に落ちた。ヨキ坊に言付ける。これは嘘でも冗談でもない。長寿郎〉

そこには、このように記されていた。いきなり斧高が祭祀堂に顔を出す不自然さを鑑み、咄嗟に考えた文章なのだろう。決して斧高が悪戯をしているわけではないと、確実に分からせるにはどう伝えれば良いか、彼なりに知恵を絞ったに違いない。

「ひぃぃぃ……」

まずカネ婆が悲鳴を上げた。

「い、井戸に落ちた……。そ、それも、ひ、妃女子が……」

次いで顔面を蒼白《そうはく》にしながら、兵堂が唇を震わせた。

「どうやら十三夜参りを無事に終える前に、恐れていたことが起こったようですね」

郁子だけが感情を交えない口調で、淡々と長寿郎の言付けを受け止めている風に見える。

祭祀堂内は静寂に包まれた。カネ婆は腰が抜けたような格好で座り込み、兵堂は茫《ぼう》然自失《ぜんじしつ》の状態である。そんな二人を郁子が冷ややかとも言える眼差しで見詰め、斧高だけが三人の様子を順に窺っていた。

「何方《どなた》か若い人を連れて、井戸に向かった方が良くはないですか。長寿郎さんが独りだけで、御山の中に残っていることを考えても——」

やがて郁子が静かに、兵堂とカネ婆のどちらに言うともなく、そう口にした。

「えっ……あっ、そ、そうですわ旦那様。ちょ、長寿郎様が、まだおられます」

「うん？　長寿郎が……」

一守家の跡取りの名前をはじめて耳にしたような、何とも締まりのない兵堂の反応だった。が、それも束の間、がばっと身を起こすと、

「そ、そうか、長寿郎は無事なんだな。よ、よし、とにかく井戸から妃女子を引き上げないと。溜吉と宅造に準備をさせよう」

「分かりました。ええかヨキ、すぐ一守家まで走って——」

カネ婆から受けた指示通りに斧高が動いた結果、ランプや縄やバケツなどを持った溜吉と宅造が祭祀堂に駆け付け、それから一行は媛首《ひめくび》山の井戸へと向かった。

ただし斧高は大人しく戻っているように、不本意ながらもカネ婆に釘《くぎ》を刺された。もちろん彼は聞く振りをして、秘かに皆の後を追った。全員が参道の行く手に注意を払っているため、尾けるのも非常に容易《たやす》い。井戸の近くまで来たところで、最初に隠れるはずだった石碑の裏に身を潜め、そっと皆の様子を覗き見ることもできた。

一行を出迎えた長寿郎は、まず兵堂とカネ婆に事情を説明しているみたいだった。

それから郁子を交えた四人で、しばらく井戸を覗き込んでいた。次いでカネ婆が抱えて来た風呂敷包みから、なんと用意の良いことに線香や蠟燭《ろうそく》をはじめ数珠《じゅず》から三具足《さんぐそく》や払子《ほっす》のようなものまで取り出すと、その場で簡単な弔いを済ませた。

カネ婆の念仏が終わるのを待って、兵堂が溜吉と宅造を呼び付ける。井戸に下りて妃女子の両足に縄を結び付け、引き上げるよう命じているらしい。

宅造に命綱を付けて貰って溜吉の準備ができると、井戸の周りを取り囲んでいた四人が後ろに下がり、代わりに二人が前に出た。まず溜吉が井戸の縁に跨《また》がる。続いて宅造が、井戸の外壁と地面が接する部分に両足の内側《ないそく》を付け、踏ん張る構えを取る。それを見た溜吉は相方が頷くのを待ってから、しっかり縄を握ったまま井戸に両足を入れる。そこからは宅造が縄を少し緩め、溜吉がその分だけ井戸を下りる。その繰り返しによって、ゆっくりと井戸の中へ溜吉は姿を消して行った。

しばらくして……

「うわぁぁっ！」

井戸の底から溜吉の叫び声が上がった。それは井戸の細長い内壁に反響して、何とも無気味な声音となり斧高の耳にまで届いた。

「ど、どうしたぁ！」

思わず宅造が叫び返す。自分が握っている命綱に目を落としてから、兵堂の方を見て首を振ったのは、確かな手応えが縄にあることを伝えたかったのだろう。

「おい、タメ！　どうしたぁ？　大丈夫かぁ！」

尚も宅造が声を掛けるも、井戸の中からは何の応答もない。

「だ、旦那様……」

命綱を引いて良いものか迷ったらしい宅造が、兵堂に指示を求める。だが、彼の主人も溜吉の気味の悪い悲鳴を耳にしてから、ひたすら忌まわしいものでも目にする如く、凝っと井戸を見詰めるばかりである。誰も井戸に近付こうとはしない。況してや覗こうなどという気はないのが分かる。

「あ、上げてくれ！　は、早く、上げてくれぇぇ！」

井戸の中から溜吉の叫び声がした。物凄く焦っているような、今いる場所から一刻も早く逃げ出したいような、そんな恐怖と嫌悪に満ちた口調である。

「わ、分かった！　すぐ上げてやる。い、いいか！」

仲間の尋常でない反応に驚きつつも、これは唯事《ただごと》でないと思ったのか、宅造が満身の力を込めて縄を引きはじめた。

やがて井戸の縁から片手が見えたと思ったら、溜吉が自らの腕力《かいなぢから》だけで這い出して来た。そして転がり落ちるように地面に突っ伏すと、ぜいぜいと荒い息を、しばらく吐き続けた。

「お、おい、タメ……一体……」

宅造が声を掛けるも相手は力なく首を振るばかりで、口を利くことができない。それでも身体だけは起こそうと、地面に両手を突いて半ば身を持ち上げた瞬間、

「ひぃぃぃっ！」

溜吉は女のような悲鳴を上げながら、両手を無茶苦茶に叩《たた》き、擦り、振り回しはじめた。

「な、な、何を……。おい、タメ！　しっかりしろ！」

宅造が暴れる相方の両肩を摑《つか》み、力一杯に揺すぶった。すると、まるで憑き物が落ちたみたいに溜吉は大人しくなり、その場に腰を落とした。

「どうした、ええっ？　何があった？」

「け、け、け……」

「け？　何だ、それは？」

「け、毛だ……。髪の毛……。そ、それも女の……な、長い毛が……」

「女の髪の毛？」

「ああ……井戸の水の表面が、み、妙に黒々してたから、て、手を入れてみたら、む、無数の長い髪の毛が、お、俺の手に、び、びっしりと張り付いて……」

溜吉と目を合わせた宅造は、ぞっとしたように見えた。だが兵堂の手前、騒ぎ立て

ることもできないのか、

「そ、それで、両足首に縄は？」

「ああ、そ、それは、ちゃんと結び付けた。だ、大丈夫だ。問題ない」

溜吉はよろよろと立ち上がると、改めてその旨を兵堂に報告した。

そこからは井戸の滑車に、遺体の両足首に結んだ縄の反対側の端を通す作業を行ない、引っ張り上げる準備が整った。

「禊の最中に落ちたとすると、妃女子は裸かもしれんな。お前たち、いいと合図するまで目は瞑《つむ》ってろ。分かったか」

兵堂は横柄に命じてから、二人に縄を引くよう身振りで示した。

目を閉じることを要求されたのは宅造と溜吉なのに、兵堂の口から出たというだけで、斧高は自分も従わなければならない思いに囚われた。幼いながらも、いや年端もいかないうちから働き出した故の、それは使用人の性だったかもしれない。

ただ、このときだけは別だった。兵堂に逆らおうなどという気持ちからではなく、純粋に好奇心から、それも怖いもの見たさの気持ちから、斧高は逆に目を閉じられないでいた。その癖ずるずると縄が引き上げられるに従って、ああ駄目だ、もう駄目だ、早く目を瞑らなければ、今にとんでもないものを目にしてしまう……そんな怯えも感じていた。

祭祀堂では冷静だった郁子も、彼と同じような思いを抱いたのか、途中で顔を背けた。兵堂も遺体を目の当たりにしたくないのだろう、不自然なほど井戸から離れようとしている。真っ向から現実に対峙していたのは、筵《むしろ》を両手に広げ持ったカネ婆だけだった。

やがて、縄の先にぶら下がった足首が井戸から現れ出した。二つの柱に各々吊《つ》るされたランプの明かりによって、その足首は無気味なほど青白く見えた。次第に脛《すね》、膝、太腿《ふともも》、尻《しり》と現れたところで、思わず斧高は目を逸らせていた。なぜなら遺体の肌には無数の長い髪の毛が、まるで奇怪な吸血虫のように、びっしりと張り付いていたからである。

(な、何だ、あれ……)

その余りにも怖気《おぞけ》をふるう眺めに、彼は吐き気さえ覚えた。

(妃女子さんの頭から抜けた?)

しかし、自然に抜けたにしては大量過ぎる。かといって、わざわざ本人が切ったとも思えない。

(誰かに切られた? でも、どうして髪の毛を……)

と考えたところで、とんでもない発想が浮かんだ。

(髪の毛を切ったんじゃなくて、もしかすると首を斬ったためにに髪までが切れたんじや……）

石碑の裏で震えていると、井戸の方からざわざわとした気配が伝わってきた。見ると、もう遺体は筵に包まれていて、それを運ぶための準備が進められているのだと分かった。

（先に戻っておかないと、今度こそカネ婆からお仕置きされる！）

そう考えた途端、身体の震えが治まった。皆が参道へ出て来る前に素早く石碑の裏から離れると、忍び足で石畳の上を戻った。ある程度の距離が開くまでは足音を殺し、もう大丈夫だと判断してからは脱兎《だっと》の如く走った。

その夜、斧高は夢の中で、媛首山の参道を歩いていた。婚舎では長寿郎が待っているはずだった。だから闇夜の御山とはいえ、彼の足取りは軽かった。と、後ろに何かの気配を感じた。ぞっとしたのと同時に、ひたひたひたっ……それが迫って来た。咄嗟に振り向いた彼が見たのは、身体のあちこちから無数の長い髪の毛を生やした首のない全裸の女が、両手を前に突き出しながら、こっちに走って来る姿だった。その全身は、たった今、水を浴びたばかりのように濡《ぬ》れている。もちろん斧高は慌てて駆け出したが、いつまで走っても媛神堂に着かない。目の前には延々と石畳が続くばかりである。時折、右手に井戸が姿を現した。なのに、その先には第二の鳥居も、玉砂利を敷き詰めた境内も見えない。ひたすら石畳の参道が延びるだけである。しかもその井戸には、なぜか絶対に近付いてはならないような気がした。だから無視をし続けた。しかし、ずっと走りっ放しで次第に疲れてきた。そのうち喉の渇きを覚え、我慢ができなくなった。次に井戸が見えたとき、思わず駆け寄っていた。そして井戸の中を覗き――

そこからの記憶はない。井戸の底から何かが自分に向かって出て来たような……そ、いに井戸の中へと引き摺り込まれたような……いや、確かにその感触が身体には残っているのだが、敢えて思い出そうとはしなかった。

（でも、どうして妃女子様が……）

翌日、慌ただしく葬儀の準備を進めるカネ婆の手伝いをしながら、斧高の頭の中にはその疑問だけが渦を巻いていた。尤《もっと》も首無《くびなし》の出現にはじまり、栄螺塔からの妃女子の消失、そして井戸からの発見というように、全く訳の分からない現象ばかりだ。だが一番の謎は、死んだのが長寿郎ではなく妃女子だったことである。

（もちろん長寿郎様が無事で、本当に良かったんだけど――）

その喜びを覆ってしまうほどの、もやもやとした真っ黒い何かが、斧高の心の中で徐々に大きく育ちつつあった。

（やっぱり鈴江《すずえ》さんが言ってた、あの奇妙な話が何か……）

関係があるのだと、今更ながらに思った。

十三夜参りの前の日である。昼飯が済んだ後、裏の離れ蔵——開かず蔵とも言われる——まで彼女に呼び出された。そこは呼び名の通り一つだけ古い蔵がぽつんと建っているところで、普段から家人も使用人もほとんど寄り付かない場所だった。

「私ね、今日でお暇を貰うから」

あっけらかんとした口調の所為か、その意味を理解するまで斧高は少し時間が掛かった。それから徐《おもむろ》に驚き、八王子の実家に帰るのかと訊《き》くと、

「前に一守家に出入りしていた人が、自分のところに来ないかって誘ってくれてるの。だから、そこに行くつもり」

相手が何処の人で何をやっているのか、斧高がもう少し大きければ質問していたかもしれない。しかし、鈴江が暇を取っていなくなるという事実を受け入れるだけで、このときの彼は精一杯だった。

「あっ、このことは絶対に喋っちゃ駄目よ。一守家の人には実家に帰るって言ってあるんだから」

そう釘を刺されたため、余計に突っ込んだ話はできなかった。

「ここにいるのは、もううんざりなの」

顔を顰《しか》めた彼女は、少しだけ斧高の顔を見詰めてから、

「あんたは男だから大丈夫だろうけど、ここの旦那様……兵堂ね」

いきなり呼び捨てにして、彼の度肝を抜いた。これまで陰口を叩くことはあっても、妃女子と紘弐《こうじ》以外で彼女が秘守《ひがみ》家の者を呼び捨てにしたことは、一度もなかったはずだ。

「あれは女癖が悪くって、最近は私も何かとちょっかいを掛けられて――。過去には泣き寝入りした女中が何人もいたらしいけど、私は御免だわ！　こっちから出て行ってやる。もちろん貰うものは貰ってね」

勝ち気な鈴江らしく激昂しながら、他の使用人たちでは考えられないような、信じられない熱弁を振るい出した。

「旦那様に楯突《たてつ》けるものかって、あんたも思ってるんだろうけど、誰にも弱点はあるのよ。兵堂の場合は、もちろん富貴《ふき》奥様……。一守家の当主という表向きはともかく、裏に回れば奥様に頭が上がらない。そのうえ大旦那様にも頭を押さえ付けられてる。従順な振りはしてるけど、兵堂は大旦那様に対して不満たらたらなのよ。けど、絶対に逆らえない。分かった？　旦那様なんて何も恐れることないのよ」

どうして自分にこんな話をするのか、斧高は不思議で仕方なかった。この一年ほどの間、鈴江はしばしば彼を物陰に引っ張り込んでは秘守一族の、または一守家の話を色々としてくれた。ただそれは外から来た余所者に対する親切というよりは、単に彼女がお喋り好きであり、自分の知る情報に素直に驚いてくれるのが、彼くらいしかいなかったからだ。だからと言って彼女を嫌いにはならなかった。好きとまでは言えないが、それでも数少ない自分の味方のような存在だった。

（でも、今までの話とは、ちょっと違う……）

斧高が戸惑っているらしいと気付いたのか、鈴江は急に口を閉ざすと、しばらく彼を凝っと見詰めてから、

「あんた、長寿郎様のこと好きでしょ」

思わぬ台詞に、たちまち自分の顔が赤らむのが分かる。

「そりゃね、あんたのような事情でこの家に来て、あんなやり手のカネ婆に扱《こ》き使われてりゃ、長寿郎様のような存在に憧《あこが》れを覚えるのも無理はないけど――」

（違う！　そんなんじゃない！）

咄嗟に叫びかけて、斧高は戸惑った。ならば長寿郎に対するこの一途《いちず》な想いは何なのか……と自問して、己自身に答えられなかった所為だ。

「何を赤くなってるの？　別に私は変な意味で言ったんじゃないから――まっ、いずれにしろあんたには、まだまだ早い話だけど」

にやにや笑いながら鈴江は、斧高の様子を面白そうに眺めている。虐《いじ》められているという感覚はなかったが、彼女には時に弄《もてあそ》ばれているような気分を味わわされる。

このときも正にそうだった。

だが、珍しく鈴江はすぐ真顔になると、

「秘守一族の中で、この一守家がどういう立場にあるか、また一守家の跡取りの男子が如何に大切か、それは前に話したでしょ」

その表情と声音の変化に驚きながらも、素直に斧高が頷くと、

「だから長寿郎様もゆくゆくは一守家の当主になられ、秘守一族の長に納まる——と思ってるかもしれないけど、その頃にはとんでもない出来事が、三つの秘守家に持ち上がってるかもしれないわよ」

そう言われても全く意味が分からない斧高は、ただ鈴江の顔を眺めるばかりだった。すると辺りに誰もいないにも拘らず、彼女は声を潜めながら、

「兵堂が女好きだって教えたでしょ。あいつ選《よ》りにも選《よ》って二守《ふたがみ》家の笛子《ふえこ》奥様とも、随分と昔から通じてるみたいなの。向こうの方が年上だけど、三歳くらいの違いだから……。ねぇ、紘弌《こういち》様と紘弐って、よく見ると兄弟なのに似てないと思わない？　もちろん外見だけじゃなくて性格もよ。紘弌様は二守の旦那様、つまり紘達《こうたつ》様と似てらっしゃって紳士だけど、紘弐は……ねぇ。あの年で女の尻を追い回しているところなんか、誰かさんとそっくりでしょ？」

とんでもない爆弾発言を口にした。尤も斧高にとって彼女の表現はやや遠回し過ぎたようで、今一つぴんと来ない。それでも何か耳にしてはいけないことを聞いてい

る。そんな意識は働いていた。

「長寿郎様たちのときもそうだったけど、富貴奥様はご長男を出産されたとき、産後の肥立ちが悪かったの。それが元で病気がちになって、きっと夜の方も……」

そこで鈴江は改めて相手の年齢を鑑みたのか、唐突に言葉を濁した。

「まぁ、それでも長寿郎様たちが生まれたんだから、兵堂が根っからの女好きであることが証明されたわけね」

すぐに皮肉を続けた後で、

「あんたは奥様から、陰険な虐めを受けてるでしょ。自分の女房があんな性格になってしまったら、ほとんどの旦那は余所の女に靡《なび》くものなのよ」

斧高にも理解できるような言い方をした。

（知ってたんだ……）

しかし斧高は、兵堂が富貴に愛想を尽かして二守家の笛子と関係を持った話に驚くよりも、自分が富貴から酷い仕打ちを受けているのを鈴江が気付いていながら、そのまま傍観していた事実の方に愕然とした。

（けど、当たり前か……）

彼女も所詮は使用人である。富貴に注意などできるはずもなく、かといって誰かに相談するのも無理だろう。いや、無駄に違いない。下手をすれば、自らに火の粉が降り掛かるのが落ちではないか。

斧高の思惑など知る由もない鈴江は、

「この家で暮らした十三年の間に、私にも色々なことが分かってきたの。もちろん、ぼうっと過ごしてちゃ駄目よ。それに、そのときは意味が分からなくても、後から合点のゆく出来事もあるからね。何かおかしい、妙だって感じたら、取り敢えず覚えておくの」

如何にも意味深長な前置きをすると、更に驚くべき記憶を語りはじめた。

「長寿郎様と妃女子が生まれた日のことは、前に詳しく話したでしょ。離れの中には富貴奥様とカネ婆が、外には兵堂がいて、私は物陰から覗いてたって。あのときね、実はとても奇妙なものを……いいえ、ぞっとするものを見たの」

「な、何ですか」

思わず斧高がそう身構えたほど、彼女の喋り方には忌まわしさが感じられた。

「最初に妃女子が生まれて、カネ婆が『女の子です』と知らせたとき、兵堂が笑ったのよ。それこそ満面に嫌らしい笑みを浮かべて……。ね、おかしいでしょ？」

こちらの目を覗き込むような鈴江の様子と、「ね、おかしいでしょ？」と訊く声音の異様さに、斧高の二の腕に鳥肌が立った。

「跡取りの男子の誕生を心待ちにしているはずの一守家の当主が、女の子が生まれたと知らされ、選りに選って笑ったのよ」

絶対に知るべきではないことを、耳にしている気がした。ただし、鈴江の話の不可解さは、さすがに斧高にも理解できた。カネ婆からも秘守家の跡継ぎの重要性については散々、それこそ耳にたこができるほど聞かされている。

「私ね、自分の見間違いかと思った。でも、どう目を凝らしても、確かに兵堂は笑ってる……。それから長寿郎様がお生まれになって、カネ婆が『男の子です』と告げた途端、その笑みがすうっと消えたの。私、見てはならないものを目にしたって……、ぞっとした。慌てて兵堂に見付からないうちにと逃げたわ」

当時の、そのときの体験を思い出したのか、鈴江は身を震わせている。

「兵堂の反応が何を意味してたのか、私にはずーっと謎だった。うーん、今でも完全に分かったわけじゃないけど……一守家の跡取り問題に、大きな影が差してることだけは間違いないと思う。兵堂が裏で大旦那様に楯突こうとしてるって、私は感じるの。もちろん富貴奥様も裏切ってね。それに最近ね、ゆくゆくは妃女子を紘弐の嫁にって話を、兵堂が大旦那様にしてるのを耳にしたの。分かる？　この組み合わせの恐ろしさが……」

残念ながら斧高には理解できなかった。ただ、それが物凄く忌むべき関係だということは、本能でだろうか何となく悟れた。

「この家には、忘れた頃に狂い女《め》が生まれると伝わるけど、兵堂も気が変なのよ。あれは畜生よ。あいつがやろうとしていることは」

吐き捨てるように言う鈴江の眼差しが、彼には怖かった。彼女こそ少し気が触れているように思えてならない。

「この話をしたのは、いい？　あんただけよ」

そこで急に鈴江は顔を近付けて来ると、

「なぜなら長寿郎様のことを、大切に想ってるらしいから。そしてこの先も、当分は一守家で暮らすに違いないから。だから、あんたには話しておくの。分かった？　表面だけを見てちゃ駄目よ。物事には必ず裏側がある。特にこういう旧家で、代々の大《おお》仰《ぎょう》で煩《わずら》わしい仕来りのあるところでは、突然ある日、それらが崩れて――」

鈴江が急に黙り込んだ。斧高が見上げると、顔面を蒼白にしながら彼の後ろを凝視している。振り返った彼は、納屋の陰にすうっと消える人影のようなものが、一瞬だが見えた気がした。

「も、もう行った方がいいわ。カネ婆が捜してると不味《まず》いから。私は少し時間を置いてから戻る。あっ、これお守りよ。あんたに上げる。今の話、意味が分からなくても覚えておくのよ。あんたが大きくなったら、自然に理解できるから。じゃあね、元気でね」

鈴江は小さなお守り袋を渡しながら早口に喋ると、斧高を母家の方へと押し出す仕草をした。

それから小一時間ほど経ってから、鈴江は親しかった使用人たちに見送られつつ一守家を後にした。最後に斧高の方を見たと映ったのは、思い過ごしだろうか。ただ、なぜかもう二度と彼女には会えない気が、ふと彼はした。

その翌日、十三夜参りの最中に妃女子が井戸に落ちて死んだ……。

偶然と言えばそれまでだが、斧高はそこに何とも薄気味の悪い暗合を感じていた。なぜ死んだのが妃女子だったのか。その恐るべき答えが鈴江の話の中に、いや話の奥の奥に隠されているような気がして仕方ない。

しかも今回の妃女子の死が、実はこれから起こる本当の災厄のはじまりなのではないか、やがて彼の大好きな長寿郎を巻き込んだ途轍も無い災禍が、秘守家を襲うことになるのではないか、という予感さえ覚えていた。

その心配は幸いにも、すぐに当たったわけではない。

ただし、斧高は十三夜参りの奇っ怪な出来事の後、なぜか人目を忍んで開かずの蔵に膳《ぜん》を運ぶ、カネ婆の何とも不審な姿を目撃するようになる。そして更に、あの忌むべきものまで再び目にする羽目になるのだった。

第八章　四重の密室

北守駐在所の奥の間で妻と卓袱台を挟んだまま、高屋敷《たかやしき》は考えあぐねて黙り込んでいた。すると妙子《たえこ》が確認するように、

「つまり一守家《いちがみけ》、二守家《ふたがみけ》、三守家《みかみけ》の関係者と言っていい方たちには、十三夜参りの間、ずっと現場不在証明《アリバイ》があったわけですか」

質問することで刺激を与え、行き詰まった夫の思考を再開させるのが妻の目的だと察した彼は、ここは有り難く彼女の思惑に乗ろうと思った。

「いいか。犯人がいる場合、そいつは北か東か南の鳥居口のうち、いずれか一つから媛首山《ひめくびやま》に入ったことになる。しかも、その時刻というのが――」

時間表を彼女に示しつつ、

「北であれば、一守家の一行が祭祀堂に入る六時半よりも前か、その六時半から俺が祭祀堂を訪れる六時五十分までの間が、まず最も可能性がある。俺が鳥居の周りを調べて、長寿郎《ちょうじゅろう》君と斧高《よきたか》が媛首山に入った七時前後から、妃女子《ひめこ》が祭祀堂を出て僉鳥郁《みなとりいく》

子《こ》が鳥居口を見張りはじめる七時十五分までの間もあるけど、その時間帯は人の動きが多過ぎて少し危ない気もする」

「そうですね。ただ確かなのは、北の鳥居口を犯人が利用したのだとすれば、遅くとも七時十五分までだったと？」

「そうだ。東の鳥居口の場合は、俺があそこに着いた七時三十分までとなる。ちなみにこの時刻は、一人目の妃女子が斧高によって目撃されている時間だな。南の鳥居口は、七時から佐伯《さえき》が頑張っていたから、それまでに入らなければならなかった」

「つまり六時半前から七時三十分までの現場不在証明が、ほとんど皆さんに成立するんですね」

「ああ、それだけじゃない。媛首山から出られた時刻はいつか、という点もある。北では七時から斧高が、ある意味ずっと参道を見張っていた格好になる。まぁ木の裏に隠れたりしていたから完全じゃないまでも、誰かが通れば分かったと本人は言ってる。それに七時十五分からは僉鳥郁子が鳥居口を見張りはじめるし、八時過ぎには長寿郎君が斧高と合流する。そして妃女子の遺体を井戸から引き上げる九時過ぎまで、七人もが参道の側にいたことになる。東は俺が、南は佐伯が、それぞれ九時まで参道を警邏していた。と言うことは、犯人が媛首山から出られたのは、九時以降になるわけだ」

「ところが、九時以降の現場不在証明も、皆さんにはあるんですね？」

「ある。紘弍《こうじ》など七時三十分に東の鳥居口で逃がしてから、なんと九時過ぎまでの現場不在証明はないのにだ。正に犯行時間に当たる間の――」

「でも、その時間帯には、皮肉にも媛首山に誰ひとり入れなかった……」

「そうだ。お前の好きな探偵小説風に言えば、媛首山は一種の密室状態だったことになる」

「日陰峠に抜ける西の経路はどうなんです？」

「そっちには確かに見張りはいなかった。けど、何処から行くにしても物凄く遠回りになってしまうし、あの峻険《しゅんけん》な地形では、そう簡単には通れないだろう」

「余計に時間が掛かってしまうわけですね。しかも余分な時間の分まで、現場不在証明がないことになりそうです」

「それに、そこまで何時間も自分が何処にいたのか、満足な説明ができない奴もいないから、西の経路は使われていないと考えるべきだろう」

「森の中を抜ければどうです？」

妙子の問い掛けに、高屋敷は少し得意そうな表情で、

「もちろん外から御山に入り込まれた場合、その箇所を特定するのは、まず無理だろう。しかしな、それが誰であれ、いずれは参道に出なければならん。俺と佐伯とで調

べた結果、そんな痕跡《こんせき》は参道の何処にも見当たらなかった。斧高が隠れていた木の裏には、ちゃんとその跡が残っていたからな」

「あなたが調べられたのは、秘守《ひがみ》家の方々ですよね。もし村の皆さんにまで容疑者を広めれば、また別なんでしょう？」

「うーん、それはそうだが……」

「でも、そうなると尚更、動機が見えないですね」

自分で言っておきながら、早くも妙子は否定するように、

「秘守家のお子さんたち、その中でも特に長寿郎さんと妃女子さんは、村の人たちとの交流が少なかったですから。とても殺人にまで発展する関係になるほど、誰かと親しく付き合ったこともないはずです」

「俺も、そう思う。一時は二守家の息の掛かった村の誰かが——とも睨んだんだが、さすがに殺人ともなると、やっぱり無理があると考えを改めたよ」

「あのうー……」

そのとき妙子が遠慮がちながらも、何か言いたそうな素振りを見せた。

「何だ？　気付いたことがあるなら、何でも言ってくれ」

「犯行が行なわれたと見られる間の時間帯に、媛首山が密室状態にあったとすると、そのとき御山に入っていた人が、まず疑われるんじゃないか……と思ったものですか

ら」

「えっ……」

「三つの駐在所の警官が、御山の三つの鳥居口の警邏をするなんて、誰も知らなかったんじゃないですか」

「そうだ……」

「だったら御山の中にいた人は、きっと出入りが自由だと思っていた。万一これが殺人だとばれても、警察は犯人が外からやって来たと考えるだろう……と」

「ちょっと待ってくれ。山にいた者といえば、長寿郎君と妃女子、それに斧高だけじゃないか」

「妃女子さんは被害者ですし、斧高ちゃんに犯行は無理でしょ？」

「じゃあ、長寿郎君が……」

高屋敷が驚きを露にすると、

「もちろん私も、彼が妃女子さんを手に掛けたとは思いたくありません。けれど一連の状況を検討すると、どうしても不利になりませんか」

ちなみに斧高は事情を訊くに際して、何度か駐在所にまで連れて来ていた。一守家では蔵田《くらた》カネの目が光っていて、なかなか思うように質問ができなかったことと、斧高も喋り辛そうだったからだ。そのとき、どうやら妙子は彼がすっかり気に入ったらしい。

「詳しくは教えてなかったけど、実はな――」

媛神堂に入った妃女子が栄螺塔の天辺で消えた、という話を高屋敷はした。

「これが長寿郎君だけの証言だったら、逆に彼を疑ったかもしれない。しかし、斧高の裏付けがある。確かに長寿郎君なら媛神堂か、栄螺塔か、婚舎かで妃女子を殺害することはできる。でも、その後で彼は斧高の前に姿を見せているし、井戸の中に彼女を発見するまで、ずっと二人は一緒だったわけだから、彼が屍体を井戸に落とせるはずがないんだ」

「一旦《いったん》は婚舎に入った長寿郎さんが、斧高ちゃんに見付からないよう秘かに抜け出し、井戸の側に隠れる。そうして後から来た妃女子さんを殺害し、遺体を井戸に投げ込んで――」

「おいおい、無理が有り過ぎるぞ。まず境内には玉砂利が敷かれているから、たとえどんなに忍び足で歩いても絶対に物音はする。けど斧高は、長寿郎君が媛神堂に向かったときと、妃女子が媛神堂に向かったとき、この二回しか玉砂利の鳴る音を聞いていない。そして三回目は、長寿郎君が媛神堂から出て来て、斧高の前に姿を現したときだ」

「つまり長寿郎さんには、婚舎にいたという立派な現場不在証明があるんですね」

「それに斧高は、妃女子が井戸で禊をして媛神堂の中に入るまで、一度も目を離していない」

「媛神堂に入った妃女子さんが、栄螺塔の天辺で消えてしまった？」

「ああ。そのとき媛神堂と栄螺塔と婚舎もまた、一種の密室状態だったことになる。長寿郎君に犯行は不可能だよ」

「そうですね。建物と斧高ちゃんの見張り、それに周りを取り囲む玉砂利で、御堂の一群は三重の密室状態にあったわけですから……。かといって外部に犯人を求めると、御山を入れて四重の密室になってしまいますけど」

「ちょっと待て。それにしても、一体どうして彼が犯人かもしれないなどと——いや、御山が密室状態だったことから、長寿郎君に疑いを向けたのは分かる。けど、彼には動機がないだろ」

「長寿郎さんには……」

「うん？　どういうことだ？」

意味深長な妙子の口調に、高屋敷が怪訝そうに返すと、

「妃女子さんには動機があるんじゃないか、と思ったものですから……」

とんでもないことを言い出した。

「えっ！　何だって？」

「長寿郎さんが妃女子さんを殺そうとしたのではなく、妃女子さんに長寿郎さんが手を掛けられそうになったため、言わば正当防衛で彼が彼女を殺害してしまった。慌てた彼は、昔の事故を思い出した。十三夜参りの最中に、井戸に落ちて死んだ男子の話です。それで咄嗟に遺体を井戸へと遺棄した。仮に殺人だと分かっても、犯人は外から来たと見做されると考えて」

「なるほど。理屈は通ってるけど、彼女の動機は？」

「富堂《ふどう》翁と一枝《かずえ》刀自を見ていると、私、あのお二人の関係が、将来の長寿郎さんと妃女子さんに重なって仕方なかったんです。もちろん富堂翁とは違って、長寿郎さんは妃女子さんに邪険な態度は取られていないと思います。けれど妃女子さんは、一守家の余りにも酷い男尊女卑に対して、かなり激しい憤りを覚えてたんじゃないでしょうか」

「それが十三夜参りの夜に、思わず爆発した――か。まぁ有り得んことじゃないな」

「これなら、なぜ殺されたのが妃女子さんだったのか、その説明も付きます」

「一守家の跡継ぎ問題が動機ではないものの、一守家が抱える別の問題ってわけか」

「男子ばかりが優遇されるのは、家の跡取りだからという理由を考えると、別問題とも言えないですけどね」

「そうだな……。しかし、遺体を誰にも見せない不自然な態度については、その真相でも説明できないぞ」

最初の大きな謎に高屋敷が戻ると、妙子は夫の顔色を窺うような素振りで、

「その御遺体について村で流れている、薄気味の悪い噂をご存じですか」

「ああ、実は首無し屍体だった……という話か。富堂翁に確かめたら、偉く激怒されたよ。挙げ句に、そんな噂を流したのが誰か調べて、逮捕しろと言われる始末だ。その噂の出所が一守家らしいって噂については、だから黙っておいたけど」

「溜吉さんと宅造さんのどちらかが、こっそり見てたんでしょうか」

「そう思って俺も訊いたが、二人とも絶対に見てないって否定したよ。尤《もっと》も本当は目にしていても、それを認めるほど奴らも莫迦じゃないだろう」

妙子は湯呑みが空になっているのに気付くと、急須《きゅうす》に湯を注ぎながら、

「斧高ちゃんが見た一人目の妃女子さん、あの子によると首無《くびなし》ということになりますけど、それについては……」

「所詮は六歳の子供だから、恐怖心から幻でも見たんだろうな」

「他の部分では、年齢の割に証言がはっきりしてると思いませんか」

「うん？　それはまぁ……。じゃあ何か、お前は首無が本当に出たとでも？」

軽く急須を揺すってから茶を淹《い》れると、妙子は湯呑みを差し出しつつ、

「斧高ちゃんの言う二人目の妃女子さんについては、確かに本人だと思われますか」

そう逆に高屋敷に問い掛けた。

「それは間違いないだろ。何ら不審な動きはしていないし、少なくとも首から上はあったんだからな。それに比べて一人目は——いや、そんな人物が実際にいたとしてだが——首がなかったうえに、消えてしまったわけだろ。どっちが本物かとなると、そりゃ二人目になるさ」

「そうですよね。でも、だったら二人目を妃女子さんと認めた時点で、一人目を首無や斧高ちゃんの幻覚とするよりは、未知の誰かだったと解釈した方が良くはありませんか」

「な、何？　も、もう一人いたって言うのか」

「長寿郎さんの後を追った斧高ちゃんが媛首山に入ってから、妃女子さんが祭祀堂を出るまでの十数分の間に、誰かが北の鳥居口から御山に入ったと考えれば、一応の説明は付きます」

「斧高、もう一人の誰か、妃女子という順で参道を歩いたのだとすると、斧高の目撃証言と合うことは確かだけど……そんな奴が本当にいたのかどうか。第一それは誰なんだ？」

「秘守家の人々を対象に捜査を進めていらっしゃるのは、口幅《くちはば》ったいようですけど、私も正しいと思います」

「えっ？　ああ……」

「ただ、そこに秘守家の使用人の方たちも、少し含めるべきじゃないかって――」

「使用人……ま、まさか鈴江《すずえ》のことか！」

「十三夜参りの前後で、村を出て行った若い女性は、私の知る限りでは一守家の鈴江さんしかいません。しかも彼女が暇を取ったのは、儀礼の前日です。そして十九という年齢の割に、彼女はとても小柄でした」

「つ、つまり何か……。井戸に落ちて死んでいたのは、妃女子ではなく鈴江だった。それを兵堂《ひょうどう》さんと蔵田カネは、妃女子だと偽った。ただ遺体を目にされたら嘘がばれるため、誰にも見せないようにした――と？」

「それなら一応、筋は通ります」

「うーん……しかし、なぜ鈴江を妃女子だと偽る必要がある？　いやその前に、なぜ鈴江は十三夜参りに乱入した？　それも妃女子に成りすます格好をして？」

「分かりません」

あっさり妙子が首を振ったので、彼は些《いささ》か拍子抜けした。妻なら自分が思い付きもしなかった考えを、何か披露してくれるかも……と無意識のうちに、情けないが期待していたからだろう。

それでも瞬時に、ある解釈が浮かんだ。

「井戸の屍体が仮に鈴江だったとすると、妃女子が犯人なのかもしれない。それを隠すために、つい彼女の方を被害者にしてしまったとしたら……」

「兵堂さんたちが、妃女子さんを庇《かば》っていると？　でも、もしかすると遺体は本当に妃女子さんだと、お二人は信じているのかもしれませんよ」

「どういうことだ？」

「遺体に首がなかった――これが事実だとした場合、妃女子さんが自分の身代わりとして、鈴江さんを殺害した可能性があるからです。つまり自分が殺されたよう偽装するために。もちろん動機は分かりません。自己抹殺を図ってまで、一守家から逃げ出したかったのか……」

「それこそ探偵小説でよくある、加害者と被害者の入れ替わりじゃないか」

「ええ。首のない屍体の真相としては、極めて基本的なものですけど」

思わぬ展開に高屋敷は戸惑ったが、はっとした表情で、

「しかしだな、一人目の妃女子が鈴江だったとして、彼女が井戸に着いたとき、肝心の妃女子はまだ参道の途中を歩いている最中じゃないか。それに長寿郎君は、既に婚舎に入ってしまっている。つまり鈴江は、たった一人だった。彼女を井戸に落とすことなど、それこそ誰にもできなかったわけだ」

「そうですよね。おまけに斧高ちゃんの証言を信じれば、彼女には首がなく、しかも

消えてしまったという……」

「消えたのは井戸に落ちたからだと、まぁ見做してもいい。でも、そうなると事故としか考えられんぞ。しかも彼女は全裸になって、なぜか褌をしていた」

「それは変ですね」

「ああ、そもそも十三夜参りに彼女が加わっているのが、何とも奇妙じゃないか」

「あのうー、消えたのは井戸に落ちたからだっていう仮説ですけど――」

「うん、それが？」

「もし斧高ちゃんが目を逸らした隙に、鈴江さんが井戸に落ちたのだとすると、その後から井戸に着いた妃女子さんが気付くんじゃないでしょうか。ご自身の褌をするときに」

「そうか……。釣瓶で井戸の中の水を汲み上げるわけだから、水面から足が二本にょっきりと突き出ていたら、幾ら暗くても分かるか……。こうなると屍体が妃女子でも鈴江でも、いつ井戸の中に落ちたのか、また投げ込まれたのか、その時刻が問題になるな」

「可能性があるのは、妃女子さんを見送った斧高ちゃんが、媛神堂から栄螺塔へと移動する彼女の提灯の明かりに気を取られている、その隙でしょうか」

「そのとき長寿郎君と妃女子は、建物の中にいたわけだ。つまり新たな人物が、また別のもう一人が、あの夜、媛首山にいたと？　そいつが真犯人だと？」

「でも、関係者には全員、ちゃんと現場不在証明がある。だから、そんな人物がいたわけがない。そうなりますよね」

「ああっ、全く訳が分からん！」

高屋敷はそのまま後ろに倒れて、畳に寝転がりそうになった。だが、それを辛うじて堪えると、

「そうだ。斧高の話の中で、屍体には濡《ぬ》れた長い髪の毛が、べったりと無数に付いていたという証言があっただろ」

「ええ、溜吉さんと宅造さんのお二人からは聞けなかった、気味の悪い話でした」

「あの二人は、必要最低限のことしか喋らなかったからな」

「斧高ちゃんという目撃者がいて、良かったですね」

「そのお蔭で、不可解な状況に頭を痛める羽目にもなってるがな」

「それは……あの子を責めるのは酷です。それよりも、髪の毛がどうしたんです？」

「いや、その話を聞いた後で、井戸の周囲を調べてみたんだ。すると確かに、女のものと思われる長い髪の毛を見付けることができた」

「あっ……」

「何だ？」

「鈴江さんですけど、髪の毛は大して長くありませんでした」

「やっぱり妃女子のものか……」

「となると御遺体も……」

「ただなぁ、髪の毛は明らかに切られたものだった」

「つまり妃女子さんは、自分が殺されたと見せ掛けるために鈴江さんの首を切断した。そのうえで自分の髪の毛を切って井戸に撒《ま》き、遺体が一守家の妃女子であることを強調しようとした。そう考えられるわけですね」

「もちろん被害者は妃女子で、その首を切り落とす際に髪の毛まで切ってしまった、とも見做すことはできる」

そこで高屋敷は大きく溜息を吐くと、

「とにかく明日、鈴江の消息を確かめてみる」

「そうですね。彼女の無事さえはっきりすれば、御遺体は妃女子さんだったと考えて、ほぼ間違いないでしょうし」

「ならばまた、十三夜参りで何があったのか？　その解釈のしようもあるだろう」

殊更に力強く言ったものの、井戸の中の屍体が妃女子であれ鈴江であれ、この無気味な怪死を取り巻く状況が謎だらけであることに変わりはないと、高屋敷は途方に暮れていた。

　それから三日後、八王子にある鈴江の実家――天昇雑技団――について、地元の警察に出していた照会に対する返答があった。ただし、それは鈴江が戻った事実はなく、また連絡も入っていないという回答だった。

　この返事を待つ間に彼は、媛首村《ひめかみ》への主たる出入り口となる東守の大門の、ここ十日ほどの人の動きを調べてみた。その結果、鈴江らしき人物が村を出た様子のないことを突き止めた。尤もそれが事実かどうかは、極めてあやふやだった。彼女に自らの正体を隠す意思さえあれば、誰にも気付かれずに村を出られた可能性はあったからだ。

　高屋敷は再度、関係者に事情聴取を行なうと同時に、鈴江の行方についても訊き回ってみた。だが、前者から新しく得るものはなく、後者も誰もが彼女は実家に戻ったとしか考えられないと答えるばかりで、何の収穫もない。

　この段階で最早、彼には打つ手がなくなった。事故死として処理された事件であるため、正式な捜査は一切できない。しかも二度目の事情聴取を富堂翁が快く思っていないことは、彼も肌で感じ取っている。これ以上、一守家の内外で彼が動き回ると、恐らく富堂翁は終下市《ついかいち》警察署の署長に苦情を訴えるに違いない。

（そうなると何処かに、もっと辺鄙《へんぴ》で規模の小さい村にでも飛ばされるかな）

　それが怖いわけではなかった。自分が動いて新事実を摑めるのであれば、如何に富堂翁の怒りを買おうと、彼は独りで捜査を続けていただろう。

(でも、ここまでだな……)

事件を巡る状況については全て明らかにした。そんな妙な手応えが彼にはあった。ただし北守駐在所の巡査という立場の限界内で、という条件付きだったため、そこには当然ながら達成感はない。むしろ自分には探り出せない何かがまだあると感じていた。一守家の者でありながらも余所者である、鈴江や斧高のような存在にしか分からない何かが……。

夕食後、卓袱台の上に〈十三夜参りに於ける関係者の動き〉の時間表を広げ、ひたすら沈思黙考するのが高屋敷の日課となった。最初のうちは妙子にも意見を求めていたが、次第に独りだけの思考世界に籠るようになっていった。

やがて、高屋敷にも村役場の兵事係から召集令状が届けられた。

秘守家をはじめ村の主だった人々への慌ただしい挨拶回りを終え、明日が媛首村を挙げての出陣式という前の晩、彼は東守駐在所の二見《ふたみ》を訪ねた。南守の佐伯は既に召集されており、これで村に残る駐在は二見だけとなる。年齢から考えても彼に赤紙が来るとは思えないため、後のことを頼むつもりだった。できれば十三夜参り事件についても――。

どうせ無駄だと思ったため、これまで二見には何も話していない。それを一から、自身の調査結果の詳細と謎の数々を説明した。如何に受け持ち区域ではないにしろ、同じ村に駐在する警察官として、こんな不可解な事件に無関心でいられるはずがない。その思いに高屋敷は賭《か》けたのである。

ところが、二見は関心を示したようには見えなかった。そもそも聞いているのかいないのか、煙草を吹かしながら中空をぼんやりと眺めている。

（やっぱり、この人に後を託すのは無理だったか……）

充分に予想できたとはいえ、高屋敷が落胆し掛けていると、

「余りにも奇妙過ぎる事件だな」

意外にも二見が、興味を示す返答をした。

「そ、そうですよね。事故死とするには、とても腑に落ちない点が有り過ぎると思いませんか」

「まぁ、それは政治的な判断が介入しておるからな。我々の立場ではどうしようもないことだ」

高屋敷が喜んだのも束の間、如何にも二見らしい見解が返ってきた。それでも普段の相手とは違うものを感じたので、

「巡査部長は、一体あの夜、媛首山で何があったのだと思われます？」

「奇妙だと感じるのは、皆の証言を鵜《う》呑みにしておるからだろ」

「と言いますと？」

「妃女子が井戸に落ちたと思われる時間帯に、誰も御山に入ってなかったなら、どう考えても事故死ということになる」

「し、しかし、斧高が見た――」

「首無し女に、消える妃女子か。そんなもの子供の嘘に決まっとるだろ。十三夜参りに忍び込んだのがばれたので、怒られないよう皆の目を逸らすために、出鱈目《でたらめ》を言ったんだ」

「いえ、斧高だけでなく長寿郎君も、誰かが境内の玉砂利を踏む足音、栄螺塔を上る気配を察してます。それは前後の状況から妃女子だと思われるわけですが、その彼女が塔の天辺で消えてしまったのは、二人の証言からも確かだと言えるのでは――」

「それはだな、儀式の緊張から長寿郎が聞いたと思った幻聴だよ。あんな山の中の、あんな変な建物の中で、妹の来るのを待っていたら、その気配を感じたような気になっても不思議じゃなかろう」

「ええ、まぁ……。で、でも、斧高は嘘を吐くような子では――」

「なら、夢か幻覚を見たんだな。おいおい六歳の子供だぞ。それこそ闇夜の山中で、正常な状態であったと見る方がおかしい」

結局、二見にとっては事件でも何でもないと、単に思い知らされただけだった。ただ高屋敷が少し驚いたのは、それが決して秘守家に対する遠慮からではなく、彼の警察官としての判断だったということだろうか。

（二見さんらしい、とは言えるな）

だから彼も、特に不快感は覚えなかった。もちろん嘘や幻覚と決め付ける断定的な物言いは問題だと思った。しかし、飽くまでも合理的且つ単純に事件を捉《とら》えた二見の解釈は、首無が出た、人間が消えた、現場は密室状態にあった、と騒ぐより遥《はる》かに現実的であるため、簡単に否定ができない。

こうなれば後は挨拶をして、早々に辞そうと高屋敷が思っていると、

「ただ、な――」

二見が何やら言いたそうな素振りを見せた。

「はい？」

「いや、ただ……高屋敷巡査は、儂のような考え方をしてはおらんのだろう？」

「はぁ……。確かに最も現実的な解釈だとは思うのですが、長寿郎君や斧高の話を全てなかったとするのに、少し抵抗がありまして――」

「ふふっ、何もそんな遠慮はいらん。儂の説明が事勿《ことなか》れ主義的過ぎると、はっきり言っても構わんぞ。その方が、高屋敷巡査らしいだろ」

「い、いえ、そんな……」

二見の真意が分からないため、高屋敷は対応に困った。

「他人《ひと》の意見に納得できないのであれば、自分で調べて考えればいいじゃないか」

「はっ？」

「だから、こんな風に儂に後を任せるんじゃなく、高屋敷巡査が生きて媼首村へと帰って来て、もう一度この事件に取り組めばいいと言っとるんだよ」

「…………」

「警察官なら尚のこと、御国のために命を捧《ささ》げ、立派に死んでこい！　本当ならそう言うところだが……まぁ貴様のように妙な巡査が一人くらいいた方が、世の中も面白いだろうからな」

「えっ……」

「だから、生きて帰って来い！」

「は、はい！」

二見は駐在所の表まで、はじめて高屋敷を送って出て来た。そこで最後の敬礼をする彼に向かい、徐《おもむろ》に返礼をしながら、

「このような事件は、儂には荷が勝ち過ぎる。けどな、伊達《だて》に儂も長年に亘って媼首村の駐在を務めておるわけじゃない」

「はい」

「それでな、この十三夜参りの怪事件は、何か将来に起こる途轍も無い惨劇の序幕のような気が、どうも儂にはしてならん」

「…………」

「それを未然に防ぐためには、貴様が生還して十三夜参り事件に纏わる謎を解くしかないように、儂には思える」

「分かりました。必ず生きて戻って、この事件を解決します」

しかしながら、高屋敷が守れた約束は一つだけだった。

三年後、高屋敷の復員を心から喜んでくれた二見は、十三夜参り事件の真相を後輩が突き止める姿を見ることなく、それから一年も経たないうちに他界した。特注で作らせた例の警棒を、高屋敷への形見に残して。斧高が男の子らしい興味から欲しがる素振りを見せたが、もちろん与えるわけにはいかないので、北守駐在所の棚の奥に大事に仕舞《しま》ったままである。

ただ驚くべきことに、既に引退していた二見はそのまま村に留まって、個人的な捜査を進めていたらしい。断わった形になったとはいえ、高屋敷から後を託されそうになった事実を、二見なりに気にしていたのかもしれない。尤《もっと》も何ら新しい手掛かりを得たわけではなかったのは、如何にも彼らしかったけれど。

そして七年後、十三夜参りから数えて十年後の媛首山に於いて、二見元巡査部長の恐れは見事に的中する。

それは、被害者の身元は最初から判明しているにも拘らず、なぜかその首が切断され消失しているという、何とも奇っ怪な首無し殺人事件として、まず幕を上げることになる。

幕間（一）

再びこの地に移り住むようになりましてから私《わたくし》は、それまでの夜型の執筆生活をすっかり朝型に変えようと考えました。おいそれと長年の習慣を捨て去ることができるのかどうか、当初は不安もありましたが、お日様と共に目を覚まして原稿用紙に向かい、お日様が沈んだら万年筆を置くという生活が、こういった田舎では何よりも相応しいと我が身で感じたからです。

そこで本稿を起こすに当たり、その日の早朝、私は北の鳥居口から媛首山《ひめくびやま》へと入り、石畳の参道を辿って媛神堂まで足を延ばしてみました。戦時中に夫と共に媛首村《ひめかみむら》へと移り住んで十年前にこの地を離れるまで、ほとんど御山そのものに足を踏み入れた記憶のない私にとって、それは極めて怖気《おぞけ》をふるう体験であったと言えます。ただし、だからこそ家に帰ってから、「第一章」を書きはじめることができたのかもしれません。参道を歩きながら私は、三十年前に一守《いちがみ》家の十三夜参りに侵入した斧高《よきたか》と、いつしか同化していたような気さえ覚えたのですから……。

しかしながら境内を歩いていたとき、玉砂利に足を取られて転びそうになったことが、自分でも莫迦々々しいとは思いながらも少し気になりました。なぜなら、その所為《せい》で右足首を痛めたからです。足首……いえ、やはり考え過ぎでしょう。こういった原稿を著したために、仮に淡首様《あおくびさま》の怒りを買うのだとすれば、当然その障りは首そのものに表れるに違いありません。足首程度で騒ぐのは、やはり余りにも愚かで恥ずべきことでした。

そう思って前章まで書き進めて参ったのですが……、実はこの「幕間（一）」に取り掛かる前に、気分転換も兼ねまして、そろそろ裏庭を耕しておこうかと鍬《くわ》を振るっておりましたところ、今度は左手を……ええ、そうなんです、左手首を痛めてしまったのです。もちろん慣れぬ畑仕事などをしたためですが、正直なところ何だか薄気味が悪くなっております。

そう言えば、お淡《えん》さんが徳之真に斬り殺されてから、先妻との間にできた二人の子が相次いで急死し、改めて貰った後妻が二人続けて脳味噌のない赤ん坊を出産した後で狂い死にしたとき、家内から首だけでなく手首や足首の不調を訴える者が続出したという話がありました。

首だけでなく手首や足首の……

これはとんだ文章からはじめてしまいました。今、十分ばかり外を歩いて、気持ちを落ち着けて参ったところです。些細な私の負傷などより、本来の話を進めたいと存じます。

それに致しましても戦後の数年、米軍の占領下で一千万人の餓死者が出ると言われた混乱期に、夫である高屋敷元《たかやしきはじめ》が無事に復員しただけでなく、引き続き北守駐在所の巡査として勤められたのは、あの飢餓の時代を振り返りますと非常に有り難いことであったと、今でも感謝しております。国民兵役に取られた三守《みかみ》家の当主の克棋《かつき》さんや学徒出陣で徴兵された二守《ふたがみ》家の紘弌《こういち》さんをはじめ、村の少なからぬ男性たちが戦死している状況を考えますと、尚更そう感じられたものです。特に紘弌さんは、十三夜参りから幾らも日が立たないうちに出征されましたから、まるであの怪事を——秘守《ひがみ》家の跡取り候補の男児の一人として——引き摺って戦場へ行かれたような気がして、その戦死をお聞きしたときには何とも言えぬ気持ちを覚えたものです。

ただ、それが高屋敷元にとって本当に良かったのかどうか、そう考えはじめると私にはいつも答えが出ません。もちろん戦地から生還できたことではなく、この村の駐在巡査の勤務に再び彼が就いたことの方です。

復員後しばらくして落ち着くと、夫はしばしば一冊のノートに熱中する様子を見せはじめます。それは戦時中に起きた一守家の十三夜参り事件に於ける各関係者の証言をまとめたもので、彼が作成した〈十三夜参りに於ける関係者の動き〉の時間表も貼り付けてありました。最初は夕食後の卓袱台に広げるくらいでしたが、そのうち勤務中でも時折そんな姿が見受けられ、東守駐在所の二見《ふたみ》巡査部長が亡くなってからは、その熱中振りに拍車が掛かるようになりました。

このとき夫はまだ、斧高が鈴江《すずえ》さんから聞いたという妃女子《ひめこ》さんに纏わる奇妙な話の数々を知りませんでした。よって、なぜ死んだのが長寿郎《ちょうじゅろう》さんではなく彼女だったのか——その謎に頭を痛めておりました。現場の密室状況や関係者の現場不在証明《アリバイ》などが、彼には分からないことだらけだったわけですが、最も首を捻《ひね》っていたのは被害者の選択についてだったのです。

お酒に余り強くない高屋敷は酔うと、よくこう申しておりました。

「十三夜参り事件が殺人であろうと、また仮に祟りだったと認めるにしても、なぜ死んだのが長寿郎君ではなく妃女子だったのか……。もしかすると本件は、一守家の跡取りを巡る秘守家の跡目争いに要因があると考えている限り、決して解決できぬのかもしれない」

ただし、ここから先に推理が進むことはありませんでした。戦後に一度だけ、一守家での捜査を再開しようとして富堂《ふどう》翁の逆鱗《げきりん》に触れて以来、高屋敷は表立って十三夜参り事件に関わる素振りを見せないようにしておりました。新たな情報や証拠が入手できないわけですから、彼の推理が行き詰まったのも無理はありません。夫の名誉のために書いておきますが、彼が独身であったならば、きっと富堂翁に反発してでも捜査を進めていたと思います。それを思い留まったのは、失業して私に迷惑を掛けたくなかったからでしょう。

尤《もっと》もこの頃には、私たち夫婦を――いえ、戦後は特に私をでしょうか――慕って斧高が駐在所に出入りしていましたので、彼から幾らでも一守家の話は聞けたはずです。ただ夫は、十三夜参り当夜の体験を一通り聞き出してしまうと、後は飽くまでも子宝に恵まれなかった自分たちの子供のような存在としてしか、彼を見なかったのだと思います。そんな対象である斧高に、一守家のことを根掘り葉掘り聞き質《ただ》すなど、夫には考えられなかったのでしょう。そう構えずとも、私のように飽くまでも世間話の一つとして、一守家での斧高の生活に耳を傾けても良かったでしょうに。

地方の旧家ならではの興味深い話の数々を、よく私は斧高から聞いたものです。しかし、その中で最も面白かったのは、やはり蔵田《くらた》カネさんが行なったという双児に対する様々な禁厭の内容でした。むろん媛首村にも昔から伝わる習俗はあったわけですが、そんな従来の村の仕来りでは淡首様に太刀打ちできないと考えた富堂翁が、その実績を買って呼び寄せたのがカネ婆です。つまり彼女はお産と育児の専門家であり、一守家にとっては長寿郎さんを守護する、正に用心棒のような存在だったに違いありません。

斧高は一守家の男尊女卑に驚いたようですが、昔は何処でもそうでした。近畿のある地方など、男の子が生まれれば「あっこでは千両を儲《もう》けやった」と言い、それが女の子であれば「半分やった」と残念がったというほどです。

まずカネ婆は産湯から、もう男女の差別をしていたことが分かります。長寿郎さんの場合、湯で濡らした刃物を首筋に当てて、それで最初に魔を祓っているのに対し、妃女子さんには単にお湯を使っただけでした。首を意識したのは、もちろん淡首様の存在があったからでしょう。また産湯も、女は単なるお湯だったのに比べ、男の湯には火箸《ひばし》で摘んだ燠《おき》を浸《つ》け、漆《うるし》の葉を入れたそうです。前者は火傷除けであり、後者は魔除けだということは私にも分かりますが、それを長寿郎さんにしか施さないというのは徹底しているなと、そういう意味では感心致しました。なお漆は、地方によっては蓬《よもぎ》や菖蒲《しょうぶ》を入れるところがあります。

他にも色々と、カネ婆は禁厭を施したようです。媛神堂の境内の玉砂利を妃女子さんの枕元《まくらもと》には置いたのに、長寿郎さんの側には近付けもしなかったこと。産着は女の子には赤色の前々から準備をしていた綺麗な着物を用意したのに、男の子には出産の一週間ほど前にカネ婆が適当に誂《あつら》えた黄色の襤褸《ぼろ》着を着せ掛けたこと。はじめて外に連れ出すときに、妃女子さんの額は綺麗なままだったのに、長寿郎さんの額には鍋底《なべぞこ》の墨で罰点を描いたこと――等々。

これらを私なりに解釈してみますと、玉砂利は境内にあり媛神堂に属していると見做せますので、淡首様の注意を女児だけに向ける意図があったのではないでしょうか。妃女子という命名と同様、男児を守る仕掛けです。産着も普通は出産の直前に縫った襤褸を着せるのが当たり前で、事前に用意するのは不吉とされました。そのうえ着物が綺麗であれば、徒《いたずら》に魔物の目を惹《ひ》くことになるため忌まれたわけです。外出時に額を汚すのは阿也都古《あやつこ》と言って、やはり化物から赤ん坊の身を守るための禁厭になります。

　つまりカネ婆は、長寿郎さんを守護する仕掛けを何重にも施すだけでなく、彼の身代わりとして妃女子さんを利用したわけです。随分と酷い仕打ちですし、一守家の女子にしては妃女子さんが病弱だったのも、長じてから言動が少しおかしくなったのも、頷けるような気がします。如何に幼い頃の記憶は残らないとはいえ、ここまで徹底されれば何らかの影響があるのは必至でしょうから。

　その最たるものが、双児がはじめて迎える三々夜参り――要は三夜参りですね――に於いて、カネ婆がこのときだけ二人を入れ替えたという行為でしょう。長寿郎さんには女の子の格好をさせ、妃女子さんには男の子を装わせたわけです。もちろん万が一の場合、淡首様の祟りを跡取りの男子にではなく女子に向くようにと考えた結果だと思われます。儀礼が終わると元に戻したことからも、まず間違いありません。

このようにカネ婆は、何かに付け長寿郎さんを守護しようとしました。そして必ずその裏で本来は一守家の跡取りに及ぶ災厄を、妃女子さんに負わせたのです。双児が生まれ落ちて産湯を使って以来、その生育の全ての過程に於いて――。

今から振り返りますと、やはりこの行き過ぎた一守家の男尊女卑にこそ、妃女子さんの死やその後に起こった恐るべき首無し殺人事件の謎を解く鍵《かぎ》が含まれていたのではないか――と思われてなりません。

しかし当時の夫は、斧高の話など半分くらいしか聞いておらず、相変わらず自らが記したノートと睨《にら》めっこを続けるばかりでした。

そんな夫の様子を心配しながらも、その頃の私は探偵小説の執筆という自らの夢に向かって、少しずつ取り組みをはじめている時期でした。よって戦時中のように、それとなく夫の相談に乗る余裕が徐々になくなっていたのです。私の目は、完全に村の外へと向いておりました。

戦後、探偵小説雑誌は華々しい創刊ラッシュに沸きます。

まず早くも昭和二十一年の三月に筑波書林が『ロック』を、岩谷書店が『宝石』を創刊しています。これを皮切りに、五月にはトップ社（前田出版）が『トップ』を、七月にはぷろふいる社が『ぷろふいる』を季刊として復刊し、十一月には新日本社が『新日本』の別冊として『探偵よみもの』を出します。

そして翌二十二年には四月にイヴニング・スター社の『黒猫』、探偵公論社の『真珠』、新探偵小説社の『新探偵小説』、五月にかもめ書房の『小説』、七月にオールロマンス社の『妖奇』、探偵新聞社の『探偵新聞』、十月にGメン社の『Gメン』、十一月に犯罪科学研究所の『フーダニット』、極東出版社の『ウインドミル』という活況を呈します。

二十三年には二月にぷろふいる社が『ぷろふいる』を『仮面』と誌名変更したのをはじめ、同人誌や研究誌までが陸続と誕生するという、戦前と戦中に於ける探偵小説の発禁処分を知る身にとっては、本当に夢のような時代を迎えたわけです。

尤も数が多いが故に、これらの雑誌は正に玉石混淆でありました。そんな中で私が最も注目したのが、『宝石』と『ロック』でした。なぜなら横溝正史先生が前者の創刊号から『本陣殺人事件』を、後者の第三号から『蝶々殺人事件』を連載されたからです。それまでの私にとって横溝正史と言えば、「蔵の中」や「かひやぐら物語」の耽美性と「鬼火」の怪奇性に代表される、妖気漂う詩美性の高い作家という印象が強くありました。それが俄に本格探偵小説に取り組まれたわけですから、一読者として注目すると同時に、自身の創作意欲までもが刺激されたのです。

その結果、江川蘭子《えがわらんこ》さんのデビューに遅れること二年の後に、媛之森妙元《ひめのもりみょうげん》として『宝石』誌上に処女作を発表することができました。筆名の媛之森は媛首山からの発想で、妙元は夫と自分の名前を組み合わせたものです。

夫は非常に喜んでくれました。自分の名前が入った筆名にも、どうやら感激したようでした。この私のデビューを機に、一時は止んでいた探偵小説の読書という結婚以来の趣味を、また再びはじめたほどです。もし、あのまま何事も起こらなければ、きっと夫は十三夜参り事件から自然と距離を置くようになり、やがて記憶の奥底へと仕舞い込んでいたことでしょう。

ところが、曾《かっ》て斧高が幼い心を不安で一杯にしたように、また二見巡査部長が警察官としての勘を働かせ予兆した如く、十年の歳月を経て再び一守家は災厄に見舞われるのです。

それでは、次章から戦後の事件に移りたいと思います。

いえ、その前に再び〈探偵小説の鬼〉と呼ばれる一部の読者の皆様に対して、一言だけ申し上げておきます。

極めて一人称に近い三人称という叙述形式により、小説の体裁で本稿を記しているのは、実は一連の事件の真犯人が高屋敷元であるという真相を隠蔽するための仕掛けではないのか——と少しでも疑われるとすれば、それは完全に間違いだということです。

こう書くと彼の妻とはいえ、どうして本人でもないのに断定ができるのだ、と読者の皆様は不審に思われるかもしれません。しかし、これは事実なのです。私が夫を信じているからではなく、そうでないことを知っているからなのです。

ちなみに前文の表現には、何ら叙述的な詐術が含まれていないことを、ここに明言しておきます。それでもお疑いになる読者には、こう申し上げるしかありません。

所詮《しょせん》は法律が定めただけの、男女一人ずつの組み合わせにしか過ぎませんが、長年に亘って連れ添った夫婦とは本来そういうものなのです——と。

第九章　『グロテスク』

「遅くなりました。斧高《よきたか》です」

扉をノックして廊下から声を掛けると、「お入り」と短いながらも温か味の感じられる声音が返ってきた。

「失礼します」

斧高は一守《いちがみ》家でも数少ない洋室の扉を開けると、一礼して長寿郎《ちょうじゅろう》の部屋へと入った。

「どうしたの？　またカネ婆に捕まってたのかい？」

半ばは苦笑しながら、しかし後の半分は困ったものだという表情を浮かべた長寿郎が、木目も美しい机から半身だけ振り返りつつ斧高に目を向けた。

「すっかり今ではヨキ坊の方が、カネ婆の面倒を見ているようなものだね」

「この家に来たときから、ずっとお世話になっていますので、それくらいは当たり前です」

相手の微笑みに、何とも言えぬ胸の痛みを感じつつも、斧高は真面目に応える。明日という特別な日のことを考えると余計に胸が疼《うず》く。

「君は本当に素直だからなぁ」

長寿郎の口調には、彼の性格を誉めながらも、同時に焦《じ》れったく思っている様子が感じられる。カネ婆の決して優しいとは言えない斧高に対する仕打ちを、これまで散々に見て来ているだけに、やはり色々と考えてしまうのだろう。

「彼女の世話なら、誰か他の人にやって貰うこともできるから」

「いえ、大丈夫です。それに僕でないと、恐らく大変だと思います。そのうー、お互いに……」

「あっ、なるほど」

「すみません。僕は本来、長寿郎様のお付きであって――」

「違うんだ。それは全く構わない。ただ、カネ婆の面倒を見るのが、君にとっては苦痛ではないかと思って――。それだけなんだ」

「ありがとうございます。本当に平気です。良いご恩返しができると、むしろ喜んでいるくらいですから」

「そう。ならいいけど」

実際に斧高は、カネ婆には感謝していた。もちろんお仕置きや懲罰を食らったことは何度もあったが、それらは躾《しつけ》だと解釈していた。第一カネ婆は口こそ悪かったが、いざ罰する段になると急に怖じ気付くところがあった。他の使用人たちに対する態度と比べても、彼には何処か手心を加えている雰囲気が感じられた。

そんなカネ婆よりも実は、長寿郎の母親である富貴《ふき》の方が余程のこと怖かった。彼女は双児を出産した後、いわゆる産後の肥立ちが悪かったらしく、それが尾を引いて長年に亘り何かと病気がちになったという。そういった病人特有の精神状態の表れなのか、しばしば彼女からは信じられないような仕打ちを受けてきている。

長い長い廊下の拭き掃除が終わって安堵していると、女中頭から大目玉を食らう。最初に拭いた廊下に、泥で汚れた足跡が点々と付いているというのだ。慌てて見に行くと、確かにある。雨上がりの庭から廊下に上がった足跡を辿って行った先は、富貴の部屋だった。当然だが偶々《たまたま》だと思った。しかし、そのうち彼女が故意にやっているらしいと察した。その途端、一守家に来てから重ねた数々の失敗の中には、きっと富貴の仕業によるものもあったに違いないと悟った。

斧高が気付いたと知ったらしい彼女は以来、露骨に嫌がらせを仕掛けるようになって今日に至っている。酷《ひど》いときは彼の御飯の中に、針が入っていたこともある。もちろん富貴が直接やったのではなく、腹心の女中に命じたのだろう。斧高は一時、一人息子の長寿郎が使用人に優しくするのに嫉妬して、それで自分に辛く当たるのではないかと考えた。かといって御飯に針は、余りにも常軌を逸していた。妃女子《ひめこ》に狂い女《め》の影が見え隠れしたのは、この母親の血が流れているからではないか。そう思えてならない。

その富貴ほどではないが、斧高は僉鳥郁子《みなとりいくこ》も苦手だった。あるときは珍しい菓子などを呉《く》れて優しいのだが、それが急に冷たい態度へと豹変《ひょうへん》する。何が原因なのか全く分からない。最初は自分の何気ない言動が相手の気に障ったのだと考え、彼女の前では他の人以上に気を付けるよう心掛けた。だが、そのうち訳など何もないのだと気付いた。要は単なる気紛れである。その日の、そのときの気分によって郁子は、彼に対して柔和にもなり冷酷にもなるのだと……。

陰湿な虐めを繰り返す富貴、ころころと態度を豹変させる郁子、あからさまに蔑《さげす》んだ接し方しかしなかった妃女子——という三人に比べると、カネ婆など菩薩《ぼさつ》のように見えてしまう。

とはいえカネ婆の手心が、五歳で一守家に貰われて来た子供を不憫《ふびん》に思ったからとも、三人の女に酷い扱いを受ける彼に同情したからとも、斧高は思わなかった。彼の本当の主人が長寿郎と妃女子だったからに過ぎない、と現実的に理解している。

その証拠にと言って良いだろう。妃女子の死後、斧高の雑務は次第に減るようになり、その代わりに長寿郎の相手を務めることが多くなった。この変化について斧高は、暗に陰日向《かげひなた》となって長寿郎を守るよう求められているのだと解釈した。カネ婆も、彼が長寿郎の用事を抱えていると分かると、それを必ず優先させるようにしたからだ。以来、斧高は長寿郎専属のお付きとなってゆく。

ただし、身の回りの世話は生まれたときからの習慣で、相変わらずカネ婆が仕切っていた。最早自分のことも満足にできなくなった今でも、彼女は頑《かたく》なに長寿郎の世話を焼こうとしている。

(それに辛いことや嫌なことも、長寿郎様のお世話ができる幸せに比べれば何でもない。幾らでも我慢できる)

自分の予想通り、何とも中性的な魅力を湛《たた》えた美青年へと成長を遂げた長寿郎を眺めながら、斧高は心の中で呟いた。本当は声に出して言いたかったが、さすがにできない。長寿郎は喜んでくれるだろうが、己の本心を悟られそうで怖かった。

(僕の本心……)

斧高は長じるに及んで、長寿郎に対して覚える自分の気持ちについて、いつしか持て余すようになっていた。それが決定的になったのは――、

「いや、別に急ぎの用でも何でもなかったんだ。『グロテスク』の最新号が届いたんで、それを渡そうと思ってね」

今、正に長寿郎の右手が差し出した、活版印刷によるA5判の怪奇幻想系の同人誌

『グロテスク』を読んだときである。大袈裟《おおげさ》に言えば本誌を知ったことにより、斧高は己の性癖というものをはじめて認めただけでなく、それに対して興味と疑問と恐れを抱くようになったのだから……。

この『グロテスク』とは、作家の江川蘭子《えがわらんこ》を発行人に、編集者の古里毬子《こりまりこ》を編集人として年に四冊が刊行されている季刊の同人誌で、業界での評価も高いという。

江川蘭子は戦後に創刊された探偵小説の専門誌『宝石』の公募でデビューし、あれよあれよという間に人気が出た作家ながら、その厭人癖から決して人前には出ない変り種らしい。何でも実家は元華族で、多くの同族が戦後の華族制度の廃止によって没落の一途を辿ったのに対し、それなりの財産を今でも有していると噂される。ただし空襲によって家族は死に絶えており、天涯孤独の身の上だという。

「世が世なら侯爵様らしいので、本当なら戦前の浜尾四郎に続く貴族探偵作家になっていた人だよ。ただね、江川蘭子っていうのは恐らく筆名だと思う。『新青年』が昭和五年の九月号から翌年の二月号まで、六回に亘って連載したのが『江川蘭子』っていう小説でね。これが六人の作家による連作だったんだ」

長寿郎は『グロテスク』の創刊号を見せながら、そんなことを教えてくれた。

「その六人の顔触れが凄い。第一回の江戸川乱歩を皮切りに、横溝正史、甲賀三郎、大下宇陀児《うだる》、夢野久作、森下雨村という当時の人気作家ばかりなんだから」

「江川蘭子という名前は、ちょっと江戸川乱歩に似ていませんか」

「そう、鋭いねヨキ坊は」

嬉しそうに笑うと長寿郎は、昭和六年に博文館から刊行された『江川蘭子』を本棚から取り出し、

「第一回を担当した江戸川乱歩が付けた題名――それが〈江川蘭子〉だったんだ。正史は〈絞首台〉、甲賀は〈波に躍る魔女〉、大下は〈砂丘の怪人〉、久作は〈悪魔以上〉、雨村は〈天翔ける魔女〉という具合に、皆それぞれ自分の担当回に題を付けている。つまり乱歩の一存で、連作全体の題名が決まったことになる。それほど編集部としては、とにかく乱歩に書かせたかったんだな。通俗長篇の場合でも、乱歩の発端の上手さには定評があったからね」

「へぇ、さすがですね」

「ちなみに乱歩の『恐怖王』と連作『悪霊物語』には、〈大江蘭堂〉という探偵作家が出てくる。また『陰獣』には〈大江春泥《しゅんでい》〉が、『緑衣の鬼』には〈大江白虹《はっこう》〉が、やはり探偵作家として登場する。そのうえ『人間豹』では被害者の名に〈江川蘭子〉を、『盲獣』では〈水木蘭子〉を使ってるから、よっぽど乱歩は〈大江〉の姓と〈蘭〉の文字が入る名前が好きだったんだろうね」

「この人は自分が乱歩の愛読者だから、その乱歩が好きな名前の中から、自分に合い

そうな筆名を選んだんでしょうか」

「まず間違いないよ。創刊号に載ってる『影法師』という短篇を読んでも、乱歩の作風に影響を受けてることは見取れるうえ、何と言っても同人誌を『グロテスク』と名付けているんだから」

「それも乱歩に、何か関係があるんですか」

「うん。乱歩は作家になる前、大正九年に友人と〈智的小説刊行会〉なるものを起こして、『グロテスク』という雑誌を刊行する計画を立てている。その夢は実現しなかったわけだけど、彼女は筆名だけでなく、雑誌名まで拝借したんだよ」

長寿郎は嬉々とした表情で、そんな解説を口にした。

「作家になっても同人誌を出すほど活動的な女性が、どうして人前に出るのを嫌うんでしょうか」

ふと感じた疑問に斧高が首を傾げると、

「元華族であったり、戦争で家族を全て亡くしたり……そんな彼女の境遇が、きっと人嫌いを酷くさせたんだろうな。財産があると噂されるのも、こんな同人誌を道楽で出してるんだから……というやっかいみからじゃないかな」

少し淋しそうな声音で、長寿郎は何とも言えぬ表情を浮かべた。

(何処か自分と似ているところがある……。長寿郎様は、そう感じているのかもしれ

ない)

ただ、その所為《せい》で長寿郎が、江川蘭子に詳しいわけではなかった。少なくとも蘭子の個人的な事柄に関する情報は、『グロテスク』の編集人の古里毬子によって齎《もたら》されたものであり、彼女がいたからこそ長寿郎は本誌を購読するようになったのだから。いや、購読だけではなく同人にもなり、幾許《いくばく》かの出資までしている。

そもそもの切っ掛けは、長寿郎が『宝石』の編集部気付で出した江川蘭子への手紙にある。彼女の作品に感銘を受けた彼は、その詳細な作品評を書き送った。もちろん返事を期待したわけではなく、素晴らしき怪奇と幻想の世界に誘って貰えたことに対する、飽くまでも御礼であった。

ところが、しばらくすると返信が届いた。しかも返事を寄越したのは本人ではなく、古里毬子という人物だったのだが……。こういう出会いを、奇遇と言うのかもしれない。

富堂翁《ふどう》の二番目の妹である三枝《みつえ》が、若くして嫁いだ秘守《ひがみ》家の遠戚が古里家であり、毬子は彼女の孫だというのだ。家人に訊いてみると、確かに古里家には毬子という長寿郎の又従姉妹《またいとこ》が存在すると分かった。ただ秘守一族ではないうえ、彼女が十六歳で古里家を飛び出し、東京の素人劇団に入って芝居に現《うつつ》を抜かしているため、秘守家では取るに足りない痴《し》れ者と見做されているらしい。言わば完全なる爪弾《つまはじ》き者である。

そんな彼女が、芝居が縁で江川蘭子と知り合い――最初は蘭子が役者である毬子のファンになった――今度は文芸活動に目覚めて『グロテスク』の編集人となり――次いで毬子が作家である蘭子のファンになった――その結果、選《よ》りに選《よ》って一守家の跡取りとの交流がはじまったのだから何とも面白い。

毬子は返信の中で、江川蘭子と一緒に住んでいること、彼女には秘書的な仕事を任されていること、料理や洗濯や掃除など身の回りの世話もしていること、今『グロテスク』という同人誌の創刊を計画中であること、良ければ長寿郎にも同人に加わって欲しいこと、などが記されていた。呉々も秘守家と古里家には、自分の消息を教えてくれるなという懇願と共に。

以来、長寿郎と毬子は手紙のやり取りを行なうようになり、同時に彼は『グロテスク』を金銭面で支援し続けることにもなる。彼女は彼にも創作をするようにと勧めているらしいが、その方面には興味がないのか、長寿郎が筆を執るのは今のところ書評だけに限られていた。尤《もっと》も探偵小説を様々な角度から研究する論文めいたものは準備をはじめているので、そのうち素人評論家として活躍するかもしれなかった。

このまま何事もなければ、江川蘭子と古里毬子と秘守長寿郎の三人は、いつまでも『グロテスク』を媒介にした作家と編集者と書評家という関係を続けてゆけたことだろう。もしくは後に同人に加わる糸波小陸《いとなみこりく》の登場によって長寿郎だけが抜け、以降は秘守家と一切の関係がないままに、その廃刊を迎える日まで『グロテスク』は続いていたかもしれない。しかし、数ヵ月前に古里家が毬子の居所を突き止めた結果、長寿郎との関係が明るみに出てしまい――。

いや、その話に移る前に、斧高と『グロテスク』の出会いを語る必要がある。長寿郎と高屋敷妙子《たかやしきたえこ》の影響により、いつしか斧高も探偵小説に親しむようになっていた。それなりの蔵書を二人は――特に長寿郎は――所有していたので、読む本には全く困らなかった。むしろ、これは面白い、あれは凄いと二人に勧められる本を消化するのが、大変だったくらいである。もちろん斧高にとって、それは非常に楽しく喜ばしい体験だった。

そんな幸福な読書体験を積み重ねていた数年前、

「うーん、ヨキ坊には少し早いかなぁ……」

逡巡しながらも長寿郎が差し出したのが、『グロテスク』の創刊号である。

「この忌澤銀三の『魂買い』と籠池あずきの『恐怖を視る女』、それに滅門七味の『猫婆』というのが怪奇短篇で、こっちの天山天雲の『瘋癲《ふうてん》病院殺人事件』が中篇の探偵小説なんだけど、四つとも面白いから読むといいよ。特に『瘋癲病院』は奇想天外なトリックに仰《の》け反《ぞ》るから。あっ、けどそれ以外の耽美系のものは、好みじゃなかったら読む必要はないからね」

まず斧高は長寿郎が勧めてくれた三つの短篇と中篇を読み、彼の言う通り楽しむことができた。その他の作品は大して面白くなく、きっと長寿郎が執筆した方が、もっと凄いものができるのにとさえ思った。だが、そういった読書の楽しみと個人的な空想を吹き飛ばすほどの衝撃を受けたのが、古里毬子の「閨房《けいぼう》の翳り」という作品だった。なぜなら本作により彼は、生まれてはじめて同性愛の存在を知ったからである。

この当時の十代の少年にとって、性に関わる全般が妖《あや》しき禁断の話題であった。それも斧高のように幼くして地方の旧家に入り、ほとんど外の世界を知らないまま使用人として暮らしてきた身であれば、同性愛など知らなくても当然と言えた。

(女の人同士が、こんなこと……)

作中の二人の女――旧家の従姉妹同士という設定だった――が江川蘭子と古里毬子に重なり、それがやがて長寿郎と自分のように映る。

(ち、違う！　僕はそんなつもりじゃ……)

――ないと叫びたかったが、幼い頃から苦しめられた正体の分からないもやもやとした何かに、いきなり名称を与えられた気がして、ほっとした安堵感を覚えたような気持ちも正直あった。

(僕は、長寿郎様が好きなんだろうか)

改めて己に問い掛ける。もちろん好きだと即答するが、それが「閨房の翳り」に描かれている同性愛なのかどうか、幾ら考えても分からない。確かなことは、自分は決して女性よりも男性が好きなのではなく、長寿郎だけが好きなのだ。

(でも、それがこの小説に描かれた性癖によるものだとしたら……)

間違いなく自分は同性愛者である。

(もし長寿郎様が、それを知ったら――)

自分を厭うて遠ざけるのではないか、と斧高は恐れた。

それからは、これまで以上に長寿郎に対しては丁寧に接するよう心掛けた。幾ら相手が馴れ馴れしい態度を見せても、ふとこちらが甘えたくなっても、己を律して飽くまでも使用人に徹するよう注意した。正直それは苦しかったが、そのうち痛みを伴った甘美さという斧高にとっては信じられない感覚を、やがて彼の心に齎すようになる。このはじめて覚える歪《いびつ》な感情の起伏が何なのか、それも斧高は知らぬ間に『グロテスク』から学んでいた。まるで彼が大人になるために必要な様々な知識――それも背徳の――を与えるために、その雑誌は存在していたのかもしれない。

この斧高の変化に、幸か不幸か長寿郎は全く気付かなかった。幼い頃から彼が真面目で丁重な態度を崩さないのを見てきているためだろう。むしろ斧高が『グロテスク』に熱中している、しかも古里毬子の作品に興味を覚えている姿の方が、長寿郎にとっては驚きだったようだ。同人誌を彼に教えたことを、少し後悔している素振りさえ見せたほどである。

ただし、斧高が新しい号の到着を待ちわび、長寿郎が目を通すのを辛抱強く我慢してから毎号を熟読していると分かると、若い主人は彼のために創刊号から最新号までを揃《そろ》えて与えてくれたうえ、次号からは彼の分として別に一冊を同封させる手筈《てはず》まで整えてくれた。

古里毬子は怪奇的な内容や推理のある作品を書くときでも、その多くに女性同士の愛情を題材に選ぶ傾向があった。尤も露骨な愛欲の描写は避け、どちらかと言えば精神的恋愛《プラトニック》めいた関係を描く場合が多い。むしろ「閨房の翳り」は例外的な作品だった。それで長寿郎も斧高に与えて大丈夫だと、まだ容認できると恐らく考え直したのだろう。

ところが、一年ほど前から糸波小陸という同人が加わるようになった途端、再び長寿郎は斧高への影響を心配しはじめる。小陸の作品の大部分が、「閨房の翳り」の如く肉体的な性愛の描写を中心とした耽美系の内容だったからだ。その多くが、女学校の教師と生徒、避暑地で一夏を過ごす令嬢と家庭教師、ピアノやバイオリンの先生と教え子といった女同士の師弟の関係ばかりを赤裸々に描いており、斧高など顔を赤らめることなく通読できない描写がほとんどだった。そのうえ怪奇小説として、または探偵小説として、それらの作品が書かれていないことは一目瞭然《いちもくりょうぜん》で、まずその事実に長寿郎は不満を覚えたらしい。

実際に糸波小陸の登場によって一時、長寿郎は真剣に『グロテスク』の同人を降りようと考えていた節がある。それは斧高のためを思ってもあったようだが、何と言っても一番の原因は、誌面が怪奇幻想と探偵小説から離れ過ぎた所為に違いなかった。蘭子と毬子の二人も『グロテスク』では耽美的な作品を発表するものの、元はと言えば蘭子は怪奇幻想小説を、毬子は本格探偵小説を志向しているという背景がある。なのに小陸の過激な作品に発奮させられたのか、最近は特に毬子の作風が——辛うじてまだ探偵小説の体裁は保っているものの——それに近くなってきている。それを長寿郎は嘆いた。

このまま『グロテスク』の誌面が変化を遂げ続け、長寿郎が愛想を尽かして同人から降り、古里毬子との関係が切れていれば、あんな事件は起こらなかったかもしれない。しかし運命は、この二人を離さなかったのである。

先述したように数ヵ月ほど前、古里家が家を出ていた毬子の行方を捜し当てた。熱心に捜索を続けていたからではなく、ひょんなことから偶然に見付けただけらしい。しかし居所が分かった以上は親戚の手前、首に縄を掛けてでも連れ帰る必要がある。だが、毬子は有ろうことか同居している怪し気な小説家も一緒でなければ嫌だと条件を述べ、また手を染めている如何《いかが》わしい雑誌の編集室を実家に設けることを要求し、就中《なかんずく》これからは自分も作家として立つと宣言したという。

三枝をはじめ古里家の人々が激怒したのは言うまでもない。ただし、問題の如何《いかが》わしい雑誌の同人の中に、一守家の跡取りも入っていると分かるまでだった。その瞬間から古里家の態度はがらりと変わる。戻りたくなければ実家には帰らなくともよい。江川蘭子との同居も許す。聞けば、元々は華族様だというではないか。何とかいう雑誌も続けて宜しい。作家になるのなら、それも自由である。と、全て彼女の言うがままになった。

ちなみにこの騒動の詳細は、毬子が面白可笑しく書いて長寿郎に宛《あ》てた手紙によっている。

毬子の主張を全て飲みながらも、古里家が出した条件が一つだけあった。それは、長寿郎の二十三夜参りの三日後に行なわれる一守家の婚舎の集いに、古里家の娘として彼女が参加することだった。

婚舎の集いとは、一守家の跡取りの花嫁を決める一種の見合いの場である。花嫁候補の娘たちから見れば、秘守一族の頂点に立つ長の妻の座を狙《ねら》う闘いの場と言えるかもしれない。

いずれにしろ斧高にとって、とても平静ではいられない日が、もう明日に迫っていた。尤も平常心を保てなくなるという意味では、村人の全員がそうなる運命だったことになる。

あのような恐ろしい血の惨劇が立て続けに起ころうとは、誰も予想だにできなかったのだから……。

第十章　旅の二人連れ

終下市《ついかいち》警察署からの帰路、高屋敷元《たかやしきはじめ》は電気鉄道の車中で、明日に控えた一守家《いちがみ》の婚舎の集いについて様々な思いを巡らせていた。

前の座席には、まるで探検隊の一員のように見える格好をした太った大柄な男と、細身の美青年と言っても良い男――ただし西部劇に出てくるカウボーイの如き妙なズボンを穿いている――の二人連れが腰掛けていて、先程から何やら難しい話を続けている。最初は詐欺師紛いの香具師《やし》の一種かと思ったが、会話の内容から大学関係の研究者ではないかと考えを改めた。が、どうも話の中身が如何わしいというか、おどろおどろしいというか……とにかく変である。

（怪しい奴らだなぁ）

と警戒はしたものの、しばらく観察しているうちに人畜無害な輩《やから》だと判断して、高屋敷は明日のことを考えはじめた。

（二十三夜参りが無事に済んで、まずは一安心だが……）

二日前の長寿郎《ちょうじゅろう》の二十三夜参りでは、東守と南守の駐在所にも依頼して、儀礼のはじまる三時間も前から媛首山《ひめくび》の三つの出入り口を警邏する態勢を取って臨んだ。その結果——と彼は自負をしていたのだが——何ら問題となるような変事もなく、一守家の跡取りは二十三夜参りを滞りなく終えることができた。

しかし安堵したのは束の間で、早くも婚舎の集いが明日に迫っていた。代々に亘って続く秘守《ひがみ》家の跡目争いに比べると、三人の女性が花嫁の座を巡って長寿郎と見合いをするだけのため、そう大した事は起こらないはずである。まさか女性たちが、摑み合いの喧嘩《けんか》をするとも思えない。

（ただし、その顔触れが問題なのだが……）

前々から候補に上がっている一人目は、二守《ふたがみ》家の竹子《たけこ》である。紘達《こうたつ》と笛子《ふえこ》の間に生まれた長女で、紘弌《こういち》と紘弐《こうじ》の妹になる。長寿郎より一つ年上というのも、こういった地方では好まれる年の差で、二守の婆様の血を引く娘として、早くも亭主を尻に敷くのではないかと専《もっぱ》らの噂だった。

もちろん一枝刀自《かずえ》としても、孫娘が長寿郎の舵取り《かじと》をしっかりと行ない、二守家にいながらにして一守家を支配しようという野望があるに違いない。目を掛けていた紘弌が戦死し、残った紘弐は不良化する一方で、二守の婆様にとっては竹子だけが富堂《ふどう》翁に対抗する最後の駒《こま》なのだから。

（それにしても紘弐は、なぜ長寿郎君に近付き出したんだろう）

戦後、二守家の紘弐が一守家の長寿郎に対して、妙に馴れ馴れしく接する姿がしばしば見られている。当然、一枝刀自は烈火の如く怒ったのだが、当人はへらへらと軽薄な笑いを浮かべるばかりで、相変わらず長寿郎に媚び諂《へつら》うような態度を取り続けている。

この光景を目にした村人たちが陰で、

「将来の秘守の長のご機嫌を、今から取ろうとでもいうのか」

そんな風に二守家の次男を嘲笑《あざわら》っているというのに。

こういった村人の口から口へと伝わる噂は、止めようとしても広がるものである。そのうち一枝刀自の耳にも入るようになり、紘弐に対して完全に愛想を尽かす原因となった。つまり戦後の二守家は、竹子に家の将来を託すしかない状況に陥っていたわけだ。

ところが、たとえ陰とはいえ、どれほど村人たちに莫迦にされ蔑《さげす》まれても紘弐は平気なようだった。これまでの彼であれば、すぐ喧嘩になるところなのに。ただ彼は村の寄り合いで酔ったとき、一度だけ奇妙な台詞を吐いたという。

「まぁ見とけ。最後に笑うのが、誰かってことをな」

この言葉を伝え聞いたとき高屋敷は、十年前に東の鳥居口で、紘弐と顔を突き合わせた際のことを思い出した。

（まさかあのとき、あいつは何かを見たんじゃ……。それも一守家にとって、長寿郎君にとって、不利になるような何かを――）

そこで、それとなく紘弐の周辺を探ってみると、どうも長寿郎に近付き出したのは戦後ではなく、兄の紘弐が出征した直後くらいからだったと分かった。戦中は人目を忍んでいたのが、どうやら戦後は開けっ広げになったらしい。

やっぱり十三夜参りの夜に……と考えを進めようとして、すぐに当夜の媛首山には何人《なんぴと》であれ絶対に入れなかった事実に、高屋敷は突き当たった。それに紘弐が仮に長寿郎の弱味を握っているのだとすると、あの態度は逆ではないかと首を傾げた。彼のことだから、もっと高飛車に出て威圧的な態度を取るのが自然だろう。

（ただ考えられるとすれば、あいつは一番手の器じゃ所詮《しょせん》なく、それを本人も自覚してる場合だな）

つまり秘守家の長という権力の座に就くことには充分な魅力を覚えるものの、当然のように発生する諸々の義務、責任、重圧など厄介な代物に煩わせられるのは真っ平ご免である、と紘弐が思っているのは間違いない。そういう意味では戦死した兄の紘弌がその座に収まり、自分は二番手として甘い汁だけを吸う生活を、きっと彼は夢見ていたのだろう。

（まさかあいつ、紘弐君の戦死を見越して、もしもの場合のために長寿郎君に近付いておいたんじゃ――）

咄嗟に思わず気分の悪くなるような発想が浮かんだ。だが、紘弐なら有り得ると感じられるところが恐ろしく、且《か》つ遣り切れない。

（いずれにしろ、あいつの様子は何とも薄気味が悪いな……）

二十三夜参りが済んで気を緩めていた高屋敷は、ここで俄《にわか》にはっとなった。

（やはり明日も、媛首山の周囲を警邏する必要があるかもしれない。妹の竹子を長寿郎君の嫁とするために、邪魔になる三守《みかみ》家の華子《はなこ》や古里《こり》家の毬子《まりこ》に、紘弐が手を出さないとも限らない）

長寿郎に対する懐柔的な素振りは、一守家や高屋敷たちを油断させるためで、いずれ何か邪悪な行動に移る前の目くらましとも見做せる。

（二十三夜参りが無事に終わったのも、安心させる手だったとすれば……。本当の狙いは婚舎の集いにあるとしたら……。も、もしかすると二守の婆様の、全ては企みなんじゃ――）

紘弐が長寿郎に近付いたのも、それに対する一枝刀自の激怒も、要は全て芝居なのではないか。どれもが竹子を長寿郎に嫁がせ、二守の婆様が秘守一族に院政を敷くために仕組んだ壮大な計画の一部なのではなかろうか。

（うーん、あの婆様じゃ、やりかねんからなぁ）

そう考えた高屋敷は、何を信じて良いのか分からなくなってしまった。

ちなみに長寿郎の花嫁候補の二人目は、三守家の次女の華子だった。戦死した克棋《かつき》と綾子《あやこ》の間には、鈴子《すずこ》、華子、桃子《ももこ》と女ばかりが生まれている。うち鈴子は既に村外へと嫁ぎ、桃子は十九歳になったばかりのため、長寿郎より一つ年下の華子を選んだと思われる。仮に今回の婚舎の集いが上手くいかなかったとしても、まだ桃子がいるという腹積もりが三守家にはあるのだろう。そういう意味では男子がいない三守家が、今回の婚舎の集いに於いては、面白いことに二守家より優位に立っているとも言える。

そして三人目の古里毬子は、ほんの数ヵ月前に新たに浮上した候補で、これには村人たちも度肝を抜かれた。

そもそも代々の跡取りの花嫁に関しては、二守家と三守家、それに秘守家の遠戚に当たる家々を一つとして、この三つの家で候補を選ぶ仕来りがある。婚舎が前・中・奥と三つ建っていたためかもしれない。もちろん各々が自家に都合の良い娘を推すことになる。どの家も、自家または己の息の掛かった者の娘を本家に送り込もうとする。時と場合によっては一守家自らが候補を立てる場合もあったが、それは秘守一族の中に不満の火種を起こす危うい行為でもあるため、これまで滅多に行なわれてはいない。

それが長寿郎の花嫁については、早くから一守家にも動きが見られたという。波風が立つことを承知で、自ら跡取りの嫁を探す気配があったらしい。長寿郎の代で一気に、二守家と三守家に対して歴然たる差を付けようとした所為かもしれない。

だが当然ながら、すぐに一枝刀自から横槍が入った。その結果、最終的に二守家と三守家の二つの候補に絞られる、そんな雰囲気が漂いはじめた。従来であれば三人目を出すはずの遠戚筋の参加がなかったのは、競争相手を一人でも減らすために、二守の婆様が手を回したのだろう。そう村人たちは噂し合った。

ところが、そこに三人目の花嫁候補が登場した。しかも、秘守家の遠戚の古里家の娘であったため、出自に関しては文句の付けようがない。ただ問題は、その素行にあった。どうやら一枝刀自は東京の探偵を使って調べさせたらしく、真っ先に毬子は一守家の嫁には相応《ふさわ》しくないと反対の声を上げた。だが、彼女が予想もしていなかった反応が、何と長寿郎から齎《もたら》されたのである。

「古里毬子さんには、正式に婚舎の集いに参加して頂きます」

全ては周囲がお膳立《ぜんだ》てするとはいえ、実際の花嫁選びについては花婿に一任されている。当然そのときの翁や当主が色々と言い含め、当の孫や息子もそれに耳は傾けるわけだが、何と言っても決定権は本人にあった。よって、思わぬどんでん返しも有り得るわけだった。

（二守の婆様も、きっと戦々恐々としてるだろう）

その姿を想像して、高屋敷の頬が少し弛《ゆる》む。

尤《もっと》も斧高《よきたか》の話を聞く限り、長寿郎が花嫁に毬子を選ぶかどうかは、かなり未知数と言えた。飽くまでも『グロテスク』という同人誌の仲間として、彼は彼女を招くつもりなのかもしれない。花嫁候補云々《うんぬん》は、言わば隠れ蓑である。その証拠にかどうかは分からないが、江川蘭子《えがわらんこ》という変人作家も来るらしい。

（何やら明日は、一癖も二癖もあるような者ばかりが、村に集まりそうだな）

北守駐在所の巡査として自分は何処まで関わるべきなのか、高屋敷は悩んだ。少なくとも二十三夜参りの警邏については、富堂翁も兵堂《ひょうどう》も喜んでくれた。十年前の事故を鑑みると当然かもしれないが、正直なところ彼は嬉しかった。

（しかしなぁ、お目出度い見合いの場の周辺を、警官がうろうろして良いものかどうか……）

そんな逡巡をしながら、出掛けに妻が持たせてくれた蜜柑《みかん》が残っていたことを思い出し、高屋敷は鞄《かばん》から出して皮を剝《む》きはじめた。少しの間だけ頭を空っぽにして、休憩しようと思った。

と、前から視線を感じた。

ふと顔を上げると、太った大柄な男の方が、微動だにせず凝《じ》っと彼の手元を見詰めている。まるで見たこともない食べ物を、目の当たりにしたかのように……。

（えっ……何だ？　蜜柑を見てるのか）

思わず視線を落とすが、半ば皮を剝いた蜜柑の何処にもおかしなところはない。

「ちょっと先輩……。止めて下さいよ」

隣の男前の方が小声ながら諫《いさ》める口調で、太っちょに話し掛けている。だが当人の耳には入っていないのか、相変わらず食い入るような眼差しを蜜柑に向けるばかりである。

「ど、どうぞ……」

相手の何とも言えぬ目付きを眺めているうちに、高屋敷は自然と蜜柑を半分に割って、既に皮を剝いた方を差し出していた。

「おっ、いやぁ……これは忝《かたじけ》ない」

そう口にするが早いか、太った男は物凄い勢いで蜜柑を攫《さら》うと、もう口の中に入れていた。

「ああっ、もう恥ずかしいなぁ」

その姿を見た細身の青年は、居た堪れない表情で嘆いている。それでも育ちの良さそうな色白の顔を、すぐ高屋敷に向けたかと思うと頭を下げ、

「す、すみません。この人は目の前に食べ物があると、そのうー、異常な反応を示してしまうものですから……。い、いえ、だからと言って、特に何ら危険はないんですけど――」

「当たり前やろ」

透《す》かさず太った男が突っ込みを入れる。

「はぁ……。あっ、あなたも如何です？」

その場の妙な流れから、高屋敷は残った半分を青年の方へと差し出した。

「い、いえ、滅相もない。それでは、あなたの食べる分が――」

「いやいや、相済みませんな」

後輩の言葉に被せるように太った男が割って入ると、もう蜜柑は高屋敷の手から離れ、相手の口の中へと移動していた。皮ごと食べたのではないかと仰天したが、いつの間に剝いたのか、太っちょの手には蜜柑の皮だけが残っている。

「ああっ、これだから、クロさんと旅に出るのは嫌なんです」

細身の青年は呆《あき》れたというよりも、愛想を尽かした風である。

「ご旅行ですか。この辺りですと、山に登るか渓流で釣りをするかくらいでしょう」

良い機会とばかりに、高屋敷は二人の身元を探ろうと思った。

クロさんと呼ばれた男の格好は、登山用に見えなくもない。連れの青年の方も、釣りに来たと見做せる服装ではある。しかし二人が醸《かも》し出す空気から、そんなことが目的ではないと、高屋敷の警察官としての本能が囁いていた。ならば、こんな関東の外れに何の用事があるというのか。それを遠回しに探るつもりだった。

ところが、太っちょは満面に笑みを浮かべると、

「こいつは刀城言耶《とうじようげんや》と言いまして、怪奇小説や変格探偵小説ばかりを書いとる変人の、うだつの上がらぬしがない物書き風情です。一方の私は阿武隈川烏《あぶくまがわからす》と申しまして、こう言っては何ですが京都でも由緒のある、その名を聞けば誰もが『おおっ』っと有り難がる神社の、まぁ将来を嘱望されとります大事な跡取り息子です」

かなり歪な内容ながら、あっさり自己紹介をしてしまった。

「なるほど。烏さんと仰るので、徒名《あだな》がクロさんか」

慌てた高屋敷が、咄嗟に思い付いたことを口にすると、

「おっ、あなたは鋭いお方ですなぁ。もしかして警察関係の方とか」

聞き捨てならない台詞が返ってきて、一気に警戒を高めた。

(こいつ、只者《ただもの》ではないんじゃ……)

が、次の阿武隈川の言葉で、それも綺麗に消し飛んだ。

「で、ひょっとしてその鞄の中には、まだ蜜柑が入ってたりしませんか」

「僕たちは、民俗学に興味がありまして——」

これ以上は先輩に任せられないと判断したのか、刀城が自分たちの旅の目的を述べはじめた。

彼の話によると二人は、日本の各地方に伝わる怪異な伝承や俗習、不思議な伝説や因習といったものを探して、民俗採訪をしているのだという。

「普段はお互い、ほとんど個人行動なんです。ただ今回は、先輩が同行するって言い出し――」

「お前が独りじゃ怖いんで、頼むから付いて来てくれって言ったんやろ」

「だ、だ、誰が、怖いなんて――」

「怪奇小説を書いてる癖に、ほんと情けない奴なんですよ、ねぇ」

阿武隈川に同意を求められたが、高屋敷は素直に頷く気にはならない。どう見ても、まともなのは刀城言耶の方に違いないからだ。

「怖いとかいう話が出ましたが、もしかして淡首《あおくび》様のこととか」

阿武隈川を無視して高屋敷が刀城に顔を向けると、

「そ、そうなんです」

急に彼の目が生き生きとしはじめた。後輩の変化に気付いた阿武隈川は、おいおいといった顔付きをしている。だが、高屋敷から見ると刀城の表情には、思わず自分の頬まで緩んでしまう、そんな子供の笑顔に対するような好ましさが感じられた。

「ある程度はご存じらしいが、淡首様というのは——」

青年の笑みに絆《ほだ》された彼は柄にもなく、淡首様の伝承からはじめ、今日に於いても秘守家が祟られ続けていると村人たちが信じている事実まで、刀城に話して聞かせた。もちろん飽くまでも相手が喜ぶ怪談話として語っただけで、例えば十年前の十三夜参りに関して、自分が事件性を見ていることは喋らない。

「ノートを取っても宜しいでしょうか」

刀城は許可を求めると、高屋敷の話の所々を記し出した。その有り様が勉強熱心な学生のように見えて、何とも微笑ましい。

と、そんな二人の和気藹々《わきあいあい》とした中に入れて貰えないのを妬《ねた》んでか、聞き分けのない悪餓鬼のような顔をした阿武隈川が、後輩を睨《ね》め付ける如く見ているのに高屋敷は気付いた。今にも何か良からぬ台詞を口にしそうである。

（やれやれ……。これは大人しくさせないと）

少し躊躇《ちゅうちょ》したものの、仕方なく妻への土産に買った煎餅《せんべい》の袋を鞄から出す。煎餅の威力は絶大だったようで、それから阿武隈川は一言も喋ろうとせず、ばりばりぼりぼりと煎餅を食べる音だけをひたすら発し続けた。

「お話を伺っていますと、淡首様というのは、秘守家の屋敷神とも言える存在のようですね」

熱心に耳を傾けていた刀城は、高屋敷の話が一段落付いたところで、そう徐《おもむろ》に切り出した。

「ほうっ、敷地内に祀ってるわけでもないのに？」

「ええ、一口に屋敷神と言いましても、幾つかに分類できます。一つは、その集落に於いて特定の旧家や本家だけが祀っている場合。媛首村《ひめかみ》ですと、差し詰め一守家ということになります。二つ目は、そういった屋敷神を同族たちで祀る例で、つまり村で言うと一守家、二守家、三守家という秘守一族によって祀られるわけです。そして三つ目は、村の一つ一つの家々が、それぞれ屋敷神を祀っている場合です」

「なるほど。媛首村は二つ目の要素が強いけど、見ようによっては一つ目でもあるし、村人たちも信仰してると見做すこともできる」

「そのようですね。恐らく媛神堂の立地の関係だと思われます」

「はっはぁ……。媛首山の御堂が、三家から見て中央にあるからか」

「屋敷神が祀られる場所としては、その家の敷地内の一隅、敷地続きの一画、敷地の裏山、敷地からは少し離れた持ち山、田畑などの辺《ほと》りがあります。一概には言えませんが、敷地に近い場合はその家や一族だけで、敷地から離れるほど村全体で祀られる傾向がなくもないんです。そういう意味では媛首山の媛神堂は、村の中でも何とも絶妙な位置にあると言えます」

「ついでと言っては悪いが、君は淡首様について、どんな風に感じる？」

目の前の青年にすっかり好感を持ち、会って間もないのに親しみさえ感じはじめた高屋敷の口から、そんな問い掛けが思わず漏れた。

「屋敷神の祀神というのは、祖先や代々の物故者といった一族に関わりのある人――の場合が多いんです。もちろん自然神や一般の神様を祀っているところも多々ありますが、屋敷神の成立を考えるとき、やはり祖霊信仰が鍵になると思います」

刀城は怪談を聞かせて貰った御礼のつもりなのか、高屋敷元の質問に嫌な顔一つしない。

「確かにお淡《えん》は、一守家の祖先に当たるけど……しかし、幾ら淡媛《あおひめ》も祀られているとはいえ、あの村の屋敷神は祟り過ぎなんじゃ――」

「ええ。屋敷神の性格としては、やはり守護的なものが第一にきます。ただし、その一方で祟りが激しいというのも顕著な特徴なんです」

「えっ、それは全国的な傾向として？」

「はい。祀り方が悪かったり粗末にしたりは当たり前として、屋敷の改築や周辺の樹木の伐採などに端《たん》を発する障りなど、日常の営みの中で注意しなければならない点が沢山ありますから」

「けど、淡首様の場合は、何と言っても淡媛とお淡の――」

「そうですね。一種の若宮信仰になるんでしょうか。あっ、若宮というのは、そういった祟りを齎す荒ぶる怨霊《おんりょう》などを、それよりも優れた大きな神格の下に祀って怒りを鎮めたものです。尤も媛神堂に肝心の大きな神格があるのかどうか、ちょっと分かりませんが……」

淡首様の祟りなど普段は気にしたことも、信じたこともない高屋敷だったが、そう言われると妙に不安になってくる。

「怨霊を祀る場合は本来、その激しい祟りの憤怒《ふんぬ》を外に向け、内には逆に恩恵を期待するわけです。外へ働く力は防御となり、丁重に祀る姿勢を示すことにより内には幸いを望む。それが媛神堂に於いては、どうも上手く機能していないように思えるのですが……」

「だから障りがあると？」

「民俗学の立場から祟りを解釈した場合――ですね。ただ、栄螺塔と婚舎の存在がありますから、そこで淡首様の力を緩和、または吸収させていると見做せないことはありません」

「うん。あれは妙な塔なんだ」

「恐らくその原型は、栄螺堂に求められるんじゃないでしょうか。栄螺堂というのは、観音の札所の本尊の写しを一堂に集めた御堂で、内部を巡っただけで参拝を一挙に行なうことが可能となる、言わば巡礼のための装置なんですよ」

「元々が宗教的な建物なんだ」

「はい。でも、それを祟りを断ち切る装置として改良したわけですから——その方は只者じゃありませんね」

「建てた人の名前を聞いたような気もするが……覚えてないな」

「巡礼というのは一度だけのものではなく、何度も繰り返すことに意義があります。だから栄螺堂の二重螺旋は打ってつけと言える。また同時に、そこには胎内回帰や輪廻転生《りんねてんしょう》を疑似体験する意味合いもある。つまり原初に還り、永遠の生を巡ることにもなります。この世に怨《うら》みを残して死んだ者にとって、これは何よりの鎮魂かもしれません」

「はぁ、なるほど……。そんな意味があったとは」

「もちろん堂々巡りをさせて、相手を迷わす仕掛けでもあるのでしょうが、いずれにしろ上手く出来ています」

「婚舎の方は、どうでしょう？」

刀城言耶に対して好感だけでなく、かなり年下とはいえ尊敬じみた念をも覚えはじめた高屋敷は、思わず丁寧な口調になっていた。

「婚舎の性格を考えて大まかに分けますと、その種類は三つになります。一つは配偶者を選ぶために、出会いの場を提供するもの。二つ目は村の青年団など同じ若い世代に認められ、また親の承認も得た段階で二人が過ごすもの。三つ目は正式な婿入りや嫁入りをしてから使用するもの」

「媛神堂の婚舎は？」

「お話によると、お見合いをするための場ですから一つ目に近いですが、その相手が予《あらかじ》め決まっている点を考慮しますと、二つ目の要素も認められます」

「そうですな」

「また婚舎の所在で考えますと、嫁方婚舎、婿方婚舎、寝宿《ねやど》婚舎と分かれます。これは婿入りの場合は嫁方婚舎を、嫁入りの場合は婿方婚舎を利用するからです。寝宿婚舎は村などで持つ場合が多いので、いずれであれ使用できる。つまり媛神堂のものは典型的な婿方婚舎ですが、憑き物筋との婚姻など特殊な場合には誰でも利用できる性格を有するところなど、寝宿婚舎でもあるわけです」

「やっぱり特別な代物なんですなぁ、媛神堂をはじめとして」

「全ては一守家の跡取りの男児のために、存在してると言えるのかもしれません」

「何処でも跡継ぎの男の子は欲しがりますから、あのような旧家であれば尚更でしょうが――」

「各地に伝わる手毬唄《てまりうた》の中でも、生まれたのが男か女かで、非常に大きな差があると分かる例があります。滋賀では男だと『京に上らせて学問をさせよう』で、女だと『河原に捨てよう』という歌詞があり、愛知では男だと『地にも置かない』で、女だと『乞食《こじき》の仲間』と唄い、富山では男だと『玉の子』で、女だと『踏み潰せ』とまで言われます」

「はぁ、そこまで酷いことを……」

「もちろん実際にやるわけではありませんし、飽くまでも特定の地方に伝わる唄ですから」

「しかし、そういう例と比べても、一守家のものは大仰過ぎるでしょう。そのうえ他家に比べても酷いと言える、男尊女卑まであるんですからな」

「子供を無事に育てるために様々な禁厭を施すのは、昔から普通に行なわれてきたことです。それを蔵田《くらた》カネさんという人は上手く――という表現は問題ですが、男尊女卑に絡めたんですね」

「つまり淡首様のように特別な障りの対象がなくても、子供に呪《まじな》いは付きものだと仰《おっしゃ》る？」

　秘守家の跡取りに対する様々な習俗は、幾ら何でも異常過ぎると高屋敷は常々思っていた。ただ、それも淡首様という余所にはない存在の所為だと理解していた。

「ええ、そういった邪《よこしま》な対象が特になくても、生まれたばかりの赤ん坊から物心が付く頃までの子供は、魔物の餌食《えじき》になり易いと考えられます。地方によっては、それが七、八歳まであったり、十何歳までだったりと色々ですけど」

「子供の死亡率は、昔から高いですからなぁ」

「お産も大変なわけです。苦労して生んだ子が、あっという間に亡くなってしまう。やっぱり親としては、遣り切れませんよね。そこで、生まれたばかりの赤ん坊に向かって、すぐ『こんな糞《くそ》が生まれた』とか、『これは犬の子だ』とか、『憎々しい子が生まれたよ』とか、罵詈雑言《ばりぞうごん》を浴びせたりします。この世に生を受けた瞬間から、そういった邪悪なものに魅入られる恐れが――」

「えっ？　ちょ、ちょっと待って下さい。そこで――って、意味がよく分からないのですが……」

「あっ、つまり誉めずに貶《けな》すことにより、魔物から赤ん坊を守るんですよ。この子は可愛い人間の赤ん坊ではない――と宣言して」

「ああ、なるほど。しかし、それにしても――」

「ええ、母親の気持ちを忖度《そんたく》すると、どうなんだろうって思います。でも、そういった風習が昔からある地方では、逆に罵《ののし》らないと心配になるわけです」

「うーん、色々と興味深く、また奥深いですなぁ」

「そうなんです。それで、ちょっと僕が興味を持ったのが――」

「あれは、何と呼ばれてましたっけ？」

そこに突然、阿武隈川が口を挟んできた。思わず高屋敷が刀城から視線を移すと、自分を凝っと見詰めている。そのまま下げた目線の先には、空っぽの煎餅の袋があった。

（も、もう食べたのか……。それも独りで……）

何か物凄く嫌な予感に包まれながらも、刀城言耶とはまた違った阿武隈川特有の吸引力の所為で、咄嗟に高屋敷は返答していた。

「あれ……とは？」

「ほら、この辺りの周辺の山々に出ると言われる化物で、身の毛もよだつ嗤《わら》い声を発する――」

「ああっ、山魔《やまんま》のことですか」

そう反射的に高屋敷が答えたときだった。

「や、や、や、やまんまだって！　な、な、何ですか、それは？」

突如として見ず知らずの失礼な輩が、自分たちの会話に割り込んできた――と彼は思ったのだが、それは驚くべきことに、何と刀城言耶その人だった。

「えっ？　い、いや……」

余りの豹変振りに度肝を抜かれた高屋敷が、しどろもどろになって返答できないで

いると、ぐっと身を乗り出しながら刀城は、

「山に出るということは、差し詰め〈山の魔〉とでも記して、それを〈やまんま〉と読ませるんでしょうね。そもそも山という存在は、古くから信仰の対象だったわけです。人間は死ぬと山に還って行くと考える祖霊信仰をはじめ、春を迎えると山から神様が里に下って田の神となり、秋の収穫が済むと再び山に戻って山の神になるとする伝承など、全国に見られます。ただ、そういった信仰の中には、川の神である河童が春秋の彼岸を境にして山の神になったり、そもそも山の神とは天狗《てんぐ》の別称であると考えたりと、怪異との結び付きも深い。それは狼、猿、蛇といった動物が、山の神の遣いである、または山の神自身であると見做されることにも言えます。もちろん、そこには山姥《やまんば》、山地乳《やまちち》、山爺《やまじじい》、山童《やまわろ》、山鬼《さんき》、山男、山女、黒ん坊といった山に棲《す》む妖怪変化《ようかいへんげ》も関わってくるわけですが、山魔などという名は、今はじめて聞きました。先程のあなたの話の中には、その名は一言も出てきませんでしたよね。なぜなんです？　なぜそんな珍しい存在を話さないんです？　うーん理解に苦しむなぁ。いや、待てよ。それほどこの辺りじゃ、有り触れてるのかも――」

「い、いや……そういうわけじゃ……。それに私も、や、山魔について、な、何かを知ってるとかじゃなくて、単に山に棲む化物だということくらいしか……そのうー、知らないから――」

怒濤《どとう》のように押し寄せる刀城の迫力に恐れをなした高屋敷は、この異様な攻撃から逃れるためには、取り敢えず自分には山魔の知識がないと分からせることが先決だと判断した。

「あっ、先輩！　僕に山魔のことを隠してましたね！」

その彼の思惑が当たったようで、刀城の鉾先《ほこさき》は阿武隈川へと逸れた。

ところが、当人は後輩の非難など何処吹く風といった様子で無視すると、にやにやと嫌な笑いを浮かべて高屋敷の方を見ながら、

「いやぁ、すんませんねぇ。こいつは自分の知らない怪異譚を耳にすると、途端に周りの状況が見えなくなって、それを知る相手に向かって猪突猛進《ちょとつもうしん》するという何とも困った癖を持っとりまして。いやはや、これだからお前と一緒に旅をするんは嫌なんや。ほんまに恥ずかしい」

という言葉とは裏腹に一向に恥じた様子もなく、むしろ目の前の騒動を楽しんでいるのが露骨に分かる表情をしている。

「そんなことよりクロさん！　一体どの辺りに、その山魔の伝承はあるんですか」

しかし、ひょっとすると刀城の方が上手だったかもしれない。阿武隈川の皮肉な物言いを聞きながらも、それを全く問題にすることなく、逆に山魔について彼を質問攻めにしはじめたからだ。

らんのか」

「ああっ、煩《うるさ》いやっちゃなぁ。俺がこの方に、お前の非礼のお詫《わ》びをしてるんが分か
「お詫びなら後から何度でもしますよ。それより――」

「分かった分かった。くそっ、やれやれ……」

自ら引き金を引いたものの、その結果に少し後悔しているような表情を見せつつ、
阿武隈川は地図を取り出して説明をはじめた。

(な、何なんだ……こいつらは？)

やっぱり最初の印象が正しかったのだ、と高屋敷は後悔した。

(まぁ阿武隈川よりは、まだ刀城の方が増しであることは間違いないが、それでも類は友を呼ぶというか、似たもの同士とでもいうか……)

恐る恐る二人を盗み見ながら、彼が別の座席へ移ろうかと考えていたとき、電車が減速をはじめた。どうやら次の停車駅に到着するらしい。

「先輩、降りますよ」

いきなり刀城は立ち上がったかと思うと、網棚から荷物を下ろしはじめた。

「ええっ？　まだ終点やないやろ」

「ここからの方が、山魔の伝承の中心地らしい山には近そうですから」

「何っ！　おいおい、媛首村はどないするんや」

「もちろん、その後で行きます」

「後って……計画が狂うやないか。言《げん》ちゃん、そういう我儘《わがまま》はいかんなぁ」

阿武隈川が気持ちの悪い猫撫で声を出したため、高屋敷の二の腕に鳥肌が立った。

「計画も大事ですが、臨機応変に動いてこそ、民俗採訪は活きるのです」

「し、しかしなぁ……」

「ほら、先輩の荷物――ちゃんと持って下さい」

「あのな、まだ鳥杯島《とりつき》にも行ってないやないか。それから神々櫛《かがぐし》村にも行きたいって言うてたやろ。大体やなぁ、他にも仰山の――」

「それはそれ、これはこれです。目の前に未知の怪異があるというのに、知らん振りができますか。さぁ着きましたよ。あっ、ど、どうも大変な失礼を致しました」

そこで刀城は俄に高屋敷に顔を向けると、

「ぼ、僕たちは、ここで降りますので。色々とすみませんでした。蜜柑と煎餅、ご馳走様です。それでは、道中のご無事をお祈りしております」

深々と頭を下げると、まだぶつくさと呟く阿武隈川の尻を叩いて扉口へと追いやる。降りる前に阿武隈川が振り返り、さも同情を求めるような表情でこちらを見たので、高屋敷は満面に笑みを浮かべて手を振ってやった。

（まぁ自業自得だからな）

やがて汽車が、ゆっくりと動き出す。

と、停車場から見送っていた刀城言耶が、急に高屋敷が座っている窓辺へと駆け寄って来た。そして汽車に合わせて走りながら、

「それにしても、なぜ淡媛は首を斬られたんでしょうね」

そう叫ぶと、啞然《あぜん》としている高屋敷に手を振って別れを告げた。

第十一章　三人の花嫁候補

「皆様、お揃いになりました」

二守《ふたがみ》家の竹子《たけこ》と三守《みかみ》家の華子《はなこ》、そして遅れて古里《こり》家の毬子《まりこ》が女中に案内され、それぞれの部屋に落ち着いたところで、斧高《よきたか》は富堂《ふどう》翁と兵堂《ひょうどう》、そして富貴《ふき》にその旨を報告した。

遂にその日を迎えたわけである。

斧高の報告に対して、「ああ」と鷹揚《おうよう》に頷《うなず》いたのは秘守《ひがみ》家の長で、「ほうっ、どれ」と三人の顔を覗きに行ったのは、五十を過ぎても好色なままの一守《いちがみ》家の当主だった。

基本的には長寿郎《ちょうじゅろう》が花嫁を選ぶまで、一守家の者は娘たちには会おうとしない。要は実際に嫁入りをする娘だけが大事なのであって、他の候補など目を呉れる必要もないという、一守家ならではの傲慢さ故である。

それでも二人は反応を示しただけ、まだ増しだった。富貴は相変わらず睨め付けるような視線を斧高に浴びせて、一言も喋らずに凝《じ》っと彼の顔を眺めるだけで、全く無表情のまま無反応だったのだから……。

（長寿郎様が誰と結婚しようと、奥様が相手を気に入るとは思えない。そのうえ花嫁候補が揃ったという知らせを持って来たのが、選《よ》りに選《よ》って僕なんだから面白いはずがないか）

ぞっとする富貴の冷たい視線から逃れるため、斧高は一礼すると急いで彼女の部屋を辞した。

「花嫁さんが、ようやく集まったそうだけど」

今後の指示を仰ぐためにカネ婆の部屋に行こうとして、僉鳥郁子《みなとりいくこ》に呼び止められた。もう四十の声を聞いているはずなのに、まだまだ若々しく美しい。尤《もっと》も冷徹な感じもそのままで、また富貴とは違った冷たさが伝わってくる。

「はい。つい先程、古里家の毬子様がお着きになりました」

村人の好奇の目を遮るためにカーテンが降ろされた一守家の自家用車が、毬子を滑《かっ》万尾《まお》の駅まで迎えに行って戻ったところだった。

「それで今、大旦那様、旦那様、奥様に、そのことをお伝えしたのですが――」

郁子が何を思って自分に声を掛けたのか分からなかったが、飽くまでも秘守一族の人々に接するのと同じ節度で斧高が応えると、

「そう。で、あなたが三人の中で結婚するとすれば、誰を選ぶかしら？」

とんでもない問い掛けを相手がしてきた。

「えっ……わ、私がですか」

「ええ、そうよ。あなたも女性に対して、もう充分に興味を持つ年頃でしょ」

「………」

長寿郎のことを当て擦られているのではないか、と斧高は動揺した。だが、郁子に自分の気持ちを悟られる覚えは一切ない。向こうの気紛れで接して来ない限り、彼が彼女に関わることなど少なかったからだ。

「せ、先生、からかわないで下さい。お嬢様方は長寿郎様のお相手なんですから、私などに釣り合うはずがないじゃありませんか」

「それと同じことが、三人娘にも言えそうね」

無難に躱《かわ》そうとした彼の受け答えに対して、郁子は意外な捨て台詞を吐いて立ち去った。

(富貴奥様だけでなく郁子先生も、長寿郎様の結婚を快くは思ってないんだ……)

妃女子《ひめこ》亡き後、郁子の生徒は長寿郎ただ一人となった。そのため彼女の教師としての全ての愛情が、彼だけに向けられた。実際に彼女が教え子を誇りに思い、非常に慈《いつく》しんでいることは斧高にも分かる。双児の幼い頃から、ほとんど富貴が我が子を顧みなかったのに比べて、それこそ郁子はまるで母親のように、また非常に年の離れた姉の如く、そしてときには恋人かと見紛うばかりに、長寿郎の世話を焼いてきた経緯がある。

彼女が昔から秘かに、それは熱心に媛神堂へと参り続けているらしいという噂は、斧高の耳にも入っていた。当初は何のためにと思っていたが、きっと長寿郎の無事な成長を願っての参拝だったのだろう。

(誰が長寿郎様の花嫁になろうと、その人は苦労しそうだなぁ)

考えてみれば郁子など、教え子が無事に成人した段階でお役御免になっていてもおかしくない。それを未だに置いているのは、カネ婆と同様に長年に亘る勤労への報奨代わりなのだろう。それは良いとしても、花嫁の立場で見ると、富貴と郁子という姑《しゅうとめ》が二人もいることになるではないか。

(想像しただけで恐ろしい……)

斧高にとっても決して良い感情など抱けるはずのない三人娘に対して、それでも同情を覚えたほどである。

僉鳥郁子との会話が余計な時間を喰《く》ったようで、

「何をしとったんや」

カネ婆の部屋に入ると、すぐさま小言が飛んできた。

「大旦那様らにお伝えするんに、いつまで掛かっとるんじゃ！」

最近は滅切《めっきり》と老いたカネ婆だったが、婚舎の集いには色々と仕来りがあるため、ここは自分が仕切らねばという自覚を持っている所為《せい》か、珍しく元気である。

「長寿郎様は……」

「もう疾《と》っくに祭祀堂で着替えを済まされ、お三人様をお待ちになっとられる」

長寿郎の世話をしたカネ婆は、透かさず本家へと戻って来たらしく、まだ息が少し荒い。

（大丈夫かなぁ）

これから三人の着替えにも付き添わなければならない。だが身体の心配でもしようものなら、「そこらの年寄りとは、心の持ち様が違うわっ！」と怒り出すのは目に見えている。

「では、これよりお三人様を、祭祀堂へとご案内する」

斧高が案じていることなど知る由もないカネ婆は、早速そう口にすると、

「けど、表から出るわけにはいかんから、ええかヨキよ、お三人様のお履き物をな、裏の縁側んとこまで運んで、それからお声を掛けるように」

「はい、分かりました」

「ご案内の順番を、くれぐれも間違えんようにな」

「はい。最初に二守の竹子様、次に三守の華子様、最後に古里の毬子様——の順です

よね」

「そうじゃ」

「カネ婆様は？」

「私は縁側んとこで、お三人様をお待ちしとる」

斧高は言い付けられた通りに行動しながら、この数ヵ月間に亘って繰り広げられた花嫁候補選びの騒動を振り返っていた。

二守家の竹子と三守家の華子の二人は、かなり以前から決まっていた。精々そこに三守家の桃子《ももこ》を加えるかどうか、それで揉《も》めるくらいだった。もちろん桃子の参加は、二守の婆様である一枝刀自《かずえ》によって阻止された。二守家が一人で三守家が二人という差など、絶対にあってはならんという理由からである。これには三守家も、しぶしぶながら従わざるを得なかったに違いない。そのまま何事もなければ、花嫁選びは二守家と三守家の一騎打ちになるはずだった。

ところが、意外にも古里家が声を上げた。しかも毬子を候補にするという。たちまち秘守一族は騒然となった。真っ先に反対したのは二守の婆様だったが、富堂翁と兵堂も良い顔はしなかった。確かに遠戚ではあるが、余りにも家の格が違うと怒ったのだ。

本来なら、これで毬子は消えるはずだった。だが、長寿郎が彼女の参加を望んだ。

それだけでなく郁子も巻き込んで、何と祖父と父親、それにカネ婆まで説得してしまったのである。こうなると、さすがの一枝刀自も口出しはできない。その結果、花嫁候補は従来通り三人となった。

（長寿郎様が飽くまでも毬子さんに拘ったのは、婚舎の集いに対する反抗心からじゃないのかな）

つまり最初から彼女を花嫁候補として呼ぶつもりなど少しもなく、逆に儀礼を引っ掻き回して貰うよう頼んだのではないか、とさえ斧高は疑っていた。

（明らかに長寿郎様は、婚舎の集いには乗り気じゃなかった。それが毬子さんの参加が決まってから、妙に楽しそうに見える。かといって、まだ会ったこともない彼女を、本気でお嫁さんにすると決めているとも思えない。と言うことは、二人で婚舎の集いを滅茶苦茶にする気なんじゃ……）

この考えは、斧高の心を随分と躍らせた。しかし、そんな騒動を仮に起こしたところで結婚が一時的に遅れるだけである。一守家を継ぐ身分である限り、婚舎の集いを蔑《ないがし》ろにすることは絶対に許されない。

（まさか長寿郎様に、好きな人がいるとか……）

一瞬そんな思いが頭を過ったが、すぐに打ち消す。自分の願望からではなく、候補になりそうな女性が周りにいないからだ。それこそ二守家の竹子か、三守家の華子と桃子くらいしか思い当たらない。村の娘という可能性は彼の日々の生活を見ている限り、まず除外して間違いないだろう。そもそも見初めるような機会がないのだから。

(そうじゃない。きっと結婚そのものに、まだ乗り気じゃないんだ)

彼の側にいることの多い斧高は、そんな風に何となく感じていた。

「お待たせ致しました。どうぞこちらへ――」

三人の履き物を運び終えると、竹子から順番にカネ婆に言われた裏の縁側まで誘導する。

三人とも連れて行かれたのが裏庭のうえ、そこで妖し気な婆さんの鋭い眼光に射《い》竦《すく》められ驚いたのか、ぎょっとした表情を浮かべた。だが、竹子はすぐに相手を見下すような眼差しを返し、華子は恥じるようにすっと俯《うつむ》き、毬子は逆に興味津々の様子で、カネ婆を繁々と観察し出す始末だった。正に三人三様である。

顔立ちは長寿郎の花嫁候補だけあって誰もが整っていたが、その印象は全く異なっていた。竹子は性格のきつさがはっきり出た美人であり、華子からは嫋《たお》やかな美しさが感じられ、毬子はまるで女優のように映る一面を持っている。

ただ、その外見だけに目を留めれば、二人と一人に分かれた。二人とは竹子と華子であり、一人は毬子のことを指す。なぜなら二人が和服なのに対して、毬子は洋装だったからだ。尤も薄化粧の華子に比べ、化粧の濃い竹子は香水の匂《にお》いまで漂わせ、爪《つめ》には斧高もはじめて目にするマニキュアという代物《しろもの》を塗っている。女性の化粧のことなど何も分からない彼から見ても、竹子のそれが着物と合っているとは思えない。ひょっとすると都会から来る毬子に対抗心を燃やした結果が、そんな濃い装いとなって表れたのかもしれない。そのため同じ和服とはいえ二人の顔立ちの違いを除いても、竹子と華子の印象は全く異なっていた。

しかし、やはり和装と洋装の違いほど歴然としたものはなく、どうしても三人のうちでは二人と一人に分かれてしまう。そのうえ毬子の洋服というのが派手な色と柄で、終着の滑万尾の駅に降り立ったとき、既に浮いた存在だったのが分かるくらいである。服装だけでなく、女にしては短い髪の毛も、竹子とはまた別種の舞台役者のような濃い化粧も、両耳に輝く大きなイヤリングも、さぞかし目立ったに違いない。まるで村人を挑発している雰囲気が、彼女の装い全てから強烈に放たれている。そんな風に感じられてならない。

（いや、本当にそうなのかもしれない）

恐らく古里家では幼い頃から、一守家をはじめとする媛首《ひめかみ》村の秘守一族のことは、散々聞かされてきたのだろう。しかも親族一同が一守家に集まる際には、古里家という立場から肩身の狭い思いを強いられたはずである。そういった感情は子供であるが故に忘れられない痼《しこ》りとなって、いつまでも残るものだ。毬子の祖母に当たる古里家に嫁いだ三枝が、果たして一枝刀自のように富堂翁や一守家のことを悪し様に言ったかどうかは分からないが、かといって誉めたとも思えない。しかし、あわよくば我が家の娘を一守家の跡取りに嫁がせて――という野心だけは持ち続けていたのではないか。今回の毬子の参加が、その何よりの証左である。

(それに毬子さんが、反発しないわけがない)

当然だが斧高は彼女のことを直接は知らない。だが、長寿郎や『グロテスク』の活動を通じて、何となくだが人柄めいたものは分かるような気になっていた。

(女性とはいえ行動力があって、自分の考えをしっかりと持ち、怪奇的または幻想的なことと探偵小説を愛し、そして特に耽美的なものに愛着を覚えている)

そういう意味では、高屋敷妙子《たかやしきたえこ》と似ているのかもしれない。斧高は彼女が媛之森妙元《ひめのもりみようげん》という筆名で小説を書いていることを、絶対に口外しないという約束で教えて貰っていた。作家としては作風に違いがあるとは思うが、自立した女性という印象は同じだった。ただし、それを妙子は内に秘めるよう注意しているのに対して、毬子はわざとかと思えるくらい表に出している。

(媛首村と東京という二人が暮らす場所の差と、駐在巡査の妻と家出娘という立場の差もあるんだろうけど……)

やはり生まれながらの性格の違いのような気が、斧高にはしていた。

「これヨキ、何をしとるんじゃ。早う来んかい！」

つい毬子のことを熱心に考える余り足取りが鈍って、皆から遅れてしまった。カネ婆に叱責《しっせき》され、慌てて小走りになる。

そんな斧高を、竹子と華子は一顧だにせず歩いているのに対し、毬子だけは振り返って面白そうに眺めている。彼もそうだったが恐らく向こうも、色々と話したいことがある風に見えた。しかし、それも婚舎の集いが終わるまでは無理だった。長寿郎でさえ三人と顔を合わすのは、それぞれが婚舎の各部屋に入ってからである。その主人よりも先に斧高が、花嫁候補と気安く口をきくなどできるはずもなかった。

（竹子さんと華子さんは、如何にも秘守一族の人って感じだなぁ）

こちらに背中を見せたまま黙々と歩く二人に目をやりつつ、改めて斧高は思った。彼女たちにとっては使用人の言動など、どうでもよいのだ。必要なときに側にいて己の用事を速やかに執り行なうことさえできれば、きっと後は透明人間のような存在なのだろう。実際、二人の反応は見事なまでに同じだった。もちろん、だからと言って二人の性格までが一緒ではない。いや、むしろ正反対のように思える。

（二守の婆様の血の所為か、竹子さんが物凄く勝ち気なのは、村の誰もが知ってる。さすがに今は猫を被ってるけど、もし長寿郎様と結婚したら——）

村人たちが陰で言うように、きっと旦那を尻に敷くことだろう。

（それに比べると華子さんは、とても大人しそうに見える。けど――）

何を考えているのか一向に分からない、一種の薄気味悪さのようなものを、なぜか感じてしまう。楚々《そそ》としていて良家の子女という言葉が似合いそうなのに、その印象が仮面のように思えてならない。

（もし華子さんが長寿郎様と結婚したら、ある日、突然その仮面を脱いで――）

とんでもない正体を現すのではないか、そんな想像を斧高はしてしまった。

（いや、僕は殊更に二人のことを、悪く考え過ぎてるのかもしれない）

長寿郎の見合い相手であるため、どうしても色眼鏡で見てしまう。しかしながら三人の中では、素行に問題があると言われる毬子が一番まともかもしれない。次いで良く言えば裏表がないとも見做せる竹子がきて、華子は最後になりそうな気がする。

（村の人たちの評価とは、全く逆だな）

誰が花嫁として選ばれるのか、村での予想は、華子、竹子、毬子の順になっている。尤もこれには村人の願望が入っているうえ、華子と竹子は僅差《きんさ》と考えられていた。つまり長寿郎が選ぶのは華子だろうが、竹子は持ち前の強引さで花嫁の座を獲得するのではないかと見られているのだ。ちなみに毬子に関しては、最初から問題外とされているようである。

（長寿郎様と毬子さんの結び付きを、村の人たちは余り知らないからな）

二人が何かの雑誌に関わっていることは聞いていても、それが『グロテスク』という同人誌で、作品と批評を通じて親密な交流がある事実までは分からないはずだ。

三人娘の後ろ姿を順に見ながら、斧高が様々な思いを馳《は》せていると、

「さぁ、着きました。ここが祭祀堂です。この中で準備をして頂きます」

カネ婆がやや荒い息で声を上げた。

はっと我に返った斧高は慌てて四人の前に出ると、祭祀堂の玄関戸を開けた。最初にカネ婆が通り、次いで竹子、華子、毬子と見送ってから彼も入る。

三和土《たたき》に立ったところで、表の十畳間の左手に衝立《ついたて》が見えた。壁から離した状態で、かなり不自然な立て方である。

(妙なところにあるな)

だが、首を捻ったのも束の間で、すぐ裏に長寿郎が座っているのだと気付いた。婚舎の集いがはじまるまで、男は花嫁候補の娘たちと顔を合わせてはならない決まりがある。婚舎に向かうのも、三人が出発した後となる。だから娘たちの着替えが終わって祭祀堂を出るまで、ああやって身を隠しているのだろう。

そのことを道々で、どうやらカネ婆から聞かされていたらしい三人は、なるべく左手を見ないようにして奥の八畳間へと入って行った。

「お前は、ここで待機じゃ」

境の襖《ふすま》を閉めながら、その前の畳をカネ婆が指し示した。若い娘の着替えに同室するわけにもいかず、かといって長寿郎と話をすることもできないため、そんな場所で待つよう命じたらしい。

斧高は襖に半身を向ける格好で、畳の上に正座した。ちらっと衝立の方に目をやると、同じように正座している長寿郎の右手と右足の膝を、辛うじて認めることができた。微動だにしない手足を見詰めながら、彼が今一体どんな思いでいるのか、斧高は無性に知りたくなった。

そこに奥の間から、怒ったような竹子の声が聞こえてきた。

「こんな服に着替えるんですか」

「へぇ、まるで囚人服みたい。何とも地味ねぇ」

次いで毬子の、何処か面白がっているような声音が続く。

「今お召しになってる綺麗なお着物で、媛神堂へ参ろうもんなら、たちまち淡首《あおくび》様の障りが出ます」

「ああ、なるほど。淡媛《あおひめ》とお淡《えん》の祟り話ですね」

カネ婆の説明に、またしても毬子が興味深そうに応じたのに対し、

「だからと言って、何もこんな……」

飽くまでも竹子は、渡された着物に納得できない口調である。

「今日のところは、堪《こら》えて頂きます。長寿郎様に見初められれば、それは艶《あで》やかな花嫁衣装をお召しになれるんですから……な」

そう諭《さと》すカネ婆の物言いには、その資格が果たしてお前たちにはあるのか、と何処か挑んでいるようにも聞こえる。

「あのう……色の種類は、ここにあるだけでしょうか」

ところが、カネ婆の皮肉をさらっと躱して、そう問い返したのは意外にも華子らしかった。

「えっ……あっ、そうじゃな。灰、紺、黒、茶、紫……と、そんなもんですわ」

少し戸惑った後でカネ婆が律儀に答えると、相変わらず怒った様子の竹子が、すぐさま華子に噛み付き出した。

「あのね、色の問題じゃないでしょう。確かに地味な色ばかりだけど」

「でも、色合いによっては、それなりに着こなせると思うんですよ」

「着こなすって、あなた――」

「この着物を纏《まと》って、長寿郎様とお会いするわけですから」

「………」

華子の返答に、どうやら竹子は絶句したらしい。あっさりと囚人服のような着物を華子が受け入れたこと以上に、如何に効果的に着こなして長寿郎に良い印象を与えるか、それを相手が考えているると知り驚いたのだろう。

(やっぱり華子さんは、単に大人しいだけじゃなさそうだな)

襖越しに二人のやり取りを耳にした斧高は、咄嗟にそう思った。

「もう、こんなもの、一体どう着こなせって言うのよ」

やがて竹子の半ば癇癪を起こした声が聞こえたが、すぐにカネ婆が宥《なだ》めながら着付けを手伝っている気配も伝わってきた。三人の面倒を同時に見なければならないためか、どうやらカネ婆も大変そうである。

ところが、ようやく八畳間も落ち着き、しばらくは衣擦れの音が微かに漏れるくらいだったのが、

「な、な、何よ、これ?」

再び竹子の声が響いた。ただし、今度は怒っているというより、呆《あき》れている様子である。

「あらまぁ、益々これじゃ囚人みたいね」

「あのう、これは長寿郎様の前でも、ずっと……」

続いて毬子と華子が、それぞれの反応を示したところで、遂にカネ婆が大声を出した。

「これを付けんいうお方は、媛首《ひめくび》山には一歩たりとも、決して足を踏み入れさせませ

ん！」

一気に奥の間が、寂《じゃく》とした。

「さぁ、お早う願います」

そのまま怒ったような口調で、カネ婆が三人を急《せ》かす。

「ええかヨキ、襖を開けるんや」

すぐにそう命じる声がした。斧高は慌てて襖を横に滑らせたが——、

「あっ……」

奥の間から出て来た三人の姿を見て、思わず息を呑《の》んだ。

先頭は紺、二番手は灰、最後は茶という色の違いはあれ、三人とも異様なほど地味な着物を纏っている。いみじくも毬子が言ったように、まるで今から連行される囚人の如き格好なのである。しかも各々が両目だけが覗ける奇妙な頭巾を被っているため、咄嗟に何色が誰なのかの判断が付かない。恐らく姿を現した順から、紺は竹子、灰は華子、茶は毬子だろうとは思うものの、確かなことは分からない。

「これよりお一人ずつ、紺の方、灰の方、茶の方という順に、媛神堂へと向かって頂きます」

十畳の間の奥の襖から玄関まで、縦一列に並べた座蒲団《ざぶとん》に座った三人に対し、長寿郎の居る衝立を背にしたカネ婆がそう告げた。

「その間、一言も喋ってはなりません。もちろん頭巾を取ってもいけません。井戸に着いたら手を洗い、祓戸神にお参りして下さい。それから御堂に入り、それぞれのやり方で結構ですので、祭壇に礼拝をします。ただし、謙虚な気持ちを忘れずに。決して淡首様に失礼のないように。それだけは重々に気を付けなあきません。こん儀礼を莫迦にしとったら、とんでもない罰が当たりまっせ。淡首様が最も厭うんは、一守家の跡取りの花嫁やとも昔から言われとりますよってな」

喋っているうちにカネ婆も興奮したのか、途中から関西弁になっている。

「ふうっ……」

それが自分でも分かったのか、大きな溜息を一つ吐くと、

「媛神堂でのお参りが終わりましたら、栄螺塔を登り降りして、婚舎に入って頂きます。そのとき頭巾を取って、ご自分が入る婚舎の戸の前に吊《つ》るして下さい。皆様が立たれた後から、長寿郎様が向かわれますので、婚舎に入ったら、どうぞ大人しゅうお待ち下さいますように」

カネ婆は標準語に戻しつつ三人に対して説明を続け、最後は落ち着いた口調で締め括った。

祭祀堂の柱時計が三時十五分を示したところで、まず一人目が出て行き、その五分後に二人目が、更に五分後に三人目が媛神堂へと向かった。ここから御堂までは約十

五分ほど掛かる。いよいよ長寿郎が衝立の陰から姿を現したのは、ちょうど最後の娘が媛神堂に着いたくらいの時刻、三時四十分頃だった。

羽織袴の正装をした長寿郎は何とも凛々《りり》しく、斧高は自分の胸が高鳴るのが分かった。腕に抱えた薄紫の風呂敷包みにより、これから入学式に臨む、まるで難しい学問書を持った学生のようにも見える。そんな印象がとても彼には似合っており、斧高は誇らしささえ覚えた。

だが、その気分の高揚も長くは続かなかった。すぐに三人娘の装いとの余りの違いを思い、なぜか薄ら寒くなったからだ。信じられないほど歪《いびつ》な見合いの有り様に、今更ながら怯えてしまったのかもしれない。

長寿郎は無言のままカネ婆に一礼し、斧高にも軽く頷くと、祭祀堂を後にした。斧高はカネ婆と一緒に玄関口より、彼が北の鳥居を潜って石段を上り、参道の先へと姿を消すまで見送り続けた。

「ここまで来ようとは……」

その後ろ姿に向かって、カネ婆が感慨深げな呟きを漏らす。産婆として長寿郎を取り上げた昔日《せきじつ》から今日までの様々な出来事が、今、彼女の脳裏を駆け巡っているのだろうか。

やがて長寿郎が見えなくなったところで、役目を終えた安心感からどっと疲れが出たのか、カネ婆は十畳間に座蒲団を並べると横になり、あっという間に軽い鼾《いびき》を搔きはじめてしまった。

（後を尾けるべきかな）

十年前の十三夜参りの夜のことが、ふと脳裏に浮かぶ。ちなみに二十三夜参りでは心配する必要はないという長寿郎の命により、斧高は祭祀堂に残った。第一それに富堂翁や兵堂やカネ婆の目もあったため、後など尾けようもなかった。

しかし、今なら何の障害もない。ただ問題なのは、長寿郎を媛神堂まで見送るだけなのか、それとも婚舎の中までを覗くのか、一体どうしたいのか自分でも分からないことである。

（でも、十三夜参りのときに危険があったのなら、婚舎の集いだって……）

結局は長寿郎の警護という名目で、後を尾ける羽目になりそうだった。自分で己を誤魔化しているとは思ったが、他にどうしようもない。

（いいさ。場合によっては、御堂の中まで――）

入り込んでやろうと考え、斧高はそおっとカネ婆を起こさないように気を付けながら、祭祀堂から表へと出た。

だが、鳥居の前で一礼し、石段を上り、参道を辿って……境内まで来たところで、彼の足がぴたっと止まった。目の前の媛神堂から栄螺塔に、そして婚舎へと視線を移すのだが、そこから一歩たりとも前に踏み出すことができない。

（婚舎の集い……か）

それが一守家にとって、長寿郎にとって如何に重要な儀礼であるかを知るだけに、見守るという考えよりも邪魔をしてはいけないという思いの方が、いつしか勝っていた。それにすっかり失念していたが、目の前の境内には玉砂利が敷かれている。夜に比べると日中は森の中が賑やかなため、少々の足音なら立てても大丈夫かもしれない。とは言うものの、絶対に気付かれないという保証は何処にもない。

仕方なく斧高は踵《きびす》を返すと、参道を戻りはじめた。それでも鳥居が見え石段の天辺に立つと、再び境内へと向かってしまう。しかし、決して玉砂利を踏もうとはしない。後は、この繰り返しだった。そうやって何往復もして、またしても石段に戻って来たときだった。

「おい、斧高！」

突然名前を呼ばれ、ぎょっとした。下の方から聞こえたので見下ろすと、

「お、お巡りさん……」

石碑の裏から高屋敷が姿を現した。偶然にもそこは十年前に彼自身が身を隠した場所だった。

「見張ってたんですか」

「ああ、二十三夜参りのときと同じように、東の鳥居口は入間《いるま》巡査が、南の鳥居口は佐伯《さえき》巡査が警邏している」

入間というのは二見《ふたみ》巡査部長の後任の駐在が、今年の春に転勤したのを受けて、東守駐在所に赴任して来た巡査である。佐伯は高屋敷と同様、戦後も南守駐在所に勤務していた。警察官には転勤が付きものだったが、この地に骨を埋めることになりそうだと、二人は顔を見合わせれば口にしているらしい。そう妙子から何度も斧高は聞いている。

「で、また長寿郎君を見守ってるのか」

「い、いえ、それは……」

石段を上って来た高屋敷に訊かれ、決して詰問調に責められたわけでもないのに、斧高は口籠り俯いてしまった。

「お前が心配をする気持ちは分かるけど、こうやって三つの鳥居口で見張ってるんだから、まず不心得者が忍び込む恐れはない。大丈夫だ。それに婚舎の集いは、何と言っても見合いなんだから……えーっと、つまりだな、そのう—、邪魔をしちゃいけないんだよ」

そんな意図は高屋敷にはなかったと思うが、まるで自分が婚舎を覗こうと考えたことを見透かされている気がして、斧高は赤面した。下を向いていたのが、せめてもの救いである。

「でもまぁ、参道を往復して警邏するくらいならいいだろ」

「えっ……」

驚いて顔を上げると、高屋敷が笑いながら斧高を促した。まさか警察官と同行する羽目になるとは思ってもいなかったので、さすがに躊躇する。

「さぁ、行くぞ」

そう言うと高屋敷が、極めてゆっくりとした歩調で先に参道へと立ったため、自然と斧高も後に続く格好となった。

「どうだ、斧高から見て一番は誰だ？　三人のうち花嫁さんに相応しそうなのは？」

「わ、分かりません」

もう妙子には打ち解けた口調で話せるようになっていたが、どうしても高屋敷が相手だと硬くなってしまう。恐らく警察官という職業が頭にあるからだろう。

「村では竹子派と華子派に分かれてるみたいだな。もちろん東守の村民が竹子派で、南守が華子派になってる」

「北守は、華子さん派のようですね」

「そりゃそうだろう。竹子が一守家に入り込めば、今後は何かに付け、間違いなく二守の婆様が関わって口を出してくる。下手をすれば二守家に、一守家は乗っ取られかねない。それは同時に、北守と東守の問題にもなるわけだからな」

「富堂翁がお元気な間は、大丈夫だと思いますが」

「うん。ただなぁ、数年前から二守の婆様は、身体の調子が余り良くないだろ」

「はい。そういう噂は、一守でも聞いてます」

「富堂翁より三歳ほど年上とはいえ、普通は女の方が長生きをする。言うまでもなく秘守家に於いては、それが一層顕著になる。ところが病弱な弟よりも一枝刀自の方が、先に逝く可能性も出てきたわけだ」

「それで二守の婆様が、何か強引な手段に訴えるんじゃないか、ということですか」

「そのためには竹子が、是非とも一守に嫁入りしないといけない」

「いずれにしろ、何か騒動が持ち上がるんでしょうか」

「そうだな。我々が介入するような事件かどうかはともかく、一族内での紛争は避けられないんじゃないか」

「…………」

「そう言えば毬子の知り合いで、長寿郎君とも交流のある作家が来るらしいけど」

「……あっ、はい。江川蘭子《えがわらんこ》先生です。毬子さんと一緒に『グロテスク』という同人誌を出している方で、長寿郎様も同人に入っておられます」

「もしかすると騒動の種が、外から入って来るかもしれないわけか」

「えっ？　蘭子先生が、ですか」

「厭人癖のある厄介な変わり者だと、俺は聞いてるけどな」

「まぁ、そうですね……。あっ、長寿郎様が言っとられました――」

「何だ？」

　思わず高屋敷が足を止め、斧高を見た。

「い、いえ、大したことないかもしれませんけど、毬子さんからの手紙に、蘭子先生の訪問は色々とびっくりすることがあるだろう――って」

「どういう意味だ？」

「さぁ……。具体的なことは、何も書いてなかったそうです」

「うむ。変人作家ながら、実は物凄い美人だとか。大人だと思っていたのが、実は早熟の美少女だったとか」

　どうやら高屋敷の頭の中では、勝手な江川蘭子像が描かれているようである。

「しかしそうなると、予想外の展開も考えられるなぁ」

「何のことです？」

「いや、もし大した美人だった場合、花嫁候補の三人から長寿郎君の注意が、そっちに逸れる恐れもあるかと――」

「長寿郎様は、そんなお方じゃありません！」

気が付くと斧高は、強い口調で高屋敷の言葉を遮っていた。口に出した後から、すぐ自分でも驚いたほどである。

「す、すみません……」

「なーに俺が余計なことを言ったんだ。お前が謝る必要はない」

さらっと高屋敷が返したところで、参道の右手に小振りな馬頭観音像が見えた。そこが参道の、ほぼ中間地点だった。

「もうここまで来たか。あんまり早く歩くと、お前のように何往復もする羽目になりそうだな」

そう呟いた高屋敷は、更に歩みをゆっくりとした調子に変えた。そこからは特に前方に注意を払いながら、残りの参道を進んで行く。

(あんなこと、言うんじゃなかった)

今の一言で長寿郎に対する想いを悟られたとは思えないが、一時の感情をそのまま口にすべきではなかったと斧高は後悔した。

(もしかすると妙子小母さんには、もう勘付かれてるのかもしれない)

駐在所に遊びに行った際、彼女には一守家での生活のことを折に触れ話している。よくよく思い返してみると、長寿郎様がこう言った、こんなことを教えて貰った、このような考えを持っておられると、彼の言動について喋っている場合が多い。妙子が別の話題を振らない限り、いつまでも長寿郎の話を続けているのではないか。

（やっぱり変だよなぁ）

すっかり黙り込んで下を向いた斧高を気にした風もなく、高屋敷も黙々と歩を進めている。

やがて、うねった参道を曲がったところで、先が開けている気配を察した。咄嗟に顔を上げると、玉砂利が敷き詰められた境内が見え、その中心に鎮座する媛神堂が目に入った。

高屋敷は立ち止まり、しばらく御堂を見詰めていたが、

「さて、ここらで引き返すか」

そう言って辿って来た参道を戻りはじめた。そこから二人は、再び自然に口をきくようになった。

斧高は意図的に長寿郎の話を避けようとしたが、高屋敷が毬子と蘭子のこと、延《ひ》いては『グロテスク』の内容に興味を示したため、そんな心配など必要なかった。きっと彼も妻が作家になっている手前、やはり無関心ではいられないのだろう。それに何と言っても蘭子と妙子は、どちらも『宝石』の出身なのだから。

「そのうち斧高も、小説を書きはじめるんじゃないか」

ぶらぶらとした歩みだったため、まだ大して境内からは離れていないところで、高

屋敷に尋ねられたときだった。後方から人声が聞こえてきたのは——。

「誰だ？　どうして境内で？」

すぐさま高屋敷が反応した。

「皆さん、婚舎の中に入っておられるはずです。行きましょう」

斧高は止められる前にと踵を返し、早くも全速力で境内へと向かった。高屋敷は呼び止めるどころか、透かさず自分の後に続いている。

「あっ、竹子様と華子様……。それに……」

媛神堂の前には紺色の粗末な着物を纏った竹子と、同じ代物で灰色の華子の二人に、見慣れぬ背広姿の男が一人——立っていた。

「あなた方は——」

高屋敷が前に出て声を掛けると、竹子が叫びながら駆け寄って来た。

「お、お巡りさん！　た、大変！　ま、ま、毬子さんが、こ、殺されてる！」

「な、何だって？」

参道の終点と媛神堂の中間辺りの境内で、竹子は高屋敷に抱き着かんばかりの様子で、

「こ、婚舎の……中婚舎の、お、奥の間で……」

「毬子が、殺されてるって言うのか」

竹子が激しく頷く。

「長寿郎君は？　まさか彼も……」

今度は激しく首を横に振ったが、

「じゃあ彼は、長寿郎君は何処にいるんだ？」

そう重ねた高屋敷の問い掛けに、そのまま首を振り続けるばかりだった。

「どういうことだ？　いなくなったのか」

状況を把握できずに苛立ったらしい高屋敷は、すぐ媛神堂に向かいはじめた。

「ま、ま、毬子さんの……」

その彼に縋《すが》るように、竹子は纏い付きながら、

「く、く、首が、ないの……」

第十二章　媛首山殺人事件

「なっ、何ぃぃ！」

媛神堂に向かっていた高屋敷《たかやしき》は思わず身体を返すと、竹子《たけこ》に詰め寄った。

「く、首がない？　なのに首無し屍体が、ど、どうして毬子《まりこ》だと？」

「だって御堂の中には、私たちしかいないじゃありませんか」

取り乱していた竹子が、急に冷めたように見えた。持ち前の傲慢さが顔を覗かせたのか、その口調には皮肉が感じられる。

「ま、まぁ、それはそうだが……」

彼女の物言いに、高屋敷も気圧《けお》されそうになる。

「しかしだな、まだ今の段階では決め付けることはできん」

それでも辛うじて反論したが、続く竹子の発言に絶句した。

「大体あんな石碑の裏に隠れていて、私たちの身の安全を守れるはずがないでしょ」

（えっ、ばれてたのか……）

さすがに口には出さなかったものの、顔色は変わっていたかもしれない。

「華子《はなこ》さんもお気付きになったでしょ、ねぇ？」

駄目押しとばかりの竹子の問い掛けだったが、当の華子は曖昧《あいまい》な表情で肯定も否定もしない。だが、その態度が竹子の言うことを認めているように見える。

このままでは旗色が悪いと思った高屋敷は、

「君たちの身が危ぶまれる、そんな事情があったとでも言うのか」

「まぁ！　淡首《あおくび》様の祟りがあるじゃないの！」

「何だ、そんなことか。莫迦々々しい」

一気に形勢が逆転した気に彼はなったが、

「莫迦々々しくないわよ。現に毬子さんが、首無し屍体になってるじゃない」

そう言い返され、何の言葉も出てこなくなった。

「おい、あんたは誰だ？　村にどうやって来た？　ここには何処から入った？」

それを誤魔化すためもあったが、咄嗟に高屋敷は、先程から気になっている粋《いき》にソフト帽を被った背広服の男を詰問した。

二人のやり取りを興味深そうに眺めていた男は、如何にも都会風の格好をしており、青年紳士という言葉が似合いそうな容姿をしている。その癖また長寿郎《ちようじゆろう》とは違った美形で、背広を脱いで女装でもすれば似合いそうなほど、顔立ちも端正だった。

(何だか生っちょろい奴だな)

ただし、その何処か貴族的とも言える印象が、高屋敷には快く映らない。場所が場所なだけに、そのうえ人殺しがあったかもしれない状況の中では、男の全てが胡散臭《うさんくさ》く見えてしまう。

(こいつは如何にも怪しいぞ)

媛首《ひめかみ》村では見掛けない顔のうえ、服装といい足元に置かれた大きなボストンバッグといい、明らかに余所から入り込んだ者であることは間違いない。

「おい！　お前に訊いてるんだ！」

ところが、当の男は高屋敷の方を見向きもせず、有らぬ方に目をやるばかりである。高屋敷は怒りも露《あらわ》に相手へと歩を進めると、正面に立とうとして――ふと、その視線を追ってみた。すると意外にも、そこには斧高《よきたか》の姿があった。

(どうしてこいつは、斧高を見てるんだ？)

知り合いなのかと少年に目をやると、彼の疑問が伝わったのか、途方に暮れた表情で斧高が首を横に振った。

(やっぱり違うのか)

訳が分からなくなり、再び男に向かおうとしたところで、当人が口を開いた。

「はじめまして、江川蘭子《えがわらんこ》です」

「なつ……」

低いながらもその声音から、高屋敷は相手が女であることを知った。女装が似合いそうなわけではなく、その逆で男装が様になっていたのだ。

（そうか……。男装の麗人ってやつか）

蘭子が来れば驚くことがあると毬子が言っていたのは、これだったのだ。ならば初対面ながら、蘭子は恐らく斧高を知っているはずである。

そう思って高屋敷が少年に目を向けると、今度は斧高の方が蘭子をまじまじと見詰めている。相手の正体が分かって、どうやら度肝を抜かれたらしい。男装の麗人などという概念は恐らく彼の頭の中にはなかったため、余計に驚いているのだろう。

「バスを終点の、喉仏口《のどぼとけぐち》という停留所で降りて――」

蘭子が言葉を続けたので、高屋敷は相手に向き直った。二つ目の何処から来たのかという質問に、どうやら答えるつもりのようだ。

「東守の大門と呼ばれている村境を越え、村の目抜き通りでしょうか、そこを通り抜けながら東の鳥居口と言われる媛首山《ひめくびがみ》の入り口まで進んだところで、お巡りさんに呼び止められました。けれど、秘守《ひ》長寿郎さんに招かれた事情を説明すると、あっさり通して下さったので――」

まだ村に来て半年と少しの入間巡査にしてみれば、長寿郎に招待されたと言われれ

ば問題ないと判断するのも無理はない。そう高屋敷は思ったものの、

（くそっ。絶対に誰も通すなと、厳重に注意しておくんだった）

やはり後悔はした。相手の経験のなさを鑑み、それを補える助言を事前にしておくのが、先輩たる自分の役目だと考えたからだ。

だが、すぐに蘭子の説明に疑問を感じて、

「ちょっと待ってくれ。つまり長寿郎君は、婚舎の集いの最中に、あんたに媛神堂を訪ねるよう指示してたってことか」

「いえ」

しかし、蘭子は化粧けのない素顔に微かな笑みを浮かべると、

「それは、毬子さんの案なんです。いきなり私が姿を現して、お見合い中の長寿郎さんをびっくりさせようっていう……」

「で、肝心の毬子に、あんたは――」

その途端、彼女の笑みがすうっと消えた。

「まだ会っていません。御堂が見えたところで、こちらのお二人の姿が目に入りました。それで人が殺されたとか、首が無いとか言われたんですけど、私も突然のことで何が何やら……。そうしたら、お巡りさんがお見えになって――」

「遺体を見たわけじゃないのか」

慌てて蘭子が首を振った後で、こんなところで悠長に話をしている場合ではないと、竹子が騒ぎはじめた。

「分かった分かった。今から確認するから」

媛神堂の格子戸の前まで進んだ高屋敷は、そこで振り返ると、

「ここで皆さんと一緒に、お前も残っててくれ」

そう斧高に告げた。三人を見張っているようにと、暗に頼んだつもりだった。幸いにも通じたようで、少年は意味ありげな眼差しで頷いてくれた。

「皆さんも私が戻るまで、絶対に動かないで下さい」

念のため三人の女性にも命じてから、媛神堂の中へと足を踏み入れる。

（薄暗いなぁ）

祭壇には蠟燭が点されていたが、外の明るさに比べると余りにも弱い。窓は格子造りのうえに数が少なく、日光の射し込みも通常の家屋の半分にも満たない。

（それにしても　夥《おびただ》しい数の……）

祭壇の前と左右には、様々な品物が何の秩序もなく置かれ、並べ、積み上げられ、正に混沌《こんとん》たる有り様を呈している光景があった。

それでも目を凝らして眺めていると、竹を網目に編んで作った蚕箔《さんぱく》や絹糸を紡ぐ糸車といった養蚕で使用するもの、棹秤《さおばかり》や竹箕《たけみ》や鳶口《とびぐち》といった炭焼で必要なもの、

背負子《しょいこ》や蓑《みの》といった日常で使うもの等々、村人たちの生業や日々の生活に欠かせない機具や道具類が、幾つも奉納されていることが見て取れる。

そんな雑然とした祭壇の向こう側に、媛首塚《ひめくびづか》と御淡《おえん》供養碑が建っていた。

(こんな状況で目にすると、さすがに薄気味が悪いな……)

これまで媛神堂には数えるほどしか入っていない。もちろん今のように繁々と、二つの塚と碑を眺める機会もなかったため、そう余計に感じるのだろう。

(いや、こんなとこで足を止めてる場合じゃないぞ)

彼は慌てて右手に見える引き戸を開けて短い廊下を辿ると、その先の同じような引き戸から栄螺塔の中へと入った。

廊下にも塔内部にも、明かりは全くなかった。ただ廊下は両側に間隔の広い格子窓が続いていたため、御堂よりは明るく感じられた。それに比べ塔内は、左手の壁を這うように斜め上へと延びる細かい格子状の歪な窓から、辛うじて細長い陽光が射し込んでいるだけで、場所によっては明暗の差がかなり大きい。その中途半端さが、更に視界を悪くさせている。

(胎内潜りみたいだな)

窓の傾斜と同調するように延びる斜路を上りながら、なぜか地の底に下りる暗闇巡りのことを高屋敷は思い浮かべていた。栄螺塔に入るのは久し振りである。

（いつ見ても本当に奇妙な建物だ）

ぐるぐると回りつつ上って、やっと天辺に着いたと思ったら、すぐ今度は逆回りに下りる羽目になるのだから、無駄と言えばこれほど無駄な用途を持つ建造物もない。

（まぁ魔除けなんてものは、どれも実用的でない行為をするわけだけど）

天辺に着いたところで自然と高屋敷の視線は、北側の格子のない窓から井戸の方へと向けられていた。ちょうど中間の左手に塔と同じ高さの杉の樹木があるくらいで、視界を遮るものは何も存在していない。

（十年前、ここから井戸まで、妃女子《ひめこ》は一体どうやって移動したのか）

この瞬間だけ高屋敷は、自分が何のために栄螺塔の上にいるのか、その目的を明らかに失念していた。脳裏には十三夜参りの怪事件が蘇《よみがえ》るばかりで……。

（い、いかん！）

はっと我に返ると、下りの斜路を一気に駆けた。板張りの斜路の表面には左右に桟が渡してある。それが滑り止めの役目を果たしていたが、下手をすれば転げ落ちていたかもしれない。それほど彼は己の、一瞬の気の緩みを反省したのである。

塔の向こう側に下り立ち目の前の引き戸を開けると、まず真四角の狭い空間があり、そこから短い廊下が三方に延びていた。

（確か御堂の正面側の、栄螺塔を挟んで右手に見えていた婚舎が、前婚舎だったはずだ。ぐるぐる回っただけで方向は変わってないから、この右手の廊下の先が前婚舎になる。真ん中が中婚舎で、左が奥婚舎か。そして毬子は中婚舎で……）
首無し屍体となっている――と竹子は言っていた。

　高屋敷が真ん中の廊下を覗くと、突き当たりの板戸の前に何か落ちているのが目に付いた。それは灰色をした布のように見えた。咄嗟に残り二つも確かめると、右には紺色の、左には茶色の同じようなものが、板戸の引き手に掛けられている。

（何かの目印か）

　そう考えながら真ん中の短い廊下を奥まで進む。板戸を開ける前に問題の布を拾ってみると、両目の部分にだけ切り込みの入った頭巾だと分かった。

（そうか。祭祀堂からここまで、彼女たちが被ってたものだ）

　北の鳥居口の側の石碑の裏から、石段を上る彼女たちを見送った際に、三人とも頭巾を被っていた姿を彼は目撃していた。

　ところが、合点が行ったはずなのに、なぜか引っ掛かりを覚えた。どうもすっきりとしない。なぜだろうと考え込みそうになったところで、

（いや、そんなのは後回しだ。取り敢えず現場の確認をしないと）

　正直なところ、ここまで来ながら高屋敷はまだ半信半疑だった。竹子が嘘を吐《つ》いているとまでは思わなかったが、本当に毬子が首無し屍体になっているのか、自分の目

で見ない限り信じられない。

引き戸に手を掛けた状態で、大きく深呼吸をする。自ら気持ちを落ち着けたところで、一気に扉を開けて——

そこには何もなかった。左手に水屋を備えた四畳半の茶室が、目の前に現れただけである。

（そ、そうだ……。竹子は確か、奥の部屋と言っていた……）

途端に気が抜けたが、逆に緊張が高まってしまった。前の間に足を踏み入れ、ゆっくり境の襖まで進む間に再び精神を静める。そおっと襖の引き手に指を掛け、今度も一気に開けると——

「うっ……」

奥の間には確かに、女性の首無し屍体があった。ただし、竹子が一つだけ言い忘れていた事実がある。それは屍体が、全裸だということだった。

奥の六畳間は、襖を開けて入った正面の壁の左手に床の間を、右手に押し入れを配した造りになっている。左右の壁には外側に格子を持つ障子窓が、それぞれ一つずつあるだけで、見合いの場としては何とも殺風景な部屋だった。

首無し屍体は、床の間と押し入れの中間に建つ細い柱に頭部の無い首を向け、出入り口の襖の方に両足を投げ出した格好で横たわっていた。ただ幸いにもと言うべきか、その下半身の陰部に当たる部分には、薄い紫色の風呂敷が掛けられている。尤《もっと》も遺体の首を切断する残虐な行為に対し、女性器を隠す慎み深さの表れが何とも不均衡に感じられ、首無し屍体のグロテスクさを一層引き立てていた。

「待てよ。この風呂敷は、竹子たちが被せたのかもしれない。この確認はいるな」

わざわざ口に出しつつ頭の中にメモをした高屋敷は、床の間側の方から遺体に近付いて蹲《しゃが》むと、まず首の切断面を調べてみた。

「これは……きっと斧《おの》のようなもので、何度も叩き付けたんだな」

柱と首の切断面との間が、ちょうど頭一つ分くらい開いている。また斬られた首の下の畳には、何度か大振りの刃物を突き立てたような痕跡が見られた。畳表の藺草《いぐさ》が切り裂かれて藁《わら》が顔を出し、それらが共に毛羽立っているところに血糊《ちのり》が飛び散って、何とも凄惨《せいさん》な眺めである。

「きっと媛神堂の祭壇に奉納されていた斧か鉈《なた》か、そんな道具を使ったんだ」

首を斬った刃物の出所は、十中八九そうだろうと当たりを付けた。

「身体に傷は……ないか」

視認だけで一通り遺体を検めるが、殴られたり刺されたりした痕は認められない。念のため少し遺体を持ち上げて背中も見るが、それらしき痕跡はやはり見当たらなかった。

「と言うことは、頭部を殴打されたのかもしれないな」

この部屋に入ってから自分が独り言を呟いているのは分かっていたが、声でも出していないと居た堪れない気分になる。

「身元の確認は必要だが、この遺体は毬子と見て間違いないだろう。しかし被害者が彼女だとすると、殺したのは――」

長寿郎になってしまう、と考えて高屋敷は首を振った。

「いや、彼に限って――有り得んだろう。それに動機が……」

――ないと断じ掛けて、二人を繋ぐ『グロテスク』という同人誌の存在を思い出した。そこに思わぬ動機が潜んでいるとも見做せる。それに竹子と華子の姿はあるのに、長寿郎だけが何処かに消えているのは、やはり怪しいと言わざるを得ない。

「取り敢えず今できるのは、これくらいか」

押し入れを検めた後、最後にぐるっと六畳間を見回した高屋敷は、四畳半の茶室と水屋も調べてから中婚舎を出た。そしてこれも念のためとばかりに前と奥の二つの婚舎にも入ってみたが、長寿郎の姿は疎《おろ》か、何ら手掛かりらしきものを発見することはできなかった。

媛神堂まで戻ると、ざっと奉納物に目をやる。

「やっぱり斧が見当たらない」

もちろん最初からあったかどうかは分からないが、この村が炭焼と林業に携わっていることから、斧の一丁もない方が不自然だろうと思った。

高屋敷が格子戸を開けて表に出ると、竹子と華子が媛神堂と北守に続く参道の中間くらいのところで、互いに身を寄せ合っている姿が目に入った。いや、互いにというよりも華子が一方的に、竹子にしがみついている格好だった。

（斧高と蘭子は……？）

慌てて御堂の周囲を巡ると、斧高は東守の参道の付近にいて、北と南それぞれに交互に目を向けている。南を見ると、蘭子がぶらぶらと辺りを歩き回っていた。

「どうして四人で一緒にいない？」

こちらに気付いた斧高を手招きして尋ねると、竹子と華子の二人と蘭子という二つに分かれてしまい、それぞれが別の動きをするのだと彼がぼやいた。

（二守《ふたがみ》と三守《みかみ》の娘と、東京から来た男装の麗人とでは、まぁ合うわけもないか）

高屋敷は斧高を媛神堂に誘うと、簡単に現場の状況を説明した。当然ながら少年は度肝を抜かれたようだったが、逸早く自分の役目を悟ったのか、騒ぐことなく凝っと耳を傾けている。

一通り事件を理解させたところで、まず南の鳥居口で警邏中の佐伯《さえき》巡査に知らせること、彼の方から終下市《ついかいち》警察署に連絡を入れるよう伝えること、伊勢橋《いせはし》医師にも連絡して東の鳥居口から媛神堂に向かうよう頼むこと、佐伯が持ち場を離れたら斧高が南の鳥居口を見張ること、ただし佐伯には青年団に応援を求めるように頼み、誰かが来たら交代して戻って来ること、北の鳥居口にも見張りを派遣するよう佐伯に手配させること――を矢継ぎ早に教え込み、それを復唱させた。

「あのう、長寿郎様は……」

高屋敷が全ての指示を伝え終わるのを待っていたのか、遠慮がちに恐る恐る、だが何が何でも知りたいとばかりに斧高が訊いてきた。

「この御堂をはじめ婚舎にも、もちろん栄螺塔の中にも彼はいなかった」

「お、御山を出られたんでしょうか」

「そうかもしれないし、まだ何処かに隠れてる可能性も――」

「そ、それじゃ長寿郎様が、ま、毬子様を、こ、殺した……？」

「いや、そうと決まったわけじゃ――。これから調べてみないことには……」

――分からない、と言い掛けて高屋敷は口籠った。この状況を見る限り、どう考えても彼が犯人としか思えないからだ。

「僕、行きます」

突然そう言ったかと思うと、斧高は御堂から飛び出した。

「……た、頼んだぞ！」

その背中に高屋敷は叫んだ。今の少年の心境を慮《おもんぱか》るともっと別の声を掛けたかったが、伝令役は彼にしか託せない。

（さて——）

少しの間だけ沈思黙考して媛神堂から出ると、まず蘭子に対して駅からここまでの大凡《おおよそ》の時間経過を聞き出す。その結果、細部の検討は必要かもしれないが、今のところ彼女に犯行は不可能そうだと一応の判断を下した。

「皆さん、宜しいですか。ちょっとお願いがあります」

そう言うと三人を集めて、竹子には北守に通じる参道を、華子には南守に延びる参道を、そして蘭子には媛神堂の出入り口を中心に栄螺塔と婚舎の全体を、それぞれが見張るように頼んだ。もちろん竹子と華子が完全に白とは言えなかったが、今は二人にも協力を求めるしかない。

「も、もし、誰かを見掛けたら……」

とんでもない役目を押し付けられたと思ったのか、そう訊く竹子の口調に勝ち気さはなく、

「わ、私たちは、だ、だい、大丈夫なんでしょうか」

華子に至っては完全に怯えている。

「お巡りさんは、どうされるんです？」

どうやら冷静なのは蘭子だけのようだ。考えてみれば、彼女だけが全裸の首無し屍体を見ていないのだから、当たり前と言えばそうである。

「今、あの子を同僚のところへ遣いに出した。すぐ終下市の警察署に連絡が行くから、追っ付け応援が来ることになる」

村内で起こった事件については、地元の駐在所が解決する権限を持っている。ただし、今回のように極めて不可解な猟奇的殺人事件の場合は、もちろん別である。

「まさか、警察署の人たちが来るまで、ここで待ってろって言うの？　今すぐ、あなたが責任を持って、私たちを無事に送り届けるべきよ！」

透かさず竹子が冗談ではないとばかりに、高屋敷に向かって指を突き付けながら嚙み付いてきた。また元気を取り戻したらしい。

（くそっ、厄介な女だ）

ところが、彼に突き付けた指の爪のマニキュアが、無惨にも剝がれ掛かっていることに気付いた途端、幸いにもそこに注意が逸れたようで急に静かになった。

その一瞬の間隙を縫って蘭子が、

「それでお巡りさんは？」

飽くまでも自分の問い掛けに拘り、全体の話を進めようとした。

「私は、こっちの東守の方に——ほら、あんたも会った巡査がいただろ」

「ああ、若いお巡りさんでしたね」

「入間巡査だが、あいつを呼びに行く。二人で戻って来たところで、入間を護衛に付け、皆さんを一守家《いちがみ》へと送る。そこで――」

「どうして一守家へ行くのよ。私は二守家に送って貰うわ。華子さんだって、三守家に帰りたいでしょ、ね？」

竹子は高屋敷に文句を言った後、華子に同意を求めたが、

「わ、わ、私は……こ、ここから出られさえすれば、何処でも……」

行く先など二の次のようである。

「そうしたいのは山々ですが、入間独りでは無理ですし、すぐに皆さんお一人ずつに事情を訊くことになる。そのためにも、取り敢えず一箇所にいてもらわないと」

「分かりました。それではお早いお帰りを、私たちは待ってますので」

再び竹子が口を挟む前にと思ったのか、そう言いながら蘭子は、協力的にも高屋敷を見送るような姿勢を見せた。

「あ、ああ……それじゃ、できるだけ早く戻る」

なぜか咄嗟に、蘭子に対して敬礼しそうになり高屋敷は慌てた。半ばまで上げた右手を、かなり不自然な体勢から振って誤魔化したが、蘭子だけでなく後の二人にも不思議そうな顔をされる始末だった。

（あの江川蘭子という女には、なぜかこっちの調子を狂わされそうな、嫌な予感がするな）

足早に参道を辿りながら首を傾げた途端、昨日の車中で出会《でくわ》した旅の二人連れのことが脳裏に浮かび、高屋敷は何ともげんなりした。

（そう言えば、あの刀城言耶《とうじょうげんや》とかいう男も作家だった。やっぱり物書きなどという人種は、どれも同じように変なのが多いのかもしれない）

自分の妻もその仲間であることは棚に上げ、彼はそう考えることで納得した。

（一刻も早く戻らないと——）

女だけとはいえ三人もいるため、彼女らが何者かに襲われる心配はないとは思っていた。しかし、やはり現場の近くに残してきたことが気になって仕方がない。

（いや、何者か——というより、あの状況からは、どうしても長寿郎君が犯人としか思えない。けど仮にそうだとしても、彼は一体あの御堂から何処に逃げたのか）

斧高と同じ疑問が頭を擡《もた》げた。北の鳥居口から境内までは、自分と少年がずっと行き来をしていた。東には入間が、南には佐伯が頑張っていたはずである。

（つまり、まだ山中に潜んでることになるのか）

と考えたところで、参道の片側に時折ひょいと顔を出す石碑の裏側が、矢鱈《やたら》と気になり出した。

(北の参道は、確かに俺と斧高が何度も往復していた。だが、それに気付いた長寿郎君が、俺たちの後を秘かに尾けて、途中の適当な石碑の裏に隠れたとすれば。そして再び俺たちが戻って来るのを待って、二人をやり過ごしてから抜け出し、北の鳥居口から逃げたと考えれば……)

今頃は疾っくに村から出ている可能性が高い。

しかし、それについては後で幾らでも確認ができる。あの羽織袴では目立つうえ、仮に一守家で人知れず着替えたにしろ、長寿郎の顔は誰もが知っている。しかも今日が婚舎の集いであると、村中の者が承知している。もし東守の大門から外に出たら、きっと誰かに見られているに違いない。

(彼の足取りを追うのは、大して難しくないだろう)

そう思うのだが、参道の端に石碑が現れると、

(でも、ひょっとしてこの裏に……)

つい、そんな疑惑に囚われて、どうにも気が気ではなくなってしまう。

(とにかく今は、入間と合流するのが先だ)

自分を諫めた高屋敷は、それまで両側の石碑に払っていた一切の注意を止めて、東の鳥居口に向かって走り出した。

ところが、左手に大きな馬頭観音の祠が見えてきたところで、その足が鈍った。ど

う見ても身を隠すには、もってこいの場所である。もちろん、それ故にこんなところには隠れないのが普通だろうが、追い詰められた人間は思わぬ失策を犯すことがある。

(ぱっと見るだけなら、すぐ済む)

咄嗟に己を納得させると、もう高屋敷は祠の中を覗いていた。

が——

そこで彼が目にしたのは信じられないことに、全裸の男の首無し屍体だった。

第十三章　首無

（長寿郎《ちょうじゅろう》様が毬子《まりこ》さんを殺した？）

南の鳥居口へと続く参道を駆けながら、斧高《よきたか》の頭の中には同じ言葉が何度も繰り返し、わんわんと鳴り響いていた。

（でも、今日が初対面だったはずじゃ……）

会った途端に芽生える殺意など果たしてあるものだろうか。やはり長寿郎を犯人と見るには無理がある。と思ったもののすぐ、彼女を殺す動機は前もって発生しており、顔を合わせた所為《せい》で一気に深まったのかもしれない、その可能性に気付いた。

（毬子さんは職業作家になりたがっていた。でも、蘭子先生は彼女が独立するのに反対だった。彼女が『グロテスク』の編集から離れたり、自分の秘書的な仕事をしなくなったりすると困るからだ。それに現実的な問題として、職業作家になっても食べていけるとは限らない。つまり蘭子先生は、自分の庇護《ひご》の下から毬子さんを出したくなかった。この二人の間に長寿郎様が入って、何とかしようとしていた）

そんな状況が、ここ数ヵ月に亘って続いていたことは、彼もよく知っている。

（けど、だからと言って長寿郎様が毬子さんに対して殺意を覚えるなんて、やっぱりおかしい。有り得ない）

もちろん長寿郎が全ての事情を、斧高に教えていたとは限らない。だが、この三人の関係から見て、そういう感情を他の二人に向けて、最も持ちそうにないのが彼ではないか。

（毬子さんが、自分の独立の邪魔をする蘭子先生に対し、良からぬ思いを次第に抱くようになったのならまだ分かる。また逆に蘭子先生が、自分の下から去ろうとする毬子さんを見て、これまでの恩を仇《あだ》で返すのかと怒り、それが殺意にまで発展したというのも頷ける。でも、長寿郎様が毬子さんを殺したいと思う理由など、何処を探しても出てこない）

そう確信したところで斧高は、そもそもなぜ毬子は婚舎の集いにやって来たのか、という疑問が改めて脳裏に浮かんだ。

（古里《こり》家が強く希求したのは間違いないけど、実家を毬子さんは飛び出してるんだから、関係ないと突っ撥《ぱ》ねるのが自然だ。長寿郎様が熱心に誘ったため……とも考えられるけど、それも時期を少しずらせば済む話で、殊更に婚舎の集いに拘る必要はないはずだ）

では、古里家の要望を受け入れ婚舎の集いに参加することで、毬子に齎《もたら》されるものとは何か。

（まず古里家からの経済的な援助が期待できる。これは作家として立とうとする彼女には、何よりの後ろ楯《だて》になる）

一番大きな動機になりそうである。

（しかし、それ以上に確かなのは、一守《いちがみ》家に嫁入りすることかもしれない。普通なら跡取りの嫁が物書きなどとんでもないと言われるけど、間違いなく長寿郎様は理解を示すし、恐らく跡取りの男児さえ生んでしまえば、富堂《ふどう》翁をはじめ誰も文句は口にしないだろう）

つまり毬子は、本気で婚舎の集いに臨んだのではないか。ただ長寿郎には、そんな気は毛頭なかった。飽くまでも『グロテスク』の同人として招待したつもりだった。

（うーん、そうなると益々、長寿郎様が毬子さんを殺したとするには無理が出てくる。仮に彼女が結婚を強く迫ったにしても、何も殺す必要はないんだから……。それに長寿郎様なら彼女の事情を察して、経済的な援助を申し出たはずだ。要は結婚話が拗《こじ》れて、それが殺人事件にまで発展する余地など全くなかったことになる）

ところが、婚舎から忽然《こつぜん》と長寿郎の姿が消え、その後には毬子の首無し屍体が残っていた、という現実がある。

（竹子《たけこ》さんか華子《はなこ》さんが、競争相手を手に掛けた可能性は……）

　本来であれば古里家の娘など、端《はな》から格式が違うと問題にしなかっただろう。だが、何と言っても毬子には『グロテスク』の同人という繋《つな》がりがある。既に長寿郎と親しくなっているのではないか、と彼女たちの一人が危惧を覚えたとしても不自然ではない。

（でも、だったら長寿郎様は、どうしていなくなったんだ？）

　そこで斧高は、あることに思い当たり（あっ……）と心の中で声を上げた。長寿郎が祭祀堂を出る際に、カネ婆は呪言を唱えなかった……。十三夜参りのとき斧高が随分と外で待つ結果となった、長寿郎を守るための大切な唱え言である。

（やっぱり惚《ぼ》けてるんじゃないのか）

　心配したところで、二十三夜参りのときも呪言を唱え忘れたことに気付いた。たちまち戦慄《せんりつ》の震えが、背筋を走る。

（ま、まさか、その影響が今になって出てきた……？）

　毬子が全裸の首無し屍体となったのも、長寿郎が消えてしまったのも、全ては淡首《あおくび》様の祟りの所為なのでは……。ただし、それはカネ婆の呪言によって防げた……。なのに――

（いや、そんな莫迦なこと……あるわけがない。毬子さんは殺された。人の手によっ

て行なわれた。つまり犯人がいるんだ)

改めてそう考える。敢えて強く、そんな風に思考するよう自分に言い聞かせる。

(やっぱり動機から見ると竹子さんか華子さんの、どちらかが犯人なんだろうか)

ただ、二人のいずれかが毬子に殺意を覚え、それを行動に移したとしても、首までを切断する理由があるだろうか。

(けど、それは長寿郎様にも同じことが言える)

そう、なぜ犯人はわざわざ古里毬子の首を斬り落とし、それを持ち去ったのか。

(首無《くびなし》……)

その言葉が浮かんだ途端、斧高は十年前のあの夜のことを、十三夜参りでの忌まわしい体験を思い出していた。井戸の側で目にした全裸の首無し女を……。と同時に、その後の一守家に於けるある体験についても……。

一守家に貰われて来た当初、斧高は偶《たま》に寝小便をすることがあった。八王子の家では疾《と》うにしなくなっていたため、何より彼自身が驚いた。生活環境の劇的な変化が、恐らく原因だったろうと思われるが、単にびっくりするだけでは済まなかった。カネ婆が怒り狂ったからだ。それでも二回目くらいまでは、文句を言いながらも蒲団や寝巻きを替えてくれた覚えはある。だが、そのうち放っておかれるようになった。年寄りは睡眠が何よりも大事なのだから、それを妨げるなと。要は夜中に彼の面倒を見るのが億劫《おっくう》だったのだ。

斧高は自分で着替えの寝巻きを見付けると、寝小便で濡れた敷き蒲団の横で掛け蒲団に包《くる》まりながら思った。

(このまま寝小便を続けていて冬になったら、きっと凍え死ぬ)

今から振り返れば笑い話だが、あの頃は真剣に悩んだ。それが結果的には良かったのか、やがて尿意で夜中にでも目を覚ますようになった。きっと自分の命が懸かっていると本気で心配したのが、睡眠中の彼の無意識に影響を与えたのだろう。

ただし、そうして覚醒できたのは喜ぶべきことながら、別の試練が待っていた。なぜなら使用人の厠《かわや》は、裏庭の外れにあったからだ。

もう夜になると、少し冷え込む季節だった。もし夏の蒸し暑い夜であれば、厠へ行くこと自体は怖いにしても、ぞくぞく感を納涼と見做せたかもしれない。もちろんカネ婆から聞かされた厠に纏わる幾つもの怪談――彼が怖がる反応を明らかに楽しみながら彼女は話していた――を嫌でも思い出してしまう斧高にとって、そんな余裕など微塵もなかったろうが、精神的な苦痛さえ我慢すれば行き帰りは割と楽だったのではないかと思われる。

夏は空気が乾燥している所為か、夜になっても何処かからっとしていた。仮に闇夜でも何処か澄んでいる雰囲気があり、随分と身体も動かし易かった。しかし、夏が終わって秋が深まりはじめると、乾いた空気が次第に陰々滅々たる夜気に変わってゆくのが肌で分かるだけでなく、その冷気に身を晒すほど己の動きが緩漫になっていく。この地方だけに顕著に見られる気候風土なのかもしれない。

夜中にはじめて厠へ行こうとした斧高は、縁側に出たところでたちまち怖じ気付いた。そのため咄嗟に、手っ取り早く縁側で小用を済ませようとした。だが、思いのほか地面を打つ己の小便の音の大きさに驚き、慌てて途中で引っ込めると、仕方なく厠へと走る羽目になった。物音で誰かが目を覚まして見付かれば怒られるだけでなく、カネ婆に告げ口をされるからだ。そうなるとお仕置きされるのは目に見えている。一守家に来て斧高が身を以て覚えたのが、とにかく危ない橋は渡るべからず、という言い回しだ。言葉は鈴江《すずえ》に聞いたのだが、その意味は己の身体で悟っていた。

尤《もっと》も何が幸いするかは分からないもので、誰かが起きて来て自分を見付けるのではないか、そして立ち小便がばれて怒られるのではないか、とばかり考えていたお蔭で、怖いと感じる間もなく縁側と厠の往復をすることができた。結果的に救われたわけだ。

問題は、その次の夜だった。数日後、同じように尿意で目を覚ました彼は、何とも絶望的な気分に見舞われた。とても厠まで行けそうもない。そこで何とか我慢しようとした。寝小便をしないために起きたのに、夜の厠が怖いばかりに再び眠ろうとしたのだ。当然そんな手が通用するはずもなく、次第に高まる尿意に圧されるままに部屋を出て、縁側から裏庭に下り立つ羽目になった。

そこから勇気を振り絞って厠まで行くことに慣れるまで、どれほどの日数が掛かったことか。いや、いつまで経っても慣れはしなかった。ただ何か考え事をしたり、逆に頭の中を真っ白にして、どうにかやり遂げていたのである。

やがて、夜中に尿意を覚えることが少なくなり、そのうち朝まで目が覚めないようになった。もちろん寝小便をせずに。

ところが、十三夜参りの体験から数日後、ふと斧高は目覚めてしまった。最初は自分がなぜ起きたのか、それが分からなかった。だが、すぐに――、

（おしっこがしたいんだ）

と分かった途端、久し振りにあの絶望感に襲われた。

（どうしよう……）

迷ったものの次第に尿意は高まるばかりで、どうも厠に行くしか選択肢はなさそうである。

心地良い寝床から仕方なく起き上がった斧高は、上っ張りを羽織って廊下へ出ると、忍び足で裏庭に面した縁側まで進んだ。沓脱石《くつぬぎ》に並んだ草履から、自分に大きさが合う適当なものを選んで履き、何ヵ月振りかで夜中の裏庭に下り立った。

そのとき、急に寒々とした夜風が吹きはじめた。思わず首を竦めると上っ張りの前を合わせる。

空はどんよりと曇って、月明かりのほとんどない晩である。何度も通っている厠なので、目を閉じていても行き着くことはできる。ただ、真っ暗な闇夜の直中を独りで、ひやっとする冷たい夜気に当たりながら裏庭を横切るのだと思うと、やはり厭な気持ちになる。曾《かつ》て覚えた恐怖心が蘇り、どうしても足が鈍ってしまう。

（えーっと前は、どうやって……）

この夜の闇の中を厠へと向かったのだろうと考え、愕然とした。綺麗さっぱり忘れているのだ。何か楽しいことを思い浮かべ、必死に気を紛らわせたはずなのだが、そのやり方が全く分からない。苦労してこつのようなものを会得したのに、見事に失念している。どうすれば良いのか途方に暮れるばかりである。

恐る恐る厠の方を見遣ると、ざわざわざわっと後ろの竹林のざわめく音が、風に乗って伝わってくる。それが如何にも得体の知れぬ何かが、竹藪《たけやぶ》の中を掻き分けながら蠢《うごめ》いている、その物音のように聞こえる。しかも竹林から出た後、斧高が近寄って来るのを厠のすぐ裏に潜んで、それが凝っと待っているように思えてならない。

厠の小用側には扉がなかった。つまり小便をしている間は、背中を無防備に晒すことになる。その間にそれは自分の後ろに回り込んで……。そこから何が起こるのかを考えただけで、もう一歩たりとも足を前に踏み出せなくなった。

（い、厭だ……）

そのうち全身が、ぶるぶると震え出した。冷たい夜気の所為だけではなく、厠へ向かうことに身体が拒否反応を示しているのだ。そこに尿意も含まれていると、すぐに分かった。それも次第に高まりゆくばかりの……。

（も、漏れる……）

寝小便をしないために起きたというのに、このまま垂れ流してしまったら何の意味もない。と頭では理解していながら、どうしても足が動かない。そのうえ厠には行きたくないという思いが強まるのに比例して、厄介なことに尿意も高まる。母家の壁に向けて立ち小便をするという解決策など、一向に考え付かない。

今や斧高は、己の身体が震えているのが夜気の所為か、恐怖によってか、尿意が原因なのか、何が何やら全く分からなくなっていた。

（そ、そうだ。もし僕が、少年探偵団の団員だったら――）

咄嗟に、そんな考えが頭の中に浮かんだ。

長寿郎が機会を見付けては、何回かに分けて話をしてくれた江戸川乱歩の『怪人二十面相』『少年探偵団』『妖怪博士』『大金塊』のことを思い出したのである。もちろん当時の斧高は、そういった原作が存在する事実を知らなかった。それでも少年探偵団の活躍に胸を躍らせ、自分も団員になりたいと夢想するまでになっていた。

ただし、話そのものは少し怖い内容もあったため、今ここで思い出すなど滅相もなかった。逆効果もいいところである。そうではなく、飽くまでも自分が勇気ある少年探偵団の一員であり、厠まで行くことが小林芳雄団長の命令なのだと己に言い聞かせたのだ。

これが嘘のように効いた。思えば斧高にとって小林少年は長寿郎だったのだから、その効果が絶大なのは当然だったかもしれない。

裏庭の厠まで行って、竹藪に隠れている団員に秘密の合図をすること。それが斧高に与えられた任務だった。

空想世界の長寿郎団長に元気良く返事をすると、斧高は庭を横切りはじめた。いや、最早そこは一守家の裏庭ではなく、御屋敷町の一画だった。前方に薄ぼんやりと浮かぶ四角い影も厠とは違い、見張りの団員と連絡を取る秘密の小屋であった。

裏庭の半ばまで進んだところで、もう斧高は完全に己の空想世界の住人と化していた。途中で拾った幾つもの小石を、少年探偵団の一員なら誰もが持っているBD(Boy Detective)バッジの代わりにして、歩きながら一個ずつ落としてゆく。もう彼は立派な少年探偵になっていた。

そのままあの妙な音さえ耳にしなければ、きっと彼は厠で小用を済ませて部屋まで戻り、再び安らかな眠りに就いていたことだろう。

ざあっ……

斧高の意識が、少しだけ現実に戻された。

ざあっ……ばしゃ……

斧高の歩みが、少しだけ鈍り遅くなる。

ざあぁぁっ……ばしゃばしゃ……ざぁっ……

斧高は完全に立ち止まると、その奇妙な物音がした方を振り返った。厠に向かっていた彼から見て右斜め後ろ、母家の一番端に位置するところだ。そこには風呂場があった。

（誰かが入ってる？）

そう思った途端、ぞわぞわわっとした寒気が背筋を伝い下りた。風呂の火など疾つくに落とされているこんな夜中に、風呂に入る物好きなどいるはずがないではないか。

ところが――

ざあぁぁっ……という湯舟から湯を汲《く》んで身体に掛けている音が、確かに聞こえてくる。

（誰……？）

このとき斧高は、自分で創り出した少年探偵団が活躍する空想世界は言うまでもなく、肝心の尿意さえも失念するほど風呂場に気を取られていた。

ふと覗いてみようかと考え、再びぞっとする。厠に行くのが怖いのは、ひょっとすると自分の想像力の為せる業かもしれない。しかし、風呂場の中にいる誰か——もしくは何か——は、下手をすれば現実的な脅威になりかねない。そのことに気付いたからだ。

なのに斧高は、気が付けば風呂場へと向かっていた。恐怖心よりも好奇心が勝ったのか、単に怖いもの見たさだったのか、それとも実は何かに呼ばれた所為か、本人さえ全く見当も付かないまま、ほとんど百八十度の方向転換をしていた。

その頃になると既に物音は止んでいた。ただ凝っと耳を澄ませると、微かに水面が波打つような気配が感じられる。

湯舟に浸かっているのかもしれない。耳元で唸《うな》る夜風のために、幾ら風呂場の様子を窺っても確かなことは分からない。そんな風に想像するだけである。明かりも点さず真っ暗な湯殿の中で、湯舟に入っているそれの姿を……。

風呂場に近付くに従って、そこに誰がいるのだろうという疑問は、何が潜んでいるのか、という恐怖に変わりつつあった。それでも斧高の歩みは止まらない。いや、もう引き返すばかりか、進む方向を修正することさえできないでいた。況《ま》して立ち止まることなど——。

「あっ……」

そのとき右足が何かを踏んだ。途端に乾いた物音がして、咄嗟に小さな声を上げてしまった。下を向くと、どうやら木の枝を踏み付けたらしい。

思わず顔を上げ風呂場の様子を探る。

自分でも分からない感情に突き動かされ、自らの意思ではどうしようもないと認めながら、それでも相手に気付かれずに覗くのだという思いが、辛うじて怯える己の心を宥めていた。なのに風呂場にいる何かに、もしもこちらの存在を知られてしまったら——。

ざざぁぁっ……

新たな物音がした。まるで湯舟からそれが出ようとしている、そんな気配が伝わってきた。

愚図々々していると風呂から上がってしまう。焦った斧高は後先のことなど何も考えず小走りで風呂場に近付くと、板壁の下に設けられた小さな換気用の格子窓を僅かに開け、そこに蹲《しゃが》んで中を覗き込んだ。

最初は真っ暗で何も見えなかった。が、すぐに左手から何かが、自分の目の前をゆっくり横切っていることに気付いた。

それは足だった。二本の足が交互に動いているのが、ぼんやりとだが見える。そのまま目を上げると、濡れて鈍く光る陰毛に守られた妖しい丘陵が、足の付け根に認められた。

(女の……人?)

更に視線を上げてゆくと、小振りながらこんもりと盛り上がった両の乳房が目に入り、その人が間違いなく女性であると分かった。

しかし一体これは誰なのか。どう考えても分からない。こんな夜中に風呂に入りそうな者など、一守家にいるとは思えない。一気に頂点まで達した好奇心を満たすため、斧高が相手の顔を見ようとして——

首が無かった……。

暗闇の湯殿の中を、ぼんやりとした人影ながら、確かに首の無い全裸の女が横切っていた。

悲鳴は呑み込んだつもりだったが、本当のところはどうだったか。蹲み込んだ格好のまま、ゆっくりと後ずさりをして小窓から離れる。充分に距離が開いたと思ったところで、そおっと立ち上がる。それから足音を立てないように、しかし可能な限りの早足で斧高は逃げ出した。ただし、沓脱石から縁側に上がった途端、もう一目散に自分の部屋まで駆け出していた。その物音で誰が起きようと、それで怒られようと、たとえ折檻《せっかん》されようと、そんなことはどうでも良かった。

部屋に飛び込むと蒲団の中に潜り、亀のように身体を丸めて、ひたすら息を殺した。今にも首無が後を追い掛けて来るのではないか、自分を探して一つずつ部屋を検めるのではないか、そしてこの部屋に入って来て自分を蒲団から引き摺り出すのではないか、と気が気でない。

どれほど、そうやって震えていただろう……。

ふと斧高は、奇妙な感覚に陥った。それが何なのか、最初は全く分からなかった。そのうち、蒲団が変に重いような気がし出した。と感じると同時に、ずんっと部屋の空気が重苦しくなった。蒲団の中の僅かな空気だけが綺麗で、外は淀んでいるように思えた。すると——

ずっ、ずっ……

何とも言えぬ薄気味の悪い物音……と言うよりも気配のようなものが、部屋の中に感じられた。

ずっ、ずっ、ずっ……

何かは分からないが、それは動いているようだった。なぜかも分からないが、少しずつ移動している気がする。

ずっ、ずっ、ずっ、ずっ……

しかも、それは蒲団のすぐ横で、蒲団のすぐ側で、蠢いているような……。

ずっ、ずっ……

いや、それは蒲団の周りを回っているような……。敷き布団の周囲の畳の上を、その何かは這っているような……。

このとき斧高の脳裏に、とんでもない映像が浮かんだ。

首無の頭が、その切断面を畳に擦り付けるようにして、蝸牛《かたつむり》や蛞蝓《なめくじ》が通った跡の如き血の筋を描きながら、ずるずると少しずつ自分の蒲団の周りを回っている光景だった。長い髪の毛を引き摺りつつ、首だけが畳の上を這っている眺めだった。

そんな悍《おぞ》ましい状況が幻視されたところで、

ざっ、ざっ……

外の気配が微妙に変わると同時に、斧高の脳裏に再び忌まわしい映像が浮かんだ。

斧高が自分の存在に気付いたことを悟った首無が、それまで進行方向に向けていた己の顔を九十度回転させると、蒲団に潜っている彼を凝っと見詰めた状態のまま畳を這っている……何とも禍々しい光景である。

ざっ、ざっ、ざっ……

結局この身の毛もよだつ恐ろしい物音は、一晩中ずっと続いた。途中からは、ざっ、ざっという音と、ずっ、ずっという気配が交じり合い、人間の言葉では表現できない嫌らしい響きとなって、斧高の脳髄を直撃し続けた。

（う、うっ、ううっ……）

この世のものではない音に取り巻かれているうちに、彼は自分の首に異変を感じ出した。

（あぁっ……く、く、首が……）

妙に首筋が突っ張るのだ。そのうち己の意思に関係なく、首が小刻みに右へ、また左へと曲がり、次いで前へ、そして後ろへと勝手に動きはじめた。

「う、うううっ……あっ……」

それが次第に激しさを増し、いつしか斧高は蒲団の中で気が狂ったように、自分の首を前後左右に振り続け――、

「あっ……があぁっ……うげえええぇっ！」

ぼきっという物凄い音が頭蓋骨《ずがいこつ》の中で鳴り響いたと思った瞬間、ぐにゃと己の首がもげ、ぼとっ……と頭部が落ちる感覚を味わった。

「あああぁぁっ！」

斧高の絶叫が蒲団の中で轟いた途端、境の襖の開く物音がして、

「いつまで寝とるんじゃ！」

カネ婆の怒鳴り声に叩き起こされ、夜が疾っくに明けていることを知った。

慌てて首筋に手をやり、何度も撫で回す。首を左右に振ってみる。前後に動かす。ぐるぐると回してみる。

(だ、大丈夫だ……)

ほっとしたのも束の間、途轍も無い尿意に襲われた。慌てて厠まですっ飛んで行くと、よく蒲団の中で漏らさなかったなと思うほどの大量の尿が、小用の朝顔に迸《ほとばし》った。

翌日の夜、またしても尿意から目を覚ました斧高は、何の躊躇《ためら》いもなく屋内にある家人用の厠で用を足した。もちろん見付かれば大目玉を食らうが、首無と遭遇する恐怖に比べればどうということはない。そんな気持ちだった。

とはいえ真っ暗な廊下を進むのは、やはり勇気がいる。特に角を曲がるときには、その向こうに首無が立っているのではないか、自分を待ち伏せているのではないか、と本気で怯えた。幸い誰にも見付からないよう細心の注意も払ったので、その後もばれることなく、夜の小用については母家で済ませ続けることができた。

(それにしても首無は、水を浴びるのが好きなんだろうか)

十三夜参りのときは媛首《ひめくび》山の井戸に現れた。その数日後には一守家の風呂場に出た。両方に共通しているのは、そこが水場だということだ。

しかし、一体いつからなのか。井戸での目撃は、その夜が十三夜参りだったからだと斧高は理解した。だが一守家の風呂場での体験は、彼が知らないだけで首無は前々から現れていた、と考える方が自然ではないか。これまでは、彼が夜中に厠へと立ったときと首無の出現とが一致しなかったか、実は出没していたものの彼が気付かなかったか、どちらかではないか。

ただ、もしこのまま何事もなければ、湯殿で目にした首無は偶々《たまたま》あのときだけ現れたものか、そもそも自分の見間違いだったのか、とまで思うようになっていたかもしれない。

ところが、数日後の夕方のことである。布巾《ふきん》を被せた何かを両手に持ったカネ婆が、まるで人目を忍ぶようにしながら母家の裏へと消える姿を目にした。そこは一週間ほど前に、図らずも鈴江が内緒話をするために彼を連れ込んだ場所に通じていた。ほとんど使われていない離れ蔵があるだけで、他には何もない何処にも出られない淋しいところである。

（開かず蔵に何の用事が……）

咄嗟に後を追った斧高は、正に蔵の中へ入ろうとしているカネ婆を目撃した。しかも突風によって捲《まく》れた布巾の下には、なぜか食事の整えられた膳があった。

（あっ……）

すぐに彼の頭の中で、二つの出来事が繋がった。

一守家の開かず蔵には首無が棲んでいて、夜中に風呂場で水を浴びる……。

もちろん長じるに従って、この考えは修正された。より生々しく忌まわしい想像が頭を占めた。即ち一守家の開かず蔵には気の触れた妃女子《ひめこ》が住んでいて、夜中になると風呂場で水浴びをするのだ。そんな現実的な解釈を下すようになった。なぜ彼女の首が無いのか、その説明までは付けられなかったが……。

ただし、妃女子の疑惑について斧高は調べようとはしなかった。毎日カネ婆が膳を運んでいるのかどうか、それさえも確かめなかった。なぜなら、もし本当に妃女子が開かず蔵の中で暮らしているのなら、それは一守家にとって余りにも大きな秘密であり、そんなものに首を突っ込むのは我が身の破滅を意味していたからである。

鈴江は言っていた――。

「そのときは意味が分からなくても、後から合点のゆく出来事もあるからね。何かおかしい、妙だって感じたら、取り敢えず覚えておくの」

「表面だけを見てちゃ駄目よ。物事には必ず裏側がある」

しかし自らそういったものに関われとは、一言も口にしなかったはずだ。幼いながらも斧高は、鈴江の台詞に含まれた言外の意味まで、ちゃんと理解していたのかもしれない。

（まさか妃女子様が……）

長寿郎の見合い相手である毬子を殺害し、首を斬ったのではないか――と、一気に過去の回想から現実に戻ったところで、彼は考えた。

つまり十三夜参りの夜、井戸から引き上げられた首無し屍体は鈴江だった。そして少なくとも富堂翁、兵堂《ひょうどう》、長寿郎、カネ婆は妃女子が犯人なのを知っており、この十年もの間ずっと匿《かくま》ってきた。そう改めて考えてみたのだ。

もちろん全ては単なる想像にしか過ぎない。確かなのは、カネ婆が食事の膳を持って開かず蔵に入ったという事実だけである。だが、もし妃女子が生存していて毬子殺しを行なったのだとすると、なぜ長寿郎の姿が消えたのか説明は付く。恐らく彼女を逃がすために、一緒に行動しているのだ。

（開かず蔵のことを、お巡りさんに話すべきだろうか）

悩んでいると参道の前方に南の鳥居の姿が見えてきた。

ところが悩む以前に、高屋敷《たかやしき》から頼まれた伝言を間違えないよう佐伯《さえき》に伝え、相手の質問に答えるので精一杯だった。妃女子のことに触れる余裕など全くない。

佐伯への伝令と南の鳥居口を一時的に見張るという役目を終えると、斧高は一目散に媛神堂に向かって走り出した。毬子を殺害したのは誰か、なぜ彼女は首を切断されたのか――知りたいことは山ほどあったが、やはり何よりも長寿郎の安否を、一刻も早く確かめたかったからだ。

しかし、無情にも彼を待っていたのは、長寿郎と思われる男性の首無し屍体が見付かったという、衝撃の知らせだった。

第十四章　密室山

東の鳥居口へと続く参道の途中の馬頭観音の祠の中で、全裸の男の首無し屍体を発見してからの高屋敷《たかやしき》の忙しさは、とても尋常ではなかった。

媛首村《ひめかみ》で殺人事件に遭遇するのは――十年前の怪事が殺人でないとすれば――これが最初だというのに、被害者の屍体を見てから十分ほどしか経たないうちに二人目の犠牲者を見付け、あっという間に連続殺人へと発展してしまったのだから、彼が多忙を極めたのも無理はない。しかも両方ともが首無し屍体という奇っ怪さまで加わり、早くも頭の中は疑問符で溢《あふ》れ返りそうだった。

さすがに最初は全裸の男が衣服に頭を突っ込んだ状態で、仰向けに倒れているのだと思った。だが、すぐに頭部があるべき服の下が妙に凹《へこ》んでいることに気付いた。そこで恐る恐る警棒の先で衣服を持ち上げて覗くと、首が無い……。

第二の首無し屍体の出現に、高屋敷の驚きは如何ばかりだったことか。

それでも当初に考えた通り入間《いるま》巡査に事件の発生を伝え、東の鳥居口に青年団の見張りを置くと、ちょうど姿を現した村医者の伊勢橋と三人で馬頭観音の祠へと戻った。そこで伊勢橋が遺体を検めている間、入間には先に媛神堂まで赴き、蘭子たちを保護するよう頼んだ。やはり女性だけで残して来たのが心配だった。ただし、新たな被害者の発見については誰にも喋るなと釘を刺しておく。

伊勢橋の見立てによると、遺体は非常に新しいという。死後、精々三十分から四十分くらいではないかと教えられ愕然とした。

(この参道を江川《えがわ》蘭子《らんこ》が、媛神堂へと向かってた時間帯じゃないか。やっぱりあの女は怪しい)

そう疑ったものの、すぐに毬子《まりこ》の殺害は蘭子には無理だったことを思い出した。

(とはいえ、やはり彼女の現場不在証明《アリバイ》を完全に確認してから、その判断はしないといけないな)

ここは手順を踏んで捜査を進めるべきだと己を諫《いさ》めていると、

「うーん、この遺体は……」

突然、伊勢橋が唸りはじめた。

「どうしました?」

「いや……どうもまだ息のあるうちに、首を斬られたようで――」

「な、なんですって!」

「肩から上に、これは袴かな……被せているのは、返り血を浴びないよう注意したからだろう」

「そのとき被害者は、まだ生きていたと？」

「まぁ頭でも殴られ、気絶してたとは思うが……。少なくとも身動きはできなかった。しかし、まだ死んではいなかった。首の切断面から溢れた血の量を見ても、それは間違いない」

戦慄すべき事実を知らされ、思わず高屋敷は震えた。だが、ここで愚図々々しているわけにもいかない。本格的な検視は終下市《ついかいち》警察署の捜査班が到着してからにして、彼は伊勢橋を急き立てると媛神堂へと向かった。

境内が近付いてくると、三人の娘が入間を取り囲んでいる光景が飛び込んできた。そこには彼女たちに混じって、斧高《よきたか》の姿も見える。

途端に高屋敷は、とても嫌な予感を覚えた。それは残念ながら当たっていたようで、彼を認めた竹子《たけこ》が真っ先に騒ぎはじめた。

「長寿郎《ちょうじゅろう》さんも殺されたっていうのは、本当なの？」

入間を睨み付けるが、目を伏せた彼の表情が全てを物語っている。恐らく三人に、その中でも特に竹子に詰め寄られて、つい喋ってしまったのだろう。ただし何もなければ彼女も巡査を詰問するはずがないので、きっと入間の態度がおかしかったのだ。

そこに付け込まれたに違いない。

「そんなことは、まだ分からない」

「でも、その首の無い遺体は男性だったんでしょ？」

そこまで喋ったのかと再び入間を睨みながら、ぶっきらぼうに答えた高屋敷に、飽くまでも竹子が確認を求めてくる。

「それも若い男の人だったんでしょ？」

「それは間違いないが、だからと言って長寿郎君だとは――」

「他に誰がいるっていうんです？」

「それを、これから捜査するんだ。いいですか、皆さんには協力を願います。入間巡査と一緒に、すぐ一守《いちがみ》家に行って貰います」

高屋敷は明言しながら、入間に向かっては捜査班の受け入れを一守家で準備して欲しい旨、富堂《ふどう》翁と兵堂《ひょうどう》に伝えるよう指示した。もちろん事件について話す必要はあるが、今は必要最低限のことだけに留めてくれと再び釘を刺しておく。

「斧高、お前は入間巡査の手伝いをして――」

――と言い掛けたところで、ずっと少年が一言も喋らずに自分の顔を凝視しているのに、ようやく気付いた。

はっと高屋敷が口籠ると、斧高は微かに頷き、次いで微かに首を振り、そして問い掛けるように頭を傾げた。つまり全裸の男の首無し屍体は長寿郎なのかどうか、その単純な仕草だけで訊いてきたのである。

咄嗟に高屋敷は分からない振りをしようとした。だが、真剣な少年の眼差しを目にして、小さくだが自然に首を縦に振っていた。ただし、すぐ傾げることにより、確認できているわけではないと知らせたつもりだった。

幸い斧高は、全てを理解したように見えた。高屋敷に大きく頷くと、入間には「ご案内します」と声を掛け、遠慮する蘭子に「大丈夫ですから」と言って彼女のボストンバッグを手に持ち、北の鳥居口に続く参道へと皆を先導しはじめた。

竹子はまだ高屋敷に嚙み付こうとしていたが、遅蒔きながら入間が割って入り、また蘭子に促されて、何とか大人しく一守家へと向かってくれた。

(やれやれ。これは事情聴取が思い遣られるな)

五人の後ろ姿を見送りながら高屋敷は心の中で嘆くと、伊勢橋を伴って媛神堂へと入った。

医者は、話には聞いていたらしいが栄螺塔には驚いたようで、矢継ぎ早に色々な質問を発して高屋敷を困らせた。年齢は彼より十歳は上の五十前後に見えたが、村に来たのが戦後のためか秘守《ひがみ》家についての知識が余りなく、相手の好奇心を満足させるのに大変だった。

だが、それも中婚舎の奥の間に入るまでで、首無し屍体を見た途端、ぴたっと伊勢橋は口を閉ざした。それからは、ひたすら遺体を調べることに熱中した。

「どうですか、先生――。死後どのくらい経ってるでしょう？」

「そうだなぁ、一時間半ほど……ってとこかな」

「四時四十分前後ってことか」

腕時計を見ながら高屋敷が呟く。

「こっちの女は恐らく、死亡後すぐに首を切断されたのだと思う。先程の男もそうだったが、二人とも外傷が見当たらないから、頭部を殴られたか、または首を絞められたかしたんだろう」

「となると犯人は、男でしょうか」

「うーん、まだ殺害方法が分からないから何とも言い難いが、首を斬るのは女でも可能だろう。さっきの祠の中に血塗れの斧があったけど、あれなら女でも扱える。それに両方の被害者とも、一刀両断というわけではない。斧は何度か振り下ろされたうえで、首は切断されてるからな」

伊勢橋の言う通り、馬頭観音の祠の中には、二つの首無し屍体を作り出したと思しき斧が残っていた。つまり犯人は、第一の殺人が行なわれた中婚舎の犯行現場から斧を持ち出し、第二の殺人に手を染めた馬頭観音の祠まで運んだことになる。

「要は最初から、首斬り連続殺人をやるつもりだった？」

「うむ。第二の現場で無造作に斧を捨てることから、犯人には予め、あの祠で斧が必要になることが分かってたと見做せる。もちろん斧を凶器に使うために持って行ったとも考えられるが、下手をすると多量の返り血を浴びる危険がある」

「この部屋でも祠でも、首を斬った周辺以外に、血痕は見当たりません。つまり斧で頭を殴ったわけではないということですね」

「そう見えるな」

「なのに斧を祠にわざわざ持って行ったのは、どうも犯人は、最初から被害者の首を斬ることが目的だったような……」

「えっ？　殺害の方が、二の次だったと？」

よっぽど驚いたのか、がばっと伊勢橋は遺体から顔を上げた。

「もちろん首を斬れば、その人は死ぬわけですが――」

「なるほど。無茶苦茶な言い方をすれば、犯人は首を切断した後で、仮に被害者が生きていても別に構わなかった。被害者の首さえ斬って持ち去れれば、それで満足だった。目的を達せられた――ということか」

「ええ……。いや、やっぱり気狂いじみた考えですね」

「そうかな。少なくとも男の方は、被害者が息を引き取るのを待つ間も惜しいくらい、せっかちに首を斬ってるからな」

そう言いつつ伊勢橋は、そこではじめて薄気味悪そうな表情を見せた。二つも首無し屍体を検めながら何も感じなかったのが、犯人の狂気じみた心理に思いを馳せた途端、急に恐ろしくなったのかもしれない。

取り敢えず今できることを伊勢橋には済ませて貰うと、高屋敷は馬頭観音の祠まで取って返して異状がないかを確認した。それから東の鳥居口で見張りの任を務める青年団に応援を求め、祠の前にも同様の見張りを置き、更に媛神堂へと応援を差し向けた。医者には替わりの者が来るまで、毬子の側にいるように頼んである。

(終下市署の捜査班が村に到着するまでには、まだまだ時間が掛かる。その間に遺体の身元確認を一応しておく必要がある。それと関係者の動きを、まとめる作業もやっておかないと)

一通り現場保存の手配を済ませると、一息吐く暇もなく一守家へと向かう。

予想をしていたとはいえ、一守家で高屋敷を出迎えた富堂翁と兵堂、そしてカネ婆、そのうえ僉鳥郁子《みなとりいくこ》までが、興奮も露に質問を浴びせてきた。何とか宥めようとしたが、別の部屋にいた竹子までが騒ぎを聞き付けて加わり、全く収拾が付かなくなってしまった。

「皆さん! 聞いて下さい!」

そこで彼は大声を上げ、全員の口を一旦《いったん》閉じさせると、誰かが再び喋りはじめる前に、

「宜しいですか。被害者が誰か分からないうちは、警察もお手上げです。ですから、まずそれを確かめる必要があります。長寿郎君と毬子さんを確認できるのは、何方《どなた》ですか」

大きな声でゆっくりと、噛んで含めるように問い掛けた。

「裸の長寿郎様を見て分かるんは、儂だけじゃろう」

ぽつんとカネ婆が答えると、富堂翁と兵堂が無言で頷いた。

「乳母を務めた蔵田《くらた》さんなら、確かにそうでしょうね」

そう応じつつも、もう疾《と》うに八十歳を過ぎている老婆に、あの首無し屍体を見せて良いものかどうか少し躊躇《ためら》った。だが、どう考えても他に適任者はいないと思ったところで、斧高に目を止めた。

(そうだ。彼も長寿郎君に、最も近い位置にいた人物じゃないか)

そこで斧高にも確認を求めようとしたところ、

「長寿郎様の最期は、儂がきっちり看取りますわ！」

半ば激昂した様子のカネ婆が、叫ばんばかりに言い放った。どうやら高屋敷の心配と考えを、その表情と視線の動きで逸早く察したらしい。

「駐在さん、ここはカネ婆の言う通りに、してやって貰えんかな」

意外にも富堂翁が、彼に頭を下げてきた。カネ婆を呼び寄せた目的を思い出し、その役目を最後まで彼女に全《まっと》うさせようと思ったのかもしれない。

「分かりました。それでは長寿郎君の確認は、蔵田さんにお願いするとして——」

「毬子さんは、私がやります」

さっと蘭子が手を上げた。皆の視線が一斉に彼女に集まる。

「うーん、あなたが……ですか」

今のところ有力な容疑者である江川蘭子に、果たして身元確認という大切な役を任せても良いものか、と高屋敷は悩んだ。すると富堂翁が再び口を開いて、

「わざわざ古里《こり》家から、誰かを呼び寄せたところで、家出娘の見分けが付くかどうか分からんぞ」

「それは、そうですが——」

「お巡りさんは、私を疑ってらっしゃるから」

蘭子の開けっ広げな言葉に、皆がどよめく。

「いや、別にそういうわけでは——」

「いいんです。それが職務ですから。毬子さんは左胸の隅に、黒子が三つあって、それが二等辺三角形のように見えます。それから右の腰骨の上には、黒子が四つあっ

「て、それが——あっ、紙に描きますね。その他にも幾つか、彼女だと分かる目印があありますから」

高屋敷が良いとも悪いとも言う前に、蘭子は手帳を取り出して頁《ページ》を破ると、毬子の身体の特徴の詳細を記しはじめた。

そんな彼女の言動を見て、カネ婆などは思わず息を呑んだように見えた。如何に女同士とはいえ、蘭子が余りにも毬子の身体の隅々まで知っていることに驚いたのかもしれない。いや、それはカネ婆だけではなかった。高屋敷も同じだったのだが、ただ彼の場合は全く別の意味合いがあった。

（やっぱり二人は、普通の関係じゃなかったのか）

妻の妙子《たえこ》が『グロテスク』という同人誌を見せながら、文壇では江川蘭子と古里毬子は同性愛者同士ではないかと噂されている、という話をしていたからだ。尤《もっと》も妙子は、二人が人目を忍ぶように同居していることや、その作風からそういった醜聞が捏《ねっ》造《ぞう》されたのだと思う、とは言っていた。『グロテスク』の活動を応援している妻にとっては、そう考えたい気持ちが強いのだろう。

（まぁ二人で銭湯に入る機会も多いには違いないが――、普通これほど相手の身体のことを、隅々まで知ってるものだろうか）

咄嗟に高屋敷は妙子の裸体を思い浮かべ、年甲斐もなく顔を赤らめた。

（待てよ。仮に全裸の女の首無し屍体を前に、妻かどうか確認しろと言われて……俺は自信を持って、その判断ができるだろうか）

すぐ真剣に考える。すると分かるような気はするが、断言までは無理かもしれないと思った。

（それとも女同士は、同性の身体付きが気になるものなのか。だから普段から無意識に観察していて、黒子の位置や形くらいは分かるのか）

そんな風に捉え掛けたが、蘭子に渡されたメモ書きの内容に目を通した瞬間、

（いや、やっぱり詳し過ぎる）

二人の仲が尋常ではなかったことを確信した。そこに毬子殺しの動機が潜んでいるのではないか。彼女が婚舎の集いに参加して長寿郎と見合いをすると知り、蘭子が嫉妬したのではないか。

高屋敷は江川蘭子を眺めながらも、疑いを表に出さないよう気を付けると、兵堂とカネ婆、斧鳥郁子、そして蘭子に同行を求め、伊勢橋と一緒に媛首《ひめくび》山へと戻った。

疾うに陽が落ち暗闇に包まれた参道を辿り、首無し屍体が待つ媛神堂の婚舎と馬頭観音の祠を巡りつつ、その身元を確かめるという行為は、正に言葉にできぬほど無気味だった。六人もの大人が一緒に動き、現場には見張りの青年団がいるにも拘らず、高屋敷は御山の闇の中が怖かった。もちろん態度には出さなかったが、もし自分独り

だけだったら……と思うと、それだけで二の腕に鳥肌が立ったほどである。

（よく斧高はたった六歳で、こんなところに入り込んだものだ）

今更ながら感心すると共に、彼の長寿郎に対する愛情の深さに思いを馳せ、急に身元確認の作業が辛く感じられた。でも、これは職務なのだと自分に言い聞かせる。

中婚舎に着くと、高屋敷は蘭子のメモ書きを片手に、伊勢橋と首無し屍体を詳細に検めた。その結果、ほとんどの特徴がメモ通りであることが分かった。両方が一致したわけである。念のため蘭子にも直に見て貰ったが、古里毬子に間違いないと彼女は言い切った。

「はぁ……」

その途端、カネ婆は大きな溜息を吐くと、両手で数珠を弄《いじ》りながら念仏を唱えはじめた。そこにいた全員が彼女に倣い、遺体に手を合わせる。

次いで一行は馬頭観音の祠へと向かったのだが、首無し屍体の身元確認には、意外にも手間取る羽目になった。なぜならカネ婆が断言をしなかったからだ。

「どうですか。よく見て下さい」

高屋敷は頭部のあった辺りに筵《むしろ》を被せた遺体の側へ彼女を呼び寄せ、何処か確認する箇所があれば教えてくれるよう頼んだ。

遺体は男にしては色白のうえ身体付きも華奢《きゃしゃ》で、とても二十三歳の男性には見えない。少なくとも肉体労働をしていた身体ではない。それ故にこの村で該当する人物と言えば、もう長寿郎しかいないのは明白だった。第一それに事件が起こった当時の媛首山の状況を考えても、被害者となるべき男性は彼しか存在していない。

だからカネ婆が遺体の首筋から足の爪先《つまさき》まで一通り眺めただけで、

「長寿郎様です」

と口にしたとき、高屋敷は（やっぱりそうか）と思っただけで、もう身元確認は済んだものと見做していた。

「間違いありませんね」

そう念を押したのも、飽くまでも形式的な問い掛けだった。当然「はい」という返答があるだろうと、その返しなど気にも留めていなかった。

ところが、なぜかカネ婆は急に自信をなくしたような口調で、

「そう……だと思います」

「えっ？　どういうことです？　この御遺体は、長寿郎君なんですよね」

「はぁ……ですから、恐らくは――」

「ちょ、ちょっと待って下さい。それじゃ蔵田さんは、長寿郎君ではないかもしれない可能性があると、そう仰るんですか」

「いえ、そこまでは……」

「けど、長寿郎君と断定することまではできない……と？」

「はぁ……なんせ駐在さん、首がありませんからなぁ」

「い、いや、だから御遺体をよく見て、彼かどうかの確認をして貰いたいのですよ」

「はい。それはやりました」

「で、その結果？」

「長寿郎様じゃ思いました」

「つまり、この御遺体は、秘守長寿郎氏と認めて間違いないんですね」

「ええ……そうやないかと、儂は思うんじゃけど……」

後は、この繰り返しだった。困った高屋敷は兵堂に助けを求めたが、カネ婆に確認できないものを自分には無理だと言われた。僉鳥郁子にも訊いてみたが、長寿郎のように見えるというだけで、やはり断言するには躊躇いがあるように映る。

（この二人は仕方がないとしても――）

なぜカネ婆は完全な確認を拒むのかが、どうにも理解できない。長寿郎の乳母だった彼女ならば、それこそ黒子の数や位置をはじめ、その他の身体的な特徴まで知っているはずではないか。

（ひょっとして、長寿郎君の死を認めたくないのか）

とも考えたがカネ婆の様子を見る限り、すっかり諦観《ていかん》しているように思えてならない。少なくとも長寿郎が死んだ事実は、ちゃんと受け入れている風に感じられる。

（なら、なぜ……？）

それ以上はカネ婆に問い掛けても、漫才のような会話になるだけだと判断した高屋敷は、一守家へ戻ることにした。

「皆さん、ご苦労様でした」

彼が引き上げる素振りを示すと、あからさまにカネ婆は安堵の表情を浮かべ、すぐにも立ち去る様子を見せた。

（一体どういうことだ？）

中婚舎よりも簡単に済むと考えていた祠の遺体の確認が、全く予想外の展開となったため、高屋敷は途方に暮れてしまった。まだしも長寿郎ではないと言ってくれた方が、はっきりして良かったとさえ思えたほどである。

だが、すぐに彼は、なぜカネ婆が首無し屍体を長寿郎だと完全には認めなかったのか、その驚くべき理由を知ることになる。正に度肝を抜かれるような、とても信じられない、その異様なる訳を……。

ただ、このときの彼には、やるべきことが多々あった。取り敢えず身元の確認は現状に留めておくとして、一守家に戻ると急いで関係者の事情聴取に取り掛かった。捜査班が到着する前に、婚舎の集いの進行状況に合わせた主な人々の動きと時間の流れをはっきりさせ、まとめたものを記録しておきたかったのである。
　その結果、出来上がったのが左記の時間表だった。

〈婚舎の集いに於ける関係者の動き〉

二時　二守家の竹子と三守《みかみ》家の華子《はなこ》が、一守家に着く。高屋敷が媛首山の北の鳥居口を、入間が東の鳥居口を、佐伯《さえき》が南の鳥居口の警邏をはじめる。

二時半　古里家の毬子が、一守家に着く。

二時四十五分　三人の花嫁候補が、祭祀堂に入る。

三時十五分　紺の頭巾と着物を纏った竹子が、祭祀堂から媛神堂に向かう。

三時二十分　灰の頭巾と着物を纏った華子が、祭祀堂から媛神堂に向かう。

三時二十五分　茶の頭巾と着物を纏った毬子が、祭祀堂から媛神堂に向かう。

三時半　紘弐《こうじ》が東の鳥居口に現れ、入間に追い返される。

三時四十五分　長寿郎が、祭祀堂から媛神堂に向かう。

三時五十分　斧高が媛首山に入る。

四時　長寿郎が媛神堂に入る。
江川蘭子が、電気鉄道の終着駅である滑万尾《かつまお》に降り立つ。

四時　十分　長寿郎が奥婚舎に入り、竹子のために茶を点てる。

四時　二十分　長寿郎が前婚舎に入り、華子のために茶を点てる。

四時　三十分　長寿郎が中婚舎に入ったと見做される。

四時　四十分　この前後に毬子は殺害され、首を切断されたと見られる。

江川蘭子が、木炭バスの終点である喉仏口《のどぼとけぐち》の停留所に降り立つ。

そこから媛首村の東の大門を入り、媛首山の東の鳥居口に向かう。

五時前　斧高と高屋敷が合流する。

五時　入間が、東の鳥居口で江川蘭子を認める。

五時過ぎ　竹子が中婚舎に入り、全裸の女性の首無し屍体を発見する。そのとき長寿郎を探して、栄螺塔から媛神堂まで検めるも誰の姿も認めず。

五時　十分　竹子が前婚舎で華子と合流し、二人で中婚舎に入る。

五時　十五分　この前後に長寿郎は殺害され、首を切断されたと見られる。

江川蘭子が馬頭観音の祠の手前で、前方に何者かの気配を感じる。

五時　二十分　竹子と華子が、媛神堂の外へと出る。

五時二十五分　江川蘭子が媛神堂に到着、竹子と華子に出会う。
五時　四十分　高屋敷と斧高が、そこに合流する。
　　　　　　　高屋敷が媛神堂と栄螺塔を調べた後で、全裸の女の首無し屍体を中婚舎で見付ける。
五時　五十分　高屋敷が東の鳥居口へと続く参道の途中の馬頭観音の祠の中で、全裸の男の首無し屍体を発見する。

その後、終下市警察署の捜査班の到着を待った高屋敷は、大江田《おおえだ》警部補の指示により、媛首山の三箇所の出入り口の見張りを、青年団の協力を仰いで翌朝まで続けた。そのうえで早朝の山狩りを決行したが、不審者を発見することはできなかった。また三つの参道の全行程に於いて、その両側の何処にも人間の通った痕跡がないと判明した。西に延びる日陰峠へと続く道も同様である。

もちろん犯人が日陰峠から媛首山に入り、西の道を辿って媛神堂に侵入を果たして毬子殺しを行ない、次いで馬頭観音の祠に赴き長寿郎殺しを済ませ、来た道を戻った可能性はあった。

しかし、峠の峻険な地形と行き帰りの全行程を検討した結果、余りにも労力を伴ううえ、祠から戻る際に竹子と華子に、または江川蘭子に姿を見られたはずであるという観点から、差し当たっては捜査対象から外されることになった。峠付近に何者かが通った痕跡など全く見当たらなかった事実も、それを後押しした。

つまり事件当時、またしても媛首山は巨大な密室だったと分かったのである。ちょうど十年前の十三夜参りのときのように……。

第十五章　秘守家の人々

媛首山《ひめくびやま》で首無し二重殺人が起こった婚舎の集いの翌日の午後、一守《いちがみ》家の奥座敷には秘守《ひがみ》一族が顔を揃えていた。

それは余りにも異様な光景だった。なぜなら警察に提供した別室では終下市《ついかいち》警察署の捜査班の面々が詰め、また現場検証をはじめ媛首山の全体に亘って捜査が行なわれる中、二体の首無し遺体は大学病院に搬送され解剖に付されようとしているにも拘らず、一守家に集まった人々の目的が、兵堂《ひょうどう》の跡を継ぐべき秘守家の跡取り問題についてだったからである。

（長寿郎《ちょうじゅろう》様が亡くなったばかりだというのに……）

末席に着くようカネ婆に命じられた斧高《よきたか》は、さすがにむっとした面持ちになるのを抑えることができないでいた。

己の孫や息子を一族の跡継ぎとしか見ていなかった富堂《ふどう》翁や兵堂、我が子なのに育児を全て乳母に任せたままだった富貴《ふき》――という完全に何処かが狂っているに違いない者は別としても、カネ婆だけは長寿郎の死を心から嘆き悲しむものだと思っていた。なのに昨日から彼女の様子を窺っていても、そういった感情の発露がほとんど見受けられない。

(ひょっとすると、余りにも悲し過ぎるから?)

カネ婆の厄介な性格であれば、他人の前で泣くことを憚《はばか》っているとも見做せる。

(遺体を長寿郎様だと断定しなかったのも、その死を認めるのが辛いからじゃないのかな)

昨日、高屋敷《たかやしき》に物陰へと呼ばれ、カネ婆の不審な言動を聞いたとき、咄嗟に思った素直な感想を伝えると、高屋敷も一応は納得したようだった。ただ、実際に彼女の反応を目の当たりにし、色々と受け答えをした巡査としては、それ以外にも何か秘められた意味があると感じたらしい。心当たりはないかと訊かれたが、どう考えても思い当たることはない。

しかし斧高はそのとき、もうすぐ自分が本当の理由を、とんでもない訳を知る羽目になろうとは、当然だが知る由もなかった。

「これで全員か。揃ったな」

上座に構えた富堂翁が、皆の顔を一通り眺め渡しながら口を開いた。

「そうです。秘守家の主たる者は、集まっております」

富堂翁の横に腰を落ち着けた兵堂が、透かさず同意の相槌《あいづち》を打つ。

二人が並ぶ上座の左右から斧高のいる下座まで、秘守家の人々は二列に分かれて座っていた。席順を巡って揉《も》める一騒動もあったが、最後は富堂翁の一声で決まってしまった。

斧高から見て右側に座する富堂翁の更に右手の上座より、兵堂の妻である富貴、次いでカネ婆、それから富堂の一番目の妹である三守《みかみ》の婆様こと二枝《ふたえ》、戦死した二枝の息子である克棋《かつき》の妻の綾子《あやこ》、その次女で婚舎の集いに参加した華子《はなこ》、三女の桃子《ももこ》の六人が並ぶ。使用人であるカネ婆が三守家の人々よりも上座にいることから、一守家での彼女の地位が自然と分かる。

その向かいの列には同じく上座より、富堂の姉である二守《ふたがみ》の婆様こと一枝《かずえ》刀自、その息子である紘達《こうたつ》、彼の妻の笛子《ふえこ》、二人の次男である紘弐《こうじ》、長女で婚舎の集いに参加した竹子《たけこ》、そして江川蘭子《えがわらんこ》という六人である。

この二つの列が終わった地点から、二人分ほどを空けて下がったところで、ちょうど列の間に当たる場所に、僉鳥郁子《みなとりいくこ》と斧高が横に並んで座っていた。斧高は富堂翁と、郁子は兵堂と対面するような格好である。

つまりは二対二の短辺と、六対六の長辺で、長方形を形作っていたことになる。

「富堂さん、お話をはじめる前にお訊きしますけど、どうして余所の方が、この場にいらっしゃるんでしょうね」

奥座敷に皆が揃いはじめたときから、どうやら不満に思っていたらしい一枝刀自が、言葉遣いこそ丁寧だったが吐き捨てるように言った。彼女にとって富堂は弟ながら、秘守家の長という立場があるため普段から「さん」付けで呼んでいる。

「ああ、江川蘭子さんのことか。いや、お話を聞いてると、かなり古里《こり》の毬子と親しかったと分かったので、まぁ代理人のような立場で参加して貰ったわけじゃ」

「それなら、古里家に嫁いだ三枝《みつえ》と、毬子の両親を呼ぶべき――」

「呼び寄せるだけで、時間が掛かる。それに古里家は、こういった会合の場合、是非に呼ぶ必要もないことくらい、姉さんにも分かるじゃろう」

「でしたら、代理人などという――」

「わざわざ代理を立てるなど、儂もするか。ただ僥倖《ぎょうこう》にも江川蘭子さんというお人がいるんじゃから、儂らの話し合いに参加を願い、後日それを古里家に伝えて貰えるんであれば、それに越したことはないじゃろ」

「でも富堂さん、こんな余所者の――」

「煩い！　姉さんは昔から、何かいうと儂のやることに反対するが――」

「それとこれとは――」

「一緒じゃ！」

富堂翁の一喝で、江川蘭子の参加は認められた。もちろん一枝刀自は納得していない様子だったが、これ以上は食い下がっても無駄だと諦めたのか、ぷいっと何も言わずに弟から顔を背けてしまった。

（二守の婆様が怒るのも無理ないな）

決して一枝刀自に好感を持っているとは言い難い斧高だったが、この場は彼女の言い分に与《くみ》したい気分である。

（幾ら毬子さんと親しかったとはいえ、蘭子先生は全くの部外者なんだから）

それに毬子との肝心の仲も、ここしばらくは危うかったはずである。第一この場で話し合った結果を、彼女が古里家に伝える保証は何もない。そんな義務は全くないのだから。

（蘭子先生が富堂翁に取り入ったのか……）

そうも考えたが、どうやら違うらしいとすぐ見当が付いた。兵堂が好色そうな眼差しで、蘭子の方をちらちらと見ていたからだ。

（なるほど。旦那様が、大旦那様に口を利いたんだ）

男装の麗人などという今まで目にしたこともない女性を前にして、恐らく兵堂の女癖の悪さが出たのだろう。少しでも一守家に引き止めるため、彼女を巻き込んだのかもしれない。それくらいは兵堂なら充分にやりそうである。

亭主の情けない様子を、富貴が睨め付ける眼差しで見詰めている。いや、彼女だけではない。鈴江《すずえ》が兵堂の不義密通の相手として名前を挙げていた二守家の笛子も、曾《かつ》ての愛人の態度に冷たい視線を送っている。尤《もっと》も当の兵堂は、妻と元不義密通の相手から睨まれているにも拘らず、蘭子に目をやることを一向に止めようとしない。

ところが、よく観察していると、蘭子に意味ありげな視線を送っているのは兵堂だけではなかった。先程から二守家の紘弐も、彼女に妙な眼差しを注いでいるのだ。

(ややこしいことに、ならなければいいけど)

斧高が胸騒ぎを覚えていると、

「やはり私は席を外した方が……。ここは秘守家の皆さんで――」

「いやいや、そんな心配はご無用です。その秘守家の長のお許しが出てるわけですから、どうぞそのままお立ち会い下さい」

彼の考えを裏付けるかのような、蘭子と兵堂のやり取りが目の前で行なわれた。

「時には第三者の冷静な意見も、こういう場合には必要になるもんじゃ」

これまで他人の意見に耳を傾けたことなどない富堂翁が、そう言って笑った。

息子の好色を満足させるために、自分が利用されているとは知る由もないだろうが、出席者の何人かは斧高と同様すぐに事情を察したようである。ただ、それを証明するのは不可能なうえ、徒《いたずら》に富堂翁の怒りを買うだけのため、誰も何も言わない。

心の中で嘲笑《あざわら》いはするものの……。

（何か厭な感じだなぁ）

仮に江川蘭子を巡る騒動がなくても、奥座敷の空気は最初から悪かったに違いない。だが、そこに彼女の一件が加わることにより、益々おかしな雰囲気になったのは確かだった。

「それで富堂さん、秘守家の跡継ぎの件ですけど——」

蘭子など無視すれば済むと割り切ったのか、いきなり一枝刀自が核心を突く発言をした。

「長寿郎さんが恐ろしい目に遭われて、一守家の跡を継げなくなってしまった今、秘守の三家の男子は、長である富堂さん、一守の当主の兵堂さん、そして二守の当主の紘達と、その息子の紘弍の四人だけです」

一枝刀自の顔は富堂翁に向けられていたが、その場にいる全員に四人の名前を——その中でも特に後半の二人の名を——彼女が伝えるつもりだったのは、誰の目にも明らかだった。

「もちろん私は、兵堂さんと年齢も近いわけですから——」

一枝刀自の後を受けて、透かさず紘達が続ける。

「今から跡継ぎになるなど考えてもおりません。それに富堂翁は矍鑠《かくしゃく》とされておられますから、このように秘守家も安泰でございます。ただ、そうは申しましても、いつかは代替わりが必要になって参ります。やはり若い者に、後を託さねばなりません。そう考えますと、愚息ではございますが、ここにおります紘弐が――」

「姉さん」

紘達の話を凝っと聞いていた富堂翁だったが、まるで一枝刀自がその話をしたかのように、

「あんたは、そこの紘弐が将来、この秘守家の長になる器だと思いますかな」

「器も何も、跡継ぎのことを考えると、他に誰が――」

「いや、その問題は少し置いておくとして――。儂が聞いてるのは、紘弐が一守家の当主となり、ゆくゆくは秘守家の長となることが、果たして我が一族の栄華に如何なる効用を齎《もたら》すのか、または災禍を呼ぶのか、という意味じゃ。正に秘守家の危急存亡と言えるのではないかな」

「なっ……」

一気に紘弐が気色ばんだ。指摘されるまでもなく、自分でも長の器ではないと分かっているのだろう。それでも親族の前であからさまに莫迦にされたため、怒髪天を衝いたらしい。今にも列から飛び出して、富堂翁に摑み掛からんばかりに見えた。

そこに一枝刀自が、おっとりとした声音で、

「残念ながら確かに、この子は頼りにならないでしょうね」

「お、お母さん！　な、何を――」

あっさり認めた彼女に、慌てた紘達が口を挟もうとした。

「みっともない。狼狽《うろた》えるんじゃありません」

だが、一枝刀自は厳しい顔付きで息子を叱咤《しった》すると、今度は一転薄《うっす》らと笑みを浮かべた表情で、

「けど、富堂さん――。秘守家では代々、男子を跡取りとしてきた歴史があります。それも一守家の直系の男子が跡を継ぎ、一族を治めるという決まりですな」

「そうじゃよ、姉さん」

「ところが、一守家に肝心の男子がいない場合、その役目を担うのは、二守家であり三守家になるわけです。しかし、三守家は唯一の男手だった克棋が、お国のために戦死なさった。彼と綾子の間には、鈴子、華子、桃子と女ばかりで、男の子はおりません。一方の二守家は、お蔭様で当主の紘達は健在です。孫の紘弌《こういち》がお国のためとはいえ、戦死したのが何とも無念ですが、その弟の紘弐が幸いなことにおります。わざわざ説明するまでもなく、今の秘守家の跡取りを巡る状況というのは、余りにもはっきりしているではありませんか」

「なるほどなぁ。つまり一守家と二守家の立場が、そっくり今後は入れ替わるから、

大人しく全てを明け渡せ——そういうことか」

皮肉な物言いの一枝刀自に対して、富堂翁が歯に衣を着せぬ表現で返した。しかし、そのままの口調で一枝刀自も負けずに、

「いえ、紘達が言った通り、まだまだ富堂さんはお元気なんですから、必要に応じて側から助言でも頂ければ、まぁ私らも心強いでしょうね」

言っている内容とは裏腹に、明らかに引退を迫る発言を口にした。その途端、一気に座敷内がざわつき、声にはならない各人の思いが飛び交ったように見えた。

それなのに当の富堂翁は、わざとかと思えるほど呑気《のんき》な様子で、

「ところでカネさん、御山の馬頭観音の祠で見付かったという首無し屍体は、はっきり長寿郎だと分かったのかのう？」

「いいえ、大旦那様。そう思いますとは駐在さんに言いましたけど、確かに長寿郎様だとは、儂は一言も——」

「そうそう。つまり長寿郎は、生きてる可能性もあるわけじゃな」

ざわざわしていた座敷内が、一瞬にして寂とした。斧高から見ると兵堂を除く全員が、一体何を言い出すのかという表情で、ひたすら富堂翁とカネ婆に視線を注いでいるように映る。

「長寿郎さんが生きてる……？」

やがて一枝刀自が、独り言のような呟きを漏らしたかと思うと、

「なら、御山で見付かった首無しの御遺体は、一体何処の誰になるんですか。三つの鳥居口は三人の駐在が見張っていたと、私は聞いてます。つまり御山に入った男子は、こちらの長寿郎さん、ただお一人ということになりますな。どう考えても御遺体は、長寿郎さんと分かるじゃありませんか。大体カネさんは――」

「だから、そのカネさん本人が、首無し屍体は長寿郎だったと断定はできん――そう言ってるわけじゃろう」

「ええ、ですから、だったら御遺体は一体誰なのかと、私は――」

「そんなこと、儂が知るかぁ！　首無し屍体の身元を突き止めるのは、警察の仕事じゃ。長寿郎かと訊かれたので、カネさんはそう思うと答えた。絶対に間違いないかと念を押されたので、そこまで自信はないと応じた。当たり前のことじゃろう」

富堂翁が怒鳴ったのは最初だけで、次第に厭な薄笑いが声音に漂い出す。

(そうか。カネ婆が身元確認を曖昧にしたのは、この跡継ぎ騒動を見越してだったんだ。万に一つでも長寿郎様が生きている可能性があるとなれば、その生死がはっきりするまで、秘守家の跡取り問題は棚上げとなる)

とても普通では考えられない動機だったが、長寿郎が殺害された恐れのある翌日に、もうこうして一族が集まって次の跡継ぎ候補について話し合っている現実を目の

当たりにすると、カネ婆の用心も不本意ながら頷ける。

「要は、こういうことですか」

さすがに一枝刀自は、その辺りの事情を逸早く察したようで、噛み付かんばかりの様子で、

「御遺体が長寿郎さんだと、はっきり分かるまでは、跡継ぎの件は取り上げないと？一切触れないで置いておくと？そう仰るわけですか」

「そうなるかなぁ。けど姉さん、それは仕方ないことじゃろう」

「富堂さん、そんな時間稼ぎなどして、みっともないとは思わないんですか！」

遂に一枝刀自が怒り出した。

「昨日の御山の状況を考えたら、誰が見ても十中八九、御遺体は長寿郎さんに違いないと、そう思うのが普通でしょ。それにカネさん、幾ら首がないからといって、あんたが長寿郎さんを見分けられないわけがない。違いますか。まぁ、あんたは一守家のことを考えて言ってるんでしょうけど……。ただね、そんな嘘を吐いていたら、長寿郎さんを殺した憎い犯人を捕まえることなど、いつまで経ってもできませんよ」

「それは警察の仕事じゃ。儂らは長寿郎の無事を祈るだけで――」

「まだ、そんな白々しいことを」

「それなら何か、姉さんは、長寿郎が死んでた方がいいと言うのか。ああ、なるほ

ど。その方が二守家としては、はなはだ都合が良いからなぁ」

「な、な、何を一体……言うに事を欠いて、本当にまぁ……。いいですか、問題の掏《す》り替えはさせませんよ。御遺体の身元を長寿郎さんだと確かめられるのに、それを態《わざ》とせず、秘守家の跡継ぎ問題を先送りしているのは、そっちなんですからね」

「濡れ衣もいいところじゃが、まぁいい。長寿郎の死亡が確認できるまで、話を進められんのは自明じゃからな」

　富堂翁と二守の婆様が睨み合う中、座敷は再び静まり返った。尤も物音がしないというだけで、場の空気はぴりぴりと震えて緊張しているのが、斧高も肌で分かるほどだった。

「宜しいでしょうか」

　そのとき遠慮がちに、蘭子が口を開いた。

「おおっ、何じゃな？　参考になるご意見でもおありかな？」

　これ幸いとばかりに富堂翁は犬猿の仲の姉から視線を外すと、好々爺然《こうこうやぜん》とした笑みを浮かべつつ蘭子に顔を向けた。だが、その笑顔も彼女の次の一言で、途端にすうっと薄れた。

「首無しの御遺体が長寿郎さんかどうか、恐らく明後日にでも分かるんじゃないかと思いまして」

「な、何っ？　どういうことじゃ」

「実は今朝、斧高君に長寿郎さんのお部屋を見せて貰っていたのですが、そこにあのお巡りさんが見えられて――」

「北守の駐在の高屋敷さんです」

訊かれる前にと、斧高が補足をする。

「それで、長寿郎さんの指紋が付着していそうな品物を、何点か持ち帰りたがってらしたので、彼が読書中だったはずの本や、前に私が送って差し上げた万年筆で彼が愛用していたものなど、指紋採取に有効そうなものを見繕うお手伝いをしたんです。こちらに伺う直前まで、長寿郎さんとはお手紙のやり取りをしてましたので、図らずもお役に立ったわけですが――」

蘭子が喋るに連れて、富堂翁とカネ婆の表情がたちまち曇りはじめた。兵堂でさえ好色そうな目付きから、余計なことをしたという非難の眼差しへと、俄《にわか》に彼女を見る目が変わっている。

「あら、その指紋とかを警察が調べれば、御遺体が長寿郎さんかどうか、はっきりするんですね？」

一枝刀自が完全には蘭子に顔を向けずに、やや右手に視線をやっただけの状態で尋ねた。

「はい。御遺体の指紋と、彼の部屋にあった書籍や万年筆に付着している指紋と、この二つが合致すれば、残念ながら首を斬られたのは、長寿郎さんだったということになります。遅くとも明後日の午前中には、その結果が出ると聞いてます」

「そう。やっぱり作家さんね、面白い知識をお持ちだこと」

江川蘭子の同席に憤った事実など全くなかったように、一枝刀自はにこやかな笑みを浮かべ、列の一番端の彼女を覗き込むようにして見遣《みや》った。

ちなみに長寿郎が読んでいた本とは、〈雄鶏社推理小説叢書〉の『小栗虫太郎』の巻と新樹社のヴァン・ダイン『僧正殺人事件』の二冊である。

「そういうことでしたら――」

蘭子から富堂翁に視線を戻した一枝刀自が、徐《おもむろ》に勝ち誇った声で、

「明後日の午後に、北守の駐在さんも同席のうえ、今日と同じ集まりを持つということで――宜しいですね、富堂さん？」

秘守家の長である弟に対して上からものを言う口調で、承諾を求めるというより確認を促す態度をあからさまにした。

それに対して富堂翁は、まるで苦虫を噛み潰した表情をしていたが、

「ああ……」

と一言、声を発しただけの返事をした。

それでも一枝刀自は、とても満足そうな様子で全員の顔を見渡すと、

「では皆さん、今日はこの辺りで……。また明後日、お目に掛かりましょう」

しかし、その二日後の集まりで、秘守家の人々にとっては首無し二重殺人など吹き飛ぶほどの驚くべき事実が暴露されようとは、もちろん斧高も予想だにできなかったのである。

第十六章　捜査会議

秘守《ひがみ》家の人々が一守《いちがみ》家の奥座敷に集まりはじめた頃、高屋敷《たかやしき》は終下市《ついかいち》警察署の捜査班のために用意された二つの客間をぶち抜いた広い部屋で、責任者の大江田《おおえだ》警部補と岩槻《いわつき》刑事の二人と顔を突き合わせていた。

他の捜査員たちは午前中に引き続き、媛首《ひめくび》山に詰めている。三人だけが残ったのは、昨日のうちに彼がまとめておいた〈婚舎の集いに於ける関係者の動き〉の時間表に基づき事件を一から整理し、今後の捜査方針を固めるためだった。

ちょうど話は、三人の花嫁候補が婚舎へと入り、長寿郎《ちようじゆろう》が各々の部屋に顔を出した時点にまで進んだところである。

「実際の判断は、解剖所見を待ってからになるが――」

大江田警部補が恰幅《かつぷく》の良い身体に似つかわしい、何とも渋く奥深い声音で、

「この表と伊勢橋《いせはし》医師の見立てから、第一の殺人と首斬りは、四時三十分から五時までの間に行なわれたことになるな」

「はい。ただ犯行に掛かった時間は、二十分くらいかと思われます」

透かさず岩槻が補足を加えつつ、

「ですから、第一の犯行をやり終えた犯人が、犯行現場である中婚舎に竹子《たけこ》が入って来る前に、媛神堂を出ることは充分に可能だったわけです」

「なるほど。しかし、その検討をする前に、高屋敷巡査が気付いた頭巾の矛盾について、まず話を聞こうか」

「はっ」

相手の警部補という肩書と重量感溢れる体格の所為《せい》か、ともすれば覚える威圧感から硬くなりながらも、高屋敷は懸命に説明をはじめた。

「先程も申し上げました通り本官は、北の鳥居口の石碑の裏に、身を潜めておりました。やがて祭祀堂から三人の娘が出て参りましたが、そのときの頭巾と着物の色の順番が、紺、灰、茶でした」

「頭巾のため、顔は見えなかったんだな」

「はい。ただし三人の家の格式を考えますと、最初の紺が二守《ふたがみ》家の竹子、次の灰が三守《みかみ》家の華子《はなこ》、最後の茶が古里《こり》家の毬子《まりこ》であることは分かります。蔵田《くらた》カネにも確認しましたが、その通りの色を三人は選んだそうです」

「そのカネ婆さんだが、ここは大丈夫なのか」

岩槻が自分の頭を指差しながら、薄ら笑いを浮かべている。長寿郎の身元確認を巡る騒動について、高屋敷が大江田にした報告を聞いていたからだろう。年齢は高屋敷の方が十歳は上のようだったが、岩槻には田舎の駐在を相手にしているという露骨な態度を取られている。もちろん階級は相手の方が上のため、高屋敷は飽くまでも丁寧に答えた。

「はぁ、何分にも年を取っておりますので、勘違い、記憶違いということはあるかもしれません。しかし竹子と華子も、それぞれ自分が紺と灰を選び、毬子が茶だったと証言しております」

「ほうっ、裏は取ってあるってことか」

尊大で何処か莫迦にしたような岩槻の口調に、大江田が何か言いそうになったが、結局そのまま高屋敷に顔を向けると、

「よし、それは確認ができたとして。先を続けてくれ」

「はっ。この三人の順列は、当然ですが婚舎にも当て嵌《は》まります。つまり前婚舎には竹子が、中婚舎には華子が、奥婚舎には毬子が入ることになるわけです。その順番で跡取りの男子が巡るらしいので、やはり最初の方が有利だという見方によると思われます」

「二番手や三番手では、待つだけで終わる可能性もあるってことだな」

岩槻が呟くと、大江田が大きく頷きながら、

「竹子という女は、どうも一筋縄ではいかないようだから、長寿郎が自分の婚舎に入ったら、何が何でも出さないように引き留めたのではないか」

「恐らく長寿郎も、それを充分に見越していたのだと思います。しかし、竹子の方が一枚上手だったわけです」

「真っ先に婚舎に入った竹子が、敢えて家の格式を無視して、奥婚舎を選んだからか」

「はい。長寿郎は、竹子が前婚舎に、華子が中婚舎に、毬子が奥婚舎に入っていると、完全に思い込んでいたはずです。その状況の中で彼が誰を花嫁として選ぶつもりだったのか、今となっては分かりませんが、少なくとも最初に会おうとしたのは、毬子だったと考えられます」

「その根拠は？」

「彼が仕来りを無視して、真っ先に奥婚舎に入ったからです」

「ところが、奥婚舎で彼を待っていたのは、意外にも竹子だった」

岩槻が確認するような調子で口を挟む。

「そうです。きっと長寿郎は、とても驚いたでしょう。家の格式から言って、当然そこには毬子がいなければなりません。それに戸口の引き手には、ちゃんと毬子が被っ

ていたはずの茶色の頭巾が掛かっていたのですから」

「ちょっと待て」

大江田が片手を上げて制しつつ、

「確か祭祀堂では、長寿郎は衝立の陰にいて、三人の娘の姿は見ていなかったんじゃないのか」

「その配慮はなされていました。ただ、彼が奥婚舎、前婚舎、中婚舎という順番で、正に竹子の思惑通りに動いた事実から、実は衝立の陰から三人の様子を、秘かに窺っていたのだと推測できます。後は媛神堂へと立つ順番から、どの色が誰なのかは、簡単に見当が付きます」

「そうすると、竹子のいる奥婚舎から出た彼が、次に前婚舎に入ったのは——」

「そこに竹子の紺色の頭巾を認めたからです。長寿郎は、こんな風に考えたのではないでしょうか。最初に婚舎へと着いた竹子が、彼が毬子を一番に訪ねることを見越し、自分が奥婚舎に入った。二番手の華子は、そんな竹子の思惑など知らず、自分に与えられた中婚舎を選んだ。そして最後の毬子が、残った前婚舎になった。しかも三人が落ち着くのを待って、竹子は自分の紺色と毬子の茶色の頭巾を入れ替えた——のだと」

「じゃあ竹子は、長寿郎が衝立の裏から自分たちの様子を窺っていることさえ、ちゃんと気付いていたわけか」

「彼女は、そう見えたと言ってます。ただ、それが仮に見間違いだったとしても、頭巾の入れ替えは用心のためにやったと証言しております」

「実際はこういうことか。竹子が奥婚舎に入ったと気付いた華子は、これ幸いとばかりに中婚舎ではなく前婚舎を選んだ。しかも竹子は、華子がそうすることまで見越していた。そして自分のいる奥婚舎に茶色を、華子のいる前婚舎に紺色を、毬子のいる中婚舎に灰色の頭巾を下げることにより、まず最初は前婚舎には自分が、中婚舎には華子が、奥婚舎には毬子がいるよう見せ掛けた？」

「はい、その通りです」

「これで長寿郎が、一番に自分のところへ来るように仕組んだ。そのうえで、もし彼を逃してしまったときも、すぐに毬子には会えないよう画策しておいた。自分の紺の頭巾を華子のいる前婚舎に置くことにより、如何にも毬子がいるように見せ掛けたわけだ。誰しも、単純に二つの頭巾が入れ替わっただけだと考えるだろうからな。これが二番目の騙しだった」

「竹子は、自分が長寿郎の花嫁に万一なれなかった場合、そのときは古里家の毬子よりも、まだ三守家の華子の方が増しだ――と考えたのだと思われます。華子の行動まで予測して」

「こ、怖い女だなぁ……」

岩槻が再び独り言のような呟きを漏らしたので、思わず高屋敷は苦笑しながら、

「謀られたと悟った長寿郎は、茶を点《た》てて誤魔化したのでしょう。仕来りで、まず最初に全員に振る舞うのだとでも言って」

「ああ、そうやって彼は、十分という短い時間で、竹子の魔の手から逃れたのか」

岩槻の頭の中では、すっかり竹子は魔女のような存在に変化《へんげ》しているらしい。

「奥婚舎から出た長寿郎は、残り二つの婚舎の戸口を覗き、前婚舎に紺の頭巾を認めます。そこで彼は、竹子が自分の紺と毬子の茶の頭巾を入れ替えたのだと単純に考え、華子と顔を合わす羽目になったのです」

「仕方なく同じように茶を点てて、やはり十分で出た」

大江田の確認に、高屋敷は「はい」と答えると、

「長寿郎が前婚舎を出て、中婚舎に入ったと思われるのが、四時三十分頃です。死亡推定時刻が四時四十分前後ですから、図らずも十分間という時間が、ここでも費やされたらしいことが分かります。ただし中婚舎で茶が点てられた形跡は、一切ありませんでした」

「長寿郎は、すぐにでも毬子と話がしたかった？」

「そのように見えます」

「ところが、その話が拗れたために、彼が毬子を殺した可能性はありますね」

岩槻が自分の考えを大江田に述べたが、それを警部補は片手を上げて遮る仕草をしつつ、

「容疑者の検討に入る前に、竹子と華子は、中婚舎の異変には気付かなかったのか」

「二人が言うには、少なくとも隣の婚舎の話し声は、全く聞こえないそうです。ただ華子の証言によりますと、長寿郎が前婚舎を出て行って十分ほどしたとき、中婚舎の方から、ごんっという鈍い音が響いたように思うと。竹子に確認しますと、そう言えば確かに妙な物音がしたと」

「その音は、一度だけか」

「はい。これは飽くまでも、私の見立てなのですが……」

「思ったこと、考え付いたことは、何でも良いから教えて欲しい。捜査班では君が一番、この家のことも、村のことも詳しいんだからな。何とも心強いよ」

「はっ、ありがとうございます。ご期待に添えますよう、本官も相努める所存です」

「高屋敷巡査、そんなに硬くならずに――」

「はっ、申し訳ありません」

「いや……で、君の見立てというのは？」

「はい。中婚舎での遺体の位置から見て、被害者は突き飛ばされたか何かで、床の間

と押し入れの間の柱に、後頭部でも強打して、それが原因で死亡したのではないでしようか」
「華子が耳にしたのは、そのときの音か」
「それじゃ、事故か」
　意外そうな岩槻の口調である。
「その可能性もあるとは思いますが、被害者の首を斬っていることから、殺そうとし
て揉み合っているうちに、そうなったと見る方が良いかもしれません」
「被害者が柱に頭をぶつけていれば、痕跡が柱に残ってるかもしれんな。まぁ、いず
れ鑑識の報告で分かるだろう」
　大江田はまとめると、
「で、その被害者なんだが、どう考えても古里毬子になるか」
「そうですね。昨日、媛首山に出入りした女は、二守家の竹子、三守家の華子、古里
家の毬子、江川蘭子《えがわらんこ》の四人だけです。うち毬子以外の三人は健在ですし、そもそも蘭
子は被害者が殺害されたと見られる時間には、木炭バスの終点である喉仏《のどぼとけ》口の停留所
に、ちょうど降り立ったところでした」
「これには証人がおります」
　岩槻が補足したためか、大江田は刑事に対して、先に江川蘭子の足取りについて説

明するよう指示した。毬子と蘭子は外部から来た者ということで、昨日の村までの二人の行程は、どうやら特に念を入れて調べたらしい。

「江川蘭子が、終着の滑万尾《かつまお》の駅に降りたのは、昨日の午後四時です。これは複数の駅員から裏が取れました」

岩槻は手帳を取り出し、ぱらぱらと捲《めく》ると、

「えーっと『最初は、この辺りでは見掛けない、洒落《しやれ》たソフト帽を被り、粋な背広を着た男がいるなと思ったが、どうも様子がおかしい。男にしては髪の毛も少し長い。よーく見ると、薄らと化粧をしていたので魂消《たまげ》た。おかまかと目を凝らしたが、それにしては綺麗な顔立ちをしている。妙な奴だと首を捻ってたのだが、まさか女が男の格好をしていたとは……。いやはや、そんなこと考えもしませんでした』と、蘭子の目撃証言をした駅員のほぼ全員が、とても驚いておりました」

「そりゃ、そうだろう」

「木炭バスの運転手と車掌も同じです。同様の格好をした別の女がいたとは、到底のこと考えられませんから、江川蘭子の足取りは確かです。また彼女と古里毬子以外に昨日、この媛首《ひめかみ》村に入り込んだ余所者の女の存在は確認されておりません」

「五人目の女が、媛首山に入り込んだ痕跡はなし……か」

「同年代の村の女で、行方が分からなくなっている者も見当たりません」

今度は高屋敷が付け加える。

「そういう状況の中で、媛首山そのものへの出入りも困難だったうえに、毬子と親しかった蘭子が身元を確認したわけだ」

「その身元確認の件ですが、蘭子は東京に戻りさえしたら、すぐに毬子の指紋が付着していそうな身の回りのものを、警察に送ると申しております」

「よし。指紋の照合は行なうとしても、女の首無し屍体は古里毬子と見做して、まず問題はないだろう。ただ、そうなると分からないのが、なぜ犯人は被害者の首を斬ったのか、という謎だな」

「事件当時の媛首山の状況は、よく犯人も理解していたと思われます。つまり幾ら首を斬って隠しても、被害者は毬子であると、ほぼ誰が見ても見当が付くわけです」

「その犯人なんですが――」

岩槻が手帳を仕舞いながら、大江田に向かって、

「犯行時間内、媛首山が一種の密室だったことから、内部にいた竹子、華子、長寿郎の三人と、外部から内部に入った蘭子、それに周囲をうろついていた二守家の紘弐《こうじ》という五人が、差し詰めは容疑者になるかと思うのですが、いかがでしょう？」

「そうだな。その中で動機の面から一番容疑が濃い紘弐は、媛首山に入れなかったため、現場不在証明《アリバイ》が成立してしまう」

「十年前と、全く同じです」

大江田に対してではなく、独り言のように高屋敷が口にした。

「君の話に出てきた、十三夜参りの事件か……。確かに不審な一致と言えるな。しかし過去と現在のどちらも、彼の現場不在証明を崩すことは、ちょっとできないんじゃないか」

「はぁ、無理そうです」

「一先ず紘弐は、容疑者から外すとして――」

「問題は蘭子ですよ、警部補」

勢い込んだ岩槻が詰め寄らんばかりになると、大江田は苦笑いを浮かべつつ、

「どうやら君の考えに、耳を傾けるときがきたようだな」

「毬子殺しについては、確かに蘭子には現場不在証明があります。でも、長寿郎殺しに関しては、ぎりぎりで可能なんです」

大江田の言葉に益々勢い付いたのか、岩槻は生き生きとした口調で、

「花嫁の座を巡って争っていたとはいえ、竹子と華子に、毬子を殺すほどの動機があったとは思えません。すると残るのは、長寿郎しかいません。恐らく彼と毬子との間に、原因は分かりませんが、何か口論が持ち上がった。その結果、長寿郎は彼女を突き飛ばし、毬子は柱に頭をぶつけて死んだ。驚いた彼は逃げ出しますが、途中で媛神

堂へと向かう蘭子に出会《でくわ》す。そこで発作的に毬子殺しを告白したため、蘭子に復讐《ふくしゅう》されて、今度は彼が殺されてしまった——というのが、この事件の真相ではないでしょうか。連続殺人に見えますが、実は不連続殺人だったわけです」

「なるほど。しかしな岩槻、今の解釈を聞いていると、何が何でも江川蘭子を犯人に仕立てるために、強引に一本の流れを作ろうとしているように見えるぞ」

大江田に指摘され、はっとなったのは岩槻より高屋敷の方だったかもしれない。

(俺も気が付くと、彼女を犯人扱いしてたからな)

しかも岩槻のような不連続殺人説もなく、もっと漠然とした疑いであっただけに、そういう意味では刑事よりも質《たち》が悪かったとも言える。

(やっぱり彼女が余所者だったから……。そのうえ男装の麗人という異端者だったから、最初から色眼鏡で見てしまったのかもしれない)

ところが実際の蘭子は、非常に捜査に協力的だった。むしろ竹子の方が、どれほど梃摺《てこず》ったか分からないほどである。

(尤《もっと》も彼女には、何とも言えぬ不安感を抱かせられる。この村に来て殺人事件に巻き込まれたことを実は歓迎しており、探偵ごっこをはじめる機会を窺っている。そんな風に映ってしまう)

新たな江川蘭子像を高屋敷が思い描いている側で、岩槻はまだ己の意見に固執《こしつ》していた。

「しかしですね、警部補。そうとでも考えなければ、この事件を説明することなど、とてもじゃないですができませんよ」

「それそれ、その前提からして間違ってるだろ。事件に対して、そういった取り組み方が如何に危険であるか、これまでにも何度も注意してるじゃないか」

「い、いえ……それは……」

「実は私も、竹子と華子を容疑者とするには、動機の面が弱いのではないかと感じていた。ただ、それも秘守家に於ける一守家、二守家、三守家、それに古里家という各々の家の関係、一守家の跡取り問題、三々夜参りのこと、十年前の十三夜参り事件、そして婚舎の集いという儀礼の意味などが分かるにつれて、恐らく我々が考える見合いとは全く異なった感覚を持って、三人の花嫁候補たちは婚舎に向かったに違いない――そう思うようになった」

「つまり竹子も華子も、充分に毬子殺しの容疑者に足りる、というわけですか」

「そうだ。ただし、二人に毬子は殺害できても、長寿郎までは無理だ。竹子が華子と合流した五時十分から、蘭子が二人の姿を目に留める五時二十五分まで、彼女たちはお互いに相手の現場不在証明を認め合う立場にある」

「長寿郎の死亡推定時刻である五時十五分頃には、まだ二人は婚舎におりました」

高屋敷が時間表を指差すと、岩槻が再び勢い込んだ口調で、

「二人が共犯関係にあったとすると、どうです？　片方が長寿郎を媛神堂から連れ出している間に、もう片方が毬子を殺害して首を斬り落とす。それから斧を持って、先に出た二人を追い掛ける。そして馬頭観音の祠で待っている共犯者と長寿郎に合流し、今度は二人で彼を殺害して――」

「何のためにだ？」

大江田が鋭い声音で問い掛ける。

「はっ？」

「二人が共謀し、毬子を殺すのは良いとして、なぜ長寿郎まで手に掛ける？　せっかく競争相手を減らしたのに、肝心の花婿まで殺すのはおかしいだろ」

「犯行を長寿郎に気付かれたので、口封じのために――」

「なら、わざわざ二人の首を切断したのは？」

「それは……。しかし警部補、竹子と華子の共犯か、長寿郎と蘭子の不連続殺人か――いずれかでないと、この事件を説明することはできません。いえ、そういう考え方が間違っているということご指摘は、私も充分に理解しております。ただ、こんな奇妙な事件に対しては、そういう検討の仕方も必要ではないでしょうか」

岩槻の訴えに耳を傾けつつも、大江田は時間表に目を落とすと、

「長寿郎が全く戻って来ないことに痺《しび》れを切らせた竹子が、中婚舎で毬子の遺体を発見し、華子と合流してから蘭子に出会うまで、確かに少し時間が経ち過ぎているように思えるな」

「そ、そうです！」

逸《はや》る岩槻を相手にせず、大江田は説明を求めるように高屋敷を見た。

「動転して、現場にしばらく佇んでしまったと本人は言っております。また華子と合流してからは、相手が異様に怯えたために、それを宥めるのが大変だったと」

「ふむ。全裸の首無し屍体を目の当たりにしたわけだから、まぁ無理もないか」

「し、しかし警部補――」

「で、一方の蘭子の方は、鳥居口から媛神堂までは約十五分くらいのところを……彼女だけは、二十五分も掛かってるのか」

「そ、それですよ、警部補！　それこそ彼女が犯行に及んだという、明らかな証拠じゃないですか」

「その点について、彼女はどう説明している？」

益々逸る部下を落ち着かせるためか、大江田は淡々とした口調で高屋敷に尋ねた。

「参道の途中にある石碑で、気になったものを一つずつ見ていたからだと――」

「そんなのは嘘だよ。若い女が、あんな碑になど興味を持つはずないだろ」

「ところが、彼女は手帳に、ちゃんと石碑に刻まれた文字を書き写してるんです」

「えっ……」

「それに彼女は作家ですから、ああいったものに興味を示すのも、強《あなが》ち変だとは言い切れないところがありまして……」

「そ、それは、前もって準備しておけば――」

「ただ、彼女が村を訪れたのは今度がはじめてで――あっ、もちろん変装でもして、何ヵ月も前に村へと入り込み、そのとき碑の文字を写した可能性まで否定はできませんが……」

「いや、そこまで考える必要はないだろう」

二人のやり取りに、大江田が割って入った。

「そうなると計画殺人になり、岩槻の不連続殺人という解釈そのものが、成り立たなくなってしまう」

「いえ、ならば最初から蘭子は、長寿郎に毬子を殺させ、その間に自分の現場不在証明を作り、彼と落ち合ったところで彼自身を殺害する計画を立てていて――」

「動機は何だ？　私が言っているのは、蘭子が毬子と長寿郎を殺害する理由もそうだが、なぜ婚舎の集いという儀礼の最中に、そんな複雑な計画を立てて二人を殺す必要があったのか、という動機のことだ。二人を殺したいのなら、長寿郎を東京に呼び寄せて、そこで色々と画策した方が遥かに楽だろう。もちろん、なぜ被害者の首を斬ったのか、という動機の謎もそこには含まれる」

「…………」

黙り込んでしまった岩槻を尻目《しりめ》に、

「それに首の切断面に関して、伊勢橋医師の気になる所見があったな」

大江田が机の上の資料を漁《あさ》りはじめたのを見て、透かさず高屋敷が説明した。

「はい。毬子と長寿郎の首斬りは、恐らく同一人物の仕業だろうと、伊勢橋先生が見立てられていました。切断面の特徴から、ほぼ間違いないと仰ってました」

「つまり犯人は、中婚舎で毬子を殺害後、彼女の首を斬り落とし、それから馬頭観音の祠で長寿郎を殺し、同じように彼の首を切断した――ということか」

改めて大江田が事件の流れをまとめたところで、高屋敷は胸の中で燻《くすぶ》っていた疑問を口にした。

「中婚舎に入ってからの長寿郎の動きなんですが、警部補はどうお思いになられますか」

「うーん、そこなんだなぁ。彼に何があったのかを考えると、岩槻の解釈も最初の方だけは合ってるのかもしれない気になる」

「ど、どの辺りですか、警部補？」

途端に岩槻が活気付き、期待の籠った眼差しで大江田を見た。

「長寿郎と毬子《まりこ》の間に口論があり、彼が過って彼女を殺してしまったという件《くだり》だ」

「柱に頭をぶつけたのが、彼女の死因だという考えですね」

「現場からも推測できる解釈だからな。尤も本当にそれで死んだのか、疑問は残る」

「気を失っただけの可能性もあると？」

「いずれにしろ、相手を殺してしまったと思った長寿郎は、驚き慌てて発作的に媛神堂から逃げ出した。心理的に一守家のある北には向かわず、東の参道に入った。なぜ東を選んだのかは分からん。ただ、そこで彼は前方から誰かがやって来る気配を察し、咄嗟に馬頭観音の祠へと隠れた」

「それが蘭子だったわけですか。なるほど。そこまでは自然な流れだと思います」

「ああ、ここまでは……な。ただし、ここから異常な犯人が登場する。その犯人は、中婚舎で死んでいる毬子の——まだ息があった場合は止めを刺して——その首を切断すると、凶器の斧を持って馬頭観音の祠へと駆け付け、次いで長寿郎を殺害し、またしても首を斬り落とすと、二人の首を持って消え失せてしまったことになる」

「その場合、犯人の異様な行動も謎ですが、それ以前に、なぜ中婚舎に毬子が倒れていて、馬頭観音の祠に長寿郎が隠れているのを知ることができたのか、それが全く分かりません」

「まるで、偶々《たまたま》見付けたから……とでもいうようだな」

大江田が「異常な犯人」と表現したところで、高屋敷の脳裏には妃女子《ひめこ》の姿が浮かんでいた。

（莫迦々々しい……。彼女は十三夜参りの夜に死んでるじゃないか）

すぐさま否定したが、他に媛首村で異常とまで言えるような人物がいない事実が、高屋敷を何とも不安にさせた。

（いや、妃女子の母親の富貴《ふき》がいるか……。それに家庭教師の僉鳥郁子《みなとりいくこ》も……。斧高《よきたか》の話を聞く限り、この二人もかなり危ないらしいからな）

そう考え直した。だが、かといって大江田にわざわざ知らせるほどではないと思った。使用人の子供を執拗《しつよう》に虐めるから、淡首《あおくび》様を異様に信心しているから、という理由だけでは、とても媛首山の首斬り連続殺人事件の容疑者になりようがない。

（それに毬子はともかく、二人が長寿郎を殺害するとは考えられない。確かに富貴は、母親らしい愛情など持っていなかったかもしれないが、一守家の安泰のためには長寿郎が必要だったはずだ。そして郁子は全く逆に、彼に対する愛情に満ち溢れていた。やっぱり犯人と見るには無理がある。況《ま》して彼の首を斬ることなど……）

すっかり高屋敷が考え込んでいると、大江田が興味深そうな様子で、

「何か、思い当たることでも？」

「い、いえ……そういうわけでは——」

　慌てて否定したが、相手は納得していないように見えたので、

「私が言うまでもありませんが、この事件を解決するためには、犯人は誰か、犯行は如何にして行なわれたのか、殺害の動機は何か、ということを突き止めるよりも、なぜ犯人は被害者の首を切断して持ち去ったのか——この謎を解くべきなのかもしれない。ふと、そう思ったんです」

「首斬りの必然性を発見することが、事件を解決に導く近道ではないか……と？」

「はい。一人だけであれば、何らかの狂気に駆られてという見方もできますが、二人とも同じように首を切断されているわけですから、そこには確固たる動機があるのではないでしょうか」

「まさか淡首様とかいう、祟り神の所為だとでも言いたいのか」

　さも莫迦にしたような口調で、岩槻が応じた。

「い、いえ、決してそういうことでは……」

「ただの村の昔話だろ。あの石碑にしても一応の存在感はあるものの、裏に回れば苔むした単なる汚い石にしか過ぎないしな」

「えっ……さ、祭壇の向こうに、つ、塚の側まで入られた……」

「当たり前だ。捜査のためなら、何処であろうと足を踏み入れる」

「ど、土足で……ですか」

「あんなところで靴を脱げと？」

「おい、岩槻」

二人の間に大江田が割って入った。

「確かに迷信そのものを検討する必要はないが、特殊な信仰に絡んだ狂信的な犯行という線は考えられるだろうから、頭から莫迦にするのは良くない」

「は、はぁ……」

「一守家の跡取りの花嫁選び騒動も視野に入れる必要はあるが、そもそも婚舎の集いそのものが、そういった信仰の一部なわけだからな」

「………はい、申し訳ありません」

「それと、祟り話を信じる信じないは別として、信仰の対象となるものに接するときには、たとえ捜査のためであろうと、それなりの礼節を以て当たる必要がある」

「は、はい……。以後、気を付けます」

「ところで大江田警部補、午前中の媛首山の捜索では、やはり二人の首は発見されなかったわけでありますか」

見付かっていれば、疾っくに自分にも知らされていると高屋敷は思いながらも、ずっと気に掛かっていたことを質問した。もちろん岩槻との気まずい雰囲気を、早く払拭したかったからでもある。それには事件の検討を進めるのが、何と言っても一番だろう。

「おっ、そうか。まだ君には、今朝の捜索結果を伝えてなかったな。いや残念ながら、今のところは見付かっていない。参道から森に入った痕跡はないものの、幾らでも投げ捨てることはできる。一番厄介なのは日陰峠の上から、眼下に広がる森林地帯に投棄されてる場合だ」

「もしそうであれば、捜索はかなり難航すると思われます」

「ただ、首は発見されてないが、妙なことに数冊の本が撒かれていた」

「本……ですか」

「それも皆、同じ出版社の探偵小説だ。岩槻、高屋敷巡査に――」

大江田の言葉を受けて、岩槻が不承不承の様子で手帳を開いて差し出しながら、

「あの斧高という少年の話では、長寿郎の蔵書ではないかということだ」

そこに記されていたのは、〈雄鶏社推理小説叢書〉という名の下に、江戸川乱歩、大下宇陀児、芥川龍之介、森鷗外、木々高太郎、小島政二郎、海野十三という七人の作家名と、〈Ondri MYSTERIES〉という名の下にE・C・ベントリ『トレント最後の事件』、E・フィルポッツ『赤毛のレドメイン』、F・W・クロフツ『樽』の三作家の三作品だった。

「この雄鶏社推理小説叢書というのは、一作家につき一作品が入っている。ただ、芥川龍之介や森鷗外の名前もあるのでちょっと驚いたが、江川蘭子によると、この後に七人の外国人作家の長篇が刊行される予定だったのが出なかったらしく、そのうちの何冊かを〈Ondri MYSTERIES〉という別の括《くく》りで後から刊行した、という事実を教えられた」

「蘭子にも確認されたんですか」

岩槻の報告を聞いた高屋敷は、やはり彼女は事件に首を突っ込もうとしていると、例の嫌な不安感に再び囚われた。だが、それを相手は非難と受け取ったようで、

「もちろん最初は斧高に訊いたよ。ところが、長寿郎のものだと思うが、自分は見た覚えのない本もあるみたいだと曖昧だった。あんたは、あの子供の証言を重んじてるようだが――」

「おい、岩槻。そんなことはいいから、先を話せ」

透かさず大江田が叱咤する。

「は、はい……。それで長寿郎の書斎に行くと、そこに彼女がいて何やら原稿を書いていた。こんなときにまで仕事かと呆れたものの、メモを見せると雄鶏社推理小説叢書の八冊は、前に自分が長寿郎に送ったものだと証言した。そこに小栗虫太郎という作家が入って、全部で九冊になるらしい」

「指紋確認のために提出させた、あの二冊のうちの一冊ですね」

「そうだ。恐らく長寿郎は、自分が読書中の本だけを除いて――」

「そこに本来は入るはずだった外国作品を自分の蔵書から加え、同好の士である毬子に見せようとしたわけですか」

岩槻の言葉を先取って思わず高屋敷が続けると、あからさまに彼はむっとした表情を示した。しかし、彼が怒り出す前に大江田が、

「彼女の遺体の下腹部を覆っていた紫の風呂敷に、彼は本を包んでいたのだろうと我々は見ている。風呂敷に四角形の跡が、微かにだが残っているのは確認済みだ」

「その風呂敷ですが――すみません。少し話が逸れますが――竹子に確認したところ、遺体を発見したときには既に下腹部に掛けられていたそうです」

「犯人がやったわけか……。だが、その繊細さは、とても首を斬るような残虐性とは相容れないぞ」

大江田が大きな唸り声を上げつつ、

「毬子を殺害し、衣服を脱がせ、首を斬り落としたにも拘らず、わざわざ下腹部を風呂敷で覆ったことになる。この犯人の行動は、心理的に矛盾してると思わないか」

「確かにそうですね」

高屋敷を睨んでいた岩槻だったが、大江田の言葉に相槌を打つと、

「首を斬るだけでは飽き足らないかのように、犯人は毬子も長寿郎も全裸に剝いた。普通は被害者を辱《はずかし》めるために行なうのでしょうが、毬子には下半身を風呂敷で隠すという矛盾した行動に出ている。一方の長寿郎はそのままです。一体なぜそんなことをしたのか、何をしたかったのか、これでは全く分かりません」

「二人の衣服は、森から見付かってないのでしょうか」

高屋敷が尋ねると、大江田が答えてくれた。

「境内から東守に向かう参道の——それも馬頭観音の祠に行くまでの途中の道だな——左手の森の中に、毬子と長寿郎のものと思われる下穿《したばき》や足袋や草履などが散乱しているのが発見された。おまけに先程の本も、その辺りにばら撒かれていたよ」

「ということは、長寿郎が中婚舎に持ち込んで毬子に見せた本を、犯人は持ち出して参道から森に向かって投げ捨てたわけですか」

「長寿郎自身が、そんな行為をしたとは考えられない以上、そうなるな」

「本当に訳が分かりませんよ」

そう言う岩槻の口調には、お手上げだという調子が感じられる。

「結局、毬子の茶色の着物と長寿郎の羽織を、犯人は持って逃げたことになるんですか」

「見付かっていないのは、その二点だな」

大江田が頷いたのを見て、高屋敷は生々しい光景を想像しながら、

「それぞれの首を、それぞれの衣服に包んだのでしょうか」

「仮に森の何処かに捨てるにしろ、剝き出しで運ぶわけにもいかんだろう。ただ、投棄したのかどうか、そこに疑いが生じるような痕跡も見付かっているんだ」

「どういうことでしょう？」

「実は、東守に通じる参道の手水舎で、毬子の首を洗ったのではないかと見られる節があってな」

「ええっ？　ほ、本当ですか！」

「水を満たした石台の縁に、僅かながら血痕と、溶けた化粧品ではないかと思われる汚れが残っていた。分析の結果を待つ必要はあるが、鑑識の連中は恐らく化粧品だろうと睨んでる。それだけなら参拝に来た女性のものとも考えられるが――」

「しかし村の女で、媛首山の手水舎で化粧をする者など、まずおりません」

「そうだろうな。ちなみに竹子も華子も、心当たりは全くないという。そうなると、すぐ側に血痕もあることから、毬子の首を洗った可能性も出てくる」

斧高をはじめ関係者の証言によると、彼女の化粧は非常に濃かったという。それを落とすとなると、御山では井戸か手水舎でなければ無理だろう。

「犯人は一体何のために、そんな面倒なことをしたんでしょう？」

「分からん。化粧と血痕で何かが汚れるのを嫌ったとも考えられるが、首を本人の着物で包んでいたのであれば、特に問題があるとは思えない」

「単に、綺麗にしたかっただけ……というのは？」

岩槻の思い付きのような意見を、てっきり大江田が否定するかと高屋敷が思っていると、

「うーむ。ひょっとすると犯人は、二人の首そのものが目的だった――ということか。それを手に入れたので、取り敢えず洗ったのだと？」

「首を切断する行為は残虐ですし、本や下穿を撒き散らすのも尋常じゃありません。でも、その一方で毬子の下半身を風呂敷で覆う心遣いも見せています」

「全ては、二人の首を欲した結果というわけか」

「はぁ。もちろん撒き散らしの理由は分かりませんし、なぜ二人の首が欲しかったのかも、今のところは見当も付きませんが……」

警部補に突っ込まれる前にと思ったのか、岩槻は慌てて付け加えた。尤も大江田は凝っと考え込んだ後で、

「それが仮に犯人の真の動機だったとしたら、この事件の根底には、かなり厄介なものが潜んでいることになるぞ」

そう呟くように口にすると、こう結んだ。

「いずれにしろ、媛首山から首が見付かるかどうかだ。比較的簡単に発見されれば、犯人は被害者の首に固執していたわけではないことが分かる。逆に出てこなければ、犯人はどうしても首を持ち去る必要があったと見做せる」

この大江田の解釈は、非常に明瞭だった。が、にも拘らず事件から三日後、高屋敷の驚くべきある発見によって、脆《もろ》くも根底から崩れ去ることになる。

幕間（二）

こういう書き方をすると誤解されるかもしれませんが、高屋敷《たかやしき》は媛首山《ひめくびやま》の首斬り二重殺人事件の発生に狂喜致しました。乱舞までしたとは私も思いたくありませんが、それに近い興奮は覚えたに違いありません。言うまでもなく十年前の、あの十三夜参り事件を充分に捜査できなかった悔恨が、これで一気に晴らせると感じたからでしょう。

ただし、捜査責任者の大江田《おおえだ》警部補に十三夜参り事件の話を伝えはしたものの、それを媛首山連続殺人事件と無理に結び付けようとは、夫もしませんでした。飽くまでも一つの情報として知らせただけで、判断は警部補に委《ゆだ》ねたようです。目の前には正真正銘の殺人事件が、それも二重殺人があるわけですから、その解決に全力を挙げようと思ったはずです。

さて、事件の状況は前章までに記した通りですが、その後に判明した幾つかの事実と警察の見解を、お話を進めるよりも先に、読者の皆様には提示しておきたいと存じます。

もちろん通常であれば実際の捜査の進展に応じて、その都度その時点で判明した新事実をお伝えするのが筋だと、私《わたくし》も考えております。ただ、そういった手法を取りますと、徒《いたずら》に高屋敷元《はじめ》の章のみ長くなる嫌いが出て参ります。最初に申し上げましたように、本稿は夫の視点だけでは全く成り立ちません。事件が起きたからと言って警察の動きだけを追っていたのでは、この恐ろしい惨劇を解決することは、非常に難しいのではないかと私は感じております。

尤《もっと》も警察の捜査によって明らかとなった事実が、やはり重要な手掛かりになる可能性は大きいわけですから、それを左記にまとめておきたいと思います。

一、中婚舎で発見された女の首無し屍体の身元について

前章までで既に古里毬子《こりまりこ》さんだと判明していますが、東京に戻った江川蘭子《えがわらんこ》さんが終下市《ついかいち》警察署に送った品物——毬子さん使用の日用品——の指紋を調べた結果、本人であることが再確認されました。なお、古里家のご両親も身元確認を行ないましたが、富堂翁《ふどう》が指摘したように「娘だと思う」程度で、断定までは無理だったようです。また彼女の血液型はA型で、遺体とも一致しました。

二、古里毬子さんの死因について
中婚舎の奥座敷の柱に少量の血痕——血液型はA型でした——が付着していたことから、少なくとも頭部をぶつけた事実は確認できました。もちろん、それが死因であるかどうかは不明です。ただ、首から下の身体の何処にも傷跡が見当たらないため、頭部への打撲が命取りになった可能性は高いと見られたようです。

三、被害者が古里毬子さんである事実について
本来であれば中婚舎には華子《はなこ》さんが入っていたこと、また中婚舎の戸口に掛かっていた頭巾が灰色で彼女のものであったこと、この二点から犯人の本当の狙いは華子さんであり、毬子さんは間違って殺されたのではないか、という議論もされました。その際、犯人が三人娘の頭巾の色を知り得たかが問題になったそうです。しかし、そうなると犯人は華子さんの顔を知らなかったことになります。よって、そんな疎遠な間柄にも拘らず犯人が華子さんを殺そうとしたと考えるには無理がある。つまり毬子さんは決して間違い殺人の犠牲者などではない。そう結論付けられました。

四、馬頭観音の祠で発見された男の首無し屍体の身元について
前章までで一応、ほぼ秘守長寿郎《ひがみちようじゆろう》さんであると見做されていますが、蔵田《くらた》カネさん

の証言の曖昧さからすっきりしない感じが残りました。しかし、それもカネさんの真意が分かり、また後の章で記す予定の一守家《いちがみ》のとんでもない騒動の後で、改めて彼女が「あの御遺体は、長寿郎様に間違いございません」と証言したこともあり、ようやく身元が確認されています。また彼の血液型もA型であり、もちろん遺体とも一致しました。

五、秘守長寿郎さんの死因について

頭を殴られたか首を絞められたか、いずれかであろうという推測だけです。なお毬子さんと同様、首から下の身体に傷跡は認められませんでした。ただし、この長寿郎さんの死因については後の章で、何とも不可解な謎が生まれることになります。

六、首斬りについて

毬子さんは死後に切断され、長寿郎さんは生前に斬られたことが、改めて確認されました。また二人の首の斬り方から見て、ほぼ同一人物の仕業であると断定できる、という司法解剖の結果が出ています。つまり同一犯人による連続殺人だと判明したわけです。

七、首斬りに使用された斧について
媛神堂に奉納されたものであることが、村人への聞き込みから分かりました。付着していた血液はA型で、指紋は検出できませんでした。

八、東守の手水舎で見付かった痕跡について
血痕と見られたものは、A型の血液と判明しました。ただ、被害者が二人ともA型のため、どちらの血液かまでは判定できませんでした。とはいえ、もう一つの痕跡から数種類の化粧品の成分が出たため、当初の見立て通り犯人はここで毬子さんの首を洗ったのではないか、という解釈が有力視されたようです。

九、犯人が持ち去ったらしいものについて
被害者二人の頭部、毬子さんの茶色の着物、長寿郎さんの羽織です。これは、それぞれの衣服で各々の首を包んだと推測されました。なお二人の頭部は、媛首山の何処かに隠されている、あるいは遺棄されている可能性も視野に入れ、数日間に亘って山狩りが行なわれましたが、遂に発見には至りませんでした。もちろん広大な森林地帯の隅から隅まで完全に捜索するのは無理な話ですから、御山には二人の首がないと断定まではできていません。

十、媛首山で見付かったものについて

境内から東守へと向かう参道の、馬頭観音の祠まで行く途中の森の中で、男女それぞれの襦袢《じゆばん》、下穿《したばき》、足袋といった素肌に着る衣類と草履、数冊の探偵小説が発見されています。衣類は毬子さんと長寿郎さんのものと断定されました。探偵小説については前章で記した通りです。

十一、犯行時間帯に於ける媛首山の密室性について

婚舎の集いが行なわれた日の午後二時、三つの駐在所の三人の巡査が三箇所の出入り口の警邏をはじめてから、翌日の午前中に捜査班と村の青年団による山狩りが実施されるまで、完全に人の出入りが監視されており、それは高屋敷がまとめた〈婚舎の集いに於ける関係者の動き〉の時間表と一致することが確認されました。ただし警察では、犯人しか知らない出入り口――例えば獣道など――の存在を疑っている節があったようです。

十二、容疑者について

前章の如く検討したところ、容疑を掛けた人物が次々に白となったため、大江田警

部補も高屋敷も困惑したようです。関係者の事情聴取の結果では、二守《ふたがみ》家の紘弐《こうじ》さんが最有力の容疑者であると、皆の意見が一致したと言います。それほど受け答えに不審な様子が見られたということでしょうか。ただ当日、媛首山には足を踏み入れていない立派な現場不在証明《アリバイ》が彼にはあるため、なかなか警察も先に進めなかったと思われます。それでも警部補は、御山の周辺を徹底的に捜索することにより、隠された出入り口の発見に努めるよう指示を出したのですが、村人たちの全くの徒労に終わるだろうという言葉通り、何の収穫もありませんでした。

十三、動機について
一守家の跡取りの花嫁の座を巡る私利私欲と、それに端を発した男女間の愛情の縺《もつ》れによる痴情の犯行という見方が、警察の最終的な見解でした。ただし、それとは別に淡首《あおくび》様信仰に対する狂信的犯行という側面も、同時に考慮する姿勢を取ったようです。

十四、江川蘭子氏について
十二の〈容疑者について〉に含まれるかもしれませんが、警察は江川さんの身元を洗ったようです。元侯爵家に当たる家柄のため、調査は代々に亘って仕えてきた顧問弁護士を通した慎重なものだったと言います。もちろん本稿でも、彼女の本名を記すことは控えさせて頂きます。ただ意外にも〈蘭子〉というお名前は、本当の名であることが分かりました。戦災で亡くなったお父様が蘭好きだった所為で、彼女のお兄様も〈蘭堂《らんどう》〉と名付けられたそうです。その蘭堂氏が妹である彼女を溺愛していたらしく、怪奇小説や探偵小説も元々は蘭堂氏の趣味だったと言います。蘭子さんに厭人癖が見られるようになったのは、どうやらお兄様が亡くなられてからのようです。尤も彼女が作家になったのは、お兄様の死があったればこそらしく、下の名前だけ本名にしたのは二人に共通する〈蘭〉の文字があったためだと、はっきり後の随筆に書いていらっしゃいます。

以上が、媛首山の二重殺人に関する捜査状況のまとめとなります。

今、こうして改めて記してみますと、本当に何とも不可解且《か》つ奇っ怪な事件であることが、とてもよく認識できました。職務とはいえ高屋敷が益々熱中してしまったのも、また事件の渦中にいたとはいえ江川蘭子さんが野次馬根性――いえ、探偵根性と言うべきでしょうか――を発揮して首を突っ込もうとしたのも、非常に頷けます。

悍《おぞ》ましく恐ろしい事件ではありますが、その一種独特とも言える訳の分からなさに、まるで魔物にでも魅入られたかの如く、私も知らぬ間に惹き付けられたのですから……。

しかしながら、これで全てが終わったわけではありません。これまでの章でも言及しておきましたように、驚くべき事実の暴露と更なる殺人と新たな謎が、次々と齎《もたら》されることになるのです。

第十七章　指名の儀

　秘守《ひがみ》家の親族会議が一守《いちがみ》家の奥座敷で開かれた翌日、媛首《ひめくび》山の二重殺人事件から二日目の朝、斧高《よきたか》は起床してから何とも手持ち無沙汰だった。大袈裟かもしれないが途方に暮れていた。こんなことは一守家に来て以来、全くはじめてである。

　主人の長寿郎《ちようじゆろう》が亡くなった今、彼の仕事もない。だが、てっきりカネ婆から別の用事をすぐ言い付けられるものと思っていた。なぜなら、これまで何度も言われ続けた「ええか、ヨキよ。働かざる者、食うべからずじゃ」という彼女の言葉が、彼の身体には染み付いていたからである。

　ところが今朝、当面の仕事として何をすれば良いかと尋ねた斧高に対して、

「ああ、特にないわ」

　信じられないような返答が、カネ婆の口から発せられた。

「それじゃ、誰かの手伝いを――」

　当たり前のように彼が返すと、

「そんな必要はない。長寿郎様の御遺体は、明日にならんとお戻りなさらんいうことやから、当分ゆっくり休んでたらええ」

更に耳を疑う台詞を吐いた。驚いた斧高が思わず口籠っていると、自分だけは忙しいのだとでも言うように、その場をカネ婆は足早に立ち去ってしまった。

実際に昨日の親族会議の後から彼女は、兵堂《ひょうどう》を伴って何度も富堂《ふどう》翁の離れに足を運んでいる状態だったから、本当に多忙だったのだろう。明日の二回目の親族会議に備えて、もっとはっきり言えば二守《ふたがみ》の婆様を如何に懐柔《かいじゅう》するか、その対応策を講じていることくらい斧高にも想像はできた。

しかし、だからと言って自分に何の仕事も与えてくれないのは、とても困ると彼は戸惑った。

（ゆっくり休めって言われても……）

五歳で一守家に貰われて来てから今日まで、斧高には「休日」が実質なかった。カネ婆が彼を酷使するだけして、ちゃんと休暇を取らせなかったわけではない。その点は他の使用人と比べても、極めて公平な扱いを受けてきたと思う。特に長寿郎専属のお付きになってからは、仕事の内容もかなり楽になったと言える。

ただ、他の使用人が盆暮れに休みを取って郷里に帰省しているときでも、斧高だけは普通に働いていた。帰る家がなかったからだが、同じような境遇の者でも休みはきちんと貰っていたので、やはり彼だけが特殊だったのだろう。よって急に今日は何もせずに休めと言われても、彼としては困惑するばかりである。

（どうしよう……）

悩んでいると、自分が全く見知らぬ家の中にいるような気がした。もちろん彼にとって一守家は住み込みで働かせて貰っている家で、本来は自分とは何の関係もない場である。しかし、ここでもう十一年も暮らしているのだ。さすがに幾ら何でも、それなりに溶け込んでいると思う。なのに、今日は自由に過ごして良いと言われた途端、自分の居場所など存在しないと分かったのだ。

斧高は呆然と立ち尽くしていたが、やがてはっと気付いた。

（そうだ、一つだけあった。僕にとって心地良い場所が……）

彼が向かったのは長寿郎の書斎だった。この十一年間で最も多く自分が過ごした空間かもしれない。そして何より、そこには長寿郎との想い出が詰まっている。

そう思うと胸が苦しくなった。次いで、書斎に行っても長寿郎には二度と会えないのだと改めて悟り、胸の苦しさが痛みへと変わった。主のいない書斎に漂う寂寥感を想像し、何とも言えぬ気分に陥った。書斎の前まで来ていながら、その扉を開くことができない。

と、そのとき——

（えっ？　長寿郎様……）

書斎の中で、ある気配がした。それは、長寿郎が机に向かって一心に原稿を書いているときに発する一種独特の雰囲気で、廊下にいても感じ取ることができた。そういう場合は彼に呼ばれているのでない限り、そおっと立ち去るようにしていた。

そんな既に懐かしさを覚える気配が今、目の前の扉の向こうから感じられる。

（ま、まさか……）

畏怖に近い感情を覚えながらも、斧高はゆっくり扉を開きはじめて、

（あっ！）

声を上げそうになった。本当に長寿郎が机に座って原稿を書いている、と一瞬だけ見えたからだ。だが、そこにいたのは江川蘭子《えがわらんこ》だった。

（そう言えば昨日から、先生は入り浸りだったな）

昨日の朝食の後、乞われて案内して以来まるで自分の書斎の如く、蘭子は長寿郎の部屋を使っている。ただ不思議なことに、そんな彼女に対して余り不快感は覚えない。普通なら何と厚かましい人かと、その強引で傲慢な振る舞いに腹が立つはずなのに、彼女の奇妙な人柄に影響されてしまったのか、むしろ積極的に使って貰いたいとさえ感じるほどである。

（きっと長寿郎様も、喜ばれるんじゃないかな）

ふと、そう考えた斧高は、いつしか知らぬ間に自分が、長寿郎と蘭子を同一視していることに気付き愕然とした。思わず狼狽《うろた》えた。恐らく男装の麗人という江川蘭子の特殊性が、長寿郎が持っていた中性的な魅力と何処か似ているためだろう。努めて冷静に、彼は己の心を分析しようとした。

確かに彼女は非常に魅力的な人物である。しかし、長寿郎の代わりが務まるはずがないではないか。彼が亡くなって間もないのに、江川蘭子という人物に――それも同性愛者《レズビアン》に――自分が惹かれているのではないかと考えるだけで、斧高の心は掻き乱された。

そっと書斎の扉を閉めると、そのまま一守家を出る。行く当てなど何処にもなかったが、斧高の足は自然に媛首山の北の鳥居口へと向かった。媛神堂にお参りをした後、馬頭観音の祠で長寿郎のために冥福を祈ろう。そんな漠然とした思いで動いていた。

参道を辿っていると、あちこちで警官や村の青年団を見掛けた。それらの人々は皆、森の方を向いて何かを捜していた。誰一人として斧高に関心を払う様子はない。もちろん彼も、わざわざ声は掛けない。ひたすら邪魔をしないようにと足音を殺し、でもできるだけ早足で通り過ぎる。

やがて境内が見えてきたところで、媛神堂の前に佇む女性の後ろ姿が目に入った。

その向こうには男性がいて、どうも二人は押し問答をしているみたいに見える。

(誰だろう? 何をしてるんだ?)

首を捻って近付くうちに、手前の女性が僉鳥郁子《みなとりいくこ》であること、相手をしているのが終《つい》下《か》市《いち》署から来た刑事だと見当が付いた。それも、どうやら郁子が媛神堂に入ろうとしているのを、刑事が止めているらしい。

更に近寄って行くと、刑事らしき男は目《め》敏《ざと》く斧高に気付いたようで、

「おい、そこの君! 勝手に入って来ちゃ駄目じゃないか!」

彼を叱り付けながらも、郁子には媛神堂から離れるよう身振りで促しはじめた。だが、彼女は刑事に追い立てられつつも、

「お参りをするだけなのに、何がいけないんです?」

「ここは犯行現場だ。捜査が終わるまで、立ち入りは禁止されている」

「毬子《まりこ》さんが殺されたのは、中婚舎でしょ。媛神堂の祭壇は関係ないじゃありませんか」

「首斬りに使用された斧は、その祭壇から持ち出されたものだ。それに、この御堂とあの妙な塔と奥の建物とは、三つで一つのようなものだろ」

「私は昔から、ここに——」

「とにかく駄目なものは駄目だ。いや、そもそもこの山に入ることさえ——」

「それなら鳥居口に、ちゃんと歩哨を立てておいて下さい」

「そんな余分な人員を割けるか。今、この辺り一帯を虱潰《しらみつぶ》しに捜索してるんだ。一人でも多くの男手が欲しいところなんだから、あんたも捜査の邪魔をせんでくれ！」

最後は刑事の怒号に見送られる格好で、斧高は郁子と媛神堂を後にした。

「長寿郎様のご冥福をお祈りしようと、先生も思われたんですか」

行きがかり上、彼女と一緒に戻ることになった斧高は、肯定の返事があるものと軽い気持ちで尋ねたのだが、なぜか郁子は沈黙したままである。

(違うのかな？　日課の御堂参りをするつもりだっただけかな)

とも思ったが、仮にそうであったとしても長寿郎の冥福を祈ることは、極めて自然ではないか。あれほど溺愛していた教え子が、何と言っても殺されたのだから。

ところが、郁子の口から出たのは実に驚くべき台詞だった。

「いいえ、淡首《あおくび》様に御礼を申し上げようと思って」

「お、御礼？　な、何のです？」

予想外の返答にびっくりしながら、辛うじて斧高は訊き返した。

「もちろん私の願掛けを、ちゃんと聞き届けて下さったからよ」

「先生の願掛けって、どんなことを淡首様にお願いしたんですか」

「さぁ……知りたい？」

「は、はい……。い、いえ、もし宜しければ、ですけど――」

「いいわよ」

そこで急に郁子は立ち止まると、相変わらずの無表情な顔付きのまま凝っと斧高を見詰めながら、

「最も新しいお願いはね、長寿郎さんの死よ」

とんでもない告白をした。

実際に斧高は、彼女が何を言っているのか分からなかった。「し」とは「死」ではなく、別の漢字が当て嵌まるのだと考えた。しかし、それも束の間だった。その場に彼を残したまま独りで参道を戻って行く郁子の後ろ姿を目で追ううちに、「し」は「死」であると理解した。

(で、でも、どうして……？　なぜ先生が長寿郎様の死を、それも選《よ》りに選《よ》って淡首様に願わなければならなかったんだ？)

考えれば考えるほど頭が痛くなった。

気が付くと、北の鳥居口の石段の上に着いていた。郁子の姿は何処にも見えない。きっと一守家に帰ったのだろう。そう思うと自分も戻る気にはなれない。

(神社に行ってみようか……)

石段に座り込みそうになったところで、漠然と媛守《ひめがみ》神社の存在を思い出した。本当

に数えるほどの経験だったが、彼は幼い頃、神社の境内で何度か村の子供たちと遊んだ覚えがある。なぜそんな機会に恵まれたのかは記憶になかったが、それは子供らしく遊んだ数少ない彼の思い出だった。

(うん、神社に行こう)

媛首山の中心から見て北東に位置する媛守神社は、ちょうど北守と東守の二つの地域の境目にこんもりと盛り上がる、小さな山の上に建っていた。小山の高さは大してなかったが、石段が急なため上りも下りも少し苦労することになる。

(あんな幼いときに、よくこの段を上ったな)

鳥の鳴き声以外は静寂に包まれた樹木の間を、一直線に頂上まで延びる石段を辿りながら、斧高は子供の頃の自分に感心していた。恐らく同じ年頃の者と遊べる喜びから、急峻《きゅうしゅん》な石段くらい何ら障害とは映らなかったのだろう。

(それにしても静かだなぁ)

てっきり境内から子供たちの歓声でも聞こえてくるものと思っていたのに、全く寂としている。

(もう今の時代、わざわざ石段を上がってまで、境内に行く子がいないのかな)

同じ村内で子供たちが遊ぶにしても、その場所が年代によって少しずつ変わっている事実に、斧高は気付いていた。自分は仲間に入れなかったが故に、尚更そんな変化を認めることができたのだろう。ただし、いつの時代の子供たちでも、決して遊ばない場が存在していた。そう、例えば媛首山のように……。

(媛守神社も、すっかり人気がなくなったんだな)

そう思うと何だか可笑しかったが、今は静かな方が良いかもしれないと考え直した。今後の自分の身の振り方について、この機会に熟考すべきではないかと感じたからだ。

当然だが長寿郎が誰に殺されたのか、なぜ死ぬ必要があったのか、それを知りたい気持ちは強い。十年前の十三夜参りの怪事も今回の毬子殺しも、その他の一守家を巡る様々な変事の全てについても同様である。ただ、長寿郎の死の謎さえ解ければ、恐らく自分は満足するような気がした。よって、それまで媛首村《ひめかみ》を去るつもりは更々《さらさら》なかった。とはいえ肝心の長寿郎がいない今、斧高の一守家に於ける存在価値はなくなっている。

(追い出されたら、どうしよう……)

現に今朝も、カネ婆は彼に仕事を与えなかった。主人の突然の死を悲しんでいる彼に、仕事をさせるなど不憫《ふびん》で仕方がなかったから、という慈悲に溢れた理由はカネ婆に限って絶対に有り得ない。

(何か技術を身に付けてるわけじゃないし、かといって商いの経験もない。力仕事には自信がないうえ、学校にも碌《ろく》に行ってないから勉強もできない……）

それでも勉学については長寿郎が取り計らってくれたお蔭で、中学校の半ばくらいまでの学力が、実は斧高にはあった。双児が郁子の授業を受けている間、斧高にも年齢に見合った勉強ができるよう、長寿郎が富堂翁に頼んでくれたからだ。もちろん二人と同じ時間だけ学べることなど少なかったが、郁子の個人授業を体験したのは事実である。意外にも彼女は、その役目を嫌がらなかった。ただし気分屋のこと故、教え方には斑《むら》があったけれど、充分に斧高は嬉しかった。

（でも、その程度の勉強が、社会に出て役立つわけないか）

現実的に考えるうちに、すっかり石段を上る足取りが重くなった。彼が立ち止まらなかったのは、媛守神社の境内に行こうと取り敢えず決めたから、それだけである。そこに辿り着いたからと言って、何があるわけでもない。だが他に行くところもなく、やることもないのだから仕方ない。

しかし、それが違っていたのである。

やがて石段も残り少なくなり、境内へと延びる参道が見えてきたところで、斧高は右手の灌木《かんぼく》の茂みに誰かが佇んでいるのを認めた。

（あれ？　竹子《たけこ》さん……）

それは確かに二守家の竹子だったが、様子が明らかにおかしい。茂みの陰から、頻《しき》りに境内の方を覗いている。

(何を見てるんだろう？　誰かいるのかな？)

そう考え、石段を上り切らずに参道の先に目を凝らすと、小さな本殿の右手に男の後ろ姿が見えた。

(いや、もう一人いる)

手前の男の向こう側に、対峙するように立つ二人目の男の姿が目に入った。

(あれは……二守の紘弐《こうじ》さん？)

こちらに背を向けている男は、それを盗み見ている竹子の兄だと気付いた。

(兄妹で何をやってるんだ？　奥にいるのは——)

誰かと正体を見極めようとして、斧高が更に石段を上ったときだった。その人物が、紘弐の陰から姿を現した。

(あっ、蘭子先生だ！)

彼が媛首山に行っている間に、散歩にでも出たのだろうか。ただそれにしては同じ場所に、二守家の兄妹までいるのは解せない。三人が三人とも散歩の途中に、偶々《たまたま》この媛守神社に寄ったと見るには無理がある。

(もしかすると蘭子先生は、呼び出されたんじゃ……)

昨日、一枝刀自《かずえ》が唐突に締め括った親族会議の後で、紘弐が人目を気にしつつ彼女に近付く姿を斧高は目にしていた。好色な兵堂が蘭子に目を付けたように、彼もちらちら彼女を盗み見ていたのは、斧高も知っている。だから紘弍が蘭子に接近しても、大して意外には思わなかった。しかし昨日の彼の動きが、今日のこの場の約束を取り付けるためだったとしたら——。

（逢い引き？）

そんな言葉が頭に浮かび、慌てて首を振る。仮に紘弍が望んでも、蘭子がまともに相手をするとは思えない。第一それに彼女は同性愛者《レズビアン》なのだから……。尤《もっと》もその事実を紘弍は知らないわけだ、と斧高が考えていると、蘭子が本殿の前を歩きはじめた。こちらにも顔を向けたので、急いで身を屈める。だが、その突然の動きの気配が、どうやら竹子には伝わってしまったらしい。

（あっ……）

と思ったときには石段の方を振り向いた竹子に、もう彼は見付かっていた。

（どうしよう……）

物凄く動揺したが、長年の習慣というのは恐ろしいもので、中腰ながらも立ち上がると一礼をしていた。

一瞬だったが、竹子は凄まじい形相で斧高を睨み付けた。しかし、すぐ彼には気付きもしなかったように、完全に無視をしたまま石段を駆け下りて行ってしまった。その余りの勢いに、段上で彼女を避けようとした斧高は、もう少しで転落するところだった。

気位の高い竹子が盗み見をしている自分の姿を、選りに選って一守家の使用人に見られたわけだから、彼女の反応は極めて自然と言えた。それに斧高も、今更どんな扱いを受けようが気にはならない。それよりも蘭子と紘弐である。

竹子と入れ替わる格好で灌木の茂みの陰へと隠れると、二人の様子を窺う。

(何を話してるんだろう?)

ただし、口を開いているのは紘弐だけのようだ。彼が喋るのを聞いているのかいないのか、のんびりした様子で蘭子は、本殿の前を行ったり来たりしている。その態度に痺《しび》れを切らしたらしく、次第に紘弐の声が高まり出した。そして遂に彼が、動き回る彼女に詰め寄ろうとしたときだった。

「あはっはっはっはっ」

底抜けに明るい蘭子の笑い声が、境内に響き渡った。

紘弐がぎょっとして、思わず身構えたように見える。そんな彼に蘭子が何か言葉を発すると、今度は驚いた表情を浮かべた。ただ、ちょうど彼女の陰に隠れてしまったため、そこからの彼の変化は目にすることができなかった。

ところが次の瞬間、斧高は度肝を抜かれた。紘弐が一直線に、こちらへと駆けて来たからだ。

(し、しまった！　見付かった……)

咄嗟に頭を引っ込め逃げようとしたが、大して長くない参道だったため、もう彼の気配はすぐそこまで迫っている。

(殴られる！)

そう覚悟を決めていると、そのまま紘弐は灌木の茂みの側を通り過ぎ、あっという間に石段を駆け下りて姿を消してしまった。

(えっ……、どういうこと？)

何が何だか全く訳が分からない。だが、すぐに蘭子が気になり、斧高は再び本殿の方を覗いてみた。

すると相変わらずゆったりとした歩調で、彼女が石段の方に近付いて来る姿が見えた。左右の木々に目をやりながら、散策を楽しむように悠然と歩いて来る。たった今、二守家の紘弐が側にいた事実など、綺麗に忘れ去っている様子である。

(これじゃ絶対、蘭子さんに見付かってしまう)

そう焦るのだが、今から石段を下りるには遅過ぎる。仕方がないので参道に背を向けると、ひたすら彼女が気付かずに通り過ぎてくれることを祈った。

「あらっ、斧高君？」

しかしながら願いは通じず、後ろから声を掛けられた。ばつの悪い思いで振り返ると、何処となくにやにや笑いを浮かべた蘭子が立っていた。

「ふーん、いつからいたの？」

「えっ、えーっと、五分くらい……い、いえ、もう少し前からです」

「で、私たちの逢い引きを見てたのね？」

「み、み、見てません！　の、覗いてたわけじゃ……」

必死で否定をしながらも、蘭子が「私たちの逢い引き」と言ったことに対して、斧高は激しく動揺していた。そこでつい大胆にも、

「ここで紘弐さんと、そ、そのうー、あ、会う約束を――」

すうっと蘭子の顔から笑みが消えたかと思ったのも束の間、すぐに破顔一笑した。

「嫌だ斧高君、そんな風に思ったの？　あっ、そうか。私が逢い引きなんて言ったからね。でも、私の心配をしてくれたんだ？　それなら、とても嬉しいけど」

たちまち莫迦なことを訊いたと恥じた斧高は、まともに蘭子の顔を見ていられず俯いた。しかし彼女は、そんな彼の顔を覗き込むようにしながら、

「ありがとう。心配してくれたんだね」

「いえ、そ、そんな――」

「まぁ、けど向こうにすれば、逢い引きのつもりだったかも」

何とも気になる台詞を吐いて、斧高の顔を反射的に上げさせた。

「や、やっぱり紘弐さんに……」

「そう、呼び出されたの。なのに遠回しな話しかしないから、私も飽きてきて適当に聞き流してたら何と――」

「はい？」

「結婚を申し込まれたわ」

「えっ……」

「つまり彼が言いたかったのは、自分はゆくゆくは一守家の当主になり、やがては秘守一族の長になる身である。ただし、婚舎の集いのような仕来りで、元の一守家と三守《かみ》家と古里《こり》家の様々な思惑の絡んだ花嫁候補たちと見合いをして、その中から嫁選びをすることを考えると、ぞっとして嫌で嫌で堪らない」

そこで蘭子はにっこり微笑むと、自分自身を指差して、

「でもお前なら、自分の花嫁に相応しい。お前も自分と結婚すれば、贅沢な暮らしができる。女だてらに小説なんぞを書いている今と比べたら、正に夢のような玉の輿だろ――ということらしいの」

昨日、蘭子を見詰めていた紘弐の眼差しに、そこまでの意味が込められていたとは、さすがに斧高も想像できなかった。

「それで、何と答えたんですか」

「返事をする前に私、笑ってしまって――」

それが、あの何とも豪快な笑い声だったのだ。なぜ紘弐が逃げるように境内を後にしたのか、斧高は充分に納得がいった。竹子と似て気位が高いうえ、今では最有力の一守家の跡取り候補である紘弐にとって、蘭子の反応は余りにも屈辱的だったに違いない。

(良かった……)

彼女が承諾するはずがないと思いながら、拒否したと分かり斧高は安堵した。

「それであなたは、どうしてここに?」

蘭子に訊かれるままに、斧高は媛首山に行って郁子に会ったことから、自分の将来の不安までを全て話していた。

「それはまた劍鳥先生も、思い切った台詞を吐いたわね」

やはり彼女も驚いたらしい。ただ、その真意を探ろうとでもいうのか、一心に考え込んでいる。

「確かに長寿郎さんの手紙からも、家庭教師の先生との関係が余り上手くいっていないことが、何となく窺える節はあったんだけど……」

「そ、それは、いつ頃からですか」

「やっぱり彼が大人になってからでしょ。ここ一年くらいの間は特に……ほら、何と言っても二十三夜参りが近付いていたから」

「どうしてでしょう？」

「生徒が大人になってしまうと、先生は当然お役御免になる。そのうえ二十三夜参りが終われば、すぐに婚舎の集いがあって、長寿郎さんは結婚してしまう。それまで愛情を注いで育てたとはいえ、所詮は赤の他人だし、こんな言い方をして失礼だけど、単なる雇われ教師に過ぎない。長年の愛情が絶大だった分、可愛さ余って憎さ百倍とばかりに――」

「でも、だからと言って、長寿郎様の死を願うなんて……」

「そうよね。どう考えても行き過ぎとしか思えない」

相槌の後、独り言のように呟いた蘭子は、急に斧高の顔をまじまじ見詰めると、

「しかも、そんな物凄い話を、どうして突然わざわざ君にしたのか」

「そ、その理由が先生には、そのうー、分かりますか」

「あら、蘭子さんでいいわよ。こっちは斧高君って呼んでるんだから」

堅苦しく先生と呼ぶ彼に、屈託のない笑顔で彼女が応じたところで、正午を告げる無量寺の鐘が風に乗って流れてきた。

「もうお昼か。東守に行けば何かある？」

蘭子の問い掛けに斧高が頷くと、そのまま昼食に誘われた。

「えっ、でも僕……」

「もちろん私がご馳走するわよ」

「け、けど……」

「今日はのんびり休みなさいって、カネ婆さんにも言われたんでしょ。だったら良い機会なんだから、食事も外でしなさいよ。洋食でも何でも、食べたいものを選んでいいから。私はお付き合いということで、ご一緒させて貰うわ」

斧高は結局、蘭子の好意に甘える格好となった。ただし残念ながら外食をするといっても、媛首村では余りにも選択肢が限られていた。それは東守の、村で唯一の繁華街と言える通りまで出たところで、蘭子にも見当が付いたようで、

「どうも、洋食屋さんはなさそうね」

「な、何でも僕は、そ、その食べますから」

「また、そんなことを言う。ふうっ、けどこれじゃご馳走するにしても――」

今一度だけ通りを見渡すと、蘭子は一番大きな食堂に斧高を引っ張って入った。迷った末に斧高はライスカレーを頼み、蘭子もそれに合わせた。食後、もちろん彼は遠慮したが、彼女はお汁粉を注文したばかりでなくジュースまで取ってしまった。斧高にとっては正に、盆と正月が一度に来たかのような贅沢だった。

彼がお汁粉を食べ終え、ジュースを飲みはじめたところで、

「どう、作家の秘書をやってみない？」

蘭子に突然そう言われ、もう少しで口の中のものを吹き出しかけた。

「実はね、毬子には編集者との打ち合わせ、必要な取材活動、参考文献の資料探しと整理、原稿の清書……と、本当に色々なことをお願いしてたの。私は外に出て人と会うのが嫌いだけど、彼女はその逆だったから、とても上手くいってたわけ」

「そのうー、蘭子さんは、とてもそんな風には……」

「ああ、東京でのことよ。特に出版業界、それに文壇ね、私の厭人癖が出るのは」

「で、でも……僕には、作家の秘書なんて……」

「仕事は、少しずつ覚えればいいのよ。確かに経験者の方が、こっちも楽かもしれないけど、私の場合は何よりも相性の問題があるから」

「…………」

「斧高君とは会って間もないけど、その人柄は長寿郎さんから聞いてたものだから、もうずっと前から知ってるような気がして」

「えっ……？」

「彼は手紙の中で、よくあなたのことを書いてたわ」

どくんどくんと斧高の心臓が、急に大きく脈打ちはじめた。

「お世辞でも何でもなく、彼は君のことを誉めてた。よく気の付く子だって。それだけじゃないわよ。彼は、あなたには小説を書く才能があるかもしれない、そう睨んでたみたい」

「ぼ、僕にですか」

「ええ。そういう意味でも、君が私のところに来れば、何かと役立つことがあるんじゃないかと思うのよ。まぁお互いに、持ちつ持たれつの関係でやれるんじゃないかな。もちろん、だからと言って無給じゃないわよ。ちゃんとお給料は払います」

唐突な蘭子の申し出にも驚いたが、それより斧高にとっては長寿郎が自分をそんな風に見ていてくれたと知ったことが、何十倍もの驚きであり且つ感激でもあった。

「あっ、今ここで、無理に返事する必要はないからね」

長寿郎を思い出し、ついぼうっとしてしまった斧高を見て、悩んでいるように見えたのか蘭子はやや慌てながら、

「幸いにも一守家では、しばらく逗留《とうりゅう》しても良いと言ってくれてる。明日が長寿郎さんのお通夜で、明後日が葬儀でしょ。その後も数日はこの村にいるつもりだから、ゆっくり考える時間はあるし、別に私が東京に戻ってから返事をくれても一向に構わないから」

「ありがとうございます。少し考えてみます」

今の己を取り巻く状況を鑑みると、何ら躊躇《ためら》う要素はないのではないか——とは思いながらも、斧高は物凄い不安を感じていた。

（都会に出る……）

作家の秘書などという仕事が果たして自分に務まるのか、という大きな心配もあったが、実はそれ以上に一守家から離れるのだと考えた途端、何とも言えぬ喪失感に囚われたのである。つい今朝方、自分の居場所など何処にもないと思い知らされたはずなのに……。

午後からは北守を中心に、蘭子に村を案内した。石碑に記された文字に興味があるらしかったので、媛首山の他で様々な碑を見られる場所へ連れて行ったのだが、それよりも本人は養蚕や炭焼など村人たちの日常生活を見学することを好んだ。ただし予想できたとはいえ、何処に行っても奇異な目で迎えられた。村の人々にとっては、斧高と雖《いえど》も所詮は余所者だったうえ、何と言っても蘭子が目立ち過ぎたからだろう。

それでもめげることなく、二人は翌日も早朝から出掛けた。先に南守まで行っておき、東守を回って一守家に戻る計画だった。

「ねえ、小耳に挟んだんだけど、十年前の十三夜参りのときに、長寿郎さんの双児の妹の妃女子《ひめこ》さんが、何やら不審死を遂げたっていう話——良かったら教えてくれないかな」

南守に向かう道中で蘭子に、単刀直入に切り出され斧高は驚いた。

「えっ、それは……べ、別に構わないですけど——」

「それからね、淡首様も含めて、斧高君が一守家で見聞きしたことで、妙だなぁとか、おかしいなぁとか、変だなぁとか思ったり感じたりした全てを、詳しく話して欲しいの」

促されるままに斧高は、いつしか媛首村に来てから体験した奇っ怪な出来事の洗い浚《ざら》いを、蘭子に語って聞かせていた。

「うーん、そうかぁ……」

彼の長い話が終わったところで、彼女は大きな溜息を吐いて唸ると、

「今度の極めて猟奇的な首斬り連続殺人の背後には、どうやら途轍も無く深い何かが潜んでそうね」

昼は、斧高が朝から用意した弁当を——と言ってもおにぎりだけだったが——媛首《ひめくび》川の河原で食べた。昨日ご馳走して貰ったせめてもの御礼として、それが彼のできる精一杯のお返しだった。

「美味しいわね。このおにぎり、斧高君が握ったの？　そう。あなたが秘書になってくれたら、さぞかし二人で毎日のように、美味しい料理が作れるでしょうね」

おにぎりだけで大袈裟なと思ったが、斧高はとても嬉しかった。思えば長寿郎以外

でこんな風に誉めてくれたのは、蘭子がはじめてかもしれない。

しばらく河原で他愛のない話をしてから、

「そろそろ戻りましょう。秘守家の親族会議がはじまる前に、あの奥座敷には行っておかないと。私もあなたも部外者だけど、だからこそ余計に遅れない方がいいわ。全員が揃ってないとか言われて、話し合いをしない理由にでも利用されるのは真っ平だから」

蘭子は早くも富堂翁の性格を摑んでいるらしく、斧高を促すと媛首川を離れ、そのまま真っ直ぐ一守家へと向かった。

途中、自家用車に乗った二守の婆様に二人は追い越された。だが、少し先で車が止まったかと思うと、一枝刀自が蘭子に同乗を促したのには斧高もびっくりした。恐らく一昨日の指紋の件で、彼女が図らずも二守家の味方になったことが効いているのだろう。

ところが、その申し出を蘭子は丁重に断わってしまった。

「どうして乗らなかったんですか」

車が走り去るのを待って斧高が尋ねると、

「君にも乗るようにと、あの人は言わなかったからよ」

二人が一守家の奥の座敷に顔を出すと、富堂翁と兵堂を除いた面々が、もう既に集まっている状態だった。

「皆様がお揃いになりましたと――」

カネ婆が全てを口にする前に、斧高は立ち上がると二人を呼びに行った。

そう彼に命じるカネ婆の表情には、一体この大事なときに何処に行っていたのだという非難の色が浮かんでいた。ただし通常であれば小言の一つも出るところが、妙に押し黙っている。当分は自由にしろと言った手前かとも考えたが、そんな殊勝さがカネ婆にあるわけもない。恐らく他にもっと気に掛かることがあるのだろう。

富堂翁と兵堂への使いを済ませた斧高が、急いで奥座敷に戻ったところへ、ちょうど女中に案内された高屋敷《たかやしき》が姿を現した。やがて秘守家の長と一守家の当主も座敷に入り、ようやく二回目の親族会議に参加する全員が顔を揃えた。

席順は一昨日と同じだった。斧高から見て上座の中央右手に富堂翁が、左手に兵堂が座っている。富堂翁の右手から兵堂の妻の富貴《ふき》、カネ婆、富堂の一番目の妹である三守の婆様こと二枝《ふたえ》、戦死した二枝の息子である克棋《かつき》の妻の綾子《あやこ》、その次女の華子《はなこ》、三女の桃子《ももこ》の六人が、下座に向かって一列に並んでいる。

その向かいの列には、兵堂の左手に富堂の姉である二守の婆様こと一枝刀自、その息子である紘達《こうたつ》、彼の妻の笛子《ふえこ》、二人の次男である紘弐、長女の竹子、そして江川蘭子という六人である。

　この二つの列が終わった地点から、二人分ほどを空けて下がったところで、僉鳥郁子と斧高が横に並んで座っているのも同じだった。唯一の違いは、斧高の横に高屋敷がいることだった。

　つまり六対六の長辺はそのままながら、短辺は二対三になったため、長方形がやや台形に変化した格好になっていた。

「ふむ。全員が揃っておるようじゃな」

　富堂翁は一通り皆の顔を見渡すと、その視線を高屋敷で止めた。

「で、駐在さん、遺体の指紋の調べは、ちゃんと付いたのかな？」

「はい。今朝、報告がありました」

　座敷の中に漂う異様な空気を察してか、高屋敷も緊張しているように見える。

「それじゃ、その結果を聞くとするか」

「承知しました」

　全員が身を乗り出したが、特に一守家では富堂翁と兵堂とカネ婆の三人が、二守家では一枝刀自と紘達と笛子と紘弍の四人が、他の者より強い反応を示した。

「専門的な説明は省きまして、判明したことだけを述べますと、長寿郎氏の部屋からお借りした書籍や万年筆に付着していた指紋と、馬頭観音の祠で見付かった首無し屍体の指紋とは、完全に一致しました。よってあの遺体は、秘守長寿郎氏に間違いありません」

「ほおっ……」

カネ婆が大きな溜息を吐き、それに呼応するよう兵堂が両肩を落とし、最後に富堂翁が声にならない唸りを上げた。それらの様子は見方によっては、ようやく諦めが付いたようにも、今まで背負っていた重い荷物をやっと下ろした風にも見えた。

そんな一守家の三人とは対照的に、二守家の面々は喜びを隠そうともせず、それぞれが笑みを浮かべている。

「駐在さん、ご苦労様でした」

早速のように一枝刀自が富堂翁に代わって、高屋敷に労《ねぎら》いの言葉を掛けると、

「宜しければそのまま、一守家の次の跡取りの指名の儀に、どうぞお立ち会い下さいね」

「は、はぁ……」

高屋敷としては有り難迷惑だったに違いない。まるで相談するように斧高の方を見たので、彼も仕方なく微かに頷き、留まるのが賢明であると伝えた。彼にとっても高屋敷が横にいてくれた方が、安心感があって良かったからだ。

「では富堂翁、どうぞ秘守家の長として、我々一族の者に、次なる一守家の跡取りをお示し下さいますようお願い申し上げます」

斧高が知る限り、一枝刀自が弟のことを「富堂翁」と呼ぶのを聞いたのは、これがはじめてだった。しかも彼女は今、弟に対して深々と頭を下げている。

当の富堂翁は再び全員を見回すと、次いで虚空を見詰めるような眼差しで、

「これより儂は秘守家の長として、この兵堂の跡を継ぎ、次なる一守家の跡取りとなる者を、この場で明らかにし、その者を嫡子とする家系を、次の一守家として認めることを、ここに宣言する。本人並びにその家系の一族は、この任を厳粛に受け止め、秘守家の益々の発展に邁進せんことを、ここで肝に銘じるように」

即座に二守の婆様が拝礼のようなお辞儀をしたかと思うと、紘達と笛子の夫婦も一枝刀自に倣いすぐに頭を下げたのみならず、紘弌までが殊勝に頭を垂れ遵守《じゅんしゅ》の気持ちを表したのには、さすがに斧高も驚き目を瞠《みは》った。

（やっぱり自分が一守家の跡取りとなって、これまでの二守家が一守家に昇格することを考えると、あの紘弌さんでも自然に改まってしまうんだ）

ただ、それが本当は長寿郎の役目だったのにと思うと、悲しいと感じるより悔しい気持ちで一杯になる。

「よいか。一守家の次の跡取りは――」

そこで富堂翁は、なぜか口を閉じた。わざと焦《じ》らしているのかと思ったが、その表情は何処か妙だった。

「富堂翁、それで、その肝心の跡取りとは、誰なんです？」

急かしたい気持ちを必死で我慢しているように、ぞっとするくらい優し気な口調で、一枝刀自が尋ねた。その途端、無表情だった富堂翁の顔に、にやにやとした笑みが広がって、

「斧高じゃよ」

皆が一斉に、物凄い勢いで彼の方を向いた。全員の動きによって、本当に座敷の中を一陣の風が吹いたと、斧高が感じたほどである。上座から自分のいる下座に向かって——。

「ふ、富堂さん、これは一体全体、な、何の冗談なんです？」

真っ先に立ち直ったのは、やはり一枝刀自だった。

「幾ら私どもの二守家に、この一守家の地位を渡したくないからといって、選《よ》りにも選《よ》ってこんな使用人が跡取りだなどと言い出すとは——。富堂さん、失礼ながら、あなたの頭は大丈夫なんでしょうかね？　兵堂さん！　これは一体どういう——」

「斧高は……」

一枝刀自の鉾先が兵堂へと向いたところで、富堂翁は真っ直ぐ斧高を指差すと、

「そこに座っておる斧高は、この兵堂と、ほれ、そこの家庭教師との間にできた子じゃよ」

二守の婆様だけでなく全員が絶句している状態の直中で、斧高は目の前が真っ白になって、どんな物音も聞こえなくなっていた。

と、突如として頭に鈍痛を認めるや否や、今度は一転して真っ暗な世界へと深く深く沈んで行ってしまったのである。

第十八章　第三の殺人

富堂《ふどう》翁が斧高《よきたか》の出生の秘密を暴露した途端、

「いいいいいいぃいぃ！」

人間の声とは思えない叫びが、奥座敷に響き渡った。

そのただならぬ声音に驚きよりも戦慄を感じ、高屋敷《たかやしき》は身震いした。奇声のした方を見ると、歯を剝き出しにした富貴《ふき》の口から、それが発せられている。冷たい雰囲気はあるが元々が美形な顔立ちだけに、その歪《ゆが》んだ表情は凄まじいばかりだった。

しかし、高屋敷が怯《ひる》んだのは一瞬だけで即座に身構えていた。彼女の叫び声の中に、途轍も無く異常なものを認めたからだ。

だが、あっと思ったときは既に遅かった。富貴は自分の前に置かれた湯呑みを取り上げると、それを斧高に向かって投げ付けたのだ。彼が手を出して遮るよりも早く、茶碗は少年の額に命中していた。

「お、おい！　お前……」

兵堂《ひょうどう》が腰を浮かせ掛けたが、妻の悍《おぞ》ましい形相に怯んだのか、再び座り込む。

「斧高！　大丈夫か」

後ろに倒れ掛かった彼を抱きかかえながら、高屋敷は声を掛けた。しかし何の反応もない。気配を感じて顔を上げると、凝っと我が子を覗き込んでいる㑒鳥郁子《みなとりいくこ》と目が合った。

「い、医者を……。伊勢橋《いせはし》先生を呼んで下さい」

「心配ありませんよ」

「えっ？　な、何が心配ないんです？」

「この子は、ちゃんと淡首様《あおくびさま》に守られてますから」

斧高を抱えていた高屋敷の両の二の腕に、ぞっと鳥肌が立った。

（この女が、斧高の実の母親……）

まじまじと相手の顔を、思わず眺める。だが、そんなことをしている場合ではない。伊勢橋を呼ぶよう誰かに頼もうとして、それが無理なことを即座に察した。秘守《ひがみ》一族の間では既に、喧々囂々《けんけんごうごう》たる物凄い争いが繰り広げられていたからである。

「富堂さん、幾ら二守《ふたがみ》家に今の地位を明け渡したくないからといって、よくもまぁ、そんな嘘をぬけぬけと吐けますね」

「何が嘘なものか。斧高は確かに、兵堂とその女の子じゃ」

「いいえ、捏《でっ》ち上げです！」

「おいおい、こいつの女癖が悪いのは、姉さんも承知のことじゃろう」

一族の前で自らの悪癖を言われているにも拘らず、兵堂は一向に恥じる気配もなく、逆ににやけている。尤《もっと》も富貴が凄まじい眼差しで自分を睨んでいることに気付くと、慌てて顔を取り繕い笑みを引っ込めた。

「そんな女癖のことなど、あれが兵堂さんの嫡子である証拠に、これっぽっちもなりませんわ」

透かさず一枝《かずえ》刀自が、富堂翁に噛み付いた。

「斧高という名前はな、兵堂に因《ちな》んで付けられたものじゃ。兵堂の〈兵〉は、〈手斧を両手で持つ〉という意があり、〈堂〉は〈土を盛った高い場所〉の意がある。だから、それぞれから〈斧〉と〈高い〉という文字を取って、斧高と名付けたんじゃよ」

「それは……後から考えた、ただのこじつけでしょ」

「カネさん、あれを――」

いきり立つ一枝刀自に富堂翁は鷹揚に頷くと、蔵田《くらた》カネの方を向いて片手を伸ばした。大旦那に指示されたカネ婆は、懐から匂い袋にも似た小さな巾着を取り出し、それを押し戴くようにして富堂翁に差し出した。

「この中には臍《へそ》の緒と――」

富堂翁は巾着を開けて指を突っ込みながら、

「あの子が誰と誰の間にできた子で、何年の何月何日に何処で、何という産婆の手に掛かって生まれたか、そういったことを記した証文が入っておる」

「そ、そんなもの、この数日のうちに幾らでも用意できます。一守《いちがみ》家には幸い、何処の馬の骨とも分からぬ拾った子供がいたので、実はこの子は一守家の跡取りでございます……という芸当ができるよう、あなた方が画策したに違いありません」

飽くまでも斧高の存在を認めない一枝刀自の態度に、残りの二守家ばかりでなく三《み》守《かみ》家の人々からも賛同の声が上がりはじめた。

「なるほどなぁ」

ところが、富堂翁は一向に困った様子も見せずに、

「姉さんの疑惑は、まぁ尤もじゃとは思う。ただ、儂の話はまだ終わってなくてな。その証文には、父親、母親、そして生まれた赤ん坊の三人の、それぞれ手形が押されておる。指紋は生まれたときから、ずっと変わらない――そうでしたね、姉さん？」

「…………」

二守の婆様が言い返せないでいると、意外にも富貴が口を開いた。

「一枝様……、こんなこと認めたくありませんが、その使用人が、うちの人とその女との間にできた子だというのは、本当です」

これには一枝刀自も、かなり動揺したようだった。一守家に嫁いだ女とはいえ、その後の複雑な結婚生活から富貴が決して兵堂側に立っていないことを、何より彼女が知っていたからだろう。

「私にとっては長寿郎《ちようじゆろう》が死んで以来、もう一守家もその跡取りも、どうでもよい興味のないものになっています。皆さんは、私が碌に子供の面倒を見なかった癖にと思われるかもしれませんが、したくてもさせて貰えなかったんです。けれど、私も母親です。長寿郎が立派な跡継ぎになるのを、この目で見たいと願ってました」

「富貴さん、あなたの言いたいことは分かりますが、それでも――」

「うちの人が、あの女を孕《はら》ませたのは、三度です」

さすがに一枝刀自も、この富貴の告白には絶句してしまった。

「一度目は、その子です。二度目と三度目は、流産でした。そりゃそうです。私が淡首様に願掛けをして、二人の間にできた子を流させたんですからね！　あっはっはっはっ！」

最初はしんみりとした口調だったのが、次第に狂気じみた怒号となり、最後はけたたましい哄笑《こうしよう》に変わっていた。

余りの悍ましさに、高屋敷の背中に何とも言えぬ悪寒が走った。もちろん富貴の狂った笑いを耳にしたからだけでなく、その語った内容の所為《せい》もあった。実際、彼女が口を開いてから明らかに奥座敷の空気は、より重苦しくなっている。当初から漂っていた緊張が更に高まり、そこに異様な気配が流れ込んだように感じられる。

その禍々《まがまが》しい雰囲気を掻き回すような、とんでもない発言が一枝刀自の口から発せられた。

「そう言えば、まだ長寿郎さんの首が見付かってませんね。指紋などという鑑定方法があるようですけど、私は二守家の長として、そんなものでは納得できかねます。従って長寿郎さんの首がきちんと見付かり、彼の死亡が確認されるまで、仮に一守家の跡取りの権利を持つ者が現れたとしても、それを認めることは絶対にできません」

「ね、姉さん！　それは無茶と言うもんじゃ」

「何が無茶なものですか」

「あんたは指紋が何であるかを、長寿郎の身元確認を通じて知ったはずじゃ。それで証文に赤ん坊の手形まであると聞いて、これはもう認めるしかないと思った。だからこそ、そんな無茶苦茶な要求をして――」

「無茶なのはそっちでしょ！　大体はじめから、長寿郎さんの死亡を認めようとはせずに――」

「いいや！　それはちゃんと――」

「お巡りさん……」

富堂翁と一枝刀自のやり取りに完全に呑まれていた高屋敷は、声を掛けられ我に返った。呼んだのは江川蘭子《えがわらんこ》で、いつの間にか斧高の後ろにいた。

「取り敢えず斧高君を、私の客間に運びましょう。それから医者に連絡を」

「そ、そうだな……」

慌てて少年を抱き上げた高屋敷は、奥座敷を出て行く蘭子の後に付いて行った。最後にちらっと座敷を振り返ると、激しく言い争う富堂翁と一枝刀自の二人以外の全員が、凝っと斧高に視線を注いでいた。

自分に向けられた眼差しでもないのに、高屋敷はぞっとした。これまでも斧高の境遇については同情を覚えていたが、今、この瞬間からの彼の運命を思うと何とも絶望的な気分になった。

(天涯孤独の一使用人の方が、彼にとっては良かったんじゃなかろうか)

せめて長寿郎が生きていればと思って、そもそも彼がいるのなら斧高の出生の秘密は明かされなかったのだ、と自分の不明を恥じた。

「待って下さい。すぐ蒲団を敷きますから」

客間に着くと蘭子は、まず机を隅に寄せ、押し入れから敷き蒲団を出し畳の上に広げた。

「ヨキは、どげな案配です」

そこにカネ婆が現れた。どうやら二人の後を追って来たらしい。

「あっ、蔵田さん――」

「伊勢橋先生には、もう連絡するよう言うてあります。どれ……」

高屋敷の質問を察した返答をすると、カネ婆は蒲団の上に寝かされた斧高の額に手を当て、頭のあちこちを摩りはじめた。

「ふんふん、こりゃ大丈夫やろ。突然あげなこと言われたもんやから、びっくりしたんやな。そこへ、ちょうど奥様が湯呑みを投げなさったもんやから、もっと仰天して、それで気を失うたんや」

「精神的な打撃と肉体的な打撃、その二つが重なったからなぁ……。ところで蔵田さん、富堂翁の仰ったことは――」

「ええ、ほんまです」

勢い込んだ高屋敷に比べ、あっさりした口調でカネ婆が応じた。

「ま、まさか彼を引き取ったのは、今回のような御家騒動を見越して……」

「駐在さん、幾ら何でもそれはないです。幾多の家が、あないなことにならなんだら、今も斧高は八王子で暮らしておったはずですわ」

「それじゃ彼の父親が戦死し、母親も兄も姉も死亡したため、已《や》む無く一守家で引き取ったということですか」

「はい。余所にやるにしても、もう物心が付いてましたからなぁ。ただこうなると、あの子がこの家に来たんも、何や目に見えんもんの力が働いとったんかも——」

「定めだったと、蔵田さんは仰るんですか」

「ええ、淡首様の……」

伊勢橋が来る前に、幸い斧高の意識は戻った。また医者の見立ても、カネ婆のそれと同じだった。ただ大事はないものの、明日の朝までは寝ているようにという診断だった。

伊勢橋に診られている間、斧高は随分と大人しかった。だが医師が帰った途端、自分の出生についての詳しい話をカネ婆から聞きたがった。そして気を失った後で、奥座敷で如何なるやり取りがあったのか、その説明を蘭子に求めた。

もちろん二人と高屋敷は、今は安静にするべきだと取り合わなかったが、斧高は頑《がん》として言うことを聞こうとしない。ここまで強く大人の意見に反発する彼を見るのは、高屋敷もはじめてだった。いや、カネ婆でさえ驚いていたくらいである。仕方なく三人で話し合った結果、このままだと興奮するばかりなので、取り敢えず彼が満足して眠れるくらいの話をすることにした。ただし斧高には、寝たままで静かに話を聞くだけだと釘を刺しておく。

高屋敷も側にいたかったが、特別に大江田《おおえだ》から許可を貰って親族会議に出ていたため、そろそろ仕事に戻る必要がある。後は二人に任せると、引き続き大規模な捜索が行なわれている媛首山《ひめくびやま》へと向かった。

新たな進展もないまま山狩りの三日目が終わったその夜、一守家では長寿郎の通夜が営まれた。大江田と岩槻《いわつき》と一緒に赴いた高屋敷は、棺《ひつぎ》の前に集まった秘守一族の間に、何とも言えぬ異様な空気が流れていることを否応なく肌で感じた。

それは警部補も同様だったようで、一守家を辞して歩き出してすぐ、

「どうにも気に食わん雰囲気だったな。まるで今にも第三の殺人が起こりそうな、そんな厭な気に充ち満ちていたぞ、あの家は……」

残念ながら大江田のこの言葉は、翌日になって的中していたことが分かる。

翌朝、高屋敷は終下市《ついかいち》警察署の主な捜査官たちが宿泊している百姫荘《ももひめ》に出向くと、四日目の山狩りの打ち合わせに参加した。犯人の遺留品及び逃走経路の発見に努めると共に、特に二人の被害者の首の発見には全力を尽くすようにと、大江田が全員に発破を掛ける。

今日の高屋敷の担当区域は、媛神堂から日陰峠へと延びる道の、その南側一帯だった。青年団の協力を仰ぎ、この三日間も午前と午後で人の組み替えを行ないながら、できるだけ見落としが出ないように捜索は進められている。それが今日で四日目となるため、何としても片方の首だけでも見付けたいと、恐らく全員が思っているに違い

なかった。

北の鳥居口から媛首山に入った高屋敷は、受け持ち区域に行く途中であっても、決して周囲の確認を怠らないようにした。今更、参道から目に入る範囲で何かが見付かるとは考えていなかったが、万一という場合もある。御山に入ったからには、一時も無駄にするつもりはない。

しかし、この高屋敷の心掛けも、その日に受け持った区域の捜索に於いては報われずに終わった。

ただし、それでも御山に夕暮れが訪れ、引き上げの指示が出されて境内まで戻ったところで、ふと彼が媛神堂をまじまじと目にした背景には、この注意深さがあったことになる。

(おや……)

最初は何ら異状に気付かなかったが、そのうち媛神堂の格子戸に掛けられている錠前が、少しだけ歪《いびつ》に傾《かし》いでいるように見え出した。

(昨日、改めて中を調べ、その後ちゃんと錠を掛けなかったのか)

そう考えたが、御堂の中は二日間かけて徹底的に調査したので、昨日は全ての要員を山全体の捜索に当てたはずである。それに捜査官が堂から出たとき錠前を最後まで掛けず、しかも確認もしないなど有り得ないだろう。

(何だか妙だぞ)

途端に、どくんどくんと心臓が高鳴り出した。

(落ち着け……。何でもないかもしれない)

しかし、そう自分を宥めながらも媛神堂へと近付くに従い、彼は確実に変事の気配を察していた。

御堂の格子戸の前に立ち、閂錠に手を触れた途端、それが外れた。

(誰かが無理に、こじ開けたんだ!)

ゆっくり静かに格子戸を開け、薄暗い堂内を覗き込んだ高屋敷の目に飛び込んできたのは、祭壇の前の床に横たわる全裸の男の首無し屍体だった。

(ああっ、くそっ! やっぱり……)

ただし、中婚舎及び馬頭観音の祠で発見された二体の首無しと違っている点が、一つだけあった。それは、その切断された首が、なぜか祭壇の上に載せられていることだった。

(ど、どうして……こ、この首は、持ち去らなかったんだ……)

新たな犠牲者が出た驚きよりも、わざわざ斬った首を犯人が残して行った事実に、高屋敷は衝撃を感じた。

(い、いや、それよりも被害者は——)

遅蒔きながら誰なのかを確認しようと堂内に入ったところで、

（そ、そんな……ば、莫迦な……）

そこに信じられない顔を見て、彼は悲鳴を上げそうになった。

「け、け、警部補！　大江田警部補！　ど、どちらですか。早く、ひ、媛神堂に来て下さい！」

慌てて媛神堂から飛び出した高屋敷は、山狩りに参加している大江田に知らせるため、御堂の周囲を駆け回り、三つの参道に向かって大声を張り上げた。それは警官から青年団へ、そして再び警官へと伝わって、ほどなく南守の参道から大江田が姿を現した。

「三人目の被害者か……」

堂内の祭壇の前で、身体を捩《ねじ》った異様な格好で横たわる首無し屍体を目の当たりにして、大江田が呟く。その表情には、みすみす新たな被害者を出してしまった慚愧《ざんき》の念が滲んでいた。

「これは無理に衣服を脱がされた後で、そのまま放っておかれたとしか思えない格好ですね」

岩槻の指摘通り、首無し屍体の身体も手足も不自然に捻れ曲がっている。

「毬子《まりこ》が仰向けのほとんど整った状態で、長寿郎は少し乱れていたが、やはり仰向けだったのに比べると、これは些か扱いがぞんざいだな。よし、この遺体の状況を含め現場に見られる特異な点は、一先ず世間には伏せておくことにしよう」

「警部補、それは切断された首が、現場に残されている状況も含むんですか」

「莫迦者！　よく考えろ。そんな大きな事実を隠せるか。もっと細部の――いや、それよりも一体これは誰なんだ？」

大江田が振り向いたところで、高屋敷は声を絞り出すようにして答えた。

「一守家の……長寿郎です」

「な、何だって？　こ、この首は、長寿郎のものだと言うのか」

仰天の一声からすぐに一転して、大江田の困惑した声音が堂内に響いた。

「そ、それじゃ、馬頭観音の祠で発見された首無し屍体は、だ、誰になるんです？」

岩槻の途方に暮れた声が続いたが、さすがに大江田は立ち直りが早く、且《か》つ観察眼にも優れているようで、

「よく見ろ。あの首は斬られてから、少なくとも何十時間も経ってるぞ」

「えっ、と言うことは……」

「この首無し屍体は、やはり古里《こり》毬子と秘守長寿郎に続く、三人目の被害者だということだ」

「そんなぁ……。で、では、この遺体の首は？」

そう言うが早いか岩槻は堂内を見回し、次いで祭壇の裏を覗き込むと、高屋敷が止める間もなく媛首塚《ひめくび》と御淡供養碑《おえん》が祀られた区域へと足を踏み入れていた。

「くそっ、石碑の裏にもありません」

「おい、そこは横からでも覗けるだろ」

大江田が注意をしたが、第三の殺人が起こって岩槻は興奮しているのか、

「まさか被害者の首を斬ることで犯人は、この何とか様の祟りの所為にする腹積もりじゃないでしょうね。そんな手が、警察に通用するとでも思ってるのか！」

どうやら後半の台詞は、犯人に向かって発したようである。ただし、その腹立ちを彼は、有ろうことか目の前の媛首塚《ひめくび》を蹴ることで発散させている。

「岩槻、栄螺塔と三つの婚舎を調べろ。三人目の被害者の首を捜すと共に、変わった点がないか確認するんだ」

大江田の命令を遂行するために岩槻が栄螺塔に向かったのを見て、高屋敷は秘かに溜息を吐いた。警察官である以上は祟り話など信じるべきではないと思うが、あそこまで毛嫌いするのも問題のように感じられたからだ。

(これは誰も見てないところで、どんな罰当たりな行為をしてるか分かったもんじゃないぞ)

万一そういった彼の行ないを、秘守家の人々をはじめ村人にでも目撃されたら、そ

れこそ大変な事態になる。

やがて、岩槻が戻って来た。

「首は何処にも見当たりません。その他に変わったところも、何ら確認できませんでした」

まだ興奮も露に報告する岩槻とは対照的に、大江田は落ち着いた口調で、

「そうか、となると犯人は、三人目の被害者の首を斬って持ち去った代わりに、なぜか今まで隠していた長寿郎の首を置いていった——ということになるな」

第十九章　淡首様の意思

秘守《ひがみ》家の二度目の親族会議に於いて、斧高《よきたか》が自らの驚くべき出生の秘密を知った翌日、長寿郎《ちょうじゅろう》の葬儀が執り行なわれた。

一守《いちがみ》家の跡取りだった者を送るにしては——たとえ元ではあっても——余りにもささやかな儀礼だった。さすがに妃女子《ひめこ》のときと違って密葬めいた感じはないが、それでも暗に弔問客を閉め出す雰囲気が一守家には立ち込めており、ほとんど秘守一族だけの葬儀と言えた。尤《もっと》も、新たな跡継ぎの出現に伴って生まれた一守家と二守《ふたがみ》家並びに三守《みかみ》家の人々の確執から、一族の間にさえ余所々々しい空気が流れている。紘弍など姿も見せていない。もちろん元から仲が良かったわけではないが、それが葬儀の場にまで漂うのは、やはり余程のことだろう。

しかし斧高は、そんな周囲の状態に気を配る余裕など全くなかった。昨日の親族会議で与えられた衝撃は、蘭子《らんこ》の客間に寝かされ、伊勢橋《いせはし》の往診を受け、そのうえ蘭子とカネ婆から取り敢えず知りたいと思った話を聞けたことと、後は朝まで眠ったお蔭でかなり和らいでいた。彼の所為で今はそこしか空いていない裏庭に面した離れの客間へと移った蘭子が、夜のうちに何度か心配して覗きに来てくれたことも、夢現《ゆめうつつ》の状態ではあったが何となく覚えている。そういった彼女の心遣いが、更に彼の恢復《かいふく》を助けたのは確かだった。

ところが、今日になって長寿郎の葬儀に出た途端、皆の視線が痛いほど自分に向いてくる。一気に追い詰められた気分に陥る。しかも、斧高を見詰めるのは秘守家の人々ばかりでなく、昨日まで同じ立場の——と言うより恐らく一守家では彼が一番下だったろう——使用人たちまで、何とも言えぬ眼差しを向けてくるのだ。

（今まで一守家で最下位と見做していた者が、いきなり最上位に、自分たちの主人になるかもしれないんだから……）

彼らの瞳にどんな思いが込められているのか、彼は考えたくもなかった。

（鈴江《すずえ》さんがいたら今の僕に対して、どう言っただろう？）

ふと、そう思ったときに、少し心が温かくなっただけである。

葬儀は極めて迅速に進められたので、昼前には火葬場に棺が運ばれ、夕方には無量寺の墓地で納骨が済むという異例の早さで終わった。それは代々の秘守家のみならず、媛首《ひめかみ》村の葬送儀礼の歴史を鑑みても有り得ないほど異常であり且つ歪だった。まだ土葬の風習が残るこの地で、わざわざ火葬にしたことも含めて。

(妃女子さんのときと全く同じだ……)

その事実に斧高は、何とも言えぬ戦慄を覚えた。

ただ、この異様に短い葬儀は、彼にとっては救いだったかもしれない。なぜなら二守家と三守家の人々を差し置いて、彼が富堂《ふどう》翁と兵堂《ひょうどう》の次に焼香をするようカネ婆に促されたからである。また昼食の席順も、もう完全に彼が一守家の跡取りであることを物語る、または世間に認めさせるもので、言うまでもなく本人には針の筵《むしろ》でしかなかった。

「ちょっと出ようか」

だから昼食が済んで蘭子に声を掛けられたとき、斧高はすぐ頷いた。

何処に行くのかと尋ねるカネ婆に、夕方までには戻りますと答え、二人は再び媛守神社へと向かった。あそこなら誰も来ず、邪魔も入らない。

「それにしても、どうしてこんなに急いで――」

「葬式を終わらせたのかって？」

一守家を出たところで早速、斧高が疑問を口にすると、同じことを蘭子も思っていたようで、

「それは一刻も早く喪が明けるようにして、懸案の跡取り問題を片付けてしまいたいからよ」

「喪中だと、動きが取れないからですか」

「厳密には初七日も四十九日もあるけど――」

「やはり通夜と葬儀、そして納骨が肝心ですよね」

「それが済まないと、きっと二守の婆様が横槍を入れてくるわね。今は、そんなことより長寿郎さんの冥福を祈りましょう――とか言って。で、その間に二守家では、何とか対抗策を講じようとする。あの一枝刀自《かずえ》なら、それくらいやるでしょう」

「な、なるほど……。そうでしょうね、恐らく……」

「もちろん富堂翁は、実の姉の性格をよく知っている。だから少しでも早く跡取り問題に片を付けたい――と考えたんでしょう。個人的には、あの証文があれば大丈夫だとは思うんだけど、一枝刀自に時間を与えないに越したことはないから」

改めて斧高は、江川《えがわ》蘭子の凄さを垣間見た気がした。村に来てから今日で、まだ五日目である。それでここまで的確に秘守家の人々の性格を摑んでいるとは、大した観察力と言える。やはり作家というのは、人間を見る目が違うのだろうか。

「あのうー、蘭子さんの秘書の件なんですが――」

神社の石段が見えたところで、斧高が切り出した。

今の彼にとっては、都会に出ること即ち一守家から逃げ出すという意味合いが強かった。それは蘭子に対して失礼過ぎると思っていた。だが、いきなり対照的な二つの選択肢を目の前にして、彼の心は片方に大きく傾いていた。

ところが、蘭子は勘違いをしたらしく、

「あっ、あれならいいの。飽くまでも昨日の、あれはお昼までの話だから」

「えっ、でも……」

「君が気にする必要はないわ。今は、自分のことを考えるべきよ。一守家の子供だって分かったわけでしょ。確かにこれまで使用人だったのが、急に主人側だって言われても戸惑うだろうけど、ものは考えようじゃない。全く別の地域の別の家から、いきなり媛首村の一守家に来て跡取りに納まることを思えば、あなたは既に十一年間もこの村で、一守家で暮らしてるんだから、その経験を今後は活かすようにすればいいのよ、ね」

「はぁ……」

「もちろん、何代も続いた旧家の跡継ぎだなんて、そりゃ大変だとは思う。けど、あれほど立派な自分の家があるなんて、そうそう今の世の中じゃ望めないことよ。まぁ親戚も含めて、その中で暮らしてる人たちは一癖も二癖も……あっ、ごめんね。つまり一筋縄じゃいかないみたいだけど、そういう人たちに対しても、君はこれまで使用人として充分に対応してきたわけでしょ？」

「ええ、まぁ……」

「だったら大丈夫よ。今度は家族の一員になるんだから。やっぱりね、どんな事情があろうと、家族は一緒に住むべきだと思う——って、私が言う台詞じゃないわね」

そこで斧高は、蘭子が天涯孤独の身の上であったことを思い出した。そんな彼女にしてみれば、家族ができたばかりの彼に対して、一緒に住むべきだと言うのは当たり前かもしれない。だが、彼は気になっている問題があった。

「どうしたの？　気乗りしないの？」

石段を上る彼の足取りが遅くなったことに気付いたのか、蘭子は立ち止まると、

「ひょっとして、これまでの扱いに対してとか」

「いえ、それは……いいんです。別に怨みに思ってるとか、そんな感情は更々なくて……何て言えば良いのか分かりませんけど……そのうー、自分で言うのも変ですが、むしろ冷めて見ているかも……」

「へぇ、それは意外だわ。いえ、その方がいいのよ。君が余り傷付く恐れのない方が当然ね。ただ、私の勝手な印象かもしれないけど、あなたは物凄い衝撃を受けて、しばらくは立ち直れないんじゃないかって——」

「きっと一守家で、自分でも気付かないうちに、色々と鍛えられたんだと思います」

斧高が苦笑いを浮かべると、蘭子は安心したような顔付きになって、彼に石段を上るよう身振りで促した。

やがて天辺に着いたところで、彼女は自らの足元を見下ろし、

「やれやれ……。小さくても男性用の靴だから、なかなか慣れなくてね。実は男装の麗人も、これで結構大変なのよ。あっ、ここからの眺めって、やっぱり好きだなぁ」

靴の履き心地を気にしていたが、すぐ眼下に広がる風景に目を奪われたらしい。しかし、そんな呑気な台詞もそこまでで、すぐ斧高に顔を向けると、

「で一体、何がそれほど気になってるわけ？」

「蘭子さんは、淡首《あおくび》様の祟りを信じますか」

予想外の問い掛けだったのか、彼女は一瞬ながら言葉に詰まると、

「そうねぇ……。それは難しい質問だわ」

取り敢えず返して、その間にどう答えるかを考えているように見えた。

「小説と現実は違うでしょうが、蘭子さんの作品には、怪異がそのまま出てきたりしますよね」

「うん。ただね、君が言ったように、私が書いてるのは飽くまでもお話だから。怪奇小説を執筆している作家でも、幽霊を一笑に付す人は多いのよ。でも、またどうして……いえ、この村で育ったんだから、そういう思いを抱くのは理解できるけど、なぜ今頃になって、そんなことを――」

そこで斧高は、自分が五歳のときに八王子の幾多家で起こった母親の無理心中事件

について、蘭子に話して聞かせた。

「そう……そんな出来事があったの。さすがにそこまでは、長寿郎さんも教えてくれなかったわ」

「今朝、目が覚めたとき、ふと思ったんです」

「何を？」

「あの日の夕方、家を訪ねて来たのは、淡首様だったんじゃないかって……」

「…………」

「あの日は晴れていたのに、夕方になって急に雨が降りはじめました。井戸といい湯殿といい、淡首様は水がお好きなんです」

「ちょ、ちょっと待って。雨が降ったからって、いきなり――」

「一番気になったのは、僕が一守家に貰われて来てから、一年後に十三夜参りがあって、そこで妃女子様が亡くなったことです。なぜ井戸に落ちたのが妃女子様だったのか、今でも高屋敷《たかやしき》さんは疑問に思っています。つまり、長寿郎様だったら納得できるのに……」

「要は、こういうこと？　長寿郎さんが十三夜参りで死ぬ運命にあったため、その一年前に君が一守家に呼ばれるよう、淡首様の意思が働いた。ところが何の手違いか、それとも事故か、死亡したのは妃女子さんだった。しかし、それから十年後、やっぱり長寿郎さんは死の運命から逃れられずに、剰《あまつさ》え毬子《まりこ》さんまで巻き込む形で殺されてしまった――と？」

無言で頷く斧高をしばらく見詰めてから、蘭子は口を開いた。

「その淡首様の祟りが、今度は自分に向けられるんじゃないかって、そう思ってるのね？」

「わ、分かりません。祟りが怖いとか、そこまで言うつもりはないんですが……そのうー、まるで何かに操られているような、自分の人生をいいように扱われているような、どうにも薄気味の悪い感じが、今朝からずっと続いていて……」

「なるほど。でも、そんな風に感じるのも無理ないかもしれない」

「そう思いますか」

「うん。ただ私なら、きっと家を飛び出し――いいえ、そんな無責任なこと口にしちゃいけないわね。さっきは一緒に住むべきだって言っておきながら」

「はぁ……」

「あのね、いい？　仮に淡首様の祟りが本当にあるとしても、君は恐らく大丈夫だと思う」

「えっ！　ど、どうしてです？」

「これはね、別に今、適当に思い付いた考えじゃないの。長寿郎さんから秘守家の歴史を教わり、昨日あなたから諸々の事件や変事の話を聞いた結果、あることに気付いたのよ」

「何です、それって？」

「確かに代々の一守家では、男子が弱くて育たない。ほとんどが子供の頃に死んでしまう。でもね、だからと言って、跡取りが一人も成人しなかった事実がある？　一守家が一度でも絶えた事例がある？　一守家と本当に入れ替わった歴史が存在する？　ないでしょ、ただの一度も」

　言われてみれば、その通りだった。もう駄目だ、この代で終わりだという危機を何度も迎えながらも、結局は連綿と今日まで秘守の一守家として続いている。

「ね、変でしょ？　淡首様が本気で祟ってるなら、なぜさっさと滅ぼしてしまわないの。男子どころか生まれてくる子供を、性別に関係なく片っ端から殺せば済むことじゃない」

「な、なら、祟りなんていうのは、やっぱり迷信で……」

「という解釈もできるけど、今は淡首様の祟りが存在するものとして話してるから」

「えっ？　それじゃ……」

「私、本気で祟ってるなら滅ぼせばいいって言ったけど、その祟りの度合いが、もし物凄いものだった場合、その家が無事に存続するよう、逆に淡首様は図るんじゃないかと思う」

「な、何のために？」

自分でも答えは分かっている気はしたが、斧高は訊かずにはいられなかった。

「もちろん、いつまでも祟り続けるために……」

そして答えを耳にした途端、予想していたはずなのに、背筋を冷水が伝ったようなぞっとする悪寒を覚えた。

「今の一守家で、もし君に何かあったとしたら……もう確実にあの家は絶えてしまう。もちろん余所から養子を貰って、立て直すことはできるけど、その間に一守家としての地位は、二守家に奪われる」

「…………」

「怪異的な対象に理屈も何もあったものじゃない、とは私も思う。けど、誰彼構わずに祟るというよりは、ちょっかいさえ出さなければ淡首様の障りは秘守家だけに、その中でも一守家に向けられてるわけでしょ。言わば一本筋が通ってると、これは見做せるんじゃない？」

そんな風に考えたことなど一度もなかったため、蘭子の指摘に斧高は度肝を抜かれた。

「まぁ、それはさておき――」

そこで彼女は真剣な眼差しで、彼を凝っと見詰めながら、

「昨日も言ったけど、ゆっくり考えなさい。秘書の件は、あなたさえその気があれば、私の方はいつでも大丈夫だから。ただし一守家の跡取りの重圧から逃れるために……という理由であれば、ちょっと頂けないけど」

自分の心を見透かされたようで、どきっとして思わず俯いてしまう。

「でもね、一守家での跡取りとしての生活が余りにも異常過ぎて、もう我慢の限界だと思ったときは、避難場所として私のところに来るのは、もちろん有りよ」

咄嗟に斧高が顔を上げると、蘭子がにっこりと微笑んでいた。

「でも僕に、毬子さんの代わりが務まるでしょうか」

「えっ、秘書のこと？　うん、大丈夫よ。確かに彼女は完璧だったけど、それに江川蘭子という作家が頼り過ぎてたんだと思う。分かる？　つまり私には心地良過ぎる環境だったのが、逆に毬子にとっては悪かったってことね。恐らく彼女には、作家になれる才能があったでしょう。ただ、その機会がなかっただけで。いいえ、江川蘭子が機会を奪ってしまっていた。彼女の芽を摘んでいたんだわ。あのまま二人の関係が続いてたら、もっと険悪になってたかもしれない……」

いつしか蘭子は、遠くの方を見る目になっている。

「それを毬子さんは、長寿郎様に相談されてたんですね」

「そう……あのまま彼が中に入ってくれてたら、元に戻らないまでも、私たちの仲も違ったものになって、それぞれの道に進んでたと思う」

そこで蘭子は再び、斧高に視線を向けると、

「彼女の反省があるから、きっと君とは上手くやれると感じるの。でもね、まずは一守家で暮らすことを、よーく考えて欲しい。何と言ってもあそこは、あなたの家なんだから」

それから二人は媛守神社の本殿へと向かい、その木製の段に腰を下ろすと、今後の『グロテスク』の活動についてなど事件とは全く関係のない話をした。

やがて少し肌寒くなり、日が暮れ出したところで、一守家へと戻った。

だが、二人を待っていたのは、二守家の紘弐が媛神堂に於いて、首無し屍体で発見されたという驚くべき知らせだった。しかも、長寿郎の生首と共に……。

第二十章　四つの生首

媛神堂で見付かった第三の首無し屍体は、二守《ふたがみ》家の紘弐《こうじ》ではないかと見られた。

昨夜、一枝刀自《かずえ》や両親と一緒に長寿郎《ちょうじゅろう》の通夜から帰って来て、皆が就寝するまでの間、彼の姿は二守家で確認されている。しかし、今朝になってなかなか起きて来ないため、母親の笛子《ふえこ》が女中に呼びに行かせると、「お部屋には、いらっしゃいません。お蒲団も、お休みになった様子がないんです」と慌てて戻って来た。以来、彼の姿が見えなくなっていて、長寿郎の葬儀にも姿を現さない。少し心配しはじめたところに警察が行方の分からない者がいないかと訪ねて来たのだから、たちまち二守家は大騒ぎとなった。

首無し屍体の大凡《おおよそ》の死亡推定時刻は、午前一時から三時というのが伊勢橋《いせはし》の見立てだった。つまり被害者が紘弐だとすると、家族や使用人らが寝静まってから家を抜け出し、媛神堂まで行ったことになる。

「犯人は、あの女よ！」

竹子《たけこ》が即座に、江川蘭子《えがわらんこ》の犯行だと喚《わめ》き立てた。高屋敷《たかやしき》が理由を尋ねると、一昨日の午前中、媛守神社で二人が秘かに会っているのを見たという。きっと昨夜も同じような逢い引きをしていて、そこで争いになって、彼女が彼を殺したに違いない。それが竹子の主張だった。

すぐに一守《いちがみ》家に赴き、蘭子から事情を訊こうとしたが、斧高《よきたか》と何処かに出掛けたままだという。

「現状では取り敢えず二守家の誰かに、あの首無し屍体が本当に紘弐かどうか、それを確認させるしかないだろうな」

大江田《おおえだ》がそう判断し掛けたとき、媛神堂を中心に捜索を行なっていた捜査班から、紘弐と思われる生首を発見したという報告が飛び込んだ。

警部補に同行して高屋敷も発見現場に駆け付けると、そこは長寿郎と毬子《まりこ》の下穿や草履や彼の探偵小説が見付かった、境内から東守へと続く参道の左手に当たる、例の馬頭観音の祠まで行く途中の森の中だった。生首は衣類に包まれた状態で、無造作に投げ捨てられていた。しかも、その衣類というのが、どうやら長寿郎の羽織ではないかというのだ。おまけに周囲には、紘弐の衣服と思われる上着から下穿までが散乱している有り様で――。

「こういうことでしょうか」

夕闇が急速に広がりはじめた薄暗い森の中で、皺の寄った羽織の上にごろんと横たわる、後頭部が柘榴《ざくろ》のように割れた生首を見下ろしながら岩槻《いわつき》は、

「羽織に包んでおいた長寿郎の首を持って、犯人は媛神堂に行った。そこで紘弍を殺害すると、その首を斬った。それから長寿郎の首を現場に残し、代わりに紘弍の首を羽織に包んだ。更に紘弍の衣服を全て脱がせると、彼の首と一緒にこの辺りに遺棄した」

「御堂とこの森の状況を見ると、そうなるな」

大江田が応じると、すぐに岩槻が、

「せっかく持ち去っておきながら、なぜ犯人は長寿郎の首を戻したんでしょう？　また、わざわざ紘弍の首を切断しながら、なぜあっさり捨てたんでしょう？」

「その長寿郎の首なんですが――」

遠慮がちに高屋敷が口を挟むと、大江田が軽く頷き話すよう身振りで促したので、昨日の一守家での親族会議の騒動を掻《か》い摘《つま》んで報告した。

「二守家の一枝が、長寿郎の首が発見されない限りは、彼が死亡したとは絶対に認めない――そう言ったのか」

「それで犯人は、長寿郎の首を……」

大江田に続いて岩槻が喋り掛けたが、たちまち首を捻りながら、

「ならば最初に首を斬って持ち去ったのは、どうしてなんだ？　それに一転して、この紘弐の首のぞんざいとも言える扱いは？」

「まるで長寿郎の生首を、再びこの世に戻すための演出として、一個の首無し屍体が必要だったかのようですね」

思わず口を吐いて出た高屋敷の言葉に、大江田と岩槻が身体を強張らせたのが分かった。

「つまり被害者は男であれば、誰でも良かったと？」

「い、いえ……御堂とこの現場を見て、ふとそんな考えが……。し、しかし莫迦げておりました。申し訳ありません」

「うーむ……」

頭を下げた高屋敷に、大江田は複雑そうな眼差しを注いでいる。それは、いい加減な発言を咎めているのではなく、恰《あたか》も発言内容を吟味しているように見えた。

「よし、その検討は後でやろう。御堂の首は長寿郎の、これは紘弐の首だと高屋敷巡査によって確認されたが、それぞれの家族に当たって裏を取る必要がある。首無し屍体については、二守家にある紘弐の持ち物に付着している指紋と、念のために照合しておこう。後は引き続き、媛神堂を中心に周囲の捜索を行なう」

大江田の指示によって役割を与えられた捜査班の面々は、それぞれの役目を全うするため透かさず動き出した。

「私と岩槻は、江川蘭子に話を訊く。竹子の言うことを信じたわけじゃないが、隠れるように紘弍と会っていたのは、ちょっと気に掛かる。高屋敷巡査は、あの斧高という少年から何か聞き出せないか試みて欲しい」

「はっ、斧高……ですか」

「新しく一守家の跡取りになった当事者という理由もあるが、彼は色々と秘守《ひがみ》家の事情に通じているだろ。君になら、警察に話し難いことでも喋るかもしれない」

「分かりました」

ところが、蘭子からも斧高からも、紘弍殺しに役立つような情報は何も得られなかった。媛守神社に於ける紘弍と蘭子の不審な密会についても、何の根拠もない竹子の勘繰りに過ぎず、斧高が冷静に観察をしていたお蔭で事件と関係ないことが分かったからだ。

百姫荘の一室で大江田と岩槻と高屋敷は、またもや頭を悩ませる羽目に陥った。

「動機を考えると、斧高が第一容疑者になりませんか」

高屋敷が秘かに恐れていた、最も検討を避けたかった解釈を、岩槻が口にした。

「手形の押された証文があれば、彼が一守家の跡取りだと証明はできるでしょう。でも高屋敷巡査の話を聞く限り、二守家の一枝が易々と認めるとは思えません。紘弍が正当な跡継ぎだと、何としても譲らないと考えられます。現に、長寿郎の首が発見されなければ——という無理難題を吹っ掛けている。つまり長寿郎の首を晒し、紘弐を亡き者にして、最も利益を受けるのは、斧高だということです」

「しかしな、そうなると斧高は、毬子と長寿郎も殺害したことになる。彼には、二人を殺す動機がないだろう」

大江田の指摘に、少しだけ岩槻は考える仕草を見せると、

「彼は、自分が兵堂《ひょうどう》と家庭教師の間にできた子供だと、本当は以前から知っていたんじゃないでしょうか。僉鳥郁子《みなとりいくこ》は何と言っても実の母親ですから、日々の生活の中で斧高と接するうちに、ついその言動に母親らしいところが出てしまい、それに少年は勘付いた。そうなると当然ですが、一守家の自分に対する仕打ちに怒りを覚えるはずです。そこで一守家を乗っ取ろうと考え、まず長寿郎を殺した。毬子は主人殺しを偽装するためか、とばっちりを喰ったのかもしれません」

「なるほど。だがな、それじゃ長寿郎の首を斬って、わざわざ持ち去った行為そのものが、殺害動機と矛盾してしまうぞ。長寿郎が死んだことを、まず何よりも皆に認めさせなければ、彼を殺した意味がないだろう」

「それは……」

岩槻が口籠ったところで、高屋敷が厳しい表情で、

「僉鳥郁子なんですが……。どうも彼女は、いわゆる世間で言うところの、兵堂のお妾《めかけ》さんではなかったようなんです」

「どういうことだ？」

「本人と蔵田《くらた》カネから聞き出したのですが、そのう―、最初は兵堂が無理に、どうやら手籠《てご》めにしたらしくて……」

「強姦されたのか」

大江田は溜息を吐く口調で応じたが、岩槻は納得できないとばかりに、

「切っ掛けはそうだったかもしれないけど、彼女はその後に二度も、兵堂の子供を身籠ったというじゃないか。なら、もうそれは妾みたいなものだろ。一守家から逃げ出さずに、今日まで暮らしてるんだから」

「それも事情があったようです。彼女は勤めていた私立の女学校で不祥事を起こして馘首《クビ》になり、その噂が他校にも流れたため路頭に迷っていたのを、言わば一守家に拾われたらしいのです。教師以外に生計を立てる術のなかった彼女としては、あの家を追い出されたら、もう行くところがなかったんでしょうね」

「それは、言い訳なんじゃ――」

「一守家に於ける彼女と斧高の関係は？」

岩槻の言葉を遮って、大江田が現実的な質問をした。

「彼女は斧高に、優しく接したかと思うと次の瞬間には冷たく突き放すという……日によって、時によって、ころころと態度が豹変したといいます。蔵田カネは、僉鳥郁子が親子の名乗りをしたとか、その前に斧高がその事実に気付いたとか、まず絶対にないと言い切っております」

「あの婆さんは、あの少年の味方だろ？」

「いえ、彼女の頭にあったのは、長寿郎のことだけでした。つまりは一守家の安泰ですね。斧高に関しては、飽くまでも使用人と見做してました。それに――」

なかなか岩槻が納得しないため、高屋敷は別方向からも斧高が無実であることを示そうと、

「紘弍が殺されたと思われる時間帯に斧高は寝ていて、現場不在証明《アリバイ》はないように見えます。ただし親族会議で気を失ったことから、彼の様子を心配した蘭子が頻繁に覗きに行っており、常に存在を確認しています」

「その報告は聞いたけど、別に一晩中に亘って、彼女が彼の側にいたわけじゃなく、時間を置いて覗きに行ってただけなんだから」

「そうなんですが、斧高の立場から考えますと、いつ何時、蘭子が現れるか分からないわけです。媛神堂まで行って紘弍を殺害し、首を切断して彼の衣服を脱がせ、それを森の中に投げ捨てて戻って来る間に、彼女に部屋を覗かれたら終わりです。厠に立

って姿が見えなかったことはないか、と蘭子には尋ねましたが、自分が部屋を覗いたときはいつも、彼は蒲団の中で寝ていたと証言しております」

「共犯の可能性は？　今日の午後も、二人で何処かに行ってたそうじゃないか。斧高が一守家の跡を継いだ暁《あかつき》には、相応の金銭を払うという約束で」

高屋敷は首を振ると、斧高の出生の秘密が分かる前に、蘭子が申し出ていた秘書の件の話をした。また彼女自身が資産家であり、金銭的な動機は考えられないとも付け加えた。そして駄目押しとばかりに、

「岩槻刑事は証文の確かさを仰ってましたが、その通りだと本官も思います。確かに二守の婆様は厄介です。しかし、あの証文がある限り、時間は掛かるかもしれませんが、いずれはその内容を認めないわけにはいかないでしょう。しかも、斧高はまだ十六歳です。今、すぐに紘弍を殺さなければならないほど、切羽詰まっていたとは考えられません」

「うーん……」

一頻《ひとしき》り面白くなさそうな唸り声を発した後で岩槻は、判断を求めるように大江田を見ると、

「しかし、他に容疑者がいるでしょうか」

「関係者の全員がそうだ、としか今は言いようがない。犯行時刻が深夜だけに、誰一

人として現場不在証明を持つ者はいないしな」

「そうですね」

大江田に同意する岩槻と同じように高屋敷も頷きながら、

「その状況が読めたからこそ、犯人は深夜に紘弐を呼び出したんでしょうか。もちろん媛神堂という場所も、夜中に誰かが訪れるところではありませんし」

「それは間違いないだろ。呼び出しの内容も、一守家の跡取りの件について、非常に重要な秘密を知っているとでも言ったか何かだろう」

「そうなると、最も被害者を呼び出し易いのは――」

「一守家の者ということになります」

岩槻の後を受けて高屋敷は答えたが、相手が早合点する前に、

「しかし、今の両家の状態でそんな深夜に、それも選《よ》りに選《よ》って媛神堂になど呼び出したら、紘弐に警戒されると思うのですが」

「一理あるな」

その可能性を大江田も認めたようで、考え込むように黙ってしまった。岩槻も上司に倣って口を閉ざしている。

「ところで……斧高から実は、他にも妙な話を聞き出すことができました」

二人が沈黙している間に、高屋敷は報告をするべきかどうか迷っていた件を、ここ

で話そうと決心した。個人的には裏の取れない不確かな情報と感じていたが、判断はやはり大江田に委ねるべきだと思ったからである。

それは十三夜参りの前日に、鈴江《すずえ》から離れ蔵まで呼び出された斧高が聞かされたという、何とも奇妙な話だった。

「当時の彼が何処まで彼女の話を理解できたのか、また所詮は一守家を出て行く娘の口から出た証言ですから、余り真剣に考慮すべきではないだろう――とは思ったのですが、どうも気になりまして」

斧高から聞いた話を一通り二人に喋ってから、そう高屋敷は付け足した。

「しかし、それが本当なら一守家の跡取りを巡る殺人という線は、全くの見込み違いになります」

ところが、意外にも岩槻が大問題だとばかりに騒いだ。大江田も思うところがあるのか、高屋敷に対して、

「仮に、一守家に女の子しか生まれなかった場合、もしくは長寿郎だけが死亡して妃《ひ》女子《めこ》は生きていた場合、秘守家の跡継ぎ問題はどうなる？」

「二守家の紘弐が、跡を継ぐと思われます。同時に、今の一守家と二守家は入れ替わります」

「そのとき妃女子が、紘弐と結婚する可能性は？」

「どうでしょうか。富堂《ふどう》翁は望むに違いありませんが、二守の婆様と紘弍自身がどう思いますか。それと鈴江の言ったことが本当だとしますと、ひょっとすると兵堂は、紘弍ではなく紘弌《こういち》の方を跡取りと考えていたのかもしれません。それで余った紘弍には、妃女子を与えておけば良いと――」

そこに岩槻が割り込んできた。

「で、でも……兵堂と二守家の笛子ができていて、紘弍が二人の子供だったとすると、彼と妃女子とは異母兄妹になるわけだろ？　それは幾ら何でも……」

「そうなんです。鈴江の話のご報告を躊躇《ためら》ったのも、実はそこに大きな理由がありまして――」

「信用できないと？」

大江田が身を乗り出した。

「嘘を吐いてるわけではないが、彼女の勝手な思い込みがあるかもしれんのだな」

「はい。兵堂が裏では富貴《ふき》に頭が上がらないことや、富堂翁に実権を握られてるのを心の中では面白く思っていないことなどは、まず間違いありません。笛子との関係も恐らく……。ただし、紘弍が二人の子供だというのは、どうでしょうか。兵堂の性癖に嫌悪を覚えていた鈴江らしい、それは悪意のある見方だったような気がします」

「なるほど。しかしな、兵堂の言動を鑑みると、一守家の転覆つまりは二守家の昇格を願っているように見えるじゃないか」

「傲慢な父親と冷徹な妻に対する、彼なりの復讐なのかもしれませんね」

岩槻の指摘に高屋敷は頷きながら、

「ただ、秘守一族の繁栄は彼も望んでいるでしょうから、元々は戦死した紘弌君に、一守家の跡取りになって貰いたいと思っていた可能性はあります」

「だとすると、その紘弌の方が、実は兵堂と笛子の子供だったとも考えられるぞ」

岩槻の鋭い解釈に、高屋敷は思わず唸った。鈴江の疑惑に対して別の見方ができることを、恥ずかしながら全く気付かなかったからだ。しかし一旦そう捉え直すと、当時の彼女の考え方が手に取るように分かりはじめた。

「鈴江が兵堂の子供として、紘弌君ではなく紘弐だと当たりを付けたのは、恐らく紘弐の素行の悪さが兵堂と重なったからではないでしょうか」

「紘弐も女癖が悪いのか――いや、江川蘭子の例が既にあったな」

「はい。一方の紘弌君は、相手が使用人であっても人当たりの良い、実に好青年でしたから。見た目も弟に比べると随分と男前で」

「鈴江は、そんな紘弌に惚れていたのかもしれんな。しかし、そうは言っても長寿郎も、その兵堂の子供だろう」

高屋敷が答える前に、透かさず岩槻が、

「若い女が思い込みそうな誤りですよ。冷静に見れば、兵堂の実子として長寿郎が生まれているわけですから、紘弍と紘弐を比べた場合、兵堂の子供である可能性は紘弍の方が高いことくらい、すぐ分かります。しかし鈴江は自分の惚れた男が、好色な一守家の旦那と血が繋がっていると考えるのを、端《はな》から拒否した。きっと無意識に閉め出したんですよ」

「妃女子が井戸で死なず、紘弍も戦死せず、長寿郎だけが死亡した場合は？」

大江田が高屋敷の方を見た。

「秘守家の長は紘弍君が継ぐことになり、今の二守家が一守家となります。その際、将来的に妃女子と紘弍の婚姻は、有り得るような気が致します」

「どうしてだ？」

「一番の理由は、二人が両家にとっては厄介者とも言える存在だからです。何処かに嫁がせるにしても、何処かから嫁を貰うにしても、恐らく大変でしょうから」

「しかし、一守家と二守家の間には、そう簡単に解決できない確執があるだろう」

「はい。ただ、だからこそ妃女子と紘弍の婚姻という、余り両家の大勢には影響を与えない縁組で、ここは軽く結び付いておこうくらい、富堂翁と一枝刀自なら如何にも考えそうです。仮に妃女子と紘弍の一方が問題を起こしても、お互い様で済むことまで、あの二人なら見越しているように思われます」

「はぁ、何とも恐ろしい一族ですねぇ」

しみじみとした岩槻の口調に対して、大江田は硬い声音で、

「跡継ぎ問題は、やはり重要な動機になるかもしれんな」

そう言いながら厳しい表情を見せた。だが、この話は一旦打ち切るように、

「ところで、紘弐の死因をはじめ、現場を調べた結果はどうなってるんだ？」

「あっ、そうでした。ええっーと……」

岩槻は急いで手帳を取り出すと、それを捲りはじめた。

「紘弐は、後頭部を祭壇に奉納されていた玄翁《げんのう》で殴打され、それが致命傷になったと見られます。首の切断も祭壇にあった鉈が使用され、死後に行なわれたようです。遺体の状態から推察するに、毬子と長寿郎に比べると極めてぞんざいに扱われたのは、まず間違いないかと――」

「確かにな。毬子の場合、きちんと仰向けに寝かされたうえで首を断られていた。彼女に比べると丁寧さは見受けられなかったが、長寿郎も同じだった。ところが、紘弐は無理に衣服を脱がせた状態そのままで、いきなり首の切断に取り掛かったように見える」

「犯行を重ねるに従って、次第に犯人が手抜きをはじめたんでしょうか」

「被害者に対する殺意の差、とも考えられるが……」

「時間の余裕がなかったからという理由は、少なくとも紘弐殺しには当て嵌まりませんよね。被害者の死亡推定時刻を考えますと」

「そうだな。で、首斬りの手口については？」

「伊勢橋先生の見立てでは、先の二人と同じだそうです。違うのは凶器だけで。つまり紘弐殺しは、同一犯人による第三の殺人と見て間違いないことになります」

「二重殺人では、犯人は飽き足りなかったっていうのか」

「まさか、第四の殺人まで……」

岩槻が自らの思い付きに愕然とするのを見て、大江田が首を振った。その動作は、部下の心配を否定しているようにも、今は考える必要がないと言っているようにも、どちらとも取れた。

「それで、長寿郎の首に関しては？」

「あっ、はい……。長寿郎の生首は、その切断面を蚕箔《さんぱく》という機具に押し付けて、首が倒れないような細工がしてありました。この蚕箔というのは竹を網目に編んで作ったものでして、蚕児飼育用の籠の総称らしく、蚕架に載せて使うようです。その蚕箔の小さいものを土台代わりにして、彼の首は祭壇の上に立てられていた状態でした。伊勢橋先生の意見ですが、媛神堂の格子戸を開けて入って来た者が、ちょうど長寿郎と顔を合わすようにしたのではないかと……」

「悪趣味だな」

「頭部は調べた結果、後頭部に打撲痕が見られました。これは生前に受けた傷らしく、この一撃で長寿郎の自由を奪ったものと思われます」

「何で殴ったと、先生は見てる？」

「取り敢えず見た限りでは、何か棒状のものではないか、ということです」

「それは妙だな……」

「何がです？」

「長寿郎の首を切断した斧という絶好の凶器があるのに、わざわざ別のもので殴る必要があるか」

「それは……恐らく首を斬る前に、犯人が返り血を浴びたくなかったからではないでしょうか」

「ああ。だがな、それなら斧の刃ではなく、その反対側で殴れば済む。何も別の凶器を探して使うより、その方が手間も掛からず楽なはずだ」

「確かに……そうですね。刃の反対側でも血が出ると、そう犯人が思ったのなら、柄の部分でも充分に殴れますからね」

「しかし、斧の柄では細過ぎるんだろ」

「はい。もっと太いもので殴られたと思われます」

「と言うことは、そのとき斧がなかった？」

高屋敷は咄嗟に思い付いた可能性を口にした。

「まだ斧が現場に、あの馬頭観音の祠になかったから……」

ただし、それが何を意味しているのかが全く分からず、結局は口籠ってしまった。

だが、大江田は彼の考えの後を受けて整理するように、

「犯人は毬子を中婚舎で殺害後、その首を切断して媛神堂から持ち出した。そして馬頭観音の祠にいた、または祠へと向かっている長寿郎と合流し、そこで彼の後頭部を何か棒状のもので殴った。もしかすると参道の端にでも落ちていた、太い木切れかもしれんな。少々の血痕が付着しても、そのまま森の中に投げ捨ててしまえば、ちょっと見付けるのは困難になると踏んだのかもしれん」

「それじゃ犯人は、斧を中婚舎に残してきたというか、現場に捨てたままだったわけですか」

岩槻の問い掛けに大江田は頷くと、

「そうなると、犯人が本当に首を斬りたかったのは、毬子だけだった可能性が出てくる。つまり長寿郎は偽装だ。彼を殴り倒した後で、犯人が思い付いたわけだ。それで急いで斧を取りに戻った。だからこそ犯人は、何の躊躇いもなく彼の首を返してきた。決して二守家の一枝の台詞の所為ではなく、それを上手く犯人が利用したとも考

えられる。端から欲していなかった首を、いつまでも持っている必要はないからな。長寿郎の首を偽装のため斬ったので、紘弐の首も同じように切断した。よって同じく必要ない紘弐の首も、さっさと遺棄した」

「辻褄は合いますね」

晴れやかな口調で岩槻が相槌を打った。が、すぐに表情を曇らせ、

「しかし、益々なぜ毬子の首を犯人は斬ったのか、それが分からなくなります」

「妃女子のときと、どうも似ているような気が……」

ふと高屋敷は、そう感じた。

「あのときも、被害者は彼女だと分かっていたわけです。なのに、遺体には首がなかったらしい……という噂が流れました」

大江田は二人の言葉に耳を傾けながら、

「過去の事件と首斬りの動機は一先ず置くとしても――」

高屋敷が作成した〈婚舎の集いに於ける関係者の動き〉の表を指し示しつつ、

「いいか、問題はだ。これまで犯人は斧を持って、御堂から祠に向かったと考えられた。ただし、そんなことができた人物など、この時間表を見る限り存在しない。岩槻が提案した不連続殺人なら可能かもしれんが、二人の首が同一人物によって切断されたのは検視の結果からも明らかだ。要は正真正銘の連続殺人ということになる」

岩槻と高屋敷が大きく頷く。だが、大江田は反対に首を振りながら、

「なのに今度は、更に犯人は御堂と祠を往復したかもしれない、という可能性が浮上した。絶対に不可能なのにも拘らずだ。これを一体どう考えればいいのか……」

第二十一章　首の無い屍体の分類

媛神堂で二守家《ふたがみ》の紘弐《こうじ》の首無し屍体が発見された翌日、斧高《よきたか》は朝から長寿郎《ちょうじゅろう》の書斎に籠っていた。

「犯人の目処《めど》が付くまで、しばらくは余り出歩かん方がええ」

カネ婆から注意された所為《せい》もある。恐らく彼女は一守家《いちがみ》の跡取りとなった斧高の、その命が狙われることを心配したのだろう。

なぜ三人が殺されたのか——妃女子《ひめこ》を入れると四人になる——全く分からないために、もしかすると自分も……という恐怖は斧高も感じていた。しかし、彼がカネ婆の言い付けに大人しく従ったのは、外に出ると村人の視線が疎ましいことに、遅蒔きながら気付いた所為であり、また今後の身の振り方を静かに考えるためだった。

ところが、頭を過るのは過去の様々な出来事ばかり……。それも富貴《ふき》、カネ婆、僉《みな》鳥郁子《とりいくこ》という出生の秘密を知っていた三人の、自分に対する言動の数々について。

(奥様は、ずっと僕を憎んでたんだ)

そう考えると一瞬だけ、ぞっとした。ただ、以前ほど富貴を怖いとは思わなくなっていた。彼に対する数多の仕打ちの、その訳が分かったからだろう。全く動機の見えない理不尽な虐めは途轍も無く恐ろしかったが、相手が自分を憎む理由が判明した今となっては、それほどの脅威は覚えない。

（カネ婆の態度は……うん、カネ婆らしいなぁ）

依怙《えこ》贔屓《ひいき》をするところまでは行かなかったが、他の使用人に対してより僅かだけ斧高に甘かったのは、万に一つでも彼が一守家の跡取りになる可能性があったからだ。ただし、彼女は自分が長寿郎に施した禁厭の数々には絶対の自信を持っていた。よって必ず彼が一守家を継ぐと信じ込んでいた。線が細かったにも拘らず、長寿郎が病気らしい病気を患ったことは、幼少の頃よりほとんどなかったと聞いている。これは富《ふ》堂《どう》翁や兵堂《ひょうどう》の例に見るまでもなく、一守家の男子としては特筆すべきである。だからカネ婆は、大して斧高には重きを置かなかったのだ。

（とはいえ少しは気にしてたんだ）

その何とも微妙な気持ちが、斧高に対するこれまた微妙な言動となって表れたに違いない。非常によく読めるだけに、彼はとても可笑しかった。

（でも、先生は……）

あの気紛れな郁子の態度の豹変振りには、一体どういう感情が込められていたのだろう。それを考えると、やはり怖い。最初は、親子の名乗りを上げられない苛立ちからかと思ったが、すぐに違うと否定した。そのとき、ふと思い当たった。郁子の物凄く冷たい仕打ちには、富貴に似た雰囲気があったことに……。

（あれは奥様と同じ、憎しみの感情だったんだ）

その途端、きっと郁子は自分の誕生を望んでいなかったのだ、と悟った。恐らく好色な兵堂の餌食となり望まぬ妊娠をしたのだ、と察した。

（だから先生は僕を憎んだ。でも一方で、自分の子供だという意識も少しくらいはあった）

そうとでも解釈しない限り、時折見せた彼女の優し気な態度は説明できない。

（先生が淡首《あおくび》様に、長寿郎様の死を願掛けしたのも、母親としての思いから……僕に一守家を継がせたいと願ったから……）

と理解しかけたところで、斧高はとんでもない発想をしてしまった。

（あのとき先生は、『最も新しいお願いは』と言った。つまり、その前にも色々な願掛けをしていたんだ。ひょっとして最初の願掛けは、僕を八王子の家から一守家に呼んで欲しい、という内容だったんじゃないだろうか。だからあの日の夕暮れ時、淡首様が訪ねて来て……）

慌てて頭を振る。忌まわしい過去の記憶を追い払うかのように。

(もう過ぎたことは仕方がない。これからの将来を考えるんだ)

必死に言い聞かせるが、脳裏に浮かぶのは過去ばかりで、未来の自分など少しも想像できない。それに何と言っても目の前には、長寿郎の死の謎が大きく立ち塞がっている。しかも高屋敷《たかやしき》の話によると、犯人が持ち去ったはずの彼の首が、有ろうことか紘武殺しの現場である媛神堂の祭壇の上に、ちょこんと載せられていたというのだから……。

斧高が頭を抱えていると、ノックの音がして扉が少しだけ開き、

「お邪魔していいかな？」

江川蘭子《えがわらんこ》が顔を覗かせた。

「あっ、使われますか」

咄嗟に斧高は、机の前の椅子から立ち上がった。てっきり蘭子が仕事をすると思ったからだ。しかし彼女は書斎に入って来ると、彼に座るよう身振りで伝えつつ、

「ここでまともに喋れるのは君だけだから、それでお相手願おうかと思って」

いつも彼が腰掛けていた、もう一つの椅子に座ってしまった。

「それとも考え事の邪魔になるかな？　なら正直に言って――」

「そんなことありません」

即座に否定した後で、三人の女性に対する思いを、斧高は自然に話していた。

「そう。私がとやかく言うことじゃないけど、三人の立場になれば尤《もっと》もとも思うし、でも君の側に立つと、そんな三人に囲まれて今まで大変だったろうと同情するわ。昔は妃女子さんまで加わっていたわけだから……。例の鈴江《すずえ》って子がいたら、また少しは違ったのかもしれないけど」

「蘭子さんのような人が……」

一守家にいれば良かったのに、と思わず言い掛けて斧高は慌てた。何より長寿郎に対する裏切りのように感じたからだ。

「えっ、この家の女中さんとして、私が働いていたらってこと？」

「い、いえ、すみません。そういう意味じゃ――」

「なるほど。もしそうだったら、斧高君の味方になっていたのにってわけか。でも、それは分からないわよ。仮に妃女子さんの立場にいたとしても、果たして長寿郎さんのように君に接していたかどうか。況《ま》して鈴江さんのように同じ使用人だったら、きっと私は保身に走っていたでしょうね」

「そ、そんなこと……」

「ないと思う？　けどね、私の秘書になって欲しいというのは、何も君の境遇に同情しているからじゃない。そりゃ全くないとは自分でも思わないけど……一番の理由は、あなたに能力があると判断しているからだし、それに当然だけど、私の役に立つと見ているから。過去を振り返って、その時々の周りの人の気持ちを読み解くのもいいけど、今は自分の将来を考えるときよ。余り感情を交えず客観的にね」

「そうですよね。ただ、自分の行く末を考えるのと同じくらい、長寿郎様のことが気になって……」

「うん、無理もないわ。私も今、何が最も気に掛かってるかというと、媛首《ひめくび》山の連続殺人事件だもの。いっそ解決するまで、ここに滞在しようかと思うくらい」

「そ、そうしませんか」

「うーん、数日で片が付けばいいけど、恐らく捜査は難航すると思うから……。そうなると、いつまでもご厄介になってるわけにもいかないし」

「警察の手には負えない、ということですか」

「探偵小説の中の警察官より、現実の彼らの方が遥かに優れているのは言うまでもないけど、この事件はちょっと勝手が違うような気がする」

「どういう意味です？」

「なぜ犯人は被害者の首を斬ったのか――この答えが見付からない限り、きっと事件は迷宮入りするように思えるの。で、残念ながら警察の通常の捜査では、この謎は解けないんじゃないか、そんな風に感じられて仕方ないのよ」

「犯行現場を調べたり、関係者に事情聴取をするだけでは、ほとんど解決には近付かない？」

「そういった捜査が無駄なわけじゃない。もちろん必要だと思う。ただ、媛首村《ひめかみ》をはじめ、媛首山、媛神堂、秘守《ひがみ》一族、そして一守家……といった事件の背景の奥の奥を探らないと、実は駄目なんじゃないのかな。そうでないと、永遠に首斬りの謎は解けない気がする」

「具体的には、どんなことを……」

「それが分かれば世話ないでしょ」

蘭子は苦笑したが、斧高が恥じた表情をしたためか、すぐ真顔になると、

「だから、探るといっても難しいと思う。仮によ、一守家の跡取り問題に絡んで起きたらしい過去の出来事について探ろう——としたところで、その全てを本当に明らかにできるかどうか……。こういう地方の旧家で育った君にならその大変さがよく実感できるんじゃないかな」

「確かに、そうですね。特に疾《やま》しいことがなくても、最初から隠す体質があるかもしれません」

「でしょ。何と言っても秘守家の場合、跡継ぎを巡る醜い争いや策謀、おまけに曰《いわ》くのある祟り話まで加わるんだから」

「でも、そうなると事件の解決は、ほとんど絶望的ということに……」

「どうでしょうね」

「蘭子さんには、何かお考えがあるんですか」

彼女の声音から、本人には思うところがありそうだと斧高は感じた。もしかすると勘違いかもしれなかったが、思い切って尋ねてみた。

すると蘭子は小首を傾げながら、

「そうねぇ。私なら、そういった背景を摑み難いと判断した時点で、まず考えられるだけの首斬りの必然性を挙げてみて——言わば首の無い屍体の分類をして——それから、その一つずつを今回の事件に当て嵌めつつ、検討を進めるでしょうね」

「首の無い屍体の分類……」

「やってみようか」

茶目っ気の感じられる口調だったが、蘭子の表情は真剣である。

「は、はい。宜しくお願いします」

「相変わらず硬いなぁ。長寿郎さんにも、そう言われてたでしょ」

再び蘭子は苦笑しながら、それでも斧高が応える前に、

「今回の事件は、探偵小説で扱われる〈顔の無い屍体〉と基本的には同じだと思うの」

「あの被害者と加害者が入れ替わるトリックの……ですか」

「そうそう、〈顔の無い屍体〉の真相としては、それが最も多いでしょうね」

蘭子は相槌を打つと、

「AとBという敵対する二人の人物がいて、Aが首の無いあるいは顔を潰された状態で発見され、Bが姿を眩《くら》ませる。てっきりBがAを殺して逃げたんだと思っていると、実はAの方が犯人で、首を斬ったあるいは顔を潰したBに自分の服を着せて、恰《あたか》も犯人であるAの方が被害者で、本当の被害者であるBが犯人のように装う、あの人間の入れ替えトリックね」

「でも、それは今回の事件には……」

「そうね。当て嵌まらないし、こんな風に最初から探偵小説的に考えてしまったら、そこからなかなか広がらないでしょ？　だから、もう少し大きな視野で捉えたところから、まずはじめるべきだと思うの。分かる？」

「は、はい……」

どうするのかさっぱり見当も付かなかったが、話の腰を折らないために頷く。

「まず人類の歴史から見ると、いわゆる首狩り族と呼ばれていた人々の、その首狩りの行為があるわけだけど――」

「えっ、そんなところから入るんですか」

具体例が分かった途端、斧高は驚きの余り声を上げてしまった。

「あのねぇ、私も媛首村に首狩り族がいるとは思わないけど、こうやって全ての可能性を挙げる必要があるの、こういう検討をする場合には」

「はぁ……」

「それに強ち《あながち》、全く関係がないとは断言できないかもしれないし」

「ど、どういうことです？」

「首を斬る理由の一つ目は、呪術的な要因が動機となる場合。民族学者じゃないから偉そうなことは言えないけど、首狩り族が相手の――この場合は敵の戦士になるけど――首を欲するのは、自分が倒した男の魂を我がものにするためなの。敵とはいえ相手が持っている戦士としての勇敢さや力強さなどを、己の身体に取り込むわけね。そのためには、相手の首が必要だと考えられた。自分が倒した敵の戦士の首を斬るのは、彼らの世界では当たり前の習俗に過ぎなかった。だから敵を倒しながらも首を斬らなかったら、その方が問題になったでしょうね」

「ああ、なるほど」

首を斬る方が自然だという世界の存在を示唆され、斧高は瞠目《どうもく》すると同時に、前に長寿郎に見せて貰った『NATIONAL　GEOGRAPHIC』の記事を思い出していた。

「そう言えば、干し首にして縮んだ頭を数珠繋ぎにした写真を、雑誌で見た覚えがあります」

「うん。それらの首斬りは呪術的な目的から、と言ってもいいと思う。それに私は敵の首の例を挙げたけど、一族の長が死んだ場合でも同じように首を斬って、残った者たちが指導者の力を受け継ごうとする、そういう種族もいるの。つまり淡首様信仰のあるこの村で、似たような考えを持つ人がいないとも限らない」

彼女の例示は理解できたものの、そこまで狂信的な者などいないでしょう――と否定しかけて、ふと斧高の脳裏に富貴と僉鳥郁子の顔が浮かんだ。

どうやら蘭子も同じだったようで、

「願掛けのために、媛神堂にお百度参りを踏んでいる人が、秘かにいてもおかしくはない。いえ、実際に一守家の富貴さんと僉鳥郁子さんが、自らそれを認めている」

「はい」

「ただ、妃女子さんと長寿郎さんの首は……一守家の人間のため、特に彼の方は跡取りという立場もあって、その呪術的価値は高いと見做せるけど、なぜ毬子《まりこ》の首まで欲する必要があったのかを考えると、この一つ目の理由は当て嵌まらないわね。犯人は長寿郎さんよりも先に、彼女の首を斬ってるんだから」

「それに長寿郎様の……長寿郎様は、あっさり返してきています」

どうしても〈長寿郎様の首〉という表現に抵抗があったため斧高は言い直したが、

この指摘に蘭子は力強く頷くと、

「よって呪術云々という解釈は成り立たない。いい？　こういう風に考えを進めてゆくの」

この〈首の無い屍体の分類〉に彼が参加しはじめたことを、彼女は喜んでいるように見えた。

「二つ目は、相手を殺した証拠として、首が必要な場合。これは、日本の戦国時代の例だけで分かるでしょ。特に敵の大将を討ち取ったときなど、その刎《は》ねた首が何よりの証とされた」

「持ち帰るために斬ったわけですよね」

「御首級《みしるし》が必要だったからよ。そうやって討ち取ってきた首には、首化粧と言ってお歯黒を施したりもした。名札を付けて、城の天守にずらっと並べたりね」

「目的は違いますが、敵の首の扱い方というか接し方は、首狩り族と似ている感じがします」

「そうそう。どちらも敵の首に対して、ちゃんと敬意を示している」

「でも、今回の事件とは関係ないように――」

「ええ、異義なし。三つ目は、処刑のために首斬りという行為がなされ、見せしめの目的で首を晒す必要がある場合」

「処刑って、日本の打ち首や欧州のギロチンのように？」

「ギロチン台は、人道的な処刑方法を求めた結果だと言われてるけど、取り敢えずその話は放っておきましょ。結局はギロチン台という装置で首を断つ方法が、最も迅速で最も確実だったから採用されたに過ぎないんだから。それまでの首斬り役人には、日本の場合でも同じだけど、それなりの腕が求められた。でも、ギロチン台にはそんな専門職はいらなかった。それも採用された大きな理由だったかもしれない」

「ただ処刑するだけなら、絞首刑や銃殺刑でも問題ないわけですが、首斬りの場合は晒し首にする意図もあったことになります」

「正に一石二鳥ね。欧州では重罪犯はもちろん、特に政治犯の首が見せしめのために、広場の柱や橋の欄干《らんかん》など人通りの多いところで、つまり民衆の目に触れ易い場所を選んで晒された歴史がある」

「処刑というと、その人の罪を罰する意味が出てくると思うんです。でも、今回の事件には、そういったものは感じられません」

「もし犯人に、被害者を処刑した意識があるのなら、もっと現場をそれらしく演出したでしょうね。それに誰の首も、別に晒されたわけじゃない」

「長寿郎様は……どうなんでしょう？」

「ああ、そうね……。けど、あれは犯人の稚気じゃないのかな」

「あっ、ごめん。変な言い方をしたわね。つまり彼の首を返してきた犯人の動機は分からないけど、そうする必要があった。ただ普通に彼の首を置いておくのでは、芸がないと思った。自分の犯行で村は大騒ぎだし、警察もきりきり舞いをしている。恐らくああいった細工をわざわざしたのは、犯人の余裕というか、言葉は悪いけど遊びのようなものだったんじゃないかな」

「そんな……」

「でもね、少なくとも長寿郎さんの首を晒したつもりは、犯人にはなかったと思う。その気があったなら、人気のない御堂の中じゃなく、もっと人目に付く場所を選んだはずだから」

「僕もそう思います」

「これで三つ目も有り得ない。ちなみにここまでは、どちらかというと特定の民族に見られる習俗や、特定の国家や時代に於ける社会の制度に基づいた首斬りの必然性と言えるけど、ここからは個人的な動機が中心になってゆくわよ」

「今回の事件に当て嵌まる首斬りの動機は、これから出てくるってことですか」

「その可能性は、恐らく高いと思う。で、四つ目は愛憎のためにという場合」

「えっ、憎しみのために首を斬るのは、何となく理解できますけど、愛情からというのは？」

「昭和十一年の阿部定事件は知ってるでしょ。犯人の女性が妻のある被害者の男性と人目を避けて逢い引きを重ねているうちに、相手を自分だけのものにしたくなって殺害し、その後で愛しい男性の一物を切り取ったあの事件」

「は、はい……知ってます。でも、あれは……そのうー、切り取った場所が……特殊というか……」

「そうね。なら、昭和七年に名古屋で起きた首無し女の事件は、どう？」

「首が切断されてたんですか」

「畑の中の納屋で発見された被害者は十九歳の娘さんで、首だけでなく両の乳房と臍《へそ》と局部が切り取られていた。犯人の男性は四十三歳で、被害者が裁縫の稽古に通っていた家の主人だった。この年齢差にも拘らず、二人はそういう仲になったわけね。尤も最初は男が女を手籠めにしたので、娘の方には憎しみしかなかった。ところが関係を迫られているうちに、女の方も男に情を覚えるようになっていったのね」

咄嗟に斧高の脳裏には、兵堂と郁子の顔が浮かんでいた。あの二人の関係も、正に似たものだったのではないか。

(でも、旦那様に対する先生の態度は、いつも冷ややかだった)

そう思い当たったところで、そんな複雑な男女間の愛憎の機微など、今の自分に分かるはずがないと諦めた。それに何と言っても問題の二人は、己の父と母なのだ。そもそも考えたくもなかった。

「大丈夫、斧高君？」

気付かぬうちに険しい表情をしたまま俯いていたらしく、顔を上げると蘭子が心配そうに彼を見詰めている。

「は、はい……。何でもありません。そうだ。この分類をノートに書き出しておきましょう」

自分の世界に入り込んでいたのを誤魔化す意図もあったが、記録しておいた方が良いと遅蒔きながら気付いたのは本当だった。

「題名は〈首の無い屍体の分類〉として、まず一つ目は――」

四つ目まで書き終わったところで、斧高は名古屋の首無し女事件の先を促した。

「それで、その娘さんが首を斬られたのも、阿部定と同じような動機ですか」

「うん。ただこの事件が凄いのは、すぐに女性の頭部が発見されるんだけど、頭皮ごと頭髪が剝ぎ取られていたうえ両目は刳《く》り貫《ぬ》かれ、左耳が切り取られると共に上唇と顎もなくなっている、何とも凄まじい遺体の状態にあるの」

「そ、それって犯人の……」

「そう、仕業だった。やがて犯人の男性が、冬の間は閉め切られていた茶屋の中で、首を吊って死んでいるのが発見される。頭には女の頭髪を被り——しかも右耳が付いたままのよ——片方のポケットのお守り袋には二つの目玉を、もう片方のポケットには風呂敷に包んだ左耳と臍を入れていた。茶屋にあった冷蔵庫の中には、両の乳房と局部が仕舞われていたらしいわ。男が残した遺書らしきメモには、女と所帯を持ちたかったと書かれていた」

「全く理解できないわけじゃないけど、やっぱり常軌を逸してますよね」

「まぁね。しかし四つ目の分類では、この愛と憎のどちらであっても、被害者は一人の可能性が高いでしょう。少なくとも連続殺人にはなり難いし、三人の顔触れを考えても有り得ないと思う」

「はい、これも却下ですね」

「五つ目は、遺体の運搬、収納、隠蔽《いんぺい》などを容易にするための場合」

「バラバラ殺人ですか、それは？」

「そう考えるのが普通でしょうね。首だけを切断して、という例はほとんどないかもしれない。大抵は殺害現場から遺体を運び出し、別の場所に遺棄するためにバラバラにするわけだもの。埋めるために用意した箱や穴が小さ過ぎて、それで首だけを斬ったという事例は想像できるけど、今回の事件は頭部以外は完全に残っているから、これも有り得ない」

「六つ目は何ですか」

「極めて探偵小説的な発想だけど、犯人が何かトリックのために、生首そのものを利用した場合ね」

「どういうことです？」

「首だけだと持ち運びが簡単だから、それを誰かにちらっと見せることにより、まだ被害者が生きているように見せ掛けて、自分の現場不在証明《アリバイ》を作るとか」

「あっ、首から下は見えないようにして……」

「うん、そういうこと。他には、首を錘《おもり》や重石《おもし》にする、凶器として使うなど色々と考えられるけど、これも当て嵌まらない。首じゃなく身体の方を使うという案も含めて。で、七つ目は、被害者の身元を隠すことが目的の場合」

「首無し屍体と聞いて、まず思い浮かぶ動機ですよね」

「今回も被害者の首を斬り、その衣服まで剝ぎ取ってるわけだから、一見そう見えるわね」

「でも、婚舎の集いに参加した三人の女性のうち、姿が見えなくなったのは毬子さんだけですし、犯行現場だった中婚舎も彼女が入った部屋だと分かっています。長寿郎様にも、ほとんど同じことが言えます。おまけに衣服は一部を除いて、森に捨てられていました」

「それと指紋の問題があるわね。身元を隠すのが目的なら、首だけでなく手首も切断する必要があったはずだから。まぁ犯人に、指紋の知識がなかった——という可能性は考えられるけど」

「…………」

「ただ重要なのは、首を持ち去っただけでは被害者の身元を隠すなど絶対に無理だと、少し考えれば誰にでも判断が付く現場だった、ということね。この状況を踏まえたうえで、次の八つ目にゆくわよ。いい？　八つ目は、被害者の身元を誤認させるのが目的の場合」

蘭子の言葉を嚙み締めるように、頭の中で反芻《はんすう》した斧高は、

「つまり、あの状況で遺体が発見されれば、仮に首が無かったとしても、被害者は毬子さんだと認められる——ということですか」

「うん。もちろん犯人が全てを演出して、そう誤認させるわけよ。もし、これで行方が分からなくなったのが長寿郎さんではなく竹子《たけこ》さんだったら、実は毬子が真犯人で、竹子さんの遺体をさも自分のように見せ掛けたという真相が考えられる。最初に私が説明した探偵小説ではお馴染みの、あの被害者と加害者が入れ替わる顔の無い屍体トリックの例になる」

「でも、いなくなったのは長寿郎様だし……」

も有り得ない」

「彼自身も首無し屍体になったうえ、後から肝心の首まで出てきたわけだから、これ

「紘弐さんも、すぐ首が見付かってますから、同じことが言えます」

「さて、九つ目は、頭部に残された何かの痕跡を隠すためという場合」

咄嗟に斧高が首を傾げたためか、すぐに蘭子は具体例を挙げた。

「例えば犯人が、非常に特殊な道具などで被害者の頭を殴ってしまったため、調べられれば使用した凶器が特定されてしまい、そこから犯人の割れる可能性があるような状況ね」

「そういう意味ですか。けど、凶器は御堂に奉納されていた道具類の中から、犯人が適当に選んだとすれば――」

「凶器云々は、飽くまでも一例よ。要は被害者の頭部に、犯人にとっては命取りになりかねない証拠を残してしまった。しかし、簡単に消せない。それで仕方なく頭ごと持ち去った」

「犯人を特定する証拠……」

他にどんな例が考えられるか斧高が頭を捻りはじめると、再び蘭子は九つ目を踏まえたうえでと断わって、

「十個目も同じように聞こえるかもしれないけど、今度は被害者の頭部を調べられて

は困る場合」

「えっ、同じじゃないんですか」

「九つ目は犯人が残したものだけど、これは被害者自身に関わることね。例えば家族の誰もが知らないけど、実は被害者の脳、目、鼻、歯など、つまり頭部の何処かに何らかの疾患があって、それを知られると犯行の動機に繋がるとか、犯人の特定に結び付くとか、そういう心配がある場合よ」

「そ、それは、かなり特殊だと思うんですが……」

「それじゃ、こういう例はどうかな。毬子は村の人々が驚くような厚化粧をしてたんでしょ？」

「そうです。あれはやっぱり――」

「ええ、彼女なりの挑発とも取れるし、逆に鎧を纏っていたとも見做せるわね。いずれにしろ、それなりの覚悟で乗り込んで来たっていうところでしょう」

「これまで色々あったうえに、古里《こり》家の娘として婚舎の集いに参加したわけですから、無理もありません」

「そうね。でも、今はそんなことといいの。確か警察が調べた結果、東守の手水舎で、犯人が毬子の生首を洗った痕跡があると分かったんでしょ？」

「はい、そう高屋敷さんから聞きました」

「もし、それが生前の毬子自身によって——理由は分からないけど——行なわれたとしたら？　そして、その事実が明るみに出ることが、犯人にとっては致命的だったとしたら？」

「そうか……。同じような化粧が、犯人にはできなかった。だから首を斬って持ち去った」

「他に手段がなかったから、首を斬るしかなかった」

「毬子さんが自分で化粧を——というのは、もちろん一つの例ですよね？」

「うん、実際はそんな必要があったとは思えないし、そんな時間もなかったでしょう。死亡推定時刻から考えても、中婚舎から出ている暇はない。それに手水舎では血痕まで見付かっているからね」

「これで分類は、全てですか」

「いえ、最後は、被害者の頭部に含まれる部位が必要だったためという動機が考えられるけど、これこそ余りにも特殊過ぎるわね。今回の事件にも、まず当て嵌まらないでしょう」

「例えば何処が、何のために……」

怪訝そうな表情の斧高に、この例はないとばかりに蘭子は片手を振りながら、

「一九三〇年にソ連の大学で、遺体の角膜が移植できることを証明した学者がいて、

以来、世界各国で角膜移植が行なわれるようになったの。だから飽くまでも可能性の問題としては、そういう動機も有り得るってこと」

斧高は十一個目の分類項目をノートに書き記すと、

「これまでの検討の結果、最も可能性があるのは、九つ目の被害者の頭部に残された何かの痕跡を隠すためと、十個目の被害者の頭部を調べられては困るため、この二つに絞られそうですが――」

「つまり事件の鍵は、毬子の首にあるってわけね」

「長寿郎様は、そのことを偽装するために？」

「あっさり首を返しているところを見ると、そう考えるのが筋かもしれない」

「紘弍さんも、そうなりますよね」

「うん。どうやら切断後、すぐ森に捨てたようだから」

「毬子さんの首は、何処にあるんでしょう？」

斧高の問い掛けに、蘭子は外国人がやるように両肩を竦める仕草をしつつ、

「媛首山の森は警察と青年団で、それこそ隅々まで捜索したに違いないけど、あの広大な森林地帯の全てを調べるのは土台無理な話でしょう」

「そうですね……」

「もし犯人に土地鑑でもあれば、一層の困難さが予想できる」

「この連続殺人が行きずりの犯行だとは、斧高君も思わないでしょ？」

「えっ……」

思わず口籠った斧高を、しばらく蘭子は見詰めていたが、

「さてと、探偵活動はこれくらいにして――」

場の空気を変えようとしたのか、わざと戯《おど》けたような口調で、

「あっ、そのノートは高屋敷巡査に見せても、全く構わないから。私がそんなこと言うと、一般人が出しゃばるなって怒られるけど、斧高君の話なら、あのお巡りさんも耳を傾けてくれるでしょう。今まとめた分類が少しでも事件解決のお役に立てれば、私も嬉しいから」

そう言って書斎から出ようとしたところで、彼女は急に振り返ると、

「でも、事件にばかり関わってちゃ駄目よ。自分のことも、ちゃんと考えなさい……ね」

「はい。どちらも疎かにはしません」

斧高が約束すると、ようやく蘭子は少し微笑んで書斎から出て行った。

取り敢えず彼は、彼女と一緒にまとめた〈首の無い屍体の分類〉を高屋敷に見せるつもりだった。巡査が十三夜参り事件について、関係者の動きを表にしているのは知っている。高屋敷ならば、ノートの内容を目にしても莫迦にはしないだろう。

この斧高の読みは当たっていた。だが、肝心の大江田《おおえだ》警部補をはじめ捜査官たちが充分な検討に入る前に、彼らのお膝元である終下市《ついかいち》で、とんでもない事件が起こることになる。

第二十二章　迷宮入り

媛首村《ひめかみ》の媛首山《ひめくび》に於ける古里毬子《こりまりこ》と秘守長寿郎《ひがみちょうじゅろう》の二重殺人が発生してから五日目の夜、終下市《ついかいち》の盛り場で猟奇的な連続殺人が矢継ぎ早に起こった。

その日の午後十時過ぎから翌日の午前二時半頃までの間に、何と一晩で四人もが殺害されたのである。被害者は全員が男性で、誰もが喉を真一文字に切り裂かれた状態で、人目に付かない店舗の裏や路地などで絶命しているところを発見された。初期捜査の段階で、四人には何の繋がりも——年齢、出身地、職業、住所、家族構成、病歴、前科、趣味など諸々の事項で——見出せないことから、早くも通り魔の犯行ではないかと考えられた。

この事件の発生を受けて、媛首村に赴いていた終下市署の捜査員たちの大半が、地元へと戻される羽目になった。だからと言って当然、媛首山の首斬り連続殺人事件が投げ出されたわけではない。ただ翌日の夜、更に二人の犠牲者が盛り場で出るに及んで、終下市警察署の全人員が〈深夜の喉裂き魔〉を捕えるために投入された。しかも、この猟奇連続殺人が三日目の夜は零ながら、四日目には一人、五日目にも一人と犠牲者が増え続けたうえ、容疑者さえ満足に挙がらない有り様だったため、捜査員たちには寝る暇もなかった。

新聞は連日、「血に飢えた悪鬼、再び盛り場に出現」「切り裂き魔、またしても凶行」「喉切り隊長、跳梁《ちょうりょう》す」「深夜の喉裂き魔、容疑者浮かばず」「通り魔切り裂き殺人の犠牲者、遂に九人目に」などと派手に書き立て、今や終下市は全国から注目される始末だった。

その結果、媛首山事件は、もろに煽《あお》りを食らう格好となった。更に喉裂き魔事件が長引いたことから更なる影響を受け、媛首山連続殺人事件の捜査本部は名目だけに成り果てた。実質的にはほとんど機能しなくなったと言うべきかもしれない。

よって事件に関わる全ては、高屋《たかや》敷《しき》の双肩に重く伸《の》し掛かってきた。もちろん本人としては望むところだった。十三夜参り事件のときに嘗《な》めた苦杯を、再び味わうつもりはなかったからである。

高屋敷は連日、関係者に事情聴取を行ない、また媛首山の現場にも赴いた。終下市警察署とも頻繁に連絡を取り、自ら何度も足を運んだ。大江田警部補も多忙を極める中で、できる限り高屋敷とは会ってくれた。だが、署内の空気は完全に喉裂き魔事件だけに向いていた。如何なる調査や分析であろうと最も優先されるのは、喉裂き連続殺人に関することだった。

やがて、年が明けた。喉裂き魔は当初の勢いこそなくしたものの、警察の巡回と市民が結成した自警団の見回りの間隙を縫うように無気味な犯行を重ねていた。

この頃には、その殺人の手口が余りにも鮮やかなこと、警備を強化した街中で難無く犯行を重ねていること、不審な人影が目撃されているにも拘らず見事に姿を消していること——などから、喉裂き魔の正体は人に有らざるものではないかという噂が広まり出し、たちまち大騒ぎになった。街を離れる市民が次々と現れた。盛り場は疾《と》っくに閑古鳥が鳴いていたが、その灯が完全に消えた。日が暮れた終下市の光景を、まるで戒厳令が敷かれたような、と各紙は伝えた。

そして遂に、昭和の名探偵と謳《うた》われた冬城牙城《とうじょうがじょう》が警察に協力することになった。ちょうど彼は、あの恐るべき火鶻《ひこつ》邸殺人事件を解決したばかりだったが、少しの休養も取らずに猟奇的大量殺人の現場へと駆け付けたのである。

冬城が終下市に入って二日後、その知らせを耳にして高屋敷は度肝を抜かれた。喉裂き連続殺人事件の容疑者として、岩槻刑事が逮捕されたというのだ。本人は全面的に犯行を否認したうえで、黙秘権を行使しているという。今のところ動機は一切不明らしい。ただ、彼が借りているアパートの部屋から、血痕の付着した小振りの鎌が発見されたため、ほぼ容疑は確実に固まったという情報が伝わってきた。

そのうえ更に高屋敷が驚かされたのは、凶器の鎌が、どうやら媛神堂の祭壇の奉納物の一つらしいという事実だった。大江田警部補をはじめ捜査官の誰にも気付かれずに、岩槻は御堂から鎌を持ち出していたことになる。

逮捕から三日後、朝から陰鬱な雨が降り続いた日の午後、岩槻は取り調べ中に隠し持っていた剃刀《かみそり》で自らの喉を掻き切って自害した。ただし、凶器の剃刀については出所が全くの謎とされた。拘留時には充分な身体検査が行なわれているうえ、後から剃刀を手に入れる機会など絶対に有り得ないことは、取り調べに当たった刑事たちが一番よく知っていた。

ところが、少しだけ奇妙な出来事が、当日の午前中にあったという。

その日の朝、一人の女性が岩槻への面会を希望した。対応した職員が身元を確認しようとしたところ、誰かに名前を呼ばれて振り返った。なのに自分に声を掛けた者が、何処を捜しても見当たらない。おかしいなと思って前を向くと、女の姿が見えなくなっていたらしい。

しかし、問題の女が署内に侵入した形跡はなく、況して拘留中の岩槻に近付けたはずもないので、即座に面会人の関与は否定された。念のために岩槻の身内や知り合いが調べられたが、該当する女性は皆無だった。尤も対応した職員が、女性だった以外なぜか全く相手の特徴を覚えていなかったことと、その訪問者を見たという別の職員が、あれは女ではなく顔立ちの整った男性だったと言い出した所為で、そもそも捜しようがなかったとも言える。

結局、訪ねて来たのは何者だったのか、その正体は薄気味の悪い謎として残った。

こうして容疑者否認及び死亡のまま、喉裂き魔事件は幕を閉じた。岩槻の逮捕後に新たな殺人が起こらなかったため、警察も世間も辛うじて彼が真犯人だったと認め、事件を終息させた。多くの謎を残したままとはいえ、それでも一応の解決を見たことになる。

しかし、一方の媛首山連続殺人事件は何の進展もないまま、次第に世間の人々の記憶から抜け落ちてゆき……やがて迷宮入りとなってしまったのである。

幕間（三）

さて以上で、戦中と戦後の媛首《ひめくび》山事件について、ほぼ語り尽くせたのではないかと思います。

なお、終下市《ついかいち》の喉裂き魔事件に関しましては、本稿で扱うべき内容ではありませんので、前章での記述のみに留めておきます。それに未解決の問題が多いとはいえ、取り敢えず犯人は捕えられ事件は終結を見ているわけですから。

ただ個人的には、この二つの事件で明暗を分けたのは、鍵となる人物が現場に足を踏み入れたかどうか、その差のように思えてなりません。喉裂き魔事件では言うまでもなく冬城牙城《とうじょうがじょう》氏であり、媛首山事件では刀城言耶《とうじょうげんや》氏がそうです。事件が起こる前日に高屋敷《たかやしき》が汽車の中でお会いし、図らずも氏が媛首村《ひめかみ》を訪れようとしていたのに、夫が話した怪談のために途中下車をされたあの人物です。このお二人が親子だという事実にも、私は何やら運命めいたものを覚えずにはいられません。

冬城牙城氏の本名は、刀城牙升《がじょう》と申されます。刀城家は公爵に叙せられた由緒ある家柄なのですが、若い頃から氏は、こうした特権階級を嫌っておられました。やがて長男である自分が戸主となり公爵を継がなければならない現実に反発し、半ば家を飛び出す格好で大江田《おおえだ》鐸真《たくま》という私立探偵に弟子入りをし、刀城家から勘当されたという過去があります。実家に対する配慮から、冬城牙城というお名前を使われるようになりました。その牙升氏の御子息が言耶氏になるわけです。

刀城言耶氏は東城雅哉《とうじょうまさや》の筆名を用いて、怪奇小説や変格探偵小説を書いておられる作家です。現地取材をされることが多く、常に全国を旅されている方なのですが――この言耶氏、なぜか赴かれる先々で必ずと言ってよいほど奇っ怪な事件に巻き込まれ、時には命さえ危険に晒されるらしいのです。

ただし、やはり血なのでしょうか。ご本人にその気はないようですが、いつしか探偵役を務めて、気が付けば事件を解決していることが多いといいます。

もし刀城言耶氏が当初の予定通り媛首村を訪れていれば……そう考えますと、私《わたくし》の心は千々に乱れます。氏のことですから、きっと媛首山連続殺人事件を解決に導かれ、よって高屋敷のその後の人生はもっと違ったものに……いえ、愚痴は止めておきましょう。

それよりも私は、高屋敷元《はじめ》の孤軍奮闘振りを、本来であれば読者の皆様にお伝えする必要があったはずなのです。如何に彼が諦めず、地道にこつこつと事件に取り組み続け、最期まで投げ出さなかったかを、そんな彼の姿を……。

しかしながら申し訳ありませんが、その部分を書く気力がどうしても湧いて参りません。高屋敷が、夫が、月日を追うごとに精神的に憔悴《しょうすい》してゆく様子を、小説とは分かっていても記すのが苦痛で堪らなかったからです。事件から十年目の仲秋に、心不全のため呆気無く逝ってしまうまでを書き綴ることなど、とても私にはできそうもありません。

もちろんこれまでの章に於いて、手持ちの資料をほとんど使い切り、一つの怪死と三つの連続殺人を実際に起こった状況に近付け何とか再現することができた、という僅かばかりの自負を抱いた所為《せい》もございます。つまり、その後の高屋敷の捜査過程を描いても、最早それほど目新しい情報や手掛かりを、読者の皆様に提供できそうにもないと判断したわけです。どうか一番の理由は、そのようにお受け取り下さいますように。

そうは申しましても第三の殺人について、単に形式的な確認にしか過ぎない内容ではありますが、少しだけ補足をしておきます。

一、媛神堂で発見された男の首無し屍体の身元について
森で発見された首をはじめ血液型や指紋からも、間違いなく秘守紘弐《ひがみこうじ》さんだと確認

されました。

二、紘弐さんの死因について

これも伊勢橋《いせはし》医師の見立て通り、後頭部を玄翁で殴打されたのが致命傷と判明しました。首斬りも、彼の死後に行なわれたと分かっています。

三、首斬りについて

司法解剖の結果、紘弐さんも先の二人と全く同じ手口で首を斬られていたことが判明しました。つまり同一人物の仕業であると、正真正銘の連続殺人に間違いないと断定されたわけです。

さて、ここまで本稿を起こして参りましたが、何とも情けないことに、どうやら私には自力でこの事件を解決できそうにありません。当初は小説として執筆を続けているうちに、これまでには見えなかった手掛かり、埋もれていた背景、思いもよらなかった解釈などが、きっと浮かび上がってくるに違いないと考えておりました。いえ、そう期待し、そう望んでいました。

ところが、皮肉なことに私は、本稿に取り掛かる前よりも、より一層訳が分からなくなってしまったのです。ただしその一方で、目の前に真相がちらついているような感覚もあります。負け惜しみではありません。真相というのが大袈裟ならば、本当にすぐそこに事件の謎を解く重要な鍵が潜んでいる、そんな思いにずっと囚われているのです。しかし、私独りでは無理であると、やはり認めざるを得ません。

ここまで目を通された読者の皆様には、一体この媛首村で、媛首山で、秘守の一守《いちがみ》家で、何が起こったのかがお分かりになられたでしょうか。ここで「はじめに」でも少し予告をしておきましたが、読者の皆様にご協力を賜りたいと存じます。

十三夜参り事件と媛首山事件について、どんなご意見でも結構ですので、何かお考えのございます方は、どうぞ本誌の奥付に住所の記されている迷宮社まで、お手数ですがご連絡を頂戴できれば誠に幸甚でございます。

四ヵ月前に記しました「幕間（二）」の末尾ででも、最初のお願いをしておくべきだったかもしれませんが、次の号は連載をお休み致しますので、時間は充分にあります。

読者の皆様のご協力を、心よりお願い申し上げます。

第二十三章　読者投稿による推理

読者の皆様には沢山のお便りを頂戴し、誠にありがとうございました。

なお本章は、本来であれば「幕間」には当たらない「本文」に該当するわけですが、もう小説としての体裁を取っておりませんため、「幕間」の文体のまま進めたいと思います。

さて昨日、本誌の版元より転送されてきた皆様のお手紙とお葉書ですが、まずその数の多さに驚き、次いで歓喜の念が込み上げて参りました。このような拙《つたな》い不完全な作品に対して、こうまでお応え頂けるとは望外の喜びでございます。重ねて御礼を申し上げます。

しかしながら、その晴れやかな気持ちも長くは続きませんでした。それどころかお便りに目を通しておりますうちに、何やら薄ら寒いものが首筋から背筋を伝い下りはじめ、どうにも居心地の悪い思いに囚われたのでございます。

なぜならお手紙とお葉書に記されている内容で圧倒的に多かったのが、本稿を読み進むうちに、実は自分も首、または喉、あるいは手首や足首を、怪我した、捻挫《ねんざ》した、不調になった、具合が悪くて辛い、という不可解な体験を訴える文面だったからです。

このような反応があろうとは、私《わたくし》も全く考えておりませんでした。余りにも予想外だったために、自分が何を意図して本稿を執筆したのか、一瞬ですが本当に分からなくなったほどです。

もちろんほとんどの方は、自分の気の所為《せい》だと思う、単なる気の迷いである、と記されておられます。ただ、それにしては数が多過ぎるのと、そんな中に思い込みや錯覚では済まされないような事例も見受けられたことが、私を不安にさせました。ここで、その幾つかの例をご紹介しようと思ったのですが、やはり差し控えておきます。そうすることが、まるで伝染性の疾病を広めてしまう愚挙のように、ふと思えたからです。それに……。

いえ、実は私も前回の「幕間（三）」を書いております辺りから、どうも喉の調子が良くなく……風邪だろうと軽く考えておりましたところ、いつしか首に痛みを感じるようになり……。

それも、当初は寝違えたときのような感じだったのが、次第に妙な――何と表現すれば伝わるでしょうか――そう、まるで何かに首を引っ張られているような……そんな厭な感覚に陥るのです。人間には見えない何かが知らぬ間に自分の真後ろに立っていて、そおっと両手を伸ばして私の頭をじんわりと挟み、ゆっくり左右に捩りながら首から引き抜こうとしている……そんな風に感じられてならないのです。

こんなことを書くつもりではありませんでした。章の題のように、ここでは読者の皆様のお知恵をお借りして、何とか事件の解決を試みようと――

今、誰か訪ねて来たような気がしたのですが……

やはり勘違いだったようです。

どうもいけません。読者のお便りに目を通した昨夜から、少し神経質になり過ぎているのでしょうか。でも、得体の知れない何かが次第に迫りつつあるような、そんな薄気味の悪い……いえ、もう止めておきましょう。

それでは改めて、お手紙とお葉書の中から事件の真相に言及したものだけを選《よ》り分け、順にご紹介して行きたいと思います。

まず最も多かったのは、「真犯人は妃女子《ひめこ》である」というご意見です。十三夜参りで殺されたのは妃女子ではなく女中の鈴江《すずえ》で、遺体に首がなかったのは被害者を誤認させるためであり、犯人の妃女子は開かずの蔵で暮らしていた――または幽閉されていた――という解釈です。

ただし、犯人の名前を指摘しただけで、具体的な犯行方法にまで言及されている方は、ほとんどおられませんでした。つまり数多《あまた》の謎が——

　申し訳ありません。どうしても執筆を続けるのが苦痛になり、気分転換も兼ねて進めておりました裏庭の手入れの続きをやり終え、薩摩芋の苗でも買ってきて植えてしまおうと思ったのですが……

　今度は右手を、はい、右手首を痛めてしまいました。執筆に差し支えるほどではありませんが、これでまだ無事なのは左足首だけとなったわけです。いえ、冗談ではありません。私には、そもそも媛神堂の境内で右足首を挫《くじ》いたのが、はじまりだったような気がします。あのとき何かが私の右足首を摑み、そして憑いたのです。それが次第に身体の中を通って左手首に達し、また戻って首の周りを回り、つい先程、右手首に辿り着いたのではないでしょうか。やがてそれは、きっと左足首まで進むことでしょう。そうして少なからず四肢の自由を奪っておいた後で、再び首へと上ってきて、
　そこで今度こそ……

　私は、この媛首村《ひめかみ》に戻って来るべきではなかったのでしょうか。

　十三夜参り事件を掘り起こし、媛首山《ひめくび》事件に再び焦点を当て、このような格好で発表してはいけなかったのでしょうか。

　ひょっとして私は、淡首様《あおくび》の怒りを買い、障りを呼び、祟りを被り……

　今、誰かが訪ねて来たように……

気のせいでしょうか……

ああ、どうやら雨が降り出したようです。早朝からどんよりとした曇空でしたが、遂に崩れはじめたみたいです。ただでさえ陰鬱な気分を覚えておりますのに、益々陰気に……

いえ、雨の気配だけではなさそうです。

今、確かに声のようなものが……

「ごめんください」

飛び上がるほどびっくりしました。この家を訪ねて来る方など、滅多におられないからです。それでも確かに男性の方が、表にいらっしゃいます。

「は、はい……。どちら様でしょうか」

居留守を使おうかと咄嗟に考えましたが、小さな家ですから屋内の気配を悟られた恐れは充分にあります。私は素直に返事を致しました。

すると――

「突然すみません。実は『迷宮草子《めいきゅうぞうし》』に連載されている小説を拝読させて頂き、それでお伺いしたのですが」

私は一瞬、妙な読者の一人が、静かに見守って下さいという当方のお願いを無視して、押し掛けて来たのではないかと怯えました。しかし、すぐに落ち着いた口調ながら何処か遠慮をしている訪問者の声音に、何か全く別の印象を覚えたのです。

　気が付くと衝動的に扉を開けていました。

「あっ、こんにちは。突然こんな形でお邪魔して、本当に申し訳ありません」

　そこには青いジーンズ地の上着を羽織り、それよりは薄い色のジーパンを穿いた三十代半ばくらいに見える男性が、少しはにかんだような笑みを浮かべて立っていました。

「刀城言耶《とうじようげんや》さん……ですか！」

　相手が名乗る前に、私はそう叫んでいました。

「えっ……？　わ、分かりますか」

「その格好……いえ、お召し物は、流浪の怪奇小説家の証じゃありませんか」

「い、いやぁ、そ、それほどのものでは……」

　聞きようによっては決して誉め言葉ではない私の台詞を――実際に口を滑らせたのですが――幸いにも氏は良い方に解釈して下さったようで、頻りに照れていらっしゃいます。

「でも、一体どうして――」

「すみません。突然のことで驚かれたと思います。実は『迷宮草子』を愛読しておりまして、それでこの前の連載を拝見したところ、自分でも無謀と言いますか、こちらのご迷惑だとは思ったのですが、矢も盾も堪らず飛んで来てしまいました」

しまいました——と言われましても、この意外なご訪問にどう対処して良いものか、私は途方に暮れて——それこそ——しまいました。

「そのうー、差し出がましいようですが、僕なりに謎の整理をしてみたんです」

しかし、刀城氏はこちらの困惑を察するどころか、今にも玄関先でご自身の推理を展開なさろうとしています。

「あ、あのうー、実は……」

「はっ？　ああっ！　ひょ、ひょっとして今、あの作品の結末部分をご執筆中だったんですか。い、いやぁ、それなら僕など全く不必要ですよねぇ。これはとんだお邪魔を……。な、何ともお恥ずかしい限りで……」

「い、いえ、そうじゃないんです」

「えっ？　あっ、それじゃお昼を、まだ召し上がってないとか」

この刀城氏の些か——失礼な言い方ですが——間の抜けた質問のお蔭で、私の気が少しだけ軽くなりました。そこで冷笑されるのを覚悟で、これ以上この事件に関わるべきではないのではないか、という先程ふっと実感したばかりの気持ちを打ち明けました。

「なるほど。そうでしたか」

ところが、刀城氏は笑いませんでした。逆に凝っと考え込むような表情を見せています。

「あっ、だからと言って、刀城さんが全国を回られて蒐集《しゅうしゅう》されているような、それほどの怪異が身の回りで起きているわけではないのです」

余計な期待をさせては申し訳ないと思い、私は慌ててそう断わりました。

なぜなら刀城言耶氏は、日本の各地に残る怪異譚の蒐集を趣味とされ、またそれを題材に執筆をなさることもあり、いつも怪異なる話を求めて旅をされているからです。そのため編集者の間では、「放浪作家」または「流浪の怪奇小説家」とも呼ばれていますが、最も氏に相応《ふさわ》しいのは「怪異蒐集家」という呼称かもしれません。

するといと氏は、にっこりと微笑んで、

「そういうことであれば、本来の刀城言耶の出番かもしれませんね」

怪訝そうな表情をした私に向かって、

「自分で言うのも痴《おこ》がましいですが、僕も伊達に怪異譚を蒐集しているわけではありません。ですからその手のお話であれば、きっとお役に立てるのではないかと思うんです」

「えっ、でも……」

「もちろん自分の蒐集癖を満足させるためではなく、あなたが実感していらっしゃる怪異に対して、如何なる対処が取れるかをご一緒に検討するためです」

そう言いながら刀城氏は深々と一礼すると、

「ということで、では失礼を致します」

極めて自然な様子で小さな我が家へと入って来られました。

「ど、どうぞ……狭くてむさ苦しいところですが、お、お入り下さい」

その強引とも言える相手の態度に、本当なら怒りを表しているところでしょうが、まるで屈託のない彼の言動には、そんな気持ちはこれっぽっちも感じません。

「それにしても、お若いですね。十歳は下に見られるんじゃありませんか」

それどころか、そんなお追従《ついしょう》めいた――いえ、実際にお若く見えるのですが――言葉が口に出る始末です。

「はぁ、ありがとうございます。いつまでも怪談になど興味を持っている所為で、何処かに子供っぽい雰囲気が残ってるんでしょうね。でも、そちらこそ十五歳は下に見られるでしょ」

「いやですよ刀城さん――そんな調子の良いことを仰って」

実際に私はどぎまぎしてしまいました。

「ただ女性の方の場合、幾ら若く見られても困ることはないでしょうが、怪談を聞きに地方に行く折など、余り若造に見られるのは、男ですと得するよりも損することの方が多くて――」

「そうですね。若いと嘗められるでしょうから。そうそう、怪談と言えば最近のことなんですが、村の馬呑池の辺りで何やら恐ろしい化物が出ると、子供たちの間で噂になっているとか……。そんな話を小耳に挟みました」

「ほうっ、馬呑池ですか。確か十三夜参りのとき二守《ふたがみ》家の紘弍《こうじ》氏が散歩をしていたと証言したのが、その場所でしたね」

「えっ、ああそうですね……。あっ、そんな話よりも、どうもご挨拶が遅れました。改めて何ですが、はじめまして、媛之森妙元《ひめのもりみようげん》でございます。御作は予々《かねがね》拝読させて頂いております」

「こ、これはご丁寧に、ありがとうございます。本日は誠に急な、そのうー、勝手に押し掛けてしまいまして、大変な失礼を――」

「いえ、とんでもありません。お客様など滅多にいらっしゃいませんから。それが特に同業の方だなんて、こんな嬉しいことはございませんもの」

「そう言って頂けると、とても助かります。でも、決してはじめまして――ではないんですよ、僕たちは」

刀城氏は悪戯っぽい笑みを浮かべ、私を見つめているではありませんか。

「そ、そうでしたか……。これは失礼なことを申し上げました。私は完全な地方作家ですので、なかなか中央に出る機会がありません。それで刀城さんは、いつも旅をなさっている印象がありますもので、ほとんど文壇の集まりなどにもお顔をお出しにならないとばかり……」

「いえ、実際にそうなんですけど。それにお会いしたのも、もう随分と昔になりますから、どうぞそんなに恐縮なさらずに」

私は冷や汗を搔いておりました。てっきり初対面だとばかり思っていたからです。ただ、それも氏の言葉を聞いて気が楽になりました。また、少なくとも彼の方は面識があるという思いが存在したからこそ、こうやって訪ねていらしたのだろうと納得できました。

「あらあら、立ったままですみません。どうぞお掛け下さい」

私は居間の――と申しましても台所と兼用ですが――テーブルの椅子を氏に勧めつつ、お茶の用意をはじめました。

「どうなんでしょう？　小説に書かれている当時と比べますと、村も随分と淋しくなっているような印象を受けたのですが」

「ええ、その通りなんです。村の人々の主要な生業は養蚕と炭焼だったわけですが、昭和三十年代には繭の生産量が戦前の約半分になりましたし、炭も徐々に石油が取って代わり、次第に往年のような活気は村から消えてゆきましたから」

「秘守家《ひがみ》は、その後どうなったのですか」

　薬缶《やかん》に水を注いで火に掛けた後、お茶っ葉を探して水屋の中を掻き回していた私は、その手を思わず止めると、

「何十代も続いた由緒ある一族でも、常に跡継ぎの争いを繰り返し乗り切ってきた家系でも、滅びるときは一代で……あっという間のようですね」

　そう言いながら、ゆっくり刀城氏の方を振り返りました。

「斧高君《よきたか》は、一守家《いちがみ》の跡を継がなかったのですか」

「いえ、江川蘭子《えがわらんこ》さんや高屋敷《たかやしき》や私も相談に乗りまして、結局は一守家に残り、正式にあの家の嫡子として事件後は生活をはじめたんです。ただ――」

「何か問題が持ち上がった？」

「成人した年の秋に、ふっと消えてしまって……」

「消えた？　それは行方不明ということですか、それとも文字通り消失したとでも？」

「分かりません。最後に彼の姿を見たらしい蔵田《くらた》カネさんによりますと、北の鳥居口から媛首山に入って行ったということです」

「それは、また……」

「ただ、その頃ちょうど結婚話がありまして。はっきり申し上げますと、政略結婚で

すね。没落の兆しが見えはじめた一守家を立て直すために、富堂《ふどう》翁と兵堂《ひょうどう》さんが企んだ婚姻だったようなんです」

「すると、それを嫌った斧高君が、家を出たという可能性もあるわけですか」

「はい。それは充分に考えられます」

「さすがの淡首様も、まさか秘守家の長の座を捨てて、この村を出る一守家の跡取りがいようとは思いもしなかったでしょうね」

淡首様だけでなく秘守一族の全員が、斧高の行動に度肝を抜かれたことは間違いありません。そう刀城氏にお伝えしますと、

「一守家の跡取りであることを止《や》めさえすれば、淡首様の祟りからは逃れられるんだろうか……」

独り言を口にするように、ぽつりと呟かれました。その瞬間、私はぞっと致しました。斧高は逃げ切れなかったのではないか――と、ふと思ったからです。

「江川蘭子さんのところに行った形跡はないんですか」

「ありません。斧高は事件の後、折に触れ彼女と手紙のやり取りをしていましたが、何の知らせもなかったようです」

「あなたや高屋敷さんにも、斧高君は相談しなかった？」

「は、はい……」

「独りで生きる決心をしたのか、あるいは——」

「ただ……」

そこで私は以前から気に掛かっていることを話そうと思いつつも、やはり躊躇《ためら》いました。余りにも不確かだったからです。しかし、刀城氏に先を促され、

「十数年前からですが、『宝石』をはじめとする小説誌の新人賞の最終選考で、斧高ではないかと思われる筆名を何度か目にするようになりまして」

「どんな名前です？」

「それが、幾守寿多郎《いくもりじゆたろう》という筆名なんです」

私は漢字の説明をしつつ、それが〈幾多〉と〈秘守〉と〈長寿郎《ちようじゆろう》〉の組み合わせではないかと思っていることを話し、刀城氏にも意見を訊いてみました。

「五つの漢字のうち、〈幾多〉は二つとも、〈長寿郎〉も三文字から二文字を取ってますね。それに比べて〈秘守〉は一文字だけというのが、斧高君の複雑な心境を表しているように感じられます」

「それじゃ、やっぱり——」

「ここまで揃っていて偶然というのは、なかなか有り得ないんじゃないでしょうか。すると、版元の方に問い合わせは？」

「しておりません」

「この幾守寿多郎氏が、何かの新人賞を受賞したということも？」

「まだ……ありません」

「難しいですね。連絡を取るにしても、ひょっとすると受賞してからの方が――」

「良いと思われますか、刀城さんも？」

「すみません。正直なところ、よく分かりません。それは関係ないとも思います。ただ、彼がどういう気持ちで投稿を続けているのか、心のうちを考えると……」

「そうですよね。いえ、刀城さんが私と同じように感じていらっしゃると分かり、少し救われました。勝手なことを申すようですけど」

「と、とんでもありません。それで、秘守家はその後……？」

「はい。この斧高の件が一守家のけちの付きはじめとなり、後は何をやっても上手く行かず、衰退の一途を辿りました。それは二守家も三守《みかみ》家も同様です。私も余り詳しくは知りませんが……。ただ古里《こり》家だけは今でも存続し、逆に栄えているという皮肉な有り様が……」

「そうなんですか――」

感慨深げな刀城氏に再び背を向けると、私はお茶を淹れることにしばらく専念しました。

「どうぞ、粗茶でございますが。生憎《あいにく》お茶菓子を切らして――」

「い、いいえ、どうかお気遣いなさらないで下さい。僕の方こそ、何か手土産をお持ちするべきでした。とんだ不作法者で、何卒《なにとぞ》ご勘弁のほどを」

お互いが恐縮して頭を下げ合ったところで、刀城氏と改めて向かい合う格好となりました。

「それで早速なんですが――」

私は少しでも沈黙が続くのが怖くて、

「刀城さんは、読者から届いた薄気味の悪い手紙の内容と、また私が覚えました何とも言えぬ異様な感じについて、どのようにお考えになられますか。も、もちろん気のせいだとは、読者の多くも私も思ってはいるのですが……」

「それにしては首筋だけでなく、手首や足首にまで不調が出ている事実が、どうにも奇っ怪ですよね」

「は、はい……」

「ただ、そのこと自体を解釈するのは、さすがに難しいと思います。ですので、そういった怪異は一先ず置いておいて、何より事件の謎を解くべきではないかと」

「し、しかし、その事件に関わったが故に……という訳ではないのでしょうか」

「ええ、そうだと思います」

「えっ？　でしたら――」

「つまり、そういった現象というのは、事件の謎を解いて真相を明らかにしてしまえば、自然に止むものだと僕は考えてるんです。幸い、という言い方は良くないでしょうけど、事件に関わった方々のほとんどは、もうこの村にはいらっしゃらないようですし」

「な、なるほど……」

「怪異を齎《もたら》す存在は、その名を――正体ですね――言い当てられると、途端に消え失せる場合がしばしばあります。今回の場合、事件を解決することが、それに相当するよう僕には思えるんです」

「分かりました。それで、どのように進めてゆくおつもりですか」

覚悟を決めた私が恐る恐る尋ねますと、長方形の箱のような鞄から何かを取り出し掛けた刀城氏が、(あっ忘れた!)という表情を見せて、

「す、すみませんが、何か書くものを……い、いえ、紙の方なんですが」

そこで書斎のあちこちを引っ掻き回して、私は一冊の真新しいノートを氏に手渡しました。

「どうも最終的に、こうやって全ての謎や問題を書き出しませんと、なかなか考えを進めることができない性分でして」

そう断わりつつ刀城言耶氏がノートに記されたのが、次に挙げる項目でした。

〈十三夜参り事件について〉

一、斧高が最初は妃女子だと思った一人目の女―首無《くびなし》―は何者か。
二、その女―首無―は、なぜ十三夜参りに現れたのか。
三、媛神堂に向かった妃女子が左手に持っていた、生首のようなものとは何か。
四、妃女子が密室状態の媛神堂から消えてしまった、その方法と理由は何か。
五、井戸から発見された全裸の遺体は、本当に妃女子だったのか。
六、被害者が妃女子だった場合、殺害現場は媛神堂か、井戸の側か、または別の場所か。
七、井戸の遺体に首が無かったという噂は本当か。そうであれば、なぜ首は斬られたのか。
八、井戸の中と周囲から見付かった大量の髪の毛は、遺体のものだったのか。
九、犯人は誰か、その動機は何か。特に被害者が妃女子だった場合、なぜ犯人は彼女を殺す必要があったのか。
十、兵堂が井戸の遺体を使用人に見せなかったのはなぜか。
十一、一守家が井戸の遺体の葬儀を早めたのはなぜか。どうして火葬にしたのか。
十二、富貴《ふき》が女の子を生んだと知り、そもそも兵堂はなぜ喜んだのか。

十三、兵堂が二守家の笛子《ふえこ》と不義密通をした結果、生まれたのは紘弌《こういち》か、紘弐か。それと一守家の跡取り問題との間に何か関係はあるのか。
十四、斧高が風呂場で見た首無は、十三夜参りで遭遇した首無と同じなのか。だとしたら、なぜまた現れたのか。
十五、十三夜参り事件の後、なぜカネ婆は開かず蔵に膳を運んでいたのか。
十六、十三夜参り事件の後、なぜ二守家の紘弐は長寿郎に近付くようになったのか。

〈媛首山連続殺人事件について〉
一、なぜ古里毬子《まりこ》は殺されたのか。
二、なぜ彼女は首を斬られ、全裸にされ、衣服を森に撒かれたのか。
三、首を斬られ全裸にされながら、なぜ下腹部だけは風呂敷で覆われていたのか。
四、なぜ彼女の首を洗う必要があったのか。
五、彼女が殺され首を斬られている間、長寿郎は何処にいたのか。
六、そもそも婚舎の集いに乗り気ではなかった長寿郎が、なぜ古里毬子の参加だけ歓迎したのか。
七、なぜ一守家の長寿郎は殺されたのか。

八、なぜ彼は首を斬られ、全裸にされ、衣服を森に撒かれたのか。
九、なぜ犯行現場が馬頭観音の祠だったのか。
十、なぜ殺害の凶器に斧が使用されなかったのか。また、その凶器とは何か。
十一、現場に斧がなかった場合、どうやって犯人は祠と中婚舎を往復したのか。
十二、なぜ探偵小説が持ち去られ、わざわざ森に撒かれたのか。
十三、毬子と長寿郎の二つの首は、何処に隠されていたのか。
十四、なぜ二守家の紘弐は殺されたのか。
十五、なぜ彼は首を斬られ、全裸にされ、首と衣服を森に捨てられたのか。
十六、なぜ彼の遺体だけ乱れていたのか。
十七、なぜ現場に長寿郎の首があったのか。
十八、斧高が一守家の跡取りだと判明したことは、事件に何か影響を与えたのか。
十九、媛首山首斬り連続殺人事件の犯人は誰か。
二十、江川蘭子の行なった〈首の無い屍体の分類〉に、本事件に於ける首斬りの真相は含まれているのか。
二十一、そもそも淡媛《あおひめ》は、なぜ首を斬られたのか。

「敬称は略させて頂きました」

私はノートに一通り目を通しますと、それをテーブルの上に広げて、

「確かに項目によっては真相を推測できそうなものは幾つかありますが、それだけでは事件の核に近付けないと申しますか、相変わらず全体が見えませんよね」

「蘭子さんの〈首の無い屍体の分類〉に基づく考察というのは、非常に有効な方法だと思います。ただし、この事件の場合、いきなり分類に当て嵌めようとしても無理でしょう。さすがに蘭子さんだけあって、外側の枠は立派に出来上がっています。しかし肝心の中身が――事件そのものですね――余りにも混沌とし過ぎていて、全ての情報が整理できていない。ですから幾ら外側から枠を嵌めようとしても、するっと枠の外にはみ出すわけです。こういうときは、まず内側の中心は何処か、内部の核は何かを探り出し、そこに何らかの矛盾点が見られないかを検討する必要があります。それを見付けることさえできれば――」

「ちょ、ちょっと待って下さい。内側の中心？　内部の核？　矛盾点の発見……というのは？」

「あっ、余りにも抽象的な表現でしたね。ノートに挙げた謎の全ては、実はたっ、たった一、ひ、一つのある事実に気付きさえすれば、綺麗に解けてしまうのです」

「たった一つ！」

私は思わず大声を上げ、刀城氏をまじまじと見詰めてしまいました。

「はい。それも、ある人が、ある場面で、本来なら必ず何かを為すべきなのに、なぜ、何もしなかったのか――という問題点に気付き、その意味さえ解くことができれば、たった一つのある事実が自然に浮かび上がってきます」

「ひょっとすると蔵田カネさんが、二十三夜参りと婚舎の集いのとき、祭祀堂から媛神堂に向かった長寿郎さんに唱え言をするのを忘れたという……」

「いえ、違います。でも、考え方は合ってます。誰かが何かをしなかった――」

「唱え言で見送るのを失念した程度ではなく、もっと重要なことなんですね」

「はい。とても大事なことです」

「その事実が分かれば、犯人も判明するんですか」

「直接に結び付くわけではありませんが、その事実を基に事件を見ていけば、自《おの》ずから――」

「だ、誰なんでしょう、犯人は？」

余りにも率直な私の問い掛けに、刀城氏は絶句したようですが、すぐに、

「十三夜参り事件の犯人は、二守家の紘弐氏です。そして媛首山の首斬り連続殺人事件の犯人は――」

第二十四章　刀城言耶氏の推理

前章の最後に犯人の名前だけを――それも極めて中途半端に――指摘して、何の説明もなかったことに対するお叱りの手紙が、少なからず版元に舞い込んだようです。誠に申し訳ございません。しかし、私《わたくし》と致しましても仕方がなかったのです。なぜなら、あの後すぐに刀城言耶《とうじょうげんや》氏がお帰りになってしまったからです。

氏は前章の最後の一文を口にされた後で、

「雑誌の連載なんですから、この辺りで切っておいた方が良いでしょう」

そう笑いながら仰ると、『迷宮草子《めいきゅうぞうし》』の次号――「第二十三章　読者投稿による推理」が載る号です――が出たところで、またお邪魔しますと言って、唖然とした私を残したまま帰られてしまいました。

以来、私は悶々《もんもん》とした日々を過ごすことになったわけです。刀城氏が一体どのような推理の結果、どういう解釈を持たれているのか、それればかりに頭を悩ませました。「ある人」とは誰か、「ある場面」とは何処か、「本来なら必ず何かを為すべき」というほど重要な出来事とは何か——何度も原稿を読み返しましたが分かりません。それに、その大事なときに「何もしなかった」という状態は、「ある人」が皆の抱いている印象と実は全く違った人物だった可能性が出てくることに思い当たり、今更ながらにぞっと致しました。表の顔と裏の顔とが「ある人」にはあった、そういう解釈ができるわけですから……。

情けない話ですが一旦、私は村を離れました。とても次の刀城言耶氏の訪問まで、ここに留まっている勇気がなかったからです。氏をお待ちしている間に、残った左足首を負傷するかもしれないと考えるだけで、即座に村を出ておりました。再び媛首《ひめかみ》村に戻って参りましたのは、『迷宮草子』が発刊された後です。

その翌日、正に計ったかのように、刀城言耶氏は前回と同じ二時半頃、ふらっとお見えになりました。天気も生憎の雨天で、朝から鬱々と降り続いております。奇っ怪な媛首《ひめくび》山事件の謎解きには、そういう意味では打ってつけの雰囲気だったかもしれません。

氏とは挨拶もそこそこに居間にお通しして、私は手早くお茶を淹れますと、

「十三夜参り事件の犯人が二守《ふたがみ》家の紘弐《こうじ》さんというのは、本当なんでしょうか」

早速この前の続きから話をはじめました。

「はい。その通りです」

せっかちな私の態度とは裏腹に、刀城氏は落ち着いていらっしゃいます。

「でも、妃女子《ひめこ》さんが殺害された時間帯には、彼は媛首山の外にいたではありませんか。つまり御山は、彼にとって密室状態だったわけです。よって彼には現場不在証明《アリバイ》があることに――」

「なります。ただ、前回お話ししたたった一つのある事実が分かれば、媛首山は密室ではなくなり、紘弐氏の現場不在証明も消えてしまいます」

「何なのでしょう、ある事実とは？」

「あなたは、この一連の事件の中心には、その核には、何があると思われますか」

「えっ……や、やはり一守《いちがみ》家の跡取り問題では？」

「そうですね。ただ、それだけであれば何処の地方の旧家にも見られる、大して珍しくない争いの種と言えます」

「しかし、秘守《ひがみ》家の場合は淡首《あおくび》様の祟りがある……と？」

「そ、そうなんです！」

やや刀城氏は興奮したように身を乗り出しながらも、すぐに冷静な口調で、

「とは言っても、怪異そのものが問題なのではないかもしれません」

「どういうことです？」

「その怪異に対処する人間の方が、しばしば厄介な種を蒔いてしまう場合がありま

す」

「もしかすると『ある人』とは、やはり蔵田《くらた》カネさんのことですか」

「彼女は一守家の跡取りである長寿郎《ちようじゆろう》氏を無事に生育させるために、それこそ産湯を使った瞬間から何かに付け、彼を守護しようと様々な禁厭を施し続けました」

「ええ。ありとあらゆる呪術的な防御を、長寿郎さんの身に張り巡らせていたと思います」

「ところが、それほどの気遣いをしているにも拘らず、彼女は長寿郎氏の最も大事な場面で何もしなかった……」

「最も大事な場面って……十三夜参りですか」

刀城氏は首を振りました。

「あっ、二十三夜参りですね」

再び彼は首を横に振ります。

「となると残るのは、婚舎の集いということになりますが――」

しかし彼からは、三たび否定の仕草が返ってきました。

「で、でも後は……まさか三夜参りですか。けれど、あのときカネ婆さんは、ちゃんと――」

ところが、私が説明をするまでもなく彼は四度目の首振りを行なうと、

「三夜参りよりも、もっと前です」

「その前……？　赤ん坊の頃……？」

「いえ、生まれた瞬間ですよ」

「…………」

「連載の『第十章　旅の二人連れ』の中で、刀城言耶が高屋《たかや》敷《しき》巡査に言ってます。子供の死亡率は昔から高くお産も大変なことから、生まれたばかりの赤ん坊に向かって『こんな糞が生まれた』とか、『これは犬の子だ』とか、『憎々しい子が生まれたよ』とか罵詈雑言を浴びせ、子供が可愛い人間の赤ん坊ではないと知らしめ、魔物から守るのだと。なぜなら、この世に生を受けた瞬間が、そういった邪悪なものに魅入られる恐れが一番あるからです」

「確かに、そう原稿には書きました」

「ところが蔵田カネさんは、この最も大事な誕生の瞬間に全く何もしていません。こういった子供の誕生に纏わる禁厭を、彼女は知らなかったのでしょうか」

「それは……そんなことはないはずです」

「僕も、そう思います。逆に知っていて当たり前じゃないですか」

「つまりカネ婆さんは、端から長寿郎さんを守護する気などなかったという……」

「でも、誕生後の彼女の献身振りを見る限り、その解釈は到底のこと受け入れられませんよね」

「ええ……。第一それに彼女が一守家に呼び戻されたのは、富貴《ふき》さんの出産を無事に終わらせ、生まれて来たのが男の子の場合、きっと乳母の役目まで務めさせるためだったでしょうから」

「なのに蔵田カネさんは、跡取りの誕生という大切な場面を、ごく普通に淡々と済ませてしまった。それこそ何処にでもいる産婆さんのようにです」

「なぜなんです？」

「どう考えても矛盾しませんか」

「ええ、訳が分かりません」

「ただ、こう考えればどうでしょう。実は彼女はあることをしていた。しかし、それが余りにも自然に見えるものだったので、その意味に我々は気付くことができなかった」

「な、何ですか、そのものとは？」

刀城氏は少し間を置くと、

「生まれて来た子供の性別を逆に告げるという呪《まじな》いです。最初に生まれたのは妃女子さんではなく長寿郎氏だったのに、それを彼女は『女の子です！』と叫び、次いで妃女子さんが誕生したときに『二人目は、男の子です』と口にしたわけです」

「…………」

「この知らせ方も、ちょっと注意を向けると妙だと分かります。男児の誕生を皆が望んでいるはずなのに、なぜ『女の子です！』と叫んだのでしょう？　それでいて待望の男の子が生まれたときには、彼女の落ち着いた全く取り乱していない声がしたといいます。この反応は、どう見ても逆ではありませんか」

「それじゃ兵堂《ひょうどう》さんが笑ったのも……」

「もちろん待望の男児が誕生したからです。恐らく富堂《ふどう》翁と兵堂氏の二人は、事前に彼女からこの禁厭のことを聞いていたはずです。ただ、その後は富貴さんは当然として、他は家庭教師の僉鳥郁子《みなとりいくこ》さんに教えただけで、誰にも漏らさなかった。呪《まじな》いの効力を保つためでしょう」

「そうなると、兵堂さんが二守家の腹違いの子供に一守家を継がせる計画は――」

「そんなものは、最初からありませんでした。妃女子さんを紘弐氏の奥さんにと言ったらしいことから、二守家の笛子《ふえこ》さんとの間に不義の子が生まれていたとすれば、それは紘弌《こういち》氏の方だったと分かります。しかし、幾ら実の息子だといっても、仮に紘弌氏が秘守家の跡継ぎとなった場合、一守家と二守家の関係は逆転してしまう。そのうえ二守家には、笛子さんの夫の紘達《こうたつ》氏が健在です。そんな状況を、如何に富堂翁に反発しているからといって、兵堂氏が望むでしょうか」

「そ、そうですよ……ね」

「彼は純粋に、跡取りである男児の誕生を喜んだわけです」

「それにしても、そんな……。つまり生まれた瞬間から性別を取り替えたまま、二人は育ったというんですか。何もそこまでして――」

「こう言えるんじゃないでしょうか。それほど淡首様の祟りは絶大だった、と」

「えっ……」

「いや、少なくとも富堂翁と兵堂氏、そして誰よりも呼び戻された蔵田カネさんは、そう捉えたわけです。それに問題は、淡首様だけではなかったかもしれません。曾《かつ》て富堂翁には三人の息子さんがいたわけですが、うち二人は子供の頃に亡くなっています」

「媛神堂へ熱心に詣でていた、一枝刀自《かずえ》の一念ではないかという噂が……」

「そんな姉の不穏な動きを知った富堂翁は、蔵田さんに何としても兵堂さんだけは死なせてはならんと厳命した。彼女も自分の命を賭して、坊ちゃんを守り育て上げると誓った。両者の間には、ほとんど呪術合戦のようなやり取りが行なわれたという、当時を知る古老の話がありましたね」

「カネ婆さんは、再び同じことを求められた。しかも今度は、赤ん坊が生まれる前から……」

「そうです。そして恐らく過去の体験から、並み大抵の呪いでは淡首様の祟りと一枝刀自の執念には対抗できないと思った。そこで蔵田さんは、子供が生まれた正にその瞬間に、非常に大きな禁厭を仕掛けたのです」

「そうなると妃女子さんの方が男の子であり、本当の一守家の跡取りだったことになりますよね」

「はい。最初から逆転させたわけですから。仮に二人目も男児だった場合は、きっとその赤ん坊も女の子として育てられたのでしょう」

「いえ、二人とも男の子で、それが女の子として平等に育てられたのなら何の問題もなかったと思うんです。でも、一守家の跡取りである男児の方を妃女子と名付けたうえに、カネ婆さんは長寿郎さんが被ると見做されるあらゆる障りが、妃女子さんに向くよう仕掛けを施しました。そんなことをしたら、せっかく性別を逆にする呪いを施しても、何にもならないんじゃ……」

「騙すにはまず味方から、毒を以て毒を制す――という考えだったと思います。とにかく生半可なことでは太刀打ちできないと、蔵田さんは決意したんじゃないでしょうか。それに最初の性別を逆転させる禁厭さえ成功すれば、それが何よりの防御になると彼女は見越したに違いありません」

「妃女子さんが一守家の女にしては病身だったのは、長寿郎さんの障りを全て引き受けていたからではなく、彼女自身が本当の跡取りの男子だったからなんですね」

「長寿郎氏が男にしては線が細かったのは、一守家の男だったからではなく、本物の女子だったからと同じことです。長寿郎氏が本当に男子なら、如何に妃女子さんという身代わりが存在するとはいえ、幼少の頃より病気らしい病気を患った経験がほとんどないのは、余りにも一守家の跡取りとして不自然じゃありませんか」

「確かに……」

「この取り替えも、幼い頃はまだ良かった。ところが長じるに及んで、色々と歪みが出てきた」

「妃女子さんに、いつしか粗野で横暴な振る舞いと奇行が目立つようになったことですか」

「思春期になって、無理に性別を逆転させた影響が出たんでしょう。しかし、ここで恰好の隠れ蓑となったのが、一守家に生まれる女子の中には稀に気の触れた狂い女《め》が出るという事実です」

「そりゃおかしくもなりますよね」

「そこで蔵田さんは、十三夜参りで二人の性別を元に戻すことにした。本当は二十三夜参りまで待ちたかったんじゃないかと思います。けれど、妃女子さんの様子から無理と判断した。それに過去の例を見ると、ほとんどが生まれてから十三夜参りの間までに死亡している場合が多い」

「それじゃ十三夜参りの夜……」

「はじめから、お話ししましょう。こうであったろうという当日の様子を」

そこで刀城氏は、すっかり冷めてしまったお茶を飲むと、

「斧高《よきたか》君を追い払った後、祭祀堂の中で長寿郎氏と妃女子さんは元に戻ります。このときの二人の入れ替わりを分かり易くするために、長寿郎（女）と妃女子（男）が、長寿郎（男）と妃女子（女）になったという表現をしておきます」

「名前と性別が、ようやく一致したわけですね」

「尤《もっと》もはじめてではありません。三夜参りのときにも、蔵田さんは元に戻してます。それほど普段から禁厭の効力を、彼女が認めていた証拠でしょう。よって特別な日である淡首様に拝する特別な日であることを鑑みると、何とも大胆じゃありませんか。それ三夜参りで、何か大きな呪いを施さないのは不自然に見えると考え、さも性別の入れ替えを行なったように見せ掛け、その実は元に戻していたわけです。これには淡首様もすっかり……い、いや、滅多なことは言わない方がいいですね」

本心からかどうかは分かりませんが、刀城氏が少し怯えたような表情を示されましたので、私は励ますよう力強く頷きながら話を進めました。

「つまり十三夜参りのとき、祭祀堂から最初に出て来たのは、長寿郎（男）だったわ

けですか」

「斧高君が言ってます。石段を上るのも参道を辿るのも、平素のおっとりとした歩調とはまるで違っていて、普段より歩くのが速いと。それに長寿郎（男）の裸体を見て、意外にも逞しく感じられたと衝撃を受けてます。また彼が見付かりそうになったとき、誰何《すいか》され側まで探しに来た長寿郎（男）に対して、その力強い声も足音も、自分がよく知る長寿郎氏のものでは最早ないように感じたと」

「それまで長寿郎（女）だったのが、長寿郎（男）に入れ替わったのですから、その差が一気に出たんですね」

「しかも当日は闇夜でした。提灯をぶら下げた状態では腰から下の足元を照らすばかりで、肝心の顔はほとんど見えなかった」

「すると、長寿郎（男）が井戸で禊《みそぎ》をしているときに……」

「ええ、先から近くに隠れていた紘弐氏が現れ、長寿郎（男）の後頭部でも殴ってから、井戸へ突き落としたんです。もちろん昔に起こった事故が、再び繰り返されたかのよう見せ掛けるために」

「その頃なら、まだ高屋敷は東の鳥居口には着いていません」

「媛首山は密室ではなく、紘弐氏に現場不在証明はありません。高屋敷巡査が東の鳥居口で紘弐氏を見掛けたとき、正に彼は犯行を終えて御山から出て来たところだった夫が生前にこのことを知ったら……と思うと、真相を突き止めずに逝って良かったのではないか、という気持ちになりました。

「紘弍氏の動機は、一守家の跡取りの座に兄の紘弍氏を就かせ、将来その弟である自分が甘い汁を吸うためでしょう。己が責任も重い一番手を担う気はないものの、兄の下で二番手くらいにいて、楽に富と権力を手に入れるという彼らしい計画だったわけです」

「動機は理解できます。しかし犯行時、近くに潜んでいた斧高は、長寿郎（男）が襲われ井戸に突き落とされるのに、全く気付かなかったんでしょうか」

「彼は長寿郎（男）の裸を見たショックから、樹木の裏で両耳を塞いで目を瞑《つむ》ったまま蹲《うずくま》っていました。完全に見ざる聞かざるの状態でした」

「あっ、そうでした……」

「やがて落ち着いた斧高君は、境内の玉砂利を歩く足音を耳にして、てっきり禊を済ませた長寿郎（男）が媛神堂に向かったのだと思います。ところが、それは紘弍氏が犯行現場から逃げ出した足音だったんです」

「その後にやって来たのは、誰なんです？」

「もちろん妃女子（女）です。いえ、更に後から来たのも、また妃女子（女）だったわけです」

「ど、どういうことですか」

「妃女子（女）は長寿郎（男）の後から媛神堂へと向かい、井戸に着いて禊を行なおうとした。そこで井戸の中に落とされた兄を発見したのだと思います。と同時に、誰かが隠れて自分を覗いていることにも気付いた」

「斧高が声を上げましたからね。で、でも、彼が声を出したのは……」

「ええ、彼女に首がなかったからですが、それは恐らく黒の頭巾を被っていたからじゃないでしょうか。婚舎の集いのときに、三人の娘さんたちが着用したのと同じものですね」

「どうして、そんなものを？」

「恐らく蔵田さんの指示です。いいですか。それまで十三年もの間、妃女子（女）は長寿郎（女）として淡首様を欺き続けたわけです。それを元に戻して十三夜参りに臨むのですから、儀式が無事に終わるまで、または婚舎に入るまでは頭巾を被っているよう、蔵田さんに言われたに違いありません。何せ顔だけ見れば、長寿郎氏なのですから」

「黒の頭巾が闇夜に紛れて、さも首が無いように見えた……」

「そうです。妃女子（女）は樹木の裏に潜む斧高君を見付けた。彼が何処まで目撃しているかは分かりませんが、その怯えた様子から普通ではないと察した。後は己の格好と辺りの状況を鑑み、斧高君が首無《くびなし》を見たと勘違いしたのではないか、そう当たりを付けるのは容易《たやす》い。仮にそうでないとしても、ここで騒いでは一守家の秘密が暴露されるうえ、跡取りの死去が明るみに出てしまう。長年の苦労が全て水の泡になる。そこで咄嗟に芝居を打つことにした。短い時間の中で、しかも追い詰められた状態で、彼女は即座に計画を立てたわけですから大したものだと思います」

「参道を戻って、再び妃女子（女）として登場した？」

「はい。今度は頭巾を取って、ただし本当なら長い髪の毛があるはずですから、それがないのを隠すために手拭いを頭に巻いて——です。そうすることによって一人目は自分ではないと、あれは首無だったんだと斧高君に信じ込ませようとした。何せ相手は六歳の子供ですからね」

「そして禊を終えると、媛神堂へと向かった」

「斧高君が耳にした玉砂利を踏む、それが二回目の足音です」

「そのとき妃女子（女）が左手にぶら下げていたという、生首のようなものとは何です？」

「長寿郎（男）が井戸の側に置いた提灯です」

「あっ……」

「紘弐氏が襲ったときに、きっと中の火は消えてしまったのでしょう。そのまま放置しておいて、斧高君の目に留まれば不審に思われるかもしれません。だから持ち去るしかなかった。恐らく長寿郎（男）が残した衣服で、丸ごと提灯を包んだのでしょう」

「すると妃女子（女）は――」

「媛神堂に入って儀礼を行なうと、栄螺塔を上ったところで提灯の火を消し、そこで恰《あたか》も妃女子（女）に何事かが起こったように見せ掛けた。それから急いで前婚舎まで行くと、持って来た長寿郎（男）の衣服を着て長寿郎（女）に戻ったのです」

「それで妃女子（女）が、まるで栄螺塔の中で消えたように斧高には映った」

「もちろん長寿郎（女）に、密室状況での人間消失を演出する意図など全くありませんでした。ただ彼女は、斧高君の目のないところで妃女子（女）から長寿郎（女）に変わる必要があった。それには妃女子（女）として媛神堂に入るしか方法がなかったのです」

「斧高が御堂をずっと見ていたために、それが奇っ怪な消失劇となってしまったわけですね」

「ただ、そのときに斧高君は面白いものを見てます」

「何です？」

「栄螺塔の天辺で提灯の火が消えた後で、前婚舎の前の間の明かりが点ったという出来事です。変ですよね。長寿郎（男）が先に前婚舎に入っているのなら、端から明かりは付いていたはずじゃありませんか」

「奥の間にいたので、前の間の明かりは消してあったとも見做せますが……その奥の間の明かりの方は？」

「斧高君のいた北側からは、大きな樹木の陰になって見えなかった。だから真っ暗でも、彼には分からなかった」

「確かにそうでした」

「長寿郎（女）に戻った彼女は、媛神堂から出ます。そのとき不審者——つまり斧高君です——を認めたにも拘らず、誰何していません。おかしいですよね、井戸のところではしているのに」

「別人だったから、ですか」

「ええ。しかも斧高君の顔を繁々と眺めて、彼が何も答えられずにいると表情を曇らせながら、『大丈夫かい？　僕のこと分かるよね？』と尋ねています。彼女は自分の芝居がばれていないかどうか、必死に探っていたわけです」

「なるほど」

「しかも斧高君に、長寿郎（男）の井戸での禊について、『やっぱりあのときは、気付かれなかったんですね』と言われ、かなり動揺しています。それを斧高が勘違いしていて『裸は見ていません』と否定したところ、『誰かが潜んでいたとは思いもしなかったから驚いただけ』と言い訳をしている。妙ですよね、『誰だ』と誰何して捜したはずなのに」

「それも別人だったから、ですね」

「長寿郎（女）は慌てたと思います。長寿郎（男）が井戸に落ちるまでに何をして、斧高君が何処まで目撃しているのかが分からない。そこで祭祀堂を出てから今まで、その全てを話すよう斧高君に言ったわけです」

「斧高の体験談を聞いて、これなら大丈夫だと判断した。でも、彼が長寿郎（女）に懐いていたことを考えると、真相を打ち明けて協力をして貰った方が、手っ取り早かったんじゃありませんか」

「ただ、相手は六歳の子供ですからね。さすがに独断では、一守家の将来を預けることはできなかった。その証拠に、彼女は奇妙な伝言を彼に持たせています」

「えっ？　妃女子が井戸に落ちたことを知らせる、あのメモ書きですか」

「そうです。〈妃女子が井戸に落ちた。ヨキ坊に言付ける。これは嘘でも冗談でもない。長寿郎〉という文面です」

「何処が妙なんです？」

「なぜ〈ヨキ坊に言付ける〉とわざわざ断わる必要があったのでしょう？　伝言を託したのは紛れもなく本人なのに」

「どうしてです？」

「ヨキ坊という呼び方は、長寿郎（女）しか使わなかったからです。この呼称を記すことにより、メモの署名の〈長寿郎〉が入れ替わった長寿郎（男）ではなく、これまで通りの長寿郎（女）だと、つまり井戸に落ちたのは長寿郎（男）であると、兵堂氏らに伝えたのです」

「それで兵堂さんとカネ婆の反応が、何処か変だったんですね」

「すっかりショック状態に陥った二人に僉鳥郁子さんが、境内にいる長寿郎さんの――もちろん長寿郎（女）です――存在を思い出させたとき、蔵田さんは『旦那様。長寿郎様が、まだおられます』と口を滑らせています。その長寿郎こそが主であるはずなのに、『まだ』という表現をしてしまった。それを言うなら、『まだ妃女子様がおられます』とならなければおかしい」

「井戸から遺体を引き上げる際、使用人たちに見せられなかったわけだわ」

「その前に蔵田さんが、用意した線香などで簡単な弔いを済ませた。しかし、数珠を持っていたのは極めて自然ですが、なぜ払子《ほっす》のようなものまで必要だったのか」

「そう言えば……？」

「あれは払子じゃなかった。妃女子（男）を長寿郎（男）へと戻すために、祭祀堂で蔵田さんが切った彼の長い黒髪の束だったんですよ」

「なるほど。斧高が長寿郎（男）をそのまま認めたのは、彼の髪の毛が長寿郎（女）と同じように短かったから」

「はい。顔は闇夜で見えなくても、さすがに長い髪の毛は分かるでしょうから」

「その切った髪の毛をカネ婆さんは、遺体が引き上げられる前に、井戸に撒いたんですね」

「飽くまでも死んだのは妃女子さんだと強調するために」

「妃女子（男）の葬儀が素早く済まされたのも、火葬にしたのも、万に一つでも身元がばれないための用心だった？」

「ええ。長寿郎（女）が元通りに振る舞っているわけですから、そこまで心配しなくても良かったはずなんですが、やはり当事者としては念には念を入れたかったんでしょうね」

「それじゃ遺体の首がなかったという噂は？」

「遺体を井戸から引き上げた溜吉さんと宅造さんは、高屋敷巡査の事情聴取に何も喋っていません。髪の毛についても、巡査が耳にしたのは斧高君からでした。つまり使用人のお二人は、ちゃんと兵堂氏の言い付けを守って作業中は目を瞑っており、その後も余計なことは何一つ口にしなかったことが分かります」

「そうですね」

「一方、頑として遺体の検めを拒否していた富堂翁は、葬儀が終わった途端、高屋敷巡査の捜査を認めるだけでなく、協力的な態度さえ見せます。そんなときに、実は首無し屍体だったという噂が流れた。しかも、その出所が一守家らしいという更なる噂があった」

「あっ、まさか富堂翁自らが……」

「実際に流したのは蔵田さんでしょうが、もちろん富堂翁の指示です。村の人々に対する目晦《めくら》ましとして。何も本当に淡首様の祟りだと信じさせる必要はない。飽くまでも噂話として流すことにより、十三夜参りの夜に変事が起こり、妃女子さんが亡くなったと思わせるのが一番の目的だった」

「ところが、その噂の所為で本当に被害者は妃女子か、という疑いを私と夫に持たれてしまった」

「皮肉にもそうです。でも富堂翁や蔵田さんに、首の無い屍体の入れ替えトリックなどという考えが、そもそもあったはずありませんから」

「それはそうですね。えっ、ということは、開かず蔵にカネ婆さんが運んでいた膳は誰の……？」

「恐らく鈴江《すずえ》さんのものではないかと」

「す、鈴江！　でも、どうして……」

「彼女が一守家を去る日、斧高君に色々と打ち明け話をしました。それを、きっと蔵田さんは聞いていたのだと思います」

「そう言えば人影が、斧高は見えた気がした……と」

「本人は気付いていなかったようですが、彼女の話の中には双児の秘密に関する非常に重大な情報が含まれていました。このまま村の外に出し、八王子の実家に帰して、そこで喋られては困ると蔵田さんは考えたのでしょう」

「それで監禁した？」

「はい。ただし、それほど長くではなかったと思います。彼女が実家には帰らないことが分かり、また脅しが充分に効いたと判断した時点で、こっそり村から出したんじゃないでしょうか」

「私はまた、そのまま鈴江さんが、ずっと……」

「ええ、その可能性も完全には否定できないのですが、幾ら何でも監禁の日数が長引くほど、使用人に気付かれる恐れが出てきます。ならば、いっそ始末した方が……」

「ま、まさか！」

「実際のところは、僕にも分かりません。そこまで切羽詰まった状況ではないため、恐らく口止めと二度と村には戻らないように脅して、監禁を解いたんじゃないでしょうか」

「そ、そういうことにしておきましょう」

「十三夜参りの後、妃女子さんが井戸に落ちて死んだと聞き、実際に長寿郎（女）の姿を目の当たりにした紘弐氏は、さぞかし仰天したと思います」

「そりゃそうでしょう。暗くて顔は見えなかったにしろ、はっきり男の裸体を認めて手に掛けたはずなのに、殺したのが妃女子の方になってるわけですから」

「すぐに悟ったかどうかは別として、やがて彼は一守家の双児の秘密に気付いた」

「それは戦後になってからですか。だから紘弐は、長寿郎（女）に接触するようになった？」

「いえ。戦後の接触は、紘弐氏が戦死したからです」

「どういうことです？」

「彼は兄が復員して落ち着いたら、然るべき機会を見計らって双児の秘密をばらし、当初の計画を実行するつもりだったのでしょう。だから戦中は、それとなく近付くだけに留めた。ところが、兄が戦死してしまった」

「なるほど。飽くまでも自分は二番手に留まり、甘い汁だけを吸うはずだった目論《もくろ》みが崩れたので、長寿郎（女）を強請《ゆす》ろうとしたんですね」

「ところが、あからさまにやると自らの殺人を認める結果になりかねません。上手く長寿郎（女）を使って、自分は楽をして安泰でいようとした結果が、一守家の跡取りに付かず離れずという何とも奇妙な行動となって表れたわけです」

「一守家では、どうしてさっさと斧高の正体を明かさなかったんです？」

「もちろん淡首様の祟りを恐れるが故ですよ」

「そんな……」

「きっと斧高君が二十三夜参りを迎える年齢に達するまで、隠し通すつもりだったのでしょう。だから敢えて十三夜参りも無視した。もう後がありませんから、富堂翁も蔵田さんも必死だったはずです。妃女子（男）の死後、斧高君が長寿郎（女）の専属のようになって仕事が非常に楽になったのは、そんな背景があったからです」

「あの風呂場に現れた首無も……」

「長寿郎（女）です。十歳過ぎ頃までは、下半身さえ隠していれば誤魔化せたのが、次第に胸が膨らみ出して難しくなったんだと思います。日常の生活の中で最も気を付ける必要があるのが、風呂場です。きっと彼女は、のんびりと湯に浸かることができなくなっていたんでしょう」

「それで皆が寝静まった夜中に――」

「ただし、用心のため黒の頭巾だけは持って入っていた。すると裏庭の方で物音がした。斧高君が枯れ枝を踏んだからです。咄嗟に頭巾を被った彼女は、慌てて湯殿から出ようとした。そこを彼は見てしまったわけです」

「その後、斧高を襲った怪異は……？」

「あれは、どう考えても彼の妄想であり悪夢じゃないでしょうか。長寿郎（女）が今後のこともあるため、良い機会とばかりに彼を脅したという解釈も成り立ちますが、彼女が彼を可愛がったのは事実ですから、幾ら何でもそんな酷い行為はしないでしょう。それよりも六歳の子供が味わったであろう恐怖を鑑み、そこから彼が悪夢を見たと解釈する方が遥かに自然です」

「それにしても、よく斧高に気付かれませんでしたね。妃女子（男）が亡くなった後、彼は長寿郎（女）専属のお付きになったわけじゃないですか」

「しかし、身の回りの世話は、相変わらず蔵田カネさんがしています。つまり女性だとばれるような場には、斧高君を近付けなかった」

「なるほど。ふう……」

私は大きな溜息を吐きますと、

「特別な性癖が斧高に、そのうー、結局あったわけじゃないんでしょうか」

「本当のところは、ちょっと分かりません。ただ、江川蘭子《えがわらんこ》さんに惹かれたことを考えますと、同性愛者ではなかったとも受け取れます。長じた長寿郎氏に対して、何とも中性的な魅力を湛えた美青年という見方をしていますから、男装の麗人の蘭子さんに魅せられたのも理解できます。けど、彼女が女性だと分かっていたわけです。それでも惹かれていますので、同性愛とは少し違ってたんじゃないでしょうか」

そこで刀城氏の表情が急に、何処か意味ありげなものに変わって、

「ところで――」

「はい？」

「斧高君が、媛首村の一守家に来てから一年余りの記憶は朧なのに、十三夜参りの出来事だけが鮮明な映像となって脳裏に焼き付いていたのは、正にあの夜、彼が一守家の跡取りになったからではないか――と解釈するのは、余りにも異常な考えでしょうか……ね？」

「で、でも、彼に分かるはずが……」

「当然ありません。だからこそ僕はそこに、非常に薄気味の悪い何かを感じているのです」

私たちはお互い黙ったまま、しばらく相手を見詰めるばかりでした。

「あっ、新しいお茶を――」

「いえ、大丈夫です。自分でやりますから」

立ち上がった私を片手で制しながら、刀城氏は自分の後ろの、薬缶が掛けられたガ

スレンジに火を付けられました。そうして湯が沸きますと再び私を留められ、素早く二人分のお茶を淹れて下さったのです。私が愚図なばっかりに……。

「すみません。頂きます」

「そんなに恐縮なさらないで下さい。一人旅をしてますと、何でも自分でやる癖が付いてしまって」

「いえ、お客様なのに……と思ったものですから」

「ああ、よく言われます。客人と思って接してたのに、ふと気付くと身内のようになってるって」

人懐っこい笑みを浮かべて冗談のように刀城氏は仰ってますが、きっとそれが初対面の人からでも怪異譚を聞き出せるコツであり、また氏が事件に遭遇されたときに探偵の才能を発揮できる基でもあるのでしょう。

「さて、ここまでが十三夜参り事件の解釈です」

「刀城さん、お疲れではありませんか」

続けて氏が媛首山連続殺人事件に話を進めようとされていることが分かり、私は思わずそう気遣いました。いえ、正直に申しましょう。ここまでのお話をお聞きしただけで、これから先どのような真実が氏の口から告げられるのか、と考えるだけでとても恐ろしかったからです。

「それに、この前のように一度ここで切ってから、媛首山事件は次回に持ち越した方が、この連載の効果も出るのでは？」

「はっはっはっ……いやぁ、これは一本取られました。ただ勝手を申しますが、こうして事件の解釈に取り掛かった以上、僕は最後まで行かないと気が済まないんですよ。もし原稿の分量が長くなり過ぎるようでしたら、この辺りで章を変えて頂くのが良いかと——」

「いえ、大丈夫です。やはり解決部分は一気に、読者の皆様にもお読み頂いた方が、そのうー、宜しいでしょうから」

私は覚悟を決めました。こうなれば最後まで、お付き合いするしかありません。

「では、媛首山事件に取り掛かりたいと思います」

「お願いします」

「そもそも一守家の跡取りの花嫁に関しては、二守家と三守《みかみ》家、それに秘守家の遠戚に当たる家々を一つとして、この三つの家で候補を選ぶ仕来りがありました。時と場合によっては一守家自らが候補を立てたそうですが、それは秘守一族の中に不満の火種を起こす危うい行為でもあるため、まず滅多に行なわれなかった」

「その通りです」

「なのに長寿郎氏の花嫁については、早くから一守家にも動きが見られたといいます。あっ、ここから先は妃女子（男）も妃女子（女）も余り登場しませんので、これまで通り長寿郎氏と——もちろん彼女なのですが——呼びます」

「ええ、その方が私も話し易いです。それで長寿郎さんの花嫁の件は、彼が女であることを分かったうえで偽装結婚をしてくれる、そんな人物を一守家の方で用意しようとしたからですか」

「そう考えて間違いないでしょう。しかし、一枝刀自の猛反対に合ってしまった。そのとき長寿郎氏が、古里《こり》毬子《まりこ》さんの参加を認めるよう富堂翁や兵堂氏を説得した」

「つまり彼……いえ彼女は、自分の秘密を毬子さんに打ち明けていたと？」

「それはないでしょう。手紙のやり取りは頻繁にしていたかもしれませんが、さすがに文面でそこまでは……」

「それじゃぶっつけ本番で、毬子さんを説き伏せようとした？　でも、その方が危険ではありませんか」

「確かに婚舎の集いのときに、いきなり初対面で長寿郎氏は試みようとしました。ただし、それには彼女なりの勝算があったからなんです」

「えっ……。何ですか、それは？」

「相手の古里毬子さんが、自分と同じ同性愛者だという勝算です」

「…………」

「だから偽装結婚についても、事情を話せば納得してくれると考えた。もちろん作家活動を支援するという、恰好の取り引き条件も提示するつもりだったのでしょう」

「ちょっと待って下さい。毬子さんと蘭子さんがそうらしいというのは、まぁ飽くまでも噂としてですけど、当時の文壇でも流れてました。でも、長寿郎さんがそうだというのは……」

「手解《てほど》きをしたのは、僉鳥郁子さんです」

「なっ……」

「その道に誘い入れた、と言うべきでしょうか。僉鳥さんが勤務していた女学校で起こした不祥事とは、恐らく女生徒との許されない関係だったに違いありません。だからこそ彼女は、二度と教師として教壇に立つことができなかった」

「それを富堂翁は知っていて……」

「むしろ彼女の弱味に付け込んだ。まさか長寿郎氏を誘惑するとは思いもしなかったでしょうが。ただ、一守家にとって必要なのは妃女子（男）の方でしたから、仮にそれが発覚しても気にもしなかったかもしれませんけど」

「しかし、本当に郁子さんが……」

「婚舎の集いの当日、彼女は三人の花嫁候補たちに対して、あからさまな嫉妬を見せていますね」

「でも、その一方で、長寿郎さんの死を淡首様に願っています」

「正に愛憎が相半ばしている状態だったんじゃないでしょうか。なぜなら婚舎の集いの一年ほど前から、長寿郎氏と兪鳥さんの関係が上手くいかなくなっていたからです。ちょうどその頃ですよね、糸波小陸《いとなみこりく》という作家が『グロテスク』の同人に加わり、女学校の教師と生徒、避暑地で一夏を過ごす令嬢と家庭教師、ピアノやバイオリンの先生と教え子といった、女同士の師弟の関係ばかりを赤裸々に描いた同性愛小説を発表しはじめたのは」

「えっ、じゃあ、その糸波小陸が？」

「兪鳥郁子さんだったのです。彼女は曾ての勤務先での体験をはじめ、恐らく長寿郎氏との関係までも小説に書いたのだと思います。もちろん教え子に読ませるためです。彼女なりの愛情表現だったのかもしれませんが、これに長寿郎氏は怒った」

「全く理解できなくはありませんが、かなり歪な愛情表現ですよね。しかし、そういった一致だけで、その作家を郁子さんと見做すのは……」

「〈ITONAMI　KORIKU〉は〈MINATORI　IKUKO〉のアナグラムです」

「――迂闊でした」

「いえ。ただ、彼女の長寿郎氏に対する愛憎の変化には、ひょっとすると斧高君の存在が影響していたのかもしれません」

「実の息子だからですか」

「正直その辺りの心理は、よく分かりません。しかし長寿郎氏の死を願ったのは、単に二人の間の愛情問題だけではないような気もします。何より願掛けの事実を、斧高君に教えてますからね」

「郁子さんが同性愛者《レズビアン》だったとすると、兵堂さんとの関係は……」

「苦痛だったでしょう。一方的なものだったはずですから」

「まさか、その復讐のために長寿郎さんを……」

「そこまでゆくと、本当にお手上げです。でも、彼女にそういう性癖があったのは間違いないでしょうから、仮に兵堂氏との関係がなくても遅かれ早かれ……とは思います」

「婚舎の集いで、何が起こったんです？」

改めて私は覚悟を決めますと、刀城氏に肝心な話をお願いしました。

「長寿郎氏は、江川蘭子さんと古里毬子さんが、自分たちと同じような関係にあると勘違いをした。手紙のやり取りを続けているうちに、毬子さんの人柄も分かってきた。そんなとき、毬子さんが蘭子さんから独立したがっていることを知った。そこで彼女を婚舎の集いに呼び、自分との偽装結婚を持ち掛けようと考えた。長寿郎氏にしてみれば、まさか彼女が激しく拒絶するとは思いもしなかったんでしょう」

「ところが、とんでもないことが起こった？」

「はい。実際に何があったのかは謎ですが、恐らく長寿郎氏が迫ったのに対して、毬子さんは物凄い拒否反応を示した。その結果が揉み合いとなり、突き飛ばされた長寿郎氏は奥の間の柱で後頭部を殴打し、不幸にも死んでしまった」

「それじゃ……」

「そうです。中婚舎で発見された女性の全裸の首無し屍体は長寿郎氏であり、犯人は古里毬子さんだった。つまり首の無い屍体トリックでは最も基本的な加害者と被害者の入れ替わりが、そこで行なわれたのです」

「毬子さんは、どうして……」

「彼女には、他に方法がありませんでした。事故とはいえ長寿郎氏を殺してしまった。逃げようにも北の鳥居口に高屋敷巡査がいたことから——竹子《たけこ》さんが気付いたんですから、毬子さんにも分かっていたのでしょう——東と南にも見張りがいる可能性がある。それに逃げても、自分が犯人であることは一目瞭然です。そのとき彼女の脳裏に、きっと二つの閃《ひらめ》きが訪れたのだと僕は思います」

「何ですか」

「一つは、長寿郎氏が女性であると知っているのは、恐らく一守家の極一部の人たちだけであり、決して表沙汰にはしたくないに違いないこと。もう一つは、江川蘭子さんが媛神堂に向かって来ているということ」

「それで毬子さんは、長寿郎さんの遺体が自分であると誤認させるために、首を斬って衣服を脱がせたんですね」

「はい。ただ、そこで同性として我慢できなくなった。それが遺体の下半身を風呂敷で覆うという、首斬りの残虐な行為とは相容れない行動となって現れた」

「そこまでは理解できます。でも、そこに蘭子さんがどう絡むのか……」

「もちろん馬頭観音の祠で発見された、男性の全裸の首無し屍体としてです」

「…………」

「長寿郎氏が女性だったのに対して、江川蘭子さんは男性だった。ですから毬子さんと同性愛の関係に陥るわけがなかった。つまり男装の麗人ではなく、女性の筆名を持つ男性作家というのが、毬子さんが驚きますよと手紙で知らせてきた真意だったのです。あの事件で持ち去られたのは毬子さんの首ではなく、本物の蘭子さんの首だったのです」

「じゃあ、媛神堂に現れた蘭子さんは……」

「古里毬子さんです」

「…………」

「整理しましょう。長寿郎氏の遺体を自分に見せ掛けるだけでは、根本的な解決にはなりません。彼女に土地鑑があれば、さも犯人を長寿郎氏のように思わせた状態で、さっさと村から逃げ出していたでしょうが、それは無理です。そこで毬子さんは、一度は長寿郎氏と入れ替わったその後、次いで蘭子氏と再び入れ替わるという手段を思い付いた。これで長寿郎氏は古里毬子さんと見做され、江川蘭子氏は長寿郎氏と誤認されるうえ、自分は江川蘭子氏に取って代わることができる。この二重の入れ替わりのアイデアは急場を凌《しの》いで己を助けるだけでなく、作家になりたかった彼女にとっては、正に一石二鳥の方法だったわけです」

「そこまで考えて……」

「咄嗟にこれだけの計画を立てた人ですから、将来のことまで見越していたと思われます」

「しかし、蘭子さんが男性だったというのは、何か証拠があるんでしょうか。確かに厭人癖の強い方でしたので、性別を隠すくらいは簡単だったかもしれませんが……」

「長寿郎氏が、江川蘭子氏のことを『世が世なら侯爵様らしい』と説明しています。きっと毬子さんの手紙で知ったのでしょうが、ちょうど良い参考例が本稿の『幕間（三）』の中にあります。刀城牙升《がじょう》に触れた箇所の『長男である自分が戸主となり公爵を継がなければならない現実に反発し』という部分です。つまり爵位というものは、その家系の嫡子でなければ継げないという事実です。長寿郎氏は、この華族制度を知らなかった」

「すると、蘭子さんという方は……」

「死んだとされている兄の蘭堂氏になりますね。ただし、兄が妹を溺愛していたという話は、恐らく本当でしょう。だからこそ自分の筆名に、亡き妹の名前を使ったのです。その〈江川蘭子〉という名も、少し考えれば妙だと分かります」

「何処がです？」

「蘭子氏が――あっ、今後は〈氏〉と付ければ本物の男性の江川蘭子氏であり、〈さん〉で呼べば古里毬子さんが成りすました偽者ということにしましょう――その蘭子氏が兄ではなく妹さんの方であったとすれば、二人に共通する〈蘭〉の文字を残すために、下の名前だけ本名にしたという随筆の話は頷けます。ただ、ならば、どうして名字を〈江川〉にしたのでしょう？」

「えっ……だって、それは乱歩先生の連作から――」

「乱歩作品の『恐怖王』と連作『悪霊物語』には、長寿郎氏も指摘していますが、その名も〈大江蘭堂〉という探偵作家が出てきます。仮に兄を偲《しの》ぶのであれば、〈大江蘭子〉としたはずじゃありませんか。もしくは男性名になる〈大江蘭堂〉そのものを使用するか」

「それを〈江川蘭子〉としたのは、死んだのが兄ではなく妹の方だったから……」

「はい。そう考えると筆名にも納得できます」

「それにしても警察が、一応は身元を調べたはずですよね」

「飽くまでも代々に亘って仕えてきた顧問弁護士を通じての、極めて慎重なものだったと本稿には書かれていました。となると如何に警察が相手でも、作家〈江川蘭子〉の秘密を明かしたとは思えません」

「弁護士との連絡も、もちろん秘書の毬子さんがやってたでしょうから、何の問題もなかった？」

「恐らく――」

「ところで、首を斬った動機は分かりましたが、なぜ裸にする必要が……あっ、そうですよね。遺体が長寿郎さんの衣服を着たままでは具合が悪かったから」

「それが第一の理由ですが、もう一つ非常に大きな動機があります」

「他にも？」

「長寿郎氏の身体の特徴を覚えて、それを毬子さんの特徴として証言することです」

「…………」

「蘭子さんが高屋敷巡査に、毬子さんの身体の特徴の詳細を語りはじめたとき、蔵田さんは『思わず息を呑んだように見えた』といいます。なぜなら、その特徴が長寿郎氏のものだったからです。言わば蘭子さんと一守家の富堂翁をはじめとする三人は、瞬時に暗黙の了解で共犯関係となった。犯人と被害者の家族が裏で手を結んだわけです。全く言葉を交わすことなく」

「裸にしたのには、そんな二重の意味があったんですか。でも、ならば着替えた後の下穿などは現場に残しておいても別に……」

「良かったんですが、ある異様な行為を隠すために必要でした」

「異様な行為？」

「探偵小説を森に撒くこと。これだけでは目立ってしまうため、一緒に捨てる何かが必要だった」

「いえ、そもそも長寿郎さんの探偵小説を、なぜ森に――」

「ほとんどが長寿郎氏の蔵書ではありません。彼女の本は、そのうちの三冊だったはずです」

「えっ……じゃあ、残りの本は誰の？」

「江川蘭子氏のものです。正確に言うとその日、彼が長寿郎氏への土産として持って来た本です」

「事前に送った本じゃなかった？　それにしても、どうして森に撒く必要が？」

「ボストンバッグの中に、二つの生首を入れる空間を作るために」

「…………」

「斧高君は何も知らずに、長寿郎氏と蘭子氏の生首を収めた鞄を、媛神堂から一守家まで運んでいたことになります」

「そんな……」

「長寿郎氏が読んでいた本として高屋敷巡査に手渡された、〈雄鶏社推理小説叢書〉の『小栗虫太郎』の巻と新樹社のヴァン・ダイン『僧正殺人事件』の二冊は、森に捨てられなかったものです。なぜなら蘭子氏の指紋を長寿郎氏のものと誤認させる道具として、どうしても必要だったから。万年筆もそうです。あれは最初から蘭子氏の愛用品——背広のポケットにでも入っていたのでしょう——を、さも長寿郎氏へ送られた品物のように演出した。大体おかしいと思いませんか。長寿郎氏がはじめに江川蘭子氏に手紙を書いたとき、その返事は古里毬子さんから届いたわけです。その後も二人の間で手紙のやり取りは続いた。なのに蘭子さんは、まるで自分が長寿郎氏と頻繁に手紙を交わしていたようなことを言っている」

「確かに、そうでしたね」

「蘭子さんと一守家の三人は共犯関係にあったと言いましたが、まさか打ち合わせをするわけにはいかない。だから彼女が長寿郎氏の本や万年筆を高屋敷巡査に渡したと耳にした途端、一守家の三人の表情がたちまち曇って、余計なことをしたという非難の眼差しへと転じ、俄に彼女を見る目が変わってしまったわけです。よって、指紋の鑑定が終わって遺体が長寿郎氏だと認められたときには、今まで背負っていた重い荷物をやっと下ろしたような反応を、三人は示したのです」

「その二つの場を想像するだけで、息が詰まりそうになります」

「実は〈雄鶏社推理小説叢書〉にも、手掛かりはありました。日本人は一作家一作品で九冊が刊行されたものの、その後の七人の外国人作家は出なくなった。それが後に〈Ondri MYSTERIES〉として、ベントリ『トレント最後の事件』、フィルポッツ『赤毛のレドメイン』、クロフツ『樽』の三作品だけが刊行された。実は残りの四人の中にヴァン・ダイン『僧正殺人事件』も入ってたんですよ。つまり本当に蘭子氏が日本人作家の九冊を長寿郎氏に送っていて、それで長寿郎氏が刊行されなかった外国人作家の作品を毬子さんに見せようと思ったのなら、当然『僧正殺人事件』も持って行ったはずです」

「実際は、どうだったんでしょう？」

「蘭子氏が日本人作家の九冊と『僧正殺人事件』をボストンバッグの中に入れていて、長寿郎氏は『トレント最後の事件』、『赤毛のレドメイン』、『樽』の三冊を風呂敷に包んでいた。斧高君は祭祀堂を出る前の長寿郎氏が、薄紫の風呂敷包みを腕に抱えている姿を見ている。森に撒かれていた探偵小説は全部で十一冊でした。それを本当に長寿郎氏が風呂敷に包んでいたとしたら、とても抱え切れません」

「蘭子さんが東京に戻ってから、毬子さんのものだと提出した品物は？」

「秘かに長寿郎氏の書斎から持ち帰った、彼女の指紋が付着していそうなものでしょう。だからこそ蘭子さんは事件の翌朝から、長寿郎氏の書斎に入り浸る必要があったのです」

「しかし、よくばれませんでしたね。少なくとも竹子さん、華子《はなこ》さん、カネ婆さん、そして斧高には古里毬子として顔を見られているじゃありませんか」

「厚化粧が幸いしたんです。東の手水舎で毬子さんの生首を洗った痕跡があったのは、事実その通りだったから。ただ違っていたのは、顔を洗ったのが生きている本人だったという点です」

「化粧を落として男装すれば、確かに印象はかなり変わるでしょうけど」

「その化粧にも手掛かりはありました。蘭子氏を見た駅員は、男の癖に薄化粧をしていたと証言している。そういう意味では蘭子氏は、男装の麗人を気取っていたのかもしれません。ところが高屋敷巡査が媛神堂の前で蘭子さんと対峙したとき、彼女は化粧けのない素顔でした」

「別人だったから、ですか」

「また毬子さんは『女にしては短い髪の毛』でしたし、蘭子氏は『男にしては髪の毛も少し長い』状態だった。つまり毬子さんが蘭子氏となっても、全然おかしくなかったわけです」

「厚化粧を落として両耳の大きなイヤリングを外し、そのうえソフト帽を被ってしまえば、もう毬子さんの面影など消えてしまったんでしょうね」

「それに竹子さんと華子さんは、端から古里家の娘など眼中にありませんし、蔵田さんも正式に長寿郎氏の花嫁と決まるまでは三人とも同じ扱いだったでしょう。もし蘭子さんが注意を払う必要があったとすれば、それは斧高君だけでした」

「その彼も、毬子さんとは全く言葉は交わしていなかった……」

「ただ、さすがに蘭子さんも不安だったのでしょう。媛神堂に斧高君が高屋敷巡査と姿を見せたとき、凝っと彼の反応を確かめてますから。曾て十三夜参りで、長寿郎君がしたのと同じように。ちなみに手水舎に血の痕跡があったのは、蘭子氏殺しで汚れた手を洗ったからだと思います」

「それにしても大胆過ぎませんか。カネ婆さんとは会話をしています」

「毬子さんが、蘭子氏と知り合った切っ掛けは何でした？」

「それは……あっ、お芝居……」

「素人芝居だったかもしれませんが、少なくとも一般の人より、毬子さんは演技が上手かったはずです。その素養があったことになります」

「馬頭観音の祠が犯行現場だったのは、そこで毬子さんが蘭子氏を待ち伏せていたからですね」

「はい。仮に蘭子氏が祠を通り過ぎていたとしても、見せたいものがあるからと戻った。石碑に記された文字に興味を持った蘭子氏ですから、祠の中に珍しいものがあると言えば、何ら疑うことなく覗くでしょうね」

「そこに後ろから近付き、彼の後頭部を殴った？」

「ええ。ただその前に、駅から媛首山までの間で誰かと会って話をしていないか、恐らく慎重に聞き出したはずです。もし接触した人物があれば、もちろん知っておかなければならない。厭人癖のある蘭子氏なら、まず大丈夫でしょうが、きっと万一の場合を考えたと思います」

「それで東守に入間巡査がいることも、それが『若いお巡りさん』であることも、毬子さんは知っていたんですね」

「北守の鳥居口に巡査が潜んでいたのを、竹子さんたちと同じように彼女も気付いた。東守にも誰かがいると警戒したに違いありませんから、そこは特に確認したと思います」

「彼を殴ったのは？」

「凶器は斧でしょうが、そんなに強い力ではなかった」

「どうしてです？」

「強く殴り過ぎると血が出て衣服が汚れるから」

「それで……」

「彼が首を斬られたときにまだ息があったのは、そのためです。まず相手の自由を奪って、服を脱がせるのが先決でした。蘭子氏殺しの一番の動機は、彼の遺体を長寿郎氏として誤認させる以上に、何よりその衣服を手に入れることにあったわけです。『男にしては色白のうえ身体付きも華奢《きやしや》で、とても二十三歳の男性には見えない』という体型のため、きっと女性の毬子さんでも着られたのです。ただ靴は余り合わなかったようで、媛守《ひめがみ》神社の石段を上ったとき、『小さくても男性用の靴だから、なかなか慣れなくてね』と思わず本音を漏らしています」

「確かに靴は、服と違って誤魔化し難いですからね」

「伊勢橋《いせはし》医師が、犯人は『被害者が息を引き取るのを待つ間も惜しいくらい、せっかちに首を斬ってる』と指摘していますが、目的の服さえ剝いでしまえば、正にその通りの状況だったと分かります」

「それじゃ毬子さんは、蘭子氏の衣服を着て江川蘭子に成りすますためだけに彼を殺害したと、そう刀城さんは思われるのですか」

「それしか彼女が助かる道はありませんでした。もちろん二人の間には、その頃ちょうど様々な確執があったわけですから、そこに殺意の芽生える何かが存在したと考えることはできます。だからこそ毬子さんは、蘭子氏殺しを余り躊躇《ためら》わなかったのかもしれません」

「そうですよね。私は、やはり何か二人にしか分からない事情が、きっとあったのだと思います」

「斧高君が秘書の件で、自分に毬子さんの代わりが務まるかと心配したとき蘭子さんは、江川蘭子という作家は毬子さんに頼り過ぎていた、だから蘭子氏には居心地が良過ぎる環境だったけど、毬子さんにとっては悪かったと言っています。そのうえで毬子さんには作家になれる才能があったのに、その機会がなかっただけでなく、蘭子氏によって機会が奪われ、芽が摘まれてしまったとまで断じた。そして『あのまま二人の関係が続いてたら、もっと険悪になってたかもしれない……』と結びました。ここに蘭子氏の殺害を躊躇わなかった動機が潜んでいると、見做すことができるのかもしれません」

「あぁ……それで少しすっきりしました。すみません、余計な口出しをしまして」

「いえ、大事なことですから……。それから高屋敷巡査が犯行現場で身元確認をさせようとしたときのことですが、蔵田さんは中婚舎では念仏を上げたのに、馬頭観音の祠では何もしていません。これも逆ですよね。毬子さんの遺体だけ弔って、長寿郎氏の遺体はそのままというのは」

「なるほど……」

「また斧高君は、蔵田さんが長寿郎氏の死に対し、余り悲しむ様子のないことを、嘆き過ぎるため故にと納得していますが、実際には長寿郎氏の死は十年も前だったからです。これは富貴さんの言動にも窺えます。斧高君が兵堂さんと僉鳥さんの間に生まれた子供だと、親族会議の席で暴露されたとき、彼女は『私にとっては長寿郎が死んで以来、もう一守家もその跡取りも、どうでもよい興味のないもの』と言ってますが、事件から三日しか経っていないのに、『死んで以来』という表現は妙じゃないですか」

「カネ婆さんと同様、富貴さんも十年前という意識があったから……。それで葬儀を手早く済ませたのは、妃女子（男）のときと同じ理由ですか」

「はい。ただ葬儀が質素だったのは、遺体が一守家の人間のものではなかったからでしょう」

「そんなときにまで差別を……」

「事件の起こった要因が、秘守家に根強く存在していた、その差別だったわけですから……ね」

思わず暗い気分に陥りそうになった私は、場違いにもやや明るく、

「それにしても古里毬子さんは、なんと見事に江川蘭子と化したものでしょうか」

「そうですね。ただ、毬子さんが蘭子氏に成りすました証拠は、他にも色々とあるんです」

ところが、刀城氏は飽くまでも冷静にそう返されますと、

「例えば蘭子さんは、村の食堂で斧高君にご馳走をしましたが、その場に行くまで洋食屋がないことを知らなかった。蘭子氏は喉仏口《のどぼとけぐち》の停留所から村の目抜き通りを辿って来たのですから、嫌でも通り沿いの商店は目に付いたはずなのに。一方の毬子さんは、滑万尾《かつまお》の駅から村人の好奇の目を遮るためにカーテンが降ろされた一守家の自家用車に乗ってやって来た。つまり村内の様子を目にする機会がなかったわけです」

「気が付くべきでした」

「毬子さんは秘書的な仕事と『グロテスク』の編集以外にも、料理や洗濯や掃除など蘭子氏の身の回りの世話もしていました。これなど独身の男性の世話そのものと言えますが、それは置いておくとしても、斧高君がおにぎりを作ったとき、もし彼が秘書になってくれれば『二人で毎日のように、美味しい料理が作れる』と口を滑らせている。また長寿郎氏が手紙の中で、しばしば斧高君のことを書いており、『よく気の付く子』だと誉めただけでなく、『小説を書く才能があるかもしれない』とまで記したのは本当でしょうが、先程も指摘したように手紙のやり取りをしていたのは毬子さん

の方です。なのに、この長寿郎氏からの手紙で知ったという台詞は、蘭子さんと斧高君の会話のあちこちで出てくる」

「相手が子供ということもあって、つい油断したんでしょうね」

「斧高君が一守家に留まるべきか悩んでいると、蘭子さんは『家族は一緒に住むべきだと思う』と諭した後で、自分が言うべき台詞ではないけどと口にしてます。これは天涯孤独の身の上である江川蘭子氏の言葉というより、実家を飛び出した古里毬子さんの反応じゃないでしょうか。同じ失言は、斧高君が淡首様の祟りを恐れたというか、運命に自分が翻弄《ほんろう》されている気になったときにもありました。そんな彼に対して、蘭子さんは『私なら、きっと家を飛び出し――』と言い掛けた。これも実際にその経験のある毬子さんらしい台詞じゃないですか」

「やっぱり誰かに成りきろうとしても、なかなかできるものではないという……」

「ええ。細かいことを言えば、石碑に記された文字に興味があるはずなのに、斧高君が案内しようとしたら他のことを頼んだり、二度しか訪れていない媛守神社の石段の上から、ここからの眺めがやっぱり好きだと――子供の頃に来たことがあったんでしょうね――口にしたり、村に来て間もないはずなのに、やたらと一守家の人の性格を摑んでいたりと色々あります。でも最も不自然だったのは、如何に厭人癖の出るのが出版業界、そして特に文壇に対してだけだといっても、村での蘭子さんは社交的過ぎました」

「捜査の状況が、やはり気になったからでしょうか」

「それはあると思います。大人しく凝っとしているのは、毬子さんのような方には苦痛だった。だから探偵のようなことまででした。それが蘭子氏らしくない行動だとも気付かずに」

「えっ?」

「例の〈首の無い屍体の分類〉ですよ」

「でも、どうしてそれが……」

「江川蘭子氏と古里毬子さんの二人は、『グロテスク』誌上では耽美的な作品を発表していましたが、元々は蘭子氏が怪奇幻想小説を、毬子さんが本格探偵小説を志向していた背景があった――と、はっきり本稿には書かれています。〈首の無い屍体の分類〉を思い付き、それを大した苦労もなく行なえるのはどちらです?」

「墓穴を掘ったわけですね」

「あのような分類をしたのは、加害者と被害者の入れ替わりなど絶対に有り得ないことを、念には念を入れて警察に印象付けるためだったんでしょうが――」

「それが裏目に出たと。そうすると紘弐さん殺しは、彼が蘭子さんを脅迫したからですか」

「恐らく間違いないでしょう。ただ結婚を申し込んだという話は、本当かもしれません。尤も申し込むなどという態度ではなく、もっと卑劣なやり方だったことも確かだと思います。その場面を斧高君に見られたわけですが、蘭子さんは石段の方を向いていたといいますから、きっと彼の存在に気付いたんでしょう。それで紘弐氏に事情を説明して、夜中に媛神堂で会う段取りを付け、斧高君を誤魔化すための芝居を打ったわけです」

「紘弐さんの首を斬り衣服を剝いで森に撒いたのは、単なるカムフラージュに違いありませんし、彼だけ遺体の扱いがぞんざいだったのも納得できますけど、その現場に長寿郎さんの首を置いておいたのは、どうしてです？」

「一枝刀自の台詞を聞いて、このままでは斧高君の跡取り問題が拗《こじ》れると心配したからでしょう。蘭子さんは少なくとも斧高君に対しては、誠心誠意の対応をしていたと思いますから。秘書の件にしても、一守家に残るよう助言した件についても」

「そうですよね」

「だからと言って、斧高君が真相を知った場合、彼女を許すかどうか……」

「それは……」

「まぁ、ここで心配しても仕方のないことなんですが」

「…………」

「第三の殺人に於いても、蘭子さんはミスを犯してます」

「何処に？」

「正確には、その後でなんですが——斧高君と事件の検討をしているとき、長寿郎氏の首に『ああいった細工』があったのは犯人の稚気だと口を滑らせている。紘弐さん殺しでは、現場に見られる特異な点は世間に伏せるよう大江田《おおえだ》警部補が厳命しました。ですから高屋敷巡査も祭壇に首があったことは話しても、それ以上は斧高君にさえ教えなかったはずです。にも拘らず、なぜ蘭子さんは長寿郎氏の首に何かが施されていたと知っていたのでしょうか」

「そのとき斧高は、妙には思わなかった？」

「恐らく彼は、長寿郎氏の首が祭壇に置かれていた状態のことを話しているつもりだった。しかし単に首を載せただけの行為を、細工と表現するのは変ですよね」

「余計な演出をしたばかりに、襤褸《ぼろ》が出たわけですか」

「いえ、生首の切断面を蚕箔に押し付け、首が倒れないよう細工したのは、決して余計なことじゃなかったんです」

「何か意味があったと？」

「蘭子さんが長寿郎氏の首を返してきたのは、斧高君の跡取り問題に片を付けるためでした。とはいえ、もし葬儀が済んでいなければ、絶対にそんな行動は取らなかったはずです。なぜなら中婚舎で発見された首無し屍体と長寿郎氏の首を調べられると、二つの切断面が一致しないことが分かるから」

「それで……」

「万一を考え、首の切断面を潰したんです。蚕箔の竹の網目に押し付けて」

「彼女の言動には、物凄く考えている部分と、かなり無防備なところと、その両方が見受けられますね」

「先程仰ったように、相手が斧高君の場合は油断するというか、他の人に対しては張り詰めている気が、自然に弛《ゆる》んだんじゃないでしょうか」

話が一段落したらしいと見取った私は、立ち上がるとテーブルを回り、刀城氏が気遣いをされる前にガスレンジの側へと向かいながら、

「新しいお茶を淹れますので、少し休んで下さい」

「はい、ありがとうございます。ところで、こちらは書斎ですか」

刀城氏は扉が開いたままになっている部屋の前まで行かれますと、やや遠慮がちな様子ではありましたが中を覗き込まれました。

「あっ、お恥ずかしい有り様ですので……」

「いえいえ、綺麗に整理整頓をなさってるじゃないですか。小説家の書斎というのは、どうしても散らかってしまうものですが、さすがにご立派です」

「刀城さんは、やはり旅先で執筆されることが多いんですか」

「そうなりますね。お蔭で何処でも紙と書くものさえあれば、まぁ何とかなるように——」

「へぇ、凄いですねぇ」

「いやぁ、単なる慣れですから」

やがて新しく湯気の立ったお茶を啜《すす》りながら、再び私たちはテーブルを挟みました。しばらくの沈黙の後、刀城氏は何の中断もなかったかのように、

「一枝刀自の体調が思わしくないため、ひょっとすると病弱な富堂翁より先に逝くかもしれないという噂が、あの当時に囁かれていたわけですが——」

「ああ、そうでしたね」

「恐らく一守家の三人は、少なくとも一枝刀自が見罷《みまか》るまでは、双児の秘密を守り通すつもりだったと思います。それまでの我慢だと、きっと長寿郎氏にも言い聞かせていたのでしょう」

「二守の婆様が……いえ、富堂翁もそうです。この二人がもっと早くに亡くなっていれば——酷い言い方ですが——あそこまでの事件は起きなかったように思えます」

「はい……。それは僕も感じました」

「ところで——」

思わず言葉を切ってしまったため、刀城氏に問い掛けられる眼差しで見詰められ、私はどぎまぎしました。それでも辛うじて、

「そうなると事件の後、古里毬子さんは江川蘭子さんとして活躍されたことに……」

「ええ、なります。我々がよく知る『数多《あまた》の本格推理の名作を上梓《じょうし》』されている本格推理作家としての江川蘭子氏は、もう既に古里毬子さんだったわけです。ただ、殺人事件としては二十年も前の話ですから、疾っくに時効は成立しています」

「でも、そういう問題では……やはりありませんから……。そのうｰ、蘭子さんが受けるべき、社会的な制裁と言いますか……」

「そうですね。彼女が本当に犯人であれば――」

「…………」

私は耳を疑いました。けれども確かに刀城氏は、まるで古里毬子さんが犯人ではなかったような物言いをなさいました。

「ど、ど、どういうことです？」

「直接あるいは間接を問わずこの一年ほどの間に、江川蘭子さんから何か連絡はありましたか」

しかし刀城氏は、逆にそう尋ね返されました。

「い、いいえ……全く何のご連絡もありません。版元に入れば、きっとこちらに知らせ

てくれたことでしょうから」

「そうなると、奇妙だとは思いませんか。昨年に出版された江川蘭子さんの随筆集『昔日幻想逍遥』の中で、彼女は『迷宮草子』に触れています。つまり存在を知っているわけです。仮にこの言及がなくても、『迷宮草子』のような雑誌に彼女が無関心でいるとは思えません」

「この連載を読んでらっしゃると……」

「その可能性は非常に高いと言えます。にも拘らず、あなたに接触してきた気配が皆無というのは、彼女自身が本当に犯人だったとしたら、少し妙ではありませんか」

「最悪の場合、誌上で真相が明かされるかもしれないから……ですね」

「そうです。犯人の心理を考えると、極めて不自然だと思います」

「つ、つまり……し、真犯人が、他にいると……？」

ゆっくりと氏が頷かれたのを見て、私は正に度肝を抜かれたように驚きました。

「だ、誰なんですか、それは？」

「斧高君です」

幕間（四）

「よ、よ、斧高《よきたか》ですって……？」

余りのことに、本当に私は開いた口が塞がらなくなりました。

「幾ら何でも……そ、それは有り得ないんじゃないでしょうか」

「十三夜参り事件に関して二見《ふたみ》巡査部長が――」

取り乱す私に対して、刀城言耶《とうじようげんや》氏は飽くまでも落ち着いた口調で、

「妃女子《ひめこ》さんが井戸に落ちたと思われる時間帯に、誰も御山に入っていなかったというのなら、それは事故死であり、首無し女や栄螺塔での人間消失など人知を超えた現象は、斧高君の嘘だと解釈していましたよね」

「は、はい……。二見巡査部長らしい考えだと思いましたが……」

「それで説明の付き難いものは、長寿郎《ちようじゆろう》氏と斧高君の幻聴、夢、幻覚として片付けました」

「ええ……」

「確かに短絡的に見えますが、これはこれで極めて合理的な解釈とも言えます」

「待って下さい。まさか刀城さんは、これまで延々と話されたご自身の推理を、全て捨てておしまいになるつもりなんですか」

「いえ、決してそうではありません。蔵田《くらた》カネさんが双児の性別を入れ替えた禁厭に端を発した十三夜参り事件に於いて、二人の性別が元に戻されたのも束の間、また入れ替わってしまったことは間違いないと思いますし、その十年後に起こった媛首《ひめくび》山連続殺人事件の二重の入れ替わり劇も、実際に行なわれた出来事だと確信しています。ただし――」

「連続殺人の犯人は古里毬子《こりまりこ》さんではなく斧高である――と？」

「十三夜参り事件も、つまり本物の長寿郎氏殺しの方もです」

「そ、そっちまで……」

「毬子さんが犯人でなかった場合、では一体あの犯行が誰に行ない得たのかと考えると、どうしても彼が浮かび上がってきます。そうなると過去の事件も見直す必要が出てくる」

「えっ、むしろ斧高は、真っ先に除外されるのでは……」

「どうしてです？」

「どうしてって……刀城さんもお読みになられたように、彼の言動を見る限り、どの犯行であれ絶対に不可能でしょう」

「そうですね。本稿に目を通す限りは、仰る通りです。でも、こ、これは小説じゃ、あ、ありま、せ、せんか」

「…………」

「確かに事件を担当した高屋敷《たかやしき》巡査が記した資料類をはじめ、その妻であった高屋敷妙子《たえこ》さんが夫から教えられた話、また事件の渦中にいた斧高君から聞いた談話を基に構成されてはいますが、飽くまでも小説であることに変わりはありません」

「嘘が書かれていると、そう刀城さんは――」

「違います。作者が意図的に虚偽の記述をしたとは、僕はこれっぽっちも考えていません」

「なら――」

「では、こう言い直しましょう。小説を書く基本となった資料の中に、特に証言の中、に嘘が全く含まれていないという保証が何処にありますか――と」

「…………」

「もちろん全てが虚偽ということはないでしょう。大きな言動などは、そう隠せるものじゃありませんからね。嘘を吐いても簡単にばれる恐れがある」

「でも、どれが本当で、どれが嘘なのかなんて――」

「はい、選《よ》り分けることは不可能です。ただし高屋敷元《はじめ》巡査の言動については、その全部を信用しても良いと僕は考えます」

「それは……私にとっては当たり前ですが、夫が嘘を吐かなかったと証明するなど、ちょっと——」

「ええ、できません。しかし、そもそも本稿を書こうとなさった作者の動機を考えると、高屋敷巡査の資料は何ら問題ないと判断しても大丈夫でしょう。犯行の動機という面から見ても、彼が事件に関わっているとは思えませんし、そうなると虚偽の資料をわざわざ残す理由もないわけです。そしてそれに基づいて小説化された話の中で、わざわざ作者が嘘の記述をしなければならない必然性も見出せません」

「そう言って頂けると……。でも、夫の資料だけを信用したとして、一体そこから何が分かるのでしょうか」

「事件当時の媛首山の状況については、信用できるという事実です」

「一種の密室状態だったという……」

「はい。それだけを踏まえて考えると、斧高君には充分な機会があったことになります」

「ちょ、ちょっと待って下さい。もし本物の長寿郎さん殺しが斧高の仕業だったとしたら、彼は双児の秘密に気付いていたと……」

「そうです。ただ、だからと言って何ら困りませんよね？　斧高君が好きなのは女の長寿郎氏だった。後に蘭子《らんこ》さん即ち毬子さんに惹かれた事実を考えても、彼が男性に興味を持っていたと断じることはできません。好きになった人物が男だった所為で悩んでいたのですから、それが女性と分かれば逆に安堵したんじゃないでしょうか」

「それじゃ本物の長寿郎さんを殺した動機は？」

「独占欲です。長寿郎（女）が何かに付け妃女子（男）に対して気遣いを見せることに、彼は嫉妬したのです。そこで斧高君は、『妃女子様がいなければ、長寿郎様はもっと自分の方を向いてくれる』と考えた。都合の良いところだけ原稿の記述を活かすのかと思われるでしょうが、こういう心理面は犯行時の犯人の動きという物理面とは何の関係もありませんから」

「でも、当時まだ六歳だった斧高に、十三歳だった本物の長寿郎さんを井戸に落とすなど、それこそ不可能でしょう」

「いえ、だからこそ可能なのです」

「一体どうやって？」

「本物の長寿郎氏が井戸の水を汲もうとしたとき、彼の両足を抱えて掬《すく》い上げると同時に、自分の頭で彼の腰を押せばいいのです。身長が低いが故に、かなり効果的でしょうね」

「兄の屍体を発見した本物の妃女子さんが、再び長寿郎氏に戻った。ただし、まさか犯人が斧高君だとは、夢にも思わなかった。それが真相です」

そこで私は考え込みました。でも、確かに斧高を真犯人とすると、首無《くびなし》や消えた妃女子という不可解な現象が綺麗になくなり、すっきりと全ての説明ができることに気付きました。

「媛首山事件でも、斧高には機会があったと仰るんですか」

「北の鳥居口から境内まで参道を行き来していたという彼を、誰も見ていた人はいません。高屋敷巡査が合流したのは、斧高君が御山に入ってから約一時間が経った後です。その間に彼は外から婚舎を覗き込み、古里毬子さんが中婚舎にいることを確かめてから乗り込んだ。昼間は夜と違って境内も騒がしいという記述がありましたから、忍び足であれば玉砂利を踏む音も大して響かず、婚舎の中にいる三人にも気付かれなかった」

「動機は嫉妬……ですか」

「いつ知ったのか分かりませんが、そうなると斧高君は、長寿郎氏が同性愛者《レズビアン》であると気付いていたことになる。婚舎の集いまでの毬子さんとの手紙のやり取りから、長寿郎氏が彼女を選ぶつもりだと察した。その見合いの場に乗り込んだわけですから、

「その後は……」

仰る通り動機は嫉妬――それも前後の見境のない我を忘れたような、狂おしい感情に突き動かされたものだと思われます」

「毬子さんもいたわけですからね。でも、なら彼女はどうして止めようと……」

「――したに違いありません。それを斧高君が突き飛ばしたため、彼女は柱に頭をぶつけて一時的に昏倒《こんとう》してしまった」

「えっ、柱の痕跡は毬子さんのもの？」

「後頭部に瘤《こぶ》ができたとしても、蘭子さんに成りすませばソフト帽で隠せます」

「それじゃ長寿郎さんは？」

「斧高君が北守駐在所の棚から持ち出した、元々は二見巡査部長のものだった特殊警棒によって殴られたんです」

「確かに斧高は、あの警棒には非常に興味を持っていました。また彼なら、駐在所への出入りは自由でした……」

「その後の計画は、気が付いて何が起こったのかを見取った毬子さんが、きっと咄嗟に立てたに違いありません。斧高君を救うと同時に、自分が作家になるという一石二鳥の脚本を、素早く頭の中で書き上げたのです」

「江川《えがわ》蘭子氏殺しは……」

「実行犯は、やはり斧高君でしょうね。毬子さんは殺人には手を染めていない。だからこそ毬子さんこと蘭子さんは、本稿について静観するつもりなのだと考えれば、何の接触もないのも頷けます」

「紘弐《こうじ》さん殺しの斧高の現場不在証明《アリバイ》は、蘭子さんの偽証ですか」

「それも無理のない、極自然なものでした」

「一度は持ち去った長寿郎さんの首を返したのは、なぜです？」

「首斬りは身元の誤認のためですが、首そのものは斧高君にとっては大切なものだったからかもしれません。昭和七年に名古屋で起きた首無し女の事件のように。ただ、一守《いちがみ》家の跡取り問題に決着を付けるために、蘭子さんが返すよう斧高君を説得したのだと思います。斧高君が長寿郎氏を本気で好きだったことを理解したうえで、そして斧高君の出生の秘密を鑑みた結果から、やはり彼は一守家の跡を継ぐのが良いと判断したんじゃないでしょうか」

「それなのに斧高は、一守家を出て……。あっ、彼は読んでると思われますか、この連載を？」

「さぁ……どうでしょう。蘭子さんほどの確信はありませんが、彼からも何の接触もないということは、全く知らないと見做すべきかもしれませんね」

「………」

そこで私は刀城氏から視線を外すと、やや俯き加減の状態で再び考え込んでしまいました。

　その様を目にして氏も察せられたのか、私が口を開くまで黙ったまま、静かに辛抱強く待たれている様子が窺えます。

「どれが良いと思われますか」

　やがて口を開いた私の問い掛けに、氏が首を傾げられたので、

「このまま作者の病気などを理由に連載を打ち切るのと、真相は分からなかったと未解決で連載を締め括るのと、飽くまでも推理小説的な結末を創造して読者を満足させる終わり方をするのと、刀城言耶氏の推理を披露して犯人が斧高であったことを敢えて明らかにしたうえで、彼からの連絡を待つのと——刀城さんなら、どれを選ばれますか」

「そうですねぇ……」

　刀城氏は少し困ったような表情をされましたが、すぐ真剣な顔付きになられると、

「僕なら、どれも却下します」

「どうしてです？」

「もちろん、あなたが真犯人だからです」

終わりに

「な、な、何を仰ってるんですか……。わ、私が真犯人？　そ、そんな無茶苦茶なことを……。いいですか、十三夜参りのときも婚舎の集いのときも、媛首《ひめくび》山は完全に密室状態だったじゃありませんか。どう考えても、私に犯行は絶対に不可能です。それに動機が一切ないでしょう？　一体全体どういうことです？　第一そんな疑いは本稿の『はじめに』の最後でも、わざわざ『完全な徒労であり間違いであります』と明記しているではありませんか。あっ……それともまた、全ては小説であるために、どんな嘘でも吐くのは可能だと仰るわけですか。しかし、ならば虚偽の記述をしてまで本稿を執筆しなければならなかった作者の動機は、一体何だと言われるのでしょう？　余りにも筋が通らないではありませんか」

思わず私《わたくし》が一気に捲《まく》し立てますと、刀城言耶《とうじょうげんや》氏は微かに首を振りながら、

「あの『はじめに』の記述には、嘘は一切含まれていません」

「えっ……」

「つまり作者は、全く虚偽の記述をしていないのです。いえ、それは本稿の全てに言えるでしょうね。作者は決して意図的に嘘は吐いていない——と」

「そ、それなら私が真犯人であるわけが……」

「——ないですよね。あなたが本物の高屋敷妙子さんであればですけど」

「………」

「媛之森妙元《ひめのもりみょうげん》氏こと高屋敷妙子《たかやしきたえこ》さんが執筆されたのは、『はじめに』の『真っ白な原稿用紙を前にして』から、『第二十三章　読者投稿による推理』の『ただし、犯人の名前を指摘しただけで、具体的な犯行方法にまで言及されている方は、ほとんどおられませんでした。つまり数多《あまた》の謎が——』まではありませんか。そのすぐ後の『申し訳ありません。どうしても執筆を続けるのが苦痛になり』以降の文章は、本当の作者に代わってあなたが書かれた。そう江川蘭子《えがわらんこ》さんが——いえ古里毬子《こりまりこ》さんとお呼びした方が宜しいでしょうか——筆を執ったのです」

「な、何を……じょ、冗談にもほどが……」

「あなたは、高屋敷さんが足首や手首に異常を感じたこと、また読者から同じような症状を訴える手紙があったのを利用して、さも右手首を痛めたように装うと、それによって原稿の筆跡を誤魔化そうとした。もちろん高屋敷さんに成り代わって執筆を続け、この連載の結末を事件が未解決となるように仕組むためにです」

「そんな莫迦なこと……。第一それに裏庭を耕したのは本当で、嘘だと仰るなら見て頂いても結構です。右手首を痛めたと版元に言い訳をするだけなら、実際に耕す必要はありませんからね」

「では、何のために耕したのですか」

「ですから、それは原稿にも書きましたように、気分転換のためと、薩摩芋の苗でも買ってきて――」

「植えるためにですか。あの原稿を執筆されたのが二月か三月で、薩摩芋の苗は五月から七月に植えるものだというのに？」

「…………」

「仮に『第二十三章　読者投稿による推理』の掲載された『迷宮草子《めいきゅうぞうし》』が手元になくても、あの原稿が書かれたのは二月か三月だと分かりますよ。『はじめに』の執筆が十一月で、それから一回につき二章分ずつ――『幕間』だけの回も入れて――二ヵ月遅れで連載されると最初に明記されてるわけですから。そこから計算すると、自ずと各原稿が記された時期を特定することは可能です」

「それは……」

「不用意に適当なことを書いてしまいましたね」

「それは……ちょっと勘違いをしただけで、だからと言って別に私が裏庭を耕さなかったという証明には、少しもならないじゃありませんか。ご覧になれば一目瞭然です。実際に裏庭は耕してありますからね。わざわざそんな労力を使う理由が、他にはないでしょう?」

「いえ、あります」

「…………」

「本物の高屋敷妙子さんを完全に消し去るために、あなたは裏庭を掘り返す必要があった。いえ、それなりの穴を掘らなければならなかった」

「…………」

「高屋敷妙子さんは媛首《ひめかみ》村に戻ってから、それまでの夜型の執筆生活をすっかり朝型に変えられた。お日様と共に目を覚まして原稿用紙に向かい、お日様が沈んだら万年筆を置くという生活をされたわけです」

「そ、そうですよ」

「僕がお邪魔した日も、いつも通りだったんですか」

「ええ、当たり前でしょう。何ら変わったことはしておりません」

「ただし気分転換と、ちょっとした勘違いもあって裏庭を耕しはじめたけど、すぐ右手首を痛めたので止めてしまった――と仰る?」

「そうです。別におかしなことじゃないでしょう?」

「ところで、前回の訪問の際に、なぜ僕が途中で帰ってしまったと思います？」

「はぁ……一体、な、何を……。それは刀城さんご自身が、『雑誌の連載なんですから、この辺りで切っておいた方が良いでしょう』と仰ったんじゃありませんか」

「ええ、でも僕は事件の解釈に取り掛かった以上、最後まで行かないと気が済まない性分でもありまして——。少なくともあんな中途半端に、しかも思わせ振りに途中で止めるようなことは余りしないんです」

「……では、どうして？」

「あなたが続きを書かれるであろう『第二十三章　読者投稿による推理』の章の、その内容を『迷宮草子』誌上で読むためには、あそこで帰るしかなかったからです」

「………」

「僕がお邪魔したのは、午後の二時半頃でした。その時点で『第二十三章』は、四百字詰原稿用紙に換算して六枚弱くらいしか書かれていないことが、あの章を読めば分かります。内容は作者の一人称によって記された、首筋や手首や足首の不調に関する薄気味の悪い訴えであって、プロの作家が仮にお日様と共に目を覚まして原稿用紙に向かったのであれば、充分な余裕を持って午前中に書き終えられる程度のものです。それをあなたは、二時半の時点で執筆していたことになる。裏庭での作業は手首を痛めたために、すぐに止めてしまったという。では、原稿の執筆に費やされていなかった時間は一体、何に使われたのでしょうか」

「…………」

「古里毬子さん？　いえ、江川蘭子さんとお呼びした方が宜しいでしょうか。それとも、まだ高屋敷妙子さんを演じるおつもりですか。最後の入れ替わりに拘られるのですか」

「嵌めたわね、刀城言耶――」

私が吐き捨てるように言うと、彼は憎らしくも恍《とぼ》けた表情で、

「そんな人聞きの悪い。僕は飽くまでもフェアに接したつもりですが」

「何を白々しい。ここまで散々、こっちを高屋敷妙子として接しておきながら」

「でも、あなたのことは一度も、『高屋敷さん』とも『媛之森さん』とも呼んでいません」

「……何処で気付いたの？」

「最初に引っ掛かりを覚えたのは、玄関でです」

「う、嘘よ！　こっちの顔を見た途端、ぴんっと来たとでも言うの？」

こんな状況の中で格好を付けようとしている刀城に対し、思わず激しい嫌悪の念を覚えた。

「いえ、決して適当なことを言ってるのではありません。それまでの原稿に目を通し

ていれば、高屋敷さんが身体の不調に薄気味の悪い思いを本当に抱かれている——それは実感できます。だから僕に対して、その不安をいきなり訴えるというのは、極めて自然な態度だと思います」

「なら、問題ないじゃない」

「しかし、その前に僕は、『差し出がましいようですが、僕なりに謎の整理をしてみた』とはっきり伝えました。高屋敷さんの立場であれば、駄目で元々と一応は聞いてみようとするのが、これまた極めて自然な態度じゃないでしょうか」

「暗に追い返そうとしたのが、不自然に映ったわけか」

「はい。ちょっと妙だなと感じた。それがどうも妙だぞに変わったのは、あなたがお茶を淹れたときです」

「えっ……？」

「お茶の葉を探すのに、あなたは水屋のあちこちを引っ掻き回しました。まるで他人の家の中で、探し物をするかのように」

「なるほど……」

「それに僕が書くものをお願いすると、やはり書斎の中を探し回って、ようやく一冊のノートを下さいました」

「あれもなの……」

「念のために先程、書斎の中を覗きましたが、非常によく整理整頓がされていました。この居間もそうです。どう考えてもお茶の葉やノートが、その家で暮らす住人にとって、何処にあるのか分からなくなる状態ではありません」

「男の癖に、そんな細かいことばかり、よくもまぁ……」

「ちなみにノートに書いた項目は、そっくり同じものが、鞄の中に入ってた僕のノートにも記されていたんです」

「なっ……」

「僕なりに謎の整理をしたと、また最終的に全ての謎や問題を書き出さないと考えを進めることができない性分だと、ちゃんと伝えてるじゃありませんか。ねっ、フェアでしょ？」

本当に嫌味な男である。そんな台詞を吐きながらも、本人に得意そうな表情が一つも見られないのが、また逆に癇《かん》に障《さわ》って仕方がない。

「それで更に様子を見るために、または確証を掴むために、『第二十三章』の記述に目を通そうと考え、あそこで帰ったのね」

「そうです。あなたが原稿をどう誤魔化すのか、非常に興味がありました。上手くすると、そこに襤褸が出るかもしれないと思ったからです」

「くそっ……」

「後は細かいことばかりです。秘守《ひがみ》家の没落の詳細については、余り詳しいことは知らないと言いながら、古里家だけは今でも存続し、逆に栄えていると言い切っているのは、やはり実家には注意を払っていたからでしょう。また江川蘭子氏が男性であるという指摘をしたとき、あなたはその解釈をまだ受け入れていないときから、『蘭子さんが男性だったというのは、何か証拠があるんでしょうか』と彼のことを過去形で話された。毬子さんが蘭子氏を殺害したのは、決して衣服を着て江川蘭子に成りすますためだけが動機ではなかったと主張されたのも、妙に拘っているような感じで少し違和感がありました」

「一つ一つは些細なことながら、数が集まったというわけね」

「それに高屋敷妙子さんにしては、余りにもお若い」

「ふっ……私が本人だったら、さぞ喜んだろうにね。まぁ実際に十五歳くらいの差はあったわけだから、あなたの見立ては大したものだと言えるわ」

「いえいえ。そちらの演技も、なかなかのものでした。ほとんど知っているか察しが付いていた話ばかりなのに、さも今はじめて耳にしたかのように――さすがに若い頃お芝居をやっていらっしゃっただけのことはあります」

「とはいえ結局、その演技が通用しなかったわけでしょ」

「それでも最終的な判断を僕が下したのは、つい先程なんです」

「えっ……、どういうこと？」

「あなたが本物の高屋敷妙子さんであれば、斧高《よきたか》君が真犯人だと虚偽の指摘をしたとき、絶対に庇うはずだからです。それを、あなたは受け入れた。しかも、それを本稿の結末として書く選択さえあると仄めかした。あそこで僕は確信を持ちました」

「よくまぁ最後の最後まで、ちゃんと詰めるわね。東城雅哉《とうじょうまさや》の作品は本格推理というよりは、変格探偵小説と呼んだ方が良い内容が多いのに」

「そんな論理的な話なんて、僕に書けるわけないでしょう」

「それじゃ最後に残った謎も、ついでに解けばどう？」

「あれ……？　そんなものがありましたか」

「なぜ淡媛《あおひめ》は首を斬られたのか――項目の最後の謎でしょ」

「あっ、そうでした。淡媛は媛首山を――その頃はまだ媛鞍山ですが――日陰峠に向かって逃げている途中、首を弓矢で射られて倒れたわけです。止めを刺すのなら分かりますが、わざわざ首を斬る必要があるでしょうか」

「そうね。仮に絶世の美女だったとしても、そういう性癖でもなければ首なんて誰も欲しがらないものね」

「にも拘らず彼女は首を斬られた」

「なぜ？」

「恐らく淡媛が、武士の格好をしていたからだと思います」

「あっ……身代わりのために？」

「はい。媛神城が豊臣氏の攻撃を受けて落城した際、城主氏秀は自刃、子息氏定は媛鞍山を通り抜け日陰峠から辛うじて隣国へと落ち延びた。その氏定の後を追って彼女は逃げたわけですが、そのとき氏定の格好をさせられたのではないでしょうか」

「無理矢理に？」

「だから敵は、子息氏定を討ち取ったと思い首を斬った。ところが替玉だと分かった。しかも相手は女だった。腹いせに彼女の遺体をぞんざいに扱った――とも考えられます」

「それは祟るわ……」

「炭焼人が窯場で体験した話で、最初は落武者が見えていたはずなのに、それが首無《くびなし》の女に変わるという怪異がありましたね。あれは淡媛が武士の格好をしていたからだと考えれば、怪談とはいえ筋が通ります」

「怪異譚にそんな解釈は野暮だと思うけど、確かに納得はできるわね」

「これは考え過ぎかもしれませんが、淡媛が武士の格好をしたのに対して、氏定が女性に化けていたとしたら――。だから逃げることができたのだとしたら……」

「えっ……」

「その男と女の、兄と妹の入れ替わりこそが、まるで全てのはじまりのようにも思えます」

「…………」

しばらく二人の間には沈黙が下りた。刀城は何処かのほほんとした雰囲気で、改めて居間の中を見回している。私は大きく伸びをすると、

「あなたも疲れたでしょ。取り敢えずお茶でも――」

「いえ、結構です。もう自分で淹れる気はありませんし、かといって席を立つのも億《おっ》劫《くう》ですので」

なるほど――。疾っくに刀城は気付いていたのだ。私が極自然に彼の後ろに回り込む機会を、二回も窺ったことについて……。もちろん高屋敷妙子と同じ運命を辿って貰うために。

「で、どうするつもり？」

「そうですね。やっぱりここは原稿を書き上げた方が――」

「な、なんですって？」

――というわけで私は書斎に籠り、今、ここまで執筆を行なったところだ。

それにしても居間で待っている刀城言耶という男は、かなり妙な人物である。連載

の尻切れ蜻蛉《とんぼ》は何よりも読者の楽しみを奪うことになるので、きっちりと結末を付けるべきだと主張したのだから。自分の名前は出しても出さなくても良いので、とにかく誰が読んでも納得のゆく解決を提示する必要があると宣《のたま》ったのだから。本当に変わり者だと思う。

尤《もっと》も斯《か》く言う私も、自分が完全に尻尾を出した瞬間に差し掛かるまでは、媛之森妙元こと高屋敷妙子の文体を真似て、悪趣味にも原稿を書き続けたのだから……やはり根っからの推理作家なのかもしれない。

でも、刀城言耶には負ける。何とも厄介な男に首を突っ込まれたものだ。趣味と実益を兼ねた怪異譚蒐集だけに専念していれば良いものを、未解決の殺人事件に興味を覚えただけでなく、お節介にもその謎を解こうと――

怪異譚蒐集……

そう、彼は自分の知らないその手の話には目がない。例えば媛首村の馬呑池の辺りで何やら恐ろしい化物が出ると、村の子供たちの間で噂になっている話とか……。

ならば、なぜ彼はあのとき、この話に食い付いてこなかったのだろう?

私は明らかに相手の気を事件から逸らせるつもりで、馬呑池の化物のことを教えたのだ。なのに彼が二守《ふたがみ》家の紘弍《こうじ》のことを口にしたため、これは逆効果だったと焦ってしまった。だけど今になって振り返ると、あそこで刀城言耶が何の反応も示さなかったのは妙ではないか。

刀城言耶……

そう言えば彼は、自分では一度も名乗っていない……。確か高屋敷妙子とは、初対面ではないと言った。だが、完全な地方作家の彼女と常に旅を続けている彼とが出会う機会など、なかなかなかったはずだ。事件当時、彼は村には足を踏み入れていない。まさか初対面でないと言ったのは、私に対してだったとしたら……。

扉を一枚だけ隔てた隣の居間にいる人物は、本当に刀城言耶なのか……？

そう考えた途端、たちまち私は背筋を伝うぞっとする悪寒を覚え、その悍《おぞ》ましさに思わず身震いしていた。

奴は何者なのだ……？

いや、ここは冷静に考えないと――。

もう随分と昔に会ったことがあり、刀城言耶よりも十歳は若く見え、一連の事件について知識と興味がある人物と言えば……

斧高……

まさか……そんな莫迦な……、一体どうして……何のために……？

そうか、復讐か……。長寿郎《ちようじゆろう》を殺され、おまけに私にはまんまと騙されたことになるのだから、彼が復讐しようとするのも……

でも、斧高なら、それなりの面影が残って……

面影？

隣の部屋に座っている男……いや、人物の顔が思い出せない……本当に男だったのかどうか、それさえも分からない……

奴が来る前には、二回とも雨が降り出した。

雨……、水………

この扉を隔てた向こう側で私を待っているのは、一体何なのだ……？

民家から
女性の首なし死体

　東京都西多摩郡媛首村の北守の貸家で、全裸の女性の首なし死体が放置されているのを、十三日午後五時二十分ごろ、配達に訪れた郵便局職員が見つけた。死後およそ二週間は経っているものと見られている。

　この家は推理作家の媛之森妙元さん（本名・高屋敷妙子）が借りているもので、本人の姿が見えないことから、終下市警察署では身元の確認を急いでいる。

　遺体は四十代半ばから五十代半ばくらいの年齢で——

新たに
女性の首なし死体見つかる

十三日に全裸の女性の首なし死体が見つかった東京都西多摩郡媛首村の北守の貸家で、今度は裏庭から同じように首のない全裸の女性の死体が掘り出された。

住人である推理作家の媛之森妙元さん（本名・高屋敷妙子）が行方不明になっていることから、終下市警察署では現在、この二体の首なし死体の身元の確認に全力を挙げている。

最初に発見された死体は——

なぞの覆面作家
行方不明に？

今月の四日、怪奇幻想的な作風で知られる推理作家の江川蘭子さんの行方が分からなくなっていると、複数の出版社が共同で異例の届け出を警察に提出していたことが判明した。

江川さんは完全な覆面作家で、担当の編集者にさえ顔を見せたことがない。仕事の打ち合わせも、すべて電話と手紙ですませていた。それが先月の初めころから音信が途絶え、どこの出版社も連絡が取れなくなったため、この異例の捜索願いが出されたようである。

江川蘭子さんは――

書斎の屍体

四月号＊目次

連載

読切

第三回新人賞発表

コラム

主な参考文献

瓜生卓造『檜原村紀聞　その風土と人間』東京書籍
須藤功『写真ものがたり　昭和の暮らし2　山村』農山漁村文化協会
斎藤たま『生とものの け』新宿書房
宮本馨太郎編『講座日本の民俗4　衣・食・住』有精堂出版
閂美山犹稔『童唄が秘める隠された伝承』知層舎
瀬川清子『婚姻覚書』講談社学術文庫
横尾忠則・画／毛綱毅曠・文／藤塚光政・写真『神聖空間縁起』住まいの図書館出版局
江戸川乱歩『復刻　探偵小説四十年』沖積舎
権田萬治／新保博久・編著『日本ミステリー事典』新潮選書

＊編集部よりのお願い
解説の中に、この作品の真相に触れる部分があります。未読の方は、ご注意ください。本編の読了後にお読みいただくことをおすすめします。

解説

柄刀　一

本書は、第六十一回日本推理作家協会賞と第八回本格ミステリ大賞に同時ノミネートされた話題作の文庫化である。その書名からも明らかなように、謎解きミステリーでは定番ともいえる首なし死体という設定、つまりは難易度の高いワザに挑み、この高評価という達成を為したのだから驚異という他ない。

舞台は主に、戦後日本、怪異譚《かいいたん》蒐集家であろうとしながら放浪探偵になってしまう刀城言耶が活躍するこのシリーズは、三津田氏自身が語る、超常的なまでのホラーと論理的なミステリーの融合を前面に押し出して人気が高いが、このホラーの要素には、ひとつ、作中世界をじっと覗き見させるような効果があるのではないかとも思える。

読者は冒頭から、何重にも巡らされた誘いの手さばきによって過去のトンネルへとまず誘《いざな》われるだろう。そしてその仄暗《ほのぐら》い空間には、伝承的な怪奇の空気がさらに陽《ひ》を陰らせて充満してくるのだ。幽暗《ゆうあん》な異界めいた雰囲気さえ伝える、人物や土地柄の稠《ちゅう》密《みつ》なまでの描写はまじないにも似て、読者の肌にまといついて空間を狭め、視界を暗く圧し、抜け出すべきトンネルの先の視野に五感を集中させる。盗視《とうし》するようにしてそこに見えるのは、日本的ではあるけれどどこの世界ともしれない、妖美な空間だ。

そこには、細密画のような慎重さで、運命の糸を隠す情景が細やかに配置されている。本書でいえばそれは、湯浴《ゆあ》みしている首のない若い女性の生肌であり、森にばらまかれた探偵小説本のページであり、養蚕の器具の上に供えられている生首である。どれ一つ取っても妖しくないものはなく、また、どれ一つ取っても推理の手掛かりでないものはない。ホラー小説と推理小説の要素の、この豊かな重なり合いが、三津田本格ミステリーの魅力であり目玉の一つである二重三重の謎解きスタイルにさらなる深みを与えている。読者は連打される謎解きに驚き、翻弄されるだけではなく、人知の境界線の内と外の行き来さえ体験させられるのだ。

前段で、刀城言耶シリーズの導入は、狭まっていく時空を覗かせるようにして読者を集中させる、と書いたが、舞台となる世界に到着してからはまた別だ。視界は、広く広くひらかれる。読者の視線はきれいな川の上をすぎ、昔ながらの村を眺め、深い森に分け入る。無論、中心にあるのは〝閉ざされた〟人心や共同体意識、あるいは神域であったりするのだが、日本中を旅している刀城言耶の一種軽快な魅力と相俟《あいま》って、読者はパノラマを日常から浮遊して楽しむことはできるようだ。

時空トンネルを抜ける旅をさせられた読者が本書の舞台、媛首村《ひめかみ》で出遭《であ》うのは、何件もの頭部切断事件である。複雑怪奇と思える謎がたった一つのキーワードで解き明かされていくなど、ミステリーとして触れたい箇所は多々あるが、ここでは、媛首山《ひめくび》殺人事件に絞らせてもらおうと思う。三人の花嫁候補が集められた儀式の場から、二つの殺人を犯しながら犯人が消え去る事件である。

なぜこの事件かというと、ミステリー史に残る新しい〈原理〉がここで創作されていると思うからだ。原理は、公式と言い換えてもいい。

トリックは出尽くした、と言われたのは何十年前か……。実際、トリックの原理というものは限られている。アリバイや密室トリックの分類が早くから行なわれているように、ある意味数式的に限定された性質を持つのがミステリー作品におけるトリックだ。

だがここに、今まで誰も書いていなかったまったく新しい原理が登場したとしたら

――。

【解答に触れるため、本編未読の方は、一行あいた後の節まで飛ばしてください】

媛首山事件の経過と真相を読んで、私は、これは脱出ものだ、と感じた。儀式の場から脱出し、山から脱出し、その外の檻である村の中では無辜《むこ》の人物像となる。

この、衆人環視の不可能状況、〝牢獄〟からの脱出方法として三津田氏が創り出したのが、二重のすり替え、という画期的なものだった。すり替えを二度行なえば脱出できる！　本書の場合それを、生首という最もショッキングな素材によって見せつけており、二重すり替え脱出という私にとって初めての公式は、なおいっそうの衝撃力を持っていた。

驚く図式だった。隠されていた人々の秘密を利用し、複数の死者の首をチョンチョンと入れ替えていくと、犯人は自分の〝理想の人物〟とさえなって悠々と脱出できているのだ。

こんな手段が今まであったろうか？　このトリックは、もはや一つの原理であり公式だ。新式の原理だ。

厳密に言えば、下準備が相当に必要であるし、準公式といった位置づけになるかもしれないが、少なくとも、〝脱出〟トリックの分類表があれば、そこに明記されるべき太字の項目になるだろう。

特筆すべき近代の成果ではないだろうか。

またこの作品では、こうしたすり替えの原形が、主要人物たちの出生時どころか天正時代の悲話にまでさかのぼって意味を持ち、多重の彩りとなっている。

刺激的で魅力的な原理、公式は、追従者を生んで時代を生き、大きなグループを形作る。アガサ・クリスティーの『そして誰もいなくなった』はどうだろう？　この公式に、世界中でどれほど多くの作家がリスペクトを示したか。作品のバリエーションは数しれない。

ただ、公式個々で、バリエーションの許容範囲には自ずと幅が生じてしまうようだ。特許権とその解除みたいなものか。読者や評価する者たちが歓迎する応用作の名品が一方にあれば、鷹揚に認めてくれるといった性質のものもあり、厚顔なる転用と眉をひそめられる作品もある。

『そして〜』は、この公式のスタイルを後世の者が活用していくことに寛容な作品になったと思う。『アクロイド殺し』も同様か。『ＡＢＣ殺人事件』も、冷酷だが現実的な目くらましであるだけに、模倣性が際立って目くじらを立てられることは少ない部類かもしれない。しかし『オリエント急行殺人事件』はどうだろう？　似た公式を用いれば、ただちにパロディにでもしなければ、ちょっとやりにくい。

このオリジナルが顔を出し、巨大な評価基準となって非難さえ招くのではないか。

取りあげた本書の公式はこちらに近いと思う。このオリジナルを超えるアレンジはそうそうできず、生半可《なまはんか》に用いれば〈首無《くびなし》〉商標をポンと捺《お》されてしまう。それほど独創的でさばき方のむずかしいアイデアだ、ということになる。


原理原則に関して言うと、本書の第二十三章「読者投稿による推理」は、読者への挑戦とも受け取れる。読者からの推理も募り、（まだ最終的な伏線提示にはなっていないが）作者は余裕の顔で謎を整理してみせる。

読者への挑戦をパズル的に挿入するのではなく、物語として咀嚼《そしやく》し、そしてこのメタ的幕間そのものが、さらに……。

このように作り込まれた一章の中には、「何か、何かが私の右足首を摑み、そして憑いたのです」と、不気味さ充分に描かれている部分があるが、この解説を書いている時期に私がたまたま読んでいたディクスン・カーの『震えない男』にも同じような描写があった。クリスティー作品を使わせてもらったついでに、三津田氏が当然大きな影響を受けたはずのカーにもここで登場願おう。

カーの作品では、〝幽霊屋敷〟を訪れた女性が、なにもあるはずのない玄関先で悲鳴をあげ、「何かがあたしのくるぶしをつかまえたのです」と主張する。

このシーンは、多少の雰囲気作りと後《のち》の人物対決に役立つ程度でさらりと書かれているが（そうした作品の作りなのだから仕方がない）、三津田信三描くところの前文は、ぞわぞわとなる怪奇をねっとりと醸成して、ストーリーとも濃厚にからみつく。

こうした些細な一致は偶然ではあろうが、カーを目標とする意味で〈反面教師〉とした、とさえ言う氏にとっての格好の文章対決になっているかもしれない。氏はもしかすると、クリスティーや横溝正史、エラリー・クイーン、そしてカーたちの作風を取り込みつつオリジナリティを出したい、と願っているレベルではなく、彼らを大きく超えなければ意味がないと意識している剛胆な人物なのではないだろうか。

その剛胆さを支えたのが、自分が書くべき道筋を求めて氏が雌伏していた、研究と習作の時期だ。

その成果の一つが、トリック分類ではないかと思われる。

本書では「首の無い屍体の分類」が提示されているし、『凶鳥《まがとり》の如き忌むもの』では「人間消失の分類と方法」が、中編「密室《ひめむろ》の如き籠るもの」でも密室に関する分類が刀城言耶によって滔々《とうとう》と語られる。

氏は分類の隙間を徹底して探ることによって、新たな〈原理〉までも発見したのではないだろうか。いわば、基本に忠実なことによって大胆な飛躍も得られたのだ。無論、飛躍を可能にする才能の土台があってこその話だが。

また、氏は本格ミステリーとホラーを融合させたとよく言われるが、本格ミステリーとホラーが競合して、長編ミステリーでは多重どんでん返しを企図《きと》する三津田信三という作家を作りあげたともいえるだろう。

まず、背を向けてそれぞれのジャンルのみに耽溺するのではなく、両者で思考を交換する姿勢……。

読者として本格ミステリーから離れ、ホラーなどを読みあさっていた時期があるという氏だが、一方を好きになったからといって他方を無視したり否定する二項対立ではなく、他方にも絶え間なく気にかける眼差しを注いでいたようだ。だがまあ、ここまでは、他の人たちにも多く見られる例である。三津田氏に特徴的なのはこの先だ。

ホラーとはそもそも、人間の豊饒《ほうじょう》すぎる想像力のみが生み出せ、そして味わえるものだろう。無限の想像力。無辺の怪異……。

この想像力に身を浸しきった氏からすると、名探偵が語る、謎をひっくり返す偉大な推理も窮屈なものに感じられたのではないのか。絶対性のない、想像の余地はいくらでもある〝合理〟……。無限の中での人知や理論。

だから氏は、論理の灯明と恐怖の暗闇との間《あわい》に、真実の幻想が幾つも立ち現われていいばかりか、それを積極的に味わうべきだ、と確信したのだろう。かねがね、最後にしか謎解きがない小説が不満だったようでもあるし。

ここにさらに、愛憎の意識も加わる。本格ミステリーを熱愛していただけに、そこに袋小路が見えた時、氏は近親憎悪に似た痛みすら覚えたらしい。はがゆく、目を背けたくなる。しかし、また謎解きの世界に立ち戻った氏は、熱情のありったけを注ぐような濃いミステリー群を次々に生み出していく。まさに愛憎一体の進路である。

作者の内面に折り畳まれたこのような多重な思いや思考が、刀城言耶シリーズにはそのまま反映されているに違いない。

伏線にこだわり、基本を大事にしながらなにかを越境し、新たな〈原理〉まで掘り当てた三津田信三に、次の〈原理〉発見を期待してしまうのは酷だろうか。判《わか》っている。容易なことではない。

あまたの天才ミステリー作家やキャリア充分のベテランでも、〈原理〉を残した者はまずいない。

それでも、この『首無の如き祟るもの』を叩き出した作者ならば、やってくれそうではないか。

それと、媛首村事件から二十年後、『迷宮草紙』にこの物語が書かれた直後の顚末《てんまつ》も、我々読者は知らなければならないだろう。

深いトラウマを負っているはずの斧高《よきたか》は推理小説作家になっているのか？　どのような作家に？

そして、この時、刀城言耶はどこにいたのだろう……。

作中の女流作家が、雨音のする部屋で最後のページを書いている時……。

本書は二〇〇七年五月、原書房より単行本として刊行されました。

|著者| 三津田信三　編集者を経て2001年『ホラー作家の棲む家』(講談社ノベルス/『忌館《いかん》』と改題、講談社文庫）で作家デビュー。2010年『水魑《みづち》の如き沈むもの』(原書房/講談社文庫）で第10回本格ミステリ大賞受賞。本格ミステリとホラーを融合させた独自の作風を持つ。主な作品に『忌館』に続く『作者不詳』などの〝作家三部作〟(講談社文庫)、『厭魅《まじもの》の如き憑《つ》くもの』に始まる〝刀城言耶《とうじょうげんや》〟シリーズ（原書房/講談社文庫)、『禍家《まがや》』に始まる〝家〟シリーズ（光文社文庫/角川ホラー文庫)、『十三の呪《じゅ》』に始まる〝死相学探偵〟シリーズ（角川ホラー文庫)、『どこの家にも怖いものはいる』に始まる〝幽霊屋敷〟シリーズ（中央公論新社/中公文庫)、『黒面の狐』に始まる〝物理波矢多〟シリーズ（文藝春秋/文春文庫）などがある。刀城言耶第三長編『首無《くびなし》の如き祟るもの』(本書）は『2017年本格ミステリ・ベスト10』(原書房）の過去20年のランキングである「本格ミステリ・ベスト・オブ・ベスト10」1位となった。

首無《くびなし》の如《ごと》き祟《たた》るもの

三津田信三《みつだしんぞう》

2010年5月14日第1刷発行
2023年8月10日第12刷発行

講談社文庫
定価はカバーに
表示してあります

発行者――髙橋明男
発行所――株式会社　講談社
東京都文京区音羽2-12-21　〒112-8001
電話　出版（03）5395-3510
　　　販売（03）5395-5817
　　　業務（03）5395-3615

KODANSHA

デザイン―菊地信義
本文データ制作―講談社デジタル製作
印刷―――株式会社KPSプロダクツ
製本―――加藤製本株式会社

Printed in Japan

ISBN978-4-06-276645-6

講談社文庫刊行の辞

二十一世紀の到来を目睫に望みながら、われわれはいま、人類史上かつて例を見ない巨大な転換期をむかえようとしている。

世界も、日本も、激動の予兆に対する期待とおののきを内に蔵して、未知の時代に歩み入ろうとしている。このときにあたり、創業の人野間清治の「ナショナル・エデュケイター」への志を現代に甦らせようと意図して、われわれはここに古今の文芸作品はいうまでもなく、ひろく人文・社会・自然の諸科学から東西の名著を網羅する、新しい綜合文庫の発刊を決意した。

激動の転換期はまた断絶の時代である。われわれは戦後二十五年間の出版文化のありかたへの深い反省をこめて、この断絶の時代にあえて人間的な持続を求めようとする。いたずらに浮薄な商業主義のあだ花を追い求めることなく、長期にわたって良書に生命をあたえようとつとめるところにしか、今後の出版文化の真の繁栄はあり得ないと信じるからである。

同時にわれわれはこの綜合文庫の刊行を通じて、人文・社会・自然の諸科学が、結局人間の学にほかならないことを立証しようと願っている。かつて知識とは、「汝自身を知る」ことにつきていた。現代社会の瑣末な情報の氾濫のなかから、力強い知識の源泉を掘り起し、技術文明のただなかに、生きた人間の姿を復活させること。それこそわれわれの切なる希求である。

われわれは権威に盲従せず、俗流に媚びることなく、渾然一体となって日本の「草の根」をかたちづくる若く新しい世代の人々に、心をこめてこの新しい綜合文庫をおくり届けたい。それは知識の泉であるとともに感受性のふるさとであり、もっとも有機的に組織され、社会に開かれた万人のための大学をめざしている。大方の支援と協力を衷心より切望してやまない。

一九七一年七月

野間省一

講談社文庫　目録

鴻上尚史　青空に飛ぶ
小泉武夫　納豆の快楽
近藤史人　藤田嗣治「異邦人」の生涯
小前　亮　趙《ちょう》匡《きょう》胤《いん》〈宋の太祖〉
小前　亮　始皇帝の永遠〈天下一統〉
小前　亮　劉《りゅう》裕《ゆう》〈豪剣の皇帝〉
香月日輪　妖怪アパートの幽雅な日常①
香月日輪　妖怪アパートの幽雅な日常②
香月日輪　妖怪アパートの幽雅な日常③
香月日輪　妖怪アパートの幽雅な日常④
香月日輪　妖怪アパートの幽雅な日常⑤
香月日輪　妖怪アパートの幽雅な日常⑥
香月日輪　妖怪アパートの幽雅な日常⑦
香月日輪　妖怪アパートの幽雅な日常⑧
香月日輪　妖怪アパートの幽雅な日常⑨
香月日輪　妖怪アパートの幽雅な日常⑩
香月日輪　妖怪アパートの幽雅な食卓〈るり子さんのお料理日記〉
香月日輪　妖怪アパートの幽雅な人々〈妖アパミニガイド〉
香月日輪　妖怪アパートの幽雅な日常〈ラスベガス外伝〉
香月日輪　大江戸妖怪かわら版①〈異界より落ち来る者あり〉
香月日輪　大江戸妖怪かわら版②〈異界より落ち来る者あり　其之二〉
香月日輪　大江戸妖怪かわら版③〈封印の娘〉
香月日輪　大江戸妖怪かわら版④〈天空の竜宮城〉
香月日輪　大江戸妖怪かわら版⑤〈雀、大浪花に行く〉
香月日輪　大江戸妖怪かわら版⑥〈魔狼、月に吠える〉
香月日輪　大江戸妖怪かわら版⑦〈大江戸散歩〉
香月日輪　地獄堂霊界通信①
香月日輪　地獄堂霊界通信②
香月日輪　地獄堂霊界通信③
香月日輪　地獄堂霊界通信④
香月日輪　地獄堂霊界通信⑤
香月日輪　地獄堂霊界通信⑥
香月日輪　地獄堂霊界通信⑦
香月日輪　地獄堂霊界通信⑧
香月日輪　ファンム・アレース①
香月日輪　ファンム・アレース②
香月日輪　ファンム・アレース③
香月日輪　ファンム・アレース④
香月日輪　ファンム・アレース⑤(上)(下)
近衛龍春　加藤清正〈豊臣家に捧げた生涯〉
木《この》原《はら》音《なり》瀬《せ》　箱の中
木原音瀬　美しいこと
木原音瀬　秘密
木原音瀬　嫌な奴
木原音瀬　罪の名前
木原音瀬　コゴロシムラ
近藤史恵　私の命はあなたの命より軽い
小泉　凡　怪談四代記〈八雲のいたずら〉
小松エメル　夢の燈《ほ》影《かげ》〈新選組無名録〉
小松エメル　総司の夢
呉　勝浩　道徳の時間
呉　勝浩　ロスト
呉　勝浩　蜃気楼の犬
呉　勝浩　白い衝動
呉　勝浩　バッドビート
こだま　夫のちんぽが入らない
こだま　ここは、おしまいの地

瀬戸内寂聴　白　道
瀬戸内寂聴　寂聴相談室 人生道しるべ
瀬戸内寂聴　瀬戸内寂聴の源氏物語
瀬戸内寂聴　愛する能力
瀬戸内寂聴　藤　壺
瀬戸内寂聴　生きることは愛すること
瀬戸内寂聴　寂聴と読む源氏物語
瀬戸内寂聴　月の輪草子
瀬戸内寂聴　新装版 寂庵説法
瀬戸内寂聴　死に支度
瀬戸内寂聴　新装版 蜜と毒
瀬戸内寂聴　新装版 花《か》怨《えん》
瀬戸内寂聴　新装版 祇園女御《ぎおんにょうご》(上)(下)
瀬戸内寂聴　新装版 かの子撩乱
瀬戸内寂聴　新装版 京まんだら(上)(下)
瀬戸内寂聴　い の ち
瀬戸内寂聴　花のいのち
瀬戸内寂聴　ブルーダイヤモンド〈新装版〉
瀬戸内寂聴　97歳の悩み相談

瀬戸内寂聴　すらすら読める源氏物語(上)(中)(下)
瀬戸内寂聴・訳　源氏物語　巻《まき》一《いち》
瀬戸内寂聴・訳　源氏物語　巻《まき》二《に》
瀬戸内寂聴・訳　源氏物語　巻《まき》三《さん》
瀬戸内寂聴・訳　源氏物語　巻《まき》四《し》
瀬戸内寂聴・訳　源氏物語　巻《まき》五《ご》
瀬戸内寂聴・訳　源氏物語　巻《まき》六《ろく》
瀬戸内寂聴・訳　源氏物語　巻《まき》七《しち》
瀬戸内寂聴・訳　源氏物語　巻《まき》八《はち》
瀬戸内寂聴・訳　源氏物語　巻《まき》九《く》
瀬戸内寂聴・訳　源氏物語　巻《まき》十《じゅう》
先崎　学　先崎学の実況！盤外戦
妹尾河童　少年H(上)(下)
瀬尾まいこ　幸福な食卓
関原健夫　がん六回 人生全快
瀬川晶司　泣き虫しょったんの奇跡 完全版〈サラリーマンから将棋のプロへ〉
仙川　環《たまき》　幸福の劇薬〈医者探偵・宇賀神晃〉
仙川　環　偽装診療〈医者探偵・宇賀神晃〉
瀬木比呂志　黒い巨塔〈最高裁判所〉

瀬那和章　今日も君は、約束の旅に出る
蘇部健一　六枚のとんかつ
蘇部健一　六とん2
蘇部健一　届かぬ想い
曽根圭介　沈底魚
曽根圭介　藁《わら》にもすがる獣たち
田辺聖子　ひねくれ一茶
田辺聖子　愛の幻滅(上)(下)
田辺聖子　うたかた
田辺聖子　春情蛸の足
田辺聖子　蝶花嬉遊図
田辺聖子　言い寄る
田辺聖子　私的生活
田辺聖子　苺をつぶしながら
田辺聖子　不機嫌な恋人
田辺聖子　女の日時計
谷川俊太郎 訳 和田　誠 絵　マザー・グース 全四冊
立花　隆　中核VS革マル(上)(下)
立花　隆　日本共産党の研究 全三冊

田中芳樹　創竜伝2〈摩天楼の四兄弟《ドラゴン》〉
田中芳樹　創竜伝3〈逆襲の四兄弟《ドラゴン》〉
田中芳樹　創竜伝4〈四兄弟《ドラゴン》脱出行〉
田中芳樹　創竜伝5〈蜃気楼都市《ミラージュ・シティ》〉
田中芳樹　創竜伝6〈染血の夢《ブラッディ・ドリーム》〉
田中芳樹　創竜伝7〈黄土のドラゴン〉
田中芳樹　創竜伝8〈仙境のドラゴン〉
田中芳樹　創竜伝9〈妖世紀のドラゴン〉
田中芳樹　創竜伝10〈大英帝国最後の日〉
田中芳樹　創竜伝11〈銀月王伝奇〉
田中芳樹　創竜伝12〈竜王風雲録〉
田中芳樹　創竜伝13〈噴火列島〉
田中芳樹　創竜伝14〈月への門〉
田中芳樹　魔天楼〈薬師寺涼子の怪奇事件簿〉
田中芳樹　東京ナイトメア〈薬師寺涼子の怪奇事件簿〉
田中芳樹　巴里《パリ》・妖都変〈薬師寺涼子の怪奇事件簿〉
田中芳樹　クレオパトラの葬送〈薬師寺涼子の怪奇事件簿〉
田中芳樹　黒蜘蛛島《ブラックスパイダー・アイランド》〈薬師寺涼子の怪奇事件簿〉
田中芳樹　夜光曲〈薬師寺涼子の怪奇事件簿〉

田中芳樹　魔境の女王陛下〈薬師寺涼子の怪奇事件簿〉
田中芳樹　海から何かがやってくる〈薬師寺涼子の怪奇事件簿〉
田中芳樹　白魔《びゃくま》のクリスマス〈薬師寺涼子の怪奇事件簿〉
田中芳樹　タイタニア1〈疾風篇〉
田中芳樹　タイタニア2〈暴風篇〉
田中芳樹　タイタニア3〈旋風篇〉
田中芳樹　タイタニア4〈烈風篇〉
田中芳樹　タイタニア5〈凄風篇〉
田中芳樹　ラインの虜囚
田中芳樹　新・水滸後伝(上)(下)
田中芳樹　幸田露伴 原作　運命〈二人の皇帝〉
田中芳樹　土屋守　「イギリス病」のすすめ
田中芳樹ほか文　皇名月 画・文　中国帝王図
田中芳樹　赤城毅　中欧怪奇紀行
田中芳樹編訳　岳飛伝(一)〈青雲篇〉
田中芳樹編訳　岳飛伝(二)〈烽火篇〉
田中芳樹編訳　岳飛伝(三)〈風塵篇〉
田中芳樹編訳　岳飛伝(四)〈悲曲篇〉
田中芳樹編訳　岳飛伝(五)〈凱歌篇〉

高田文夫　TOKYO芸能帖〈1981年のビートたけし〉
高村薫　李歐《りおう》
高村薫　マークスの山(上)(下)
高村薫　照柿(上)(下)
多和田葉子　犬婿入り
多和田葉子　尼僧とキューピッドの弓
多和田葉子　献灯使
多和田葉子　地球にちりばめられて
多和田葉子　星に仄めかされて
高田崇史　QED〈百人一首の呪〉
高田崇史　QED〈六歌仙の暗号〉
高田崇史　QED〈ベイカー街の問題〉
高田崇史　QED〈東照宮の怨〉
高田崇史　QED〈式の密室〉
高田崇史　QED〈竹取伝説〉
高田崇史　QED〈龍馬暗殺〉
高田崇史　QED ~ventus~〈鎌倉の闇〉
高田崇史　QED〈鬼の城伝説〉
高田崇史　QED ~ventus~〈熊野の残照〉

高田崇史 QED〈神器封殺〉
高田崇史 QED ～ventus～〈御霊将門〉
高田崇史 QED ～flumen～〈九段坂の春〉
高田崇史 QED〈諏訪の神霊〉
高田崇史 QED〈出雲神伝説〉
高田崇史 QED〈伊勢の曙光《あけぼの》〉
高田崇史 QED ～flumen～〈ホームズの真実〉
高田崇史 毒草師〈QED Another Story〉
高田崇史 QED ～flumen～〈月夜見〉
高田崇史 QED ～ortus～〈白山の頻闇〉
高田崇史 QED〈憂曇華《うどんげ》の時〉
高田崇史 試験に出るパズル〈千葉千波の事件日記〉
高田崇史 試験に敗けない密室〈千葉千波の事件日記〉
高田崇史 試験に出ないパズル〈千葉千波の事件日記〉
高田崇史 パズル自由自在〈千葉千波の事件日記〉
高田崇史 麿の酩酊事件簿〈花に舞〉
高田崇史 麿の酩酊事件簿〈月に酔〉
高田崇史 クリスマス緊急指令〈～きよしこの夜、事件は起こる！～〉
高田崇史 カンナ 飛鳥の光臨

高田崇史 カンナ 天草の神兵
高田崇史 カンナ 吉野の暗闘
高田崇史 カンナ 奥州の覇者
高田崇史 カンナ 戸隠の殺皆
高田崇史 カンナ 鎌倉の血陣
高田崇史 カンナ 天満の葬列
高田崇史 カンナ 出雲の顕在
高田崇史 カンナ 京都の霊前
高田崇史 軍神の血脈〈楠木正成秘伝〉
高田崇史 神の時空《とき》 鎌倉の地龍
高田崇史 神の時空 倭《やまと》の水霊
高田崇史 神の時空 貴船の沢鬼
高田崇史 神の時空 三輪《みわ》の山祇《やまつみ》
高田崇史 神の時空 嚴島《いつくしま》の烈風
高田崇史 神の時空 伏見稲荷の轟雷
高田崇史 神の時空 五色不動の猛火
高田崇史 神の時空 京の天命
高田崇史 神の時空 前紀〈女神の功罪〉
高田崇史 鬼棲む国、出雲〈古事記異聞〉

高田崇史 オロチの郷、奥出雲〈古事記異聞〉
高田崇史 京の怨霊、元出雲〈古事記異聞〉
高田崇史 鬼統べる国、大和出雲〈古事記異聞〉
高田崇史 源平の怨霊〈小余綾《こゆるぎ》俊輔の最終講義〉
高田崇史 試験に出ないQED異聞〈高田崇史短編集〉
高田崇史ほか 読んで旅する鎌倉時代
団鬼六 悦楽王〈鬼プロ繁盛記〉
高野和明 13階段
高野和明 グレイヴディッガー
高野和明 6時間後に君は死ぬ
大道珠貴 ショッキングピンク
高木徹 ドキュメント 戦争広告代理店〈情報操作とボスニア紛争〉
田中啓文 件《くだん》〈もの言う牛〉
田中啓文 誰が千姫を殺したか〈蛇身探偵豊臣秀頼〉
高嶋哲夫 メルトダウン
高嶋哲夫 命の遺伝子
高嶋哲夫 首都感染
高野秀行 西南シルクロードは密林に消える
高野秀行 アジア未知動物紀行 ベトナム・奄美・アフガニスタン

講談社文庫　目録

講談社文庫　目録

長浦　京　赤《セキ》刃《ジン》
長浦　京　リボルバー・リリー
長浦　京　マーダーズ
中脇初枝　世界の果てのこどもたち
中脇初枝　神の島のこどもたち
中村ふみ　天空の翼　地上の星
中村ふみ　砂の城　風の姫
中村ふみ　月の都　海の果て
中村ふみ　雪の王　光の剣
中村ふみ　永遠《とわ》の旅人　天地の理《ことわり》
中村ふみ　大地の宝玉　黒翼《こくよく》の夢
中村ふみ　異邦の使者　南天の神々
夏原エヰジ　Cocoon〈修羅の目覚め〉
夏原エヰジ　Cocoon2〈蠱惑の焰〉
夏原エヰジ　Cocoon3〈幽世の祈り〉
夏原エヰジ　Cocoon4〈宿縁の大樹〉
夏原エヰジ　Cocoon5〈瑠璃の浄土〉
夏原エヰジ　連　理　の　宝〈Cocoon外伝〉
夏原エヰジ　Cocoon〈京都・不死篇—蠢《しゅん》—〉
夏原エヰジ　Cocoon〈京都・不死篇2—疼《とう》—〉
夏原エヰジ　Cocoon〈京都・不死篇3—愁《しゅう》—〉
夏原エヰジ　Cocoon〈京都・不死篇4—嗄《か》—〉
夏原エヰジ　Cocoon〈京都・不死篇5—巡《めぐる》—〉
長岡弘樹　夏の終わりの時間割
ナガノ　ちいかわノート
西村京太郎　華麗なる誘拐
西村京太郎　寝台特急《メモリー・トレイン》「日本海」殺人事件
西村京太郎　十津川警部　帰郷・会津若松
西村京太郎　特急「あずさ」《アリバイ・トレイン》殺人事件
西村京太郎　十津川警部の怒り
西村京太郎　宗谷本線殺人事件
西村京太郎　奥能登に吹く殺意の風
西村京太郎　特急「北斗1号」《スーサイド・トレイン》殺人事件
西村京太郎　十津川警部　湖北の幻想
西村京太郎　九州特急「ソニックにちりん」殺人事件
西村京太郎　東京・松島殺人ルート
西村京太郎　新装版　殺しの双曲線
西村京太郎　新装版　名探偵に乾杯
西村京太郎　南伊豆殺人事件
西村京太郎　十津川警部　青い国から来た殺人者
西村京太郎　新装版　天使の傷痕
西村京太郎　新装版　D機関情報
西村京太郎　十津川警部　猫と死体はタンゴ鉄道に乗って
西村京太郎　韓国新幹線を追え
西村京太郎　北リアス線の天使
西村京太郎　十津川警部　長野新幹線の奇妙な犯罪
西村京太郎　上野駅殺人事件
西村京太郎　京都駅殺人事件
西村京太郎　沖縄から愛をこめて
西村京太郎　十津川警部「幻覚」
西村京太郎　函館駅殺人事件
西村京太郎　東京駅殺人事件
西村京太郎　内房線の猫たち〈異説里見八犬伝〉
西村京太郎　長崎駅《ナガサキ・レディ》殺人事件
西村京太郎　十津川警部　愛と絶望の台湾新幹線
西村京太郎　西鹿児島駅殺人事件
西村京太郎　札幌駅殺人事件

講談社文庫　目録

西村京太郎　十津川警部　山手線の恋人
西村京太郎　仙台駅殺人事件
西村京太郎　七人の証人〈新装版〉
西村京太郎　十津川警部　両国駅3番ホームの怪談
西村京太郎　午後の脅迫者〈新装版〉
西村京太郎　びわ湖環状線に死す
西村京太郎　ゼロ計画《プラン》を阻止せよ〈左文字進探偵事務所〉
仁木悦子　猫は知っていた〈新装版〉
新田次郎　新装版　聖職の碑《いしぶみ》
日本文芸家協会編　愛　染　夢　灯　籠〈時代小説傑作選〉
日本推理作家協会編　犯人たちの部屋〈ミステリー傑作選〉
日本推理作家協会編　隠　さ　れ　た　鍵〈ミステリー傑作選〉
日本推理作家協会編　Play《プレイ》推理遊戯〈ミステリー傑作選〉
日本推理作家協会編　Doubt《ダウト》きりのない疑惑〈ミステリー傑作選〉
日本推理作家協会編　Bluff《ブラフ》騙し合いの夜〈ミステリー傑作選〉
日本推理作家協会編　ベスト8ミステリーズ2015
日本推理作家協会編　ベスト6ミステリーズ2016
日本推理作家協会編　ベスト8ミステリーズ2017
日本推理作家協会編　2019ザ・ベストミステリーズ
日本推理作家協会編　2020ザ・ベストミステリーズ
二階堂黎人　ラ　ン　迷　宮〈二階堂蘭子探偵集〉
二階堂黎人　増加博士の事件簿
二階堂黎人　巨大幽霊マンモス事件
新美敬子　猫のハローワーク
新美敬子　猫のハローワーク2
新美敬子　世界のまどねこ
西澤保彦　新装版　七回死んだ男
西澤保彦　人格転移の殺人
西澤保彦　夢　魔　の　牢　獄
西村　健　ビ　ン　ゴ
西村　健　地の底のヤマ　(上)(下)
西村　健　光陰の刃《やいば》　(上)(下)
西村　健　目　撃
楡　周平　修羅の宴　(上)(下)
楡　周平　バ　ル　ス
楡　周平　サリエルの命題
西尾維新　クビキリサイクル〈青色サヴァンと戯言遣い〉
西尾維新　クビシメロマンチスト〈人間失格・零崎人識〉
西尾維新　クビツリハイスクール〈戯言遣いの弟子〉
西尾維新　サイコロジカル　(上)〈兎吊木垓輔の戯言殺し〉(下)〈曳かれ者の小唄〉
西尾維新　ヒトクイマジカル〈殺戮奇術の匂宮兄妹〉
西尾維新　ネコソギラジカル(上)〈十三階段〉
西尾維新　ネコソギラジカル(中)〈赤き征裁vs.橙なる種〉
西尾維新　ネコソギラジカル(下)〈青色サヴァンと戯言遣い〉
西尾維新　ダブルダウン勘繰郎《かんぐろう》　トリプルプレイ助悪郎《スケアクロウ》
西尾維新　零崎双識の人間試験
西尾維新　零崎《ぜろざき》軋識《きししき》の人間ノック
西尾維新　零崎曲識の人間人間
西尾維新　零崎人識の人間関係　匂宮出夢との関係
西尾維新　零崎人識の人間関係　無桐伊織との関係
西尾維新　零崎人識の人間関係　零崎双識との関係
西尾維新　零崎人識の人間関係　戯言遣いとの関係
西尾維新　xxxHOLiC　アナザーホリック　ランドルト環《かん》エアロゾル
西尾維新　難　民　探　偵
西尾維新　少女不十分
西尾維新　本　題〈西尾維新対談集〉
西尾維新　掟上《おきてがみ》今日子《きょうこ》の備忘録

西尾維新　掟上今日子の推薦文
西尾維新　掟上今日子の挑戦状
西尾維新　掟上今日子の遺言書
西尾維新　掟上今日子の退職願
西尾維新　掟上今日子の婚姻届
西尾維新　掟上今日子の家計簿
西尾維新　掟上今日子の旅行記
西尾維新　新本格魔法少女りすか
西尾維新　新本格魔法少女りすか2
西尾維新　新本格魔法少女りすか3
西尾維新　新本格魔法少女りすか4
西尾維新　人類最強の初恋
西尾維新　人類最強の純愛
西尾維新　人類最強のときめき
西尾維新　人類最強の sweetheart
西尾維新　りぽぐら！
西尾維新　悲鳴伝
西尾維新　悲痛伝
西尾維新　悲惨伝
西尾維新　悲報伝
西村賢太　どうで死ぬ身の一踊り
西村賢太　夢魔去りぬ
西村賢太　藤澤清造追影
西村賢太　瓦礫の死角
西川善文　ザ・ラストバンカー〈西川善文回顧録〉
西川　司　向日葵《ひまわり》のかっちゃん
西　加奈子　舞台
丹羽宇一郎　民主化する中国〈習近平がいま本当に考えていること〉
貫井徳郎　新装版 修羅の終わり(上)(下)
貫井徳郎　妖奇切断譜
額賀　澪　完パケ！
A・ネルソン　「ネルソンさん、あなたは人を殺しましたか？」
法月綸太郎　法月綸太郎の冒険
法月綸太郎　新装版 密閉教室
法月綸太郎　怪盗グリフィン、絶体絶命
法月綸太郎　怪盗グリフィン対ラトウィッジ機関
法月綸太郎　キングを探せ
法月綸太郎　名探偵傑作短篇集　法月綸太郎篇
法月綸太郎　新装版 頼子のために
法月綸太郎　誰彼《たそがれ》〈新装版〉
法月綸太郎　法月綸太郎の消息
法月綸太郎　雪密室〈新装版〉
乃南アサ　不発弾
乃南アサ　地のはてから(上)(下)
乃南アサ　チーム・オベリベリ(上)(下)
野沢　尚　破線のマリス
野沢　尚　深紅
野村克也／宮本慎也　師弟
乗代雄介《のりしろゆうすけ》　十七八《じゅうしちはち》より
乗代雄介　本物の読書家
乗代雄介　最高の任務
橋本　治　九十八歳になった私
原田泰治　わたしの信州
原田泰治／原田武雄　泰治が歩く〈原田泰治の物語〉
林　真理子　みんなの秘密
林　真理子　ミスキャスト
林　真理子　ミルキー

原田マハ 風のマジム
原田マハ あなたは、誰かの大切な人
畑野智美 海の見える街
畑野智美 南部芸能事務所 season5 コンビ
早見和真 東京ドーン
はあちゅう 半径5メートルの野望
はあちゅう 通りすがりのあなた
早坂 吝《やぶさか》 ○○○○○○○○殺人事件
早坂 吝 虹の歯ブラシ 〈上木《かみき》らいち発散〉
早坂 吝 誰も僕を裁けない
早坂 吝 双《そう》蛇《じゃ》密室
浜口倫太郎 22年目の告白 〈―私が殺人犯です―〉
浜口倫太郎 廃校先生
浜口倫太郎 AI崩壊
原田伊織 明治維新という過ち 〈日本を滅ぼした吉田松陰と長州テロリスト〉
原田伊織 列強の侵略を防いだ幕臣たち 〈続・明治維新という過ち〉
原田伊織 〈明治維新という過ち・完結編〉 虚像の西郷隆盛 虚構の明治150年
原田伊織 三流の維新 一流の江戸 〈明治は「徳川近代」の模倣に過ぎない〉
葉真中《はまなか》 顕《あき》 ブラック・ドッグ

原 雄一 宿命 〈國松警察庁長官を狙撃した男・捜査完結〉
濱野京子 with《ウィズ》 you《ユー》
橋爪駿輝 スクロール
平岩弓枝 花嫁の日
平岩弓枝 はやぶさ新八御用旅(一) 〈東海道五十三次〉
平岩弓枝 はやぶさ新八御用旅(二) 〈中仙道六十九次〉
平岩弓枝 はやぶさ新八御用旅(三) 〈日光例幣使道の殺人〉
平岩弓枝 はやぶさ新八御用旅(四) 〈北前船の事件〉
平岩弓枝 はやぶさ新八御用旅(五) 〈諏訪の妖狐〉
平岩弓枝 はやぶさ新八御用旅(六) 〈紅花染め秘帳〉
平岩弓枝 新装版 はやぶさ新八御用帳(一) 〈大奥の恋人〉
平岩弓枝 新装版 はやぶさ新八御用帳(二) 〈江戸の海賊〉
平岩弓枝 新装版 はやぶさ新八御用帳(三) 〈又右衛門の女房〉
平岩弓枝 新装版 はやぶさ新八御用帳(四) 〈鬼勘の娘〉
平岩弓枝 新装版 はやぶさ新八御用帳(五) 〈御守殿おたき〉
平岩弓枝 新装版 はやぶさ新八御用帳(六) 〈春月の雛〉
平岩弓枝 新装版 はやぶさ新八御用帳(七) 〈寒椿の寺〉
平岩弓枝 新装版 はやぶさ新八御用帳(八) 〈春怨 根津権現〉
平岩弓枝 新装版 はやぶさ新八御用帳(九) 〈王子稲荷の女〉

平岩弓枝 新装版 はやぶさ新八御用帳(十) 〈幽霊屋敷の女〉
東野圭吾 放課後
東野圭吾 卒業
東野圭吾 学生街の殺人
東野圭吾 魔球
東野圭吾 十字屋敷のピエロ
東野圭吾 眠りの森
東野圭吾 宿命
東野圭吾 変身
東野圭吾 仮面山荘殺人事件
東野圭吾 天使の耳
東野圭吾 ある閉ざされた雪の山荘で
東野圭吾 同級生
東野圭吾 名探偵の呪縛
東野圭吾 むかし僕が死んだ家
東野圭吾 虹を操る少年
東野圭吾 パラレルワールド・ラブストーリー
東野圭吾 天空の蜂
東野圭吾 名探偵の掟

講談社文庫　目録

東野圭吾　悪　意
東野圭吾　私が彼を殺した
東野圭吾　嘘をもうひとつだけ
東野圭吾　赤い指
東野圭吾　流星の絆
東野圭吾　新装版　浪花少年探偵団
東野圭吾　新装版　しのぶセンセにサヨナラ
東野圭吾　新参者
東野圭吾　麒麟の翼
東野圭吾　パラドックス13
東野圭吾　祈りの幕が下りる時
東野圭吾　危険なビーナス
東野圭吾　時《トキ》生《オ》〈新装版〉
東野圭吾　希望の糸
東野圭吾　どちらかが彼女を殺した〈新装版〉
東野圭吾作家生活25周年祭り実行委員会　東野圭吾公式ガイド〈読者1万人が選んだ東野作品人気ランキング発表〉
東野圭吾作家生活35周年実行委員会 編　東野圭吾公式ガイド〈作家生活35周年ver.〉
平野啓一郎　高瀬川
平野啓一郎　ドーン
平野啓一郎　空白を満たしなさい(上)(下)
百田尚樹　永遠の0《ゼロ》
百田尚樹　輝く夜
百田尚樹　風の中のマリア
百田尚樹　影法師
百田尚樹　ボックス！(上)(下)
百田尚樹　海賊とよばれた男(上)(下)
平田オリザ　幕が上がる
東　直子　さようなら窓
蛭田亜紗子　凜
樋口卓治　ボクの妻と結婚してください。
樋口卓治　続・ボクの妻と結婚してください。
樋口卓治　喋る男
平山夢明　魂《たま》豆《どう》腐《ふ》〈大江戸怪談どたんばたん(土壇場譚)〉
平山夢明 宇佐美まこと ほか　超怖い物件
東川篤哉　純喫茶「一服堂」の四季
東山彰良　流《りゅう》
東山彰良　女の子のことばかり考えていたら、1年が経っていた。
平田研也　小さな恋のうた
日野　草　ウェディング・マン
平岡陽明　僕が死ぬまでにしたいこと
ビートたけし　浅草キッド
ひろさちや　すらすら読める歎異抄《たんにしょう》
藤沢周平　新装版　春秋の檻〈獄医立花登手控え(一)〉
藤沢周平　新装版　風雪の檻〈獄医立花登手控え(二)〉
藤沢周平　新装版　愛憎の檻〈獄医立花登手控え(三)〉
藤沢周平　新装版　人間の檻〈獄医立花登手控え(四)〉
藤沢周平　新装版　闇の歯車
藤沢周平　新装版　市塵(上)(下)
藤沢周平　新装版　決闘の辻
藤沢周平　新装版　雪明かり
藤沢周平　義民が駆ける〈レジェンド歴史時代小説〉
藤沢周平　喜多川歌麿女絵草紙
藤沢周平　闇の梯子
藤沢周平　長門守の陰謀
古井由吉　この道
藤田宜永　樹下の想い
藤田宜永　女系の総督

講談社文庫　目録

藤田宜永　女系の教科書
藤田宜永　血の弔旗
藤田宜永　大雪物語
藤　水名子　紅嵐記(上)(中)(下)
藤原伊織　テロリストのパラソル
藤本ひとみ　新・三銃士　少年編・青年編〈ダルタニャンとミラディ〉
藤本ひとみ　皇妃エリザベート
藤本ひとみ　失楽園のイヴ
藤本ひとみ　密室を開ける手
藤本ひとみ　数学者の夏
福井晴敏　亡国のイージス(上)(下)
福井晴敏　終戦のローレライ I～IV
藤原緋沙子　遠花火〈見届け人秋月伊織事件帖〉
藤原緋沙子　春《はる》疾《はや》風《て》〈見届け人秋月伊織事件帖〉
藤原緋沙子　暖《ぬくめ》鳥《どり》〈見届け人秋月伊織事件帖〉
藤原緋沙子　霧の路《みち》〈見届け人秋月伊織事件帖〉
藤原緋沙子　鳴《なる》子《こ》守《もり》〈見届け人秋月伊織事件帖〉
藤原緋沙子　夏ほたる〈見届け人秋月伊織事件帖〉
藤原緋沙子　笛吹川〈見届け人秋月伊織事件帖〉

藤原緋沙子　青《せい》嵐《らん》〈見届け人秋月伊織事件帖〉
椹野道流　亡羊の嘆〈鬼籍通覧〉
椹野道流　新装版 暁天の星〈鬼籍通覧〉
椹野道流　新装版 無《む》明《みょう》の闇〈鬼籍通覧〉
椹野道流　新装版 壺《こ》中《ちゅう》の天〈鬼籍通覧〉
椹野道流　新装版 隻《せき》手《しゅ》の声〈鬼籍通覧〉
椹野道流　新装版 禅《ぜん》定《じょう》の弓〈鬼籍通覧〉
椹野道流　池《ち》魚《ぎょ》の殃《わざわい》〈鬼籍通覧〉
椹野道流　南《かん》柯《か》の夢〈鬼籍通覧〉
深水黎一郎　ミステリー・アリーナ
藤谷　治　花や今宵の
古市憲寿　働き方は「自分」で決める
船瀬俊介　〈万病が治る！　20歳若返る！〉かんたん「1日1食」!!
藤野可織　ピエタとトランジ
古野まほろ　身元不明《ジェーンドウ》〈特殊殺人対策官　箱崎ひかり〉
古野まほろ　陰陽少女
古野まほろ　陰陽少女〈妖刀村正《むらまさ》殺人事件〉
古野まほろ　禁じられたジュリエット
藤崎　翔　時間を止めてみたんだが

藤井邦夫　大江戸閻《えん》魔《ま》帳《ちょう》
藤井邦夫　三つの顔〈大江戸閻魔帳(二)〉
藤井邦夫　渡世人〈大江戸閻魔帳(三)〉
藤井邦夫　笑う女〈大江戸閻魔帳(四)〉
藤井邦夫　罰《ばち》当《あた》り〈大江戸閻魔帳(五)〉
藤井邦夫　福の神〈大江戸閻魔帳(六)〉
藤井邦夫　野暮天〈大江戸閻魔帳(七)〉
福澤徹三 糸柳寿昭　忌《い》み地《ち》〈怪談社奇聞録〉
福澤徹三 糸柳寿昭　忌み地 弐〈怪談社奇聞録〉
福澤徹三 糸柳寿昭　忌み地 惨〈怪談社奇聞録〉
福澤徹三　作家ごはん
藤井太洋　ハロー・ワールド
藤野嘉子　生き方がラクになる 60歳からは「小さくする」暮らし
富良野　馨《かおる》　この季節が嘘だとしても
辺見　庸　抵抗論
星　新一　エヌ氏の遊園地
星　新一編　ショートショートの広場①～⑨
本田靖春　不当逮捕
保阪正康　昭和史 七つの謎

堀江敏幸 熊の敷石
本格ミステリ作家クラブ編 ベスト本格ミステリ TOP5〈短編傑作選002〉
本格ミステリ作家クラブ編 ベスト本格ミステリ TOP5〈短編傑作選003〉
本格ミステリ作家クラブ編 ベスト本格ミステリ TOP5〈短編傑作選004〉
本格ミステリ作家クラブ選・編 本格王2019
本格ミステリ作家クラブ選・編 本格王2020
本格ミステリ作家クラブ選・編 本格王2021
本格ミステリ作家クラブ選・編 本格王2022
本格ミステリ作家クラブ選・編 本格王2023
本多孝好 君の隣に
本多孝好 チェーン・ポイズン〈新装版〉
穂村弘 整形前夜
穂村弘 ぼくの短歌ノート
穂村弘 野良猫を尊敬した日
堀川アサコ 幻想郵便局
堀川アサコ 幻想映画館
堀川アサコ 幻想日記店
堀川アサコ 幻想探偵社
堀川アサコ 幻想温泉郷

堀川アサコ 幻想短編集
堀川アサコ 幻想寝台車
堀川アサコ 幻想蒸気船
堀川アサコ 幻想商店街
堀川アサコ 幻想遊園地
堀川アサコ 魔法使ひ
堀川アサコ メゲるときも、すこやかなるときも
本城雅人 境界〈横浜中華街・潜伏捜査〉
本城雅人 スカウト・デイズ
本城雅人 スカウト・バトル
本城雅人 嗤うエース
本城雅人 贅沢のススメ
本城雅人 誉れ高き勇敢なブルーよ
本城雅人 シューメーカーの足音
本城雅人 ミッドナイト・ジャーナル
本城雅人 紙の城
本城雅人 監督の問題
本城雅人 去り際のアーチ〈もう一打席!〉
本城雅人 時代

本城雅人 オールドタイムズ
堀川惠子 裁かれた命〈死刑囚から届いた手紙〉
堀川惠子 死刑の基準〈「永山裁判」が遺したもの〉
堀川惠子 永山則夫〈封印された鑑定記録〉
堀川惠子 教誨師
堀川惠子 戦禍に生きた演劇人たち〈演出家・八田元夫と「桜隊」の悲劇〉
堀川惠子・小笠原信之 チンチン電車と女学生〈1945年8月6日・ヒロシマ〉
誉田哲也 Qros《キュロス》の女
松本清張 草の陰刻
松本清張 黄色い風土
松本清張 黒い樹海
松本清張 ガラスの城
松本清張 殺人行おくのほそ道(上)(下)
松本清張 邪馬台国 清張通史①
松本清張 空白の世紀 清張通史②
松本清張 カミと青銅の迷路 清張通史③
松本清張 天皇と豪族 清張通史④
松本清張 壬申の乱 清張通史⑤
松本清張 古代の終焉 清張通史⑥

松本清張　新装版 増上寺刃傷
松本清張他　日本史七つの謎
松谷みよ子　ちいさいモモちゃん
松谷みよ子　モモちゃんとアカネちゃん
松谷みよ子　アカネちゃんの涙の海
眉村　卓　ねらわれた学園
眉村　卓　なぞの転校生
麻耶雄嵩　翼ある闇〈メルカトル鮎最後の事件〉
麻耶雄嵩　痾《あ》
麻耶雄嵩　メルカトルかく語りき
麻耶雄嵩　夏と冬の奏鳴曲《ソナタ》〈新装改訂版〉
麻耶雄嵩　神様ゲーム
町田　康　耳そぎ饅頭
町田　康　権現の踊り子
町田　康　浄土
町田　康　猫にかまけて
町田　康　猫のあしあと
町田　康　猫とあほんだら
町田　康　猫のよびごえ
町田　康　真実真正日記
町田　康　宿屋めぐり
町田　康　人間小唄
町田　康　スピンク日記
町田　康　スピンク合財帖
町田　康　スピンクの壺
町田　康　スピンクの笑顔
町田　康　ホサナ
町田　康　猫のエルは
町田　康　記憶の盆をどり
舞城王太郎　煙か土か食い物〈Smoke, Soil or Sacrifices〉
舞城王太郎　好き好き大好き超愛してる。
舞城王太郎　私はあなたの瞳の林檎
舞城王太郎　されど私の可愛い檸檬
真山　仁　虚像の砦
真山　仁　新装版 ハゲタカ(上)(下)
真山　仁　新装版 ハゲタカII(上)(下)
真山　仁　レッドゾーン(上)(下)
真山　仁　グリード〈ハゲタカIV〉(上)(下)
真山　仁　ハーディ〈ハゲタカ2・5〉(上)(下)
真山　仁　スパイラル〈ハゲタカ4・5〉
真山　仁　シンドローム〈ハゲタカ5〉(上)(下)
真山　仁　そして、星の輝く夜がくる
真梨幸子　孤《こ》虫《ちゅう》症《しょう》
真梨幸子　深く深く、砂に埋めて
真梨幸子　女ともだち
真梨幸子　えんじ色心中
真梨幸子　カンタベリー・テイルズ
真梨幸子　イヤミス短篇集
真梨幸子　人生相談。
真梨幸子　私が失敗した理由は
真梨幸子　三匹の子豚
真梨幸子　まりも日記
松本裕士　兄弟〈追憶のhide〉
円居　挽 原作 福本伸行　カイジ ファイナルゲーム 小説版
松岡圭祐　探偵の探偵
松岡圭祐　探偵の探偵II
松岡圭祐　探偵の探偵III

松岡圭祐 探偵の探偵IV
松岡圭祐 水鏡推理
松岡圭祐 水鏡推理II〈インパクトファクター〉
松岡圭祐 水鏡推理III〈パレイドリア・フェイス〉
松岡圭祐 水鏡推理IV〈アノマリー〉
松岡圭祐 水鏡推理V〈ニュークリアフュージョン〉
松岡圭祐 水鏡推理VI〈クロノスタシス〉
松岡圭祐 探偵の鑑定I
松岡圭祐 探偵の鑑定II
松岡圭祐 万能鑑定士Qの最終巻〈ムンクの〈叫び〉〉
松岡圭祐 黄砂の籠城(上)(下)
松岡圭祐 シャーロック・ホームズ対伊藤博文
松岡圭祐 八月十五日に吹く風
松岡圭祐 生きている理由
松岡圭祐 黄砂の進撃
松岡圭祐 瑕《か》疵《し》借り
松原始 カラスの教科書
益田ミリ 五年前の忘れ物
益田ミリ お茶の時間

マキタスポーツ 一億総ツッコミ時代〈決定版〉
丸山ゴンザレス ダークツーリスト〈世界の混沌《カオス》を歩く〉
松田賢弥 したたか 総理大臣・菅義偉の野望と人生
真下みこと #柚莉愛《ゆりあ》とかくれんぼ
松野大介 インフォデミック〈コロナ情報氾濫〉
三島由紀夫 TBSヴィンテージクラシックス編 告白 三島由紀夫未公開インタビュー
三浦綾子 ひつじが丘
三浦綾子 岩に立つ
三浦綾子 あのポプラの上が空〈新装版〉
三浦明博 滅びのモノクローム
三浦明博 五郎丸の生涯
宮尾登美子 新装版 天璋院篤姫(上)(下)
宮尾登美子 新装版 一絃の琴
宮尾登美子 東福門院和子《まさこ》の涙(上)(下)〈レジェンド歴史時代小説〉
皆川博子 クロコダイル路地
宮本輝 骸骨ビルの庭(上)(下)
宮本輝 新装版 二十歳《はたち》の火影《ほかげ》
宮本輝 新装版 命の器
宮本輝 新装版 避暑地の猫

宮本輝 新装版 ここに地終わり 海始まる(上)(下)
宮本輝 新装版 花の降る午後(上)(下)
宮本輝 新装版 オレンジの壺(上)(下)
宮本輝 にぎやかな天地(上)(下)
宮本輝 新装版 朝の歓び(上)(下)
宮城谷昌光 夏姫春秋(上)(下)
宮城谷昌光 花の歳月
宮城谷昌光 重耳《ちょうじ》(全三冊)
宮城谷昌光 介《かい》子《し》推《すい》
宮城谷昌光 孟嘗君 全五冊
宮城谷昌光 子産(上)(下)
宮城谷昌光 湖底の城〈呉越春秋〉一
宮城谷昌光 湖底の城〈呉越春秋〉二
宮城谷昌光 湖底の城〈呉越春秋〉三
宮城谷昌光 湖底の城〈呉越春秋〉四
宮城谷昌光 湖底の城〈呉越春秋〉五
宮城谷昌光 湖底の城〈呉越春秋〉六
宮城谷昌光 湖底の城〈呉越春秋〉七
宮城谷昌光 湖底の城〈呉越春秋〉八

宮城谷昌光 湖底の城 九 〈呉越春秋〉
宮城谷昌光 俠骨記 〈新装版〉
水木しげる コミック昭和史1 〈関東大震災～満州事変〉
水木しげる コミック昭和史2 〈満州事変～日中全面戦争〉
水木しげる コミック昭和史3 〈日中全面戦争～太平洋戦争開戦〉
水木しげる コミック昭和史4 〈太平洋戦争後半〉
水木しげる コミック昭和史5 〈終戦から朝鮮戦争〉
水木しげる コミック昭和史6 〈講和から復興〉
水木しげる コミック昭和史7 〈高度成長以後〉
水木しげる コミック昭和史8
水木しげる 敗走記
水木しげる 白い旗
水木しげる 姑娘
水木しげる 決定版 日本妖怪大全 〈妖怪・あの世・神様〉
水木しげる ほんまにオレはアホやろか
水木しげる 総員玉砕せよ! 〈新装完全版〉
水木しげる 新装版 震電・初動捕物控
水木しげる 新装版 霊験お初捕物控 霊験えびす岩
水木しげる 天狗風 霊験お初捕物控
宮部みゆき ICO―霧の城―(上)(下)

宮部みゆき ぼんくら(上)(下)
宮部みゆき 新装版 日暮らし(上)(下)
宮部みゆき おまえさん(上)(下)
宮部みゆき 小暮写眞館(上)(下)
宮部みゆき ステップファザー・ステップ 〈新装版〉
宮部あずさ 看護婦が見つめた人間が死ぬということ
宮本昌孝 家康、死す(上)(下)
三津田信三 忌人の如き訪ふもの 〈ホラー作家の棲む家〉
三津田信三 作者不詳 〈ミステリ作家の読む本〉(上)(下)
三津田信三 蛇棺葬
三津田信三 百蛇堂 〈怪談作家の語る話〉
三津田信三 厭魅の如き憑くもの
三津田信三 凶鳥の如き忌むもの
三津田信三 首無の如き祟るもの
三津田信三 山魔の如き嗤うもの
三津田信三 水魑の如き沈むもの
三津田信三 密室の如き籠るもの
三津田信三 生霊の如き重るもの
三津田信三 幽女の如き怨むもの

三津田信三 碆霊の如き祀るもの
三津田信三 魔偶の如き齎すもの
三津田信三 シェルター 終末の殺人
三津田信三 ついてくるもの
三津田信三 誰かの家
三津田信三 忌物堂鬼談
道尾秀介 カラスの親指 by rule of CROW's thumb
道尾秀介 カエルの小指 a murder of crows
道尾秀介 水の柩
深木章子 鬼畜の家
湊かなえ リバース
宮内悠介 彼女がエスパーだったころ
宮内悠介 偶然の聖地
宮乃崎桜子 綺羅の皇女(1)
宮乃崎桜子 綺羅の皇女(2)
三國青葉 損料屋見鬼控え 1
三國青葉 損料屋見鬼控え 2
三國青葉 損料屋見鬼控え 3
三國青葉 福 〈お佐和のねこだすけ〉

2023年6月15日現在